明清小说的生成与衍化

杨绪容 著

复旦大学出版社

自　序

笔者从1995年考入西南师范大学攻读硕士起，至今已历二十多年。这期间的学术研究可分为两个部分：前十年以小说为主，兼及戏曲；后十年以戏曲为主，兼及小说。故本书所收小说研究成果，横贯了笔者二十来年的学术工作。

在复旦大学读博时，我的一位四川学姐嘱我帮她搜集公案小说的论文。我是一个认真的人，遵嘱便立即放下别的工作，课余天天去中文系资料室查阅各种学报，见到公案小说的论文便花钱复印出来。资料室年长的女老师看我辛苦，邀请我中午在凳子上休息一会儿，至今仍感温馨。一两个月后，学姐来信说，她学法律，不能做公案小说的论文了。我望着地下累积的一大摞复印资料，心疼花去的几百元钱，便想能不能自己做呢？

我的初步目标是写出一部公案小说史。笔者生性愚钝，面对琳琅满目的前贤成果，无从取舍，只得重新考实。用笔者的话来说，这个工作就是"清理"。于是按部就班，先从历代法律文献中了解法律制度及思想意识，次捡阅唐宋元单篇公案小说、戏曲以及描写断案故事的文言小说对生成公案小说的作用。谁料这个工作直到首部公案小说集《百家公案》就打住了。要一一查出近百个公案故事、清官包公形象、公案小说文体、清官文化的渊源,其工作量已是惊人。于是,我的博士论文便以《〈百家公案〉研究》为题,在三年内顺利完成。在博士后期间又进一步修改补充,最终成稿。其间恩师的指教、学友的切磋,即今历历在目,而论其初衷,还得感谢我的学姐啊!

《〈百家公案〉研究》一书,对《百家公案》的作者、版本、成书时间、故事源流、包公形象、清官文化、文体演变等方面作了系统的梳理。广义而言,这些都属于"生成与衍化研究",具体涉及公案小说成书的方方面面。该书在博士论文答辩时被一位老师戏称是"小题大做的典范",即今也常听说被年轻博士作为学术门径的参考。《百家公案》是本小书,易于"清理",其研究成果自然容易一目了然。

撰写《〈百家公案〉研究》一书,使我从两个方面受益:一是从学术理念上坚持"清理"的必要;二是从学术视野上专注于"生成与衍化研究"。这两个方面实贯穿了我后来的学术道路。我的学术研究领域渐次宽广,从公案小说逐步扩展近代侦探小说、人情小说、历史演义,乃至戏曲和诗文。每撰写一篇文章,面对琳琅满目的前辈成果,笔者不揣愚陋,仍固执地坚持以某个作品为中心,探讨某种类型或某种类型的代表作的版本系统、故事源流、思想观念、叙事艺术、文体意识等"生成与衍化"问题,从全面或片面重新加以细致的"清理"。就如同公案小说中的清官一样,我也力求找到让人信服的"真相"。尽管我所得"真相",往往也是局部的,也有诸多可疑之处,但其过程与结果多是令人踏实的。

本书便是我片面"清理"某些古代通俗小说类型"生成与衍化"问题的结果。例如,在有关历史演义的部分,通过人物、故事及语言的对照,本书认为叶逢春本全名《新刊按鉴汉谱三国志传绘像足本大全》中的"汉谱"指《后汉书》。又,"演义"源自儒家经传,本作动词,特指一种释经的言说方式,具有对原典进行经义推衍、文字增广和内容发挥等三大特征,后来凝定成一种文体形式。"传"与"演义"一样,也是一种阐释方式,但它同时也可以表示一种文体形式。因此,明清历史小说之题名,"演义"与"传""志传"同义,其间并无根本区别。学术界有种意见认为,《三国演义》与《三国志传》的题名是有本质区别的。笔者则认为,《三国演义》一书的题名,无论是"演义"还是"志传",其含义都是一样的。至于"演义"系统与"志传"系统确实存在区别,最显著的便是"花关索传"的有无,但那是受版本传承影响所致,不由题名决定。

在有关公案小说的部分,笔者对"公案小说"的概念做了重新辨析,倾向于认为,现代意义上的"公案小说"是古典小说中由题材分类而有别于历史小说、英雄传奇、神魔小说、世情小说而出现的一个题材类型。它具体包括宋代的"说公案"小说及其演变而来的明代的拟话本公案小说、明公案小说集和清代的章回体长篇公案小说。至于说文言笔记中的公案散篇或者章回体长篇小说中的公案片段,只能说写了公案题材,不能算是严格的公案小说。这样的认识,不仅有助于厘清公案小说的概念,也有利于公案小说史的进一步梳理。

在有关侦探小说的部分,本书梳理了晚清新小说大家吴趼人主导的"恢复旧道德",与周桂笙主导的"输入新文明",这两种不同的近代文学转型策略,如何在侦探小说领域正面交锋。因为转化旧学与接受新知的分歧,不仅导致两人在理论上对中外公案与侦探小说褒贬互异,还促使他们在创作上具体实践了"新道德"与"旧文明"文学发展观。吴趼人在1906年推出《中国侦探案》,周桂笙于次年在《月月小说》第七号发表了《上海侦探案》,各自开启了清末侦探小说的民族化与西化道路。这不仅是公案与侦探小说发展的重要一页,也是中国小说向近现代转型的精彩一幕。

当然,这些认识是否完全成立,尚有待于学术界的检验。本书拟借出版之机以求正于方家。

书名题作"明清小说的生成与衍化",实在太大。这虽使我汗颜,却又有不得不如此的苦衷。因为其中内容,确也涉及明清章回体通俗小说在版本、故事、叙事、文体、观念、现代性等很多方面的生成流变,不大不足以囊括全篇。再者,我们若将本书中各个专题研究串而读之,便会发现其中不乏系统性与完整性。这也是本书题名为"明清小说的生成与衍化"的理由。

但本书究竟难免"大而不当"之弊。主要的缺陷体现在两个方面:首先是不能顾全大局。在明清通俗小说的主要类型中,本书只涉及历史演义、人情小说、公案与侦探小说三类,对于英雄传奇、神魔小说、侠义小说尚未暇顾及。其次是局部也不能偏全。已出版的《〈百家公案〉研究》算得上是系统研究,本书中即便对于历史演义、人情小说、侦探小说,也未曾在生成与衍化问题上进行系统性的梳理。本书只能看作专题研究,有的篇章偏重于版本与故事流变,有的篇章偏重于文学观念与体式变迁,有的篇章偏重于古今演变。

当然,专题研究也有其优点,就是针对性强,有话则长,无话则略,易于展示真实的考索与辨别。但这不是说,本书就已大功告成。本书只算得是个阶段性成果，待出版之后，作者还将继续拓展"清理"工作，使相关研究得成全璧。

参考书目一项，由于书中有的文章发表较早，没有参考到其后出版的相关研究论著。本书在改编时，大体保留原状，也没有重新列入其他参考书。

本书的出版受到上海市高原学科项目资金支持。特别感谢上海大学同事陈晓兰教授、复旦大学出版社杜怡顺编辑的辛苦努力。

杨绪容

2016 年 12 月 28 日

目 录

自序 *1*

上编　历史演义

引言 *3*
《三国演义》两大版本系统之关系 *7*
叶逢春本《三国志传》题名"汉谱"说 *19*
"演义"的生成 *29*
《资治通鉴纲目》与《三国演义》"尊刘贬曹"的传统 *57*
"演义"辨略 *69*
小结 *90*

中编　世情小说

引言 *95*
从素材来源看《金瓶梅》的成书 *99*
论《金瓶梅》劝戒的三种方式 *123*
从《金瓶梅词话》看《西厢记》在万历时期的演本形态 *137*

从崇祯本评语看《金瓶梅》的心学渊源　155
上图抄本《红楼梦》与沈星炜　176
《红楼梦》演述《牡丹亭》折子戏的功能与价值　190
小结　209

下编　公案侦探

引言　213
"公案"辨体　217
从公案到侦探：对近代小说过渡形态的考察　240
中国侦探小说之父陈景韩　257
包天笑与福尔摩斯来游上海系列案：早期侦探小说的
　思想文化素质　272
吴趼人与清末侦探小说的民族化　285
周桂笙与清末侦探小说的本土化　304
晚清侦探小说与现代法治想象　322
小结　340

主要参考文献　342

后记　353

上编

历史演义

引 言

　　本编研究的主要对象是历史演义，但不拟作普遍而全面的研究，而是从某些细部分别清理演义小说题材、内容、意义、体式上的发生、发展、衍化。其具体内容如下：

　　《〈三国演义〉两大版本系统的关系》主要从一个侧面探讨《三国演义》的版本问题。因《三国演义》与历史典籍关系直接而紧密，本章便尝试从史料来源的角度，来探讨演义本系统和志传本系统之间的渊源关系。因为演义系统和志传系统都找得到大量比对方更接近史传原文的例子，这就可基本认定一个事实：即以嘉靖本为代表的演义本和以叶逢春本为代表的志传本都不同程度地保留着一些元祖本的成分。这样一来，而今学术界大致认定志传系统比演义系统更接近罗贯中的元祖本的意见，以及一些与之相反的意见，都是不能成立的。总的说来，演义系统和志传系统属于并列关系，并无明确的早晚先后之分。这对于《三国演义》的版本研究也算是一个小小的进步吧。此外，本章列举了不少《三国演义》直接出自《资治通鉴》和《三国志》的文字，便为进一步探讨《三国演义》的题名问题奠定了基础。

　　《叶逢春本〈三国志传〉题名"汉谱"说》主要从一个侧面清理《三国演义》的历史渊源。刊刻于明嘉靖二十七年的叶逢春本是今存最早的志传本,其正式题名为"新刊按鉴汉谱三国志传绘像足本大全"。其中包含了为人熟知的两本书,即《资治通鉴》和《三国志》。然而,对于题名中的"汉谱"一词,却较少受人注意。本文认为,"汉谱"指《后汉书》。本章从语言和故事两方面考查了《通俗三国志》袭取《后汉书》的情况,还从双峰堂本把"汉谱"二字换成"后汉"来证实"汉谱"即《后汉书》。总的说来,《三国演义》在吸收历代史籍、文学成果方面表现出一个大致的特色,即以《资治通鉴》为骨架,而以《后汉书》和《三国志》为血肉,并兼采其他野史笔记和前人的诗词论赞而成。

《"演义"的生成》主要清理《三国演义》文体要素的形成,并顺理成章地探究了"演义"与"志传"的关系。"演义"源自儒家经传,本作动词,特指一种释经的言说方式,具有对原典进行经义推衍、文字增广和内容发挥等三大特征。先秦"演义"有演言、演事、演象等三大类。从"演事"而言,《左传》实为"演义"之祖。而推其原,《春秋》实已确定了历史叙事的三大要素:事、文、义。事、文、义也成为历史演义的三大要素,并规定了后世历史演义的基本特征。"传"与"演义"一样,也是一种阐释方式,但它同时也是一种文体形式。但"演义"作为一种文类之专名,要晚至唐代方被赋予文学意义;而《三国志通俗演义》的出现,才标志着历史演义文体之正式确立。以后明清历史小说之题名,"演义"与"传""志传"同义,之间并无根本的体式之别。这就是说,题名《三国志演义》或《三国志传》其意相同,其间并无体式或题材或其他任何方面的分别。

《〈资治通鉴纲目〉与〈三国演义〉"尊刘贬曹"的传统》主

要从一个侧面清理《三国演义》的思想渊源。前贤谈论《三国演义》与《资治通鉴》《后汉书》《三国志》等书的继承关系，往往更多地强调人物故事乃至语言文字，然而思想观念和感情色彩的影响其实更加重要。本章即拟具体探讨朱熹的《资治通鉴纲目》与《三国演义》在"尊刘贬曹"思想倾向上的重要关联。《三国演义》把曹操塑造为"乱臣贼子"，说他"弑伏皇后"；而说刘备建安四年攻打许昌的行为是"讨反贼"。这就把曹刘双方的争霸斗争，看作是正统政权对谋逆之贼的战争。小说不取"传禅"之说，称曹丕是"废帝"篡位；而称颂刘备是"即位"，让他代表炎汉正统一脉。这些思想和意见，并不见于其他正史、《资治通鉴》和小说杂戏中，而根源于《资治通鉴纲目》一书。朱熹《资治通鉴纲目》追求所谓一字褒贬，其目标就是希望达到《春秋》那样使"乱臣贼子惧"的惩劝效果。《三国演义》通过朱熹《资治通鉴纲目》而上溯《春秋》之"义"，此"义"也就成为历史演义的"义"根本和核心。受其影响，后世演义纷纷标举"按鉴"字样，除了表明在行文上与《资治通鉴》的密切关系，更显示了与朱熹《纲目》在思想意义上的深层关联。

《"演义"辨略》主要探讨"演义"小说的衍化以及古今"演义"文学观的发展变化。"演义"作为中国古代的一种特殊文体，近年来得到学界的关注，但各家的认识颇有出入。本章对其文体的形成和发展作了历史的梳理，指出最初作为一般的文体，主要是对经部以及子部、集部的著作进行阐发。南宋真德秀的《大学衍义》一书对以后演义体作品的大量涌现产生了巨大影响。随着《三国志演义》的出现，形成了对史部著作演义的热潮。这类作品从"志传"与"说话"而来，其特点是题材的历史性与语言的通俗性。它们别成一体,自成系统,其影响掩盖了一般意义上的"演义"。明人对这类演义大致有三种不同的认识,分别把它们当作通俗历史、历史小说或通俗小说。今人一般都将"演义体"看作历史小说。

《三国演义》两大版本系统之关系

一、《三国演义》的"祖本"与"旧本"

《三国演义》大致可分为演义、志传两个并行发展的系统，两者相互联系又相对独立。在这两个系统内部，存世版本十分丰富，其间的关系十分复杂。20世纪末出版了两部专门研究《三国演义》版本的力作：一是魏安先生的《三国演义版本考》[1]，大致描述了《三国演义》版本系统间的演进情况；二是中川谕先生的《〈三国演义〉版本の演变》[2]，其内容更为具体详细。21世纪以来，中川谕、刘世德、周文业等先生又补充考述了某些《三国演义》的版本。到目前为止，上述研究成果已相对完备而翔实，故本节不再对《三国演义》版本进行综合研究，而仅从一些侧面做一点自己的思考和补充。

（一）《三国演义》的"元本"与"祖本"

《三国演义》的"祖本"或"元刊本"已佚。嘉靖本是今存

---

[1] [英] 魏安《三国演义版本考》，上海古籍出版社1996年版。
[2] [日] 中川谕《〈三国演义〉版本の演变》，[日本] 汲古书院1998年版。

最早的刊本,但人们始终对前嘉靖时代的刊本保持着浓厚的兴趣[1],尤喜欢探佚嘉靖本的"祖本"。上海图书馆新近发现一个《三国演义》刊本的残页,属演义系统,被普遍认为早于嘉靖本。魏安认为它可能是嘉靖元年修髯子作引的原本,也就是嘉靖本系统的祖本。同属演义系统的毛宗岗本也在"凡例"中提到了一个与"俗本"相对应的"古本"。从毛氏提供的资料来看,所谓"俗本"与李卓吾评本系统的吴观明本非常接近,其所谓"古本"则稍微复杂一些。据中川谕先生的考证,毛本又参考了周曰校本和夏振宇本。因此,毛宗岗氏所谓"古本"也可能是"演义系统"的一个较早的本子,或者竟是嘉靖本、周曰校本和夏振宇本共同的祖本。无论如何,今天亦无从确知《三国演义》"祖本"或"元刊本"的实情。

(二)《三国演义》的"古本"与"旧本"

《三国演义》的"祖本"或"元刊本"虽然无考,一些已佚"古本"与"旧本"的线索却可得而闻。今存最早的嘉靖刊本提及一个"旧本",在卷十二《张永年反难杨修》叙张松把曹操所撰《孟德新书》看了一遍即能背出,还对杨修谎称此书乃战国时无名氏所作,讽刺曹操"盗窃以为己能"。聪明的杨修看出张松有过目成诵的本领,便把张松推荐给曹操,不想曹操真怀疑其自撰的《孟德新书》与战国时人巧合,疑道:

操曰:"莫非古人与吾暗合欤?"遂令扯碎其书烧之。

---

[1] 张宗伟《前嘉靖本时代〈三国演义〉版本探考》,《文献》2001 年第 1 期。

其后有小字注云：

> 柴世宗时方刊板。旧本"书"作"板"，差矣。今《孙武子》止有魏武帝注。[1]

嘉靖本小字注谓之"旧本"，说明它产生的时间更早。这个将"书"作"板"的"旧本"，与志传本系统大多相合。叶逢春本作"遂命破板烧之"（下有小字注曰"至今此书不传于世"），双峰堂本同于叶逢春本；汤宾尹、黄正甫本等也写作"板"。余氏双峰堂本甚至在扉页题"谨依古板，较正无讹"八字，以招揽读者。

周曰校本也提及一个"古本"。嘉靖本《三国志通俗演义》卷八《玄德风雪访孔明》，引黄承彦的《梁父吟》曰：

> 白发银丝翁，岂惧皇天漏。骑驴过小桥，独叹梅花瘦。

此诗下有小字注曰：

> 考证："古本作'盛感皇天祐'。"

周曰校本在各卷首题名中以"新刊校正古本"相号召，实出自嘉靖本系统，其中《梁父吟》也与上引嘉靖本正文完全相同。这就说明周曰校本所谓"古本"不是嘉靖本。而叶逢春本、双峰堂

---

[1]〔明〕罗贯中《三国志通俗演义》上册，上海古籍出版社1980年版，第571—572页。下同。

本、汤宾尹本等志传系统的本子纷纷都作"白发老衰翁,盛感皇天祐",大都符合周本所谓"古本"的情况。由这些文字看来,"志传本"更近于嘉靖本所谓"旧本"。

以上两例观之,演义系统的本子中所谓的"古本"与"旧本"均与志传系统的本子相合。这不仅可为"志传"系统"在某些方面保留了比嘉靖本更古的形态"提供又一佐证,在某种程度上甚而亦可以说叶逢春本"可能更接近罗贯中原作之面貌"[1]。要言之,明清《三国演义》各家所谓"元本""祖本""古本",所指不同,莫衷一是。也正由于各书以不同的"古本"为依据,才形成了《三国演义》复杂的版本体系。

二、演义系统、志传系统的联系和区别

(一)《三国演义》演义系统、志传系统的联系

今人在说到演义本和志传本两个系统时,着重强调它们的区别。实际上,它们之间的联系大于区别。首先,演义系统和志传系统都共同源自一个"罗贯中"所作的元祖本。一般说来,在两个系统本子之间共有的文字,当即出自元祖本。其次,演义本和志传本在流传过程中又不断发生相互"串味"的情况。有的演义本却带有志传本的特征,如夏振宇本就是一个很显著的例子。夏本属于演义系统本,跟周曰校本和嘉靖本关系密切,而在某些部分又与志传本相同。李卓吾评本属于演义系统,可是有些《三国

---

[1] [日]中川谕《〈三国演义〉版本の演变》上部《第四章〈三国演义〉主要版本及其源流》,[日本]汲古书院1998年版。

志传》系统的本子,如朱鼎臣本,也标为李卓吾批评[1]。有的志传本却带有演义本的特征。如志传系统中的朱鼎臣本、黄正甫本、诚德堂、乔山堂本均有关索故事,其内容与演义系统的大部分本子相同。志传系统的黎光堂本、杨美生本等一支,有串句脱文情况,有些串句脱文更近于演义本[2]。这些情况甚至引起所属版本系统的争议。再次,演义本和志传本的题名也有互相"串味"的现象。演义系统的书名大多也题"三国志传"字样。如周曰校本卷八、卷十一题"新刊校正古本全像大字音释三国志传通俗演义",李卓吾评本的某些卷首也题"三国志传"。志传系统的书名大多也题"通俗演义"字样。如叶逢春本被公认为志传本,其版心题《三国志传》,乃今见最早使用"志传"题名者,但其各卷卷首基本都称"通俗三国演义",如在卷六曰"重刊三国志通俗演义",在卷八曰"新刊通俗演义三国志"。因为演义系统与志传系统同根同源,学界习惯把它们综而言之,中国学者多喜欢统称之"三国演义",外国学者多喜欢统称之"通俗三国志"。

(二)《三国演义》演义系统、志传系统的联系区别

在承认演义系统和志传系统具有密切联系的情况下,探讨两者间的区别无疑具有更为重要的学术意义。《三国演义》的元祖本既已无考,现今存世的各个本子,无论是演义本还是志传本,都在刊刻过程中被重新删改一过,也不能代表元祖本的面貌。演义本和志传本何者与《三国演义》元祖本的关系更紧密一些,倒

---

[1] 详情请依次参见[英]魏安《三国演义版本考》,上海古籍出版社1996年版,第100页、120页。
[2] [英]魏安《三国演义版本考》,各见于第121页、125页。

是一个可以研究的问题。学界在这方面已发表了一些成果。20世纪30年代郑振铎先生在《〈三国演义〉的演化》[1]一文中,提出嘉靖本就是《三国演义》的祖本,其意见在学术界风行数十年。20世纪中后期柳存仁先生又提出志传本要早于嘉靖壬午本[2],此说亦逐渐为学术界所熟知。上面两说虽各有理由,但仍属于推测的性质,并非定论。《三国演义》与历史典籍关系直接而紧密,以下尝试从史料来源的角度,来探讨演义本系统和志传本系统之间的渊源关系。

1. 志传系统更符合史传原文的情况

学术界主流意见认为,嘉靖本的祖本对其底本的文字作了一番细致的加工,如修订文字、校正讹误,增加大量来自史传的书、表、论、赞,使其文学修养得到了很大的提高;而志传系统却基本保持了原貌。如上文在分析《三国演义》"古本"时所举"古本"文字都与志传系统相同相合,也可支持这种说法。在实际上,我们还可以举出更多志传系统更符合史传原文的例子。

如《三国演义》之《安喜县张飞鞭督邮》,嘉靖本卷一作:

> 督邮急起,唤左右捉下。被张飞用手揪住头发,直扯出馆驿。径揪到县前马柳上缚住。(柳,鱼浪切,系马桩也。)飞攀下柳条,去督邮两腿上鞭打到二百,打折柳枝十数条。

---

[1] 郑振铎《〈三国演义〉的演化》,《小说月报》二十卷第十号,1929年。
[2] [澳大利亚]柳存仁《罗贯中小说之真伪性质》,文载刘世德编《中国古代小说研究——台湾、香港论文选辑》,上海古籍出版社1983年版。

叶逢春本卷一作：

　　督邮急唤左右捉下。被张飞右手扯住头稍，直拖出馆驿，径揪到县上马柳树上缚住。柳，即今系马椿是也。飞攀下柳条，去督邮两腿上鞭到三百，打折柳枝十数条。

笔者捡拾各种史籍，认为本段原文出自《三国志》卷三二《先主传》：

　　督邮以公事到县，先主求谒不通，直入缚督邮，杖二百，解绶系其颈著马柳（五葬反），弃官亡命。

对于张飞如何鞭打督邮，《三国演义》的嘉靖本与叶逢春本作了绘声绘色的描写，这当然是文学家的能事。《三国志》和嘉靖本都说鞭督邮是"二百"，但叶逢春本作"三百"，"二""三"之差有可能是笔误。而《三国志》和叶逢春本中的"马柳"，嘉靖本写作"马栁"，显然是叶本更接近《三国志》原文。

又，《三国演义》之《关云长千里独行》，嘉靖本卷六作：

　　曹公知公，而心嘉其志，去不遣追。

叶逢春本原缺卷三，不见其文；志传本系统中另一善本双峰堂本[1]作：

> 曹公知羽不知其心，嘉其志，不遣追以成其义，自非有王霸之策，孰能至于此乎？

笔者捡拾各种史籍，认为本段原文出自《三国志》卷三六《关羽传》裴松之注：

> 臣松之以为：曹公知羽不留，而心嘉其志，去不遣追以成其义，自非有王霸之度，孰能至于此乎？斯实曹氏之休美。

《三国志》裴注中"曹公知羽不留，而心嘉其志"，意思明确；双峰堂本作"曹公知羽不知其心、嘉其志"，嘉靖本作"曹公知公，而心嘉其志"，均不甚通，似有错讹，但从文字上看，双峰堂本比嘉靖本更接近《三国志》原文。

如上所述，今存演义系统最早刊本嘉靖本也对原文作了不少的改动，有误刻、漏刻，反而今存志传系统的最早刊本叶逢春本，及相对精善的双峰堂本保留了一些元祖本面貌。既然嘉靖本

---

[1] 双峰堂本与叶逢春本有非常密切的关系，日本学者井山泰上就说过："双峰堂本直接在叶逢春本的基础上刊刻的可能性极大。"参见井上泰上《解说》一文，原文载井上所编《三国志通俗演义史传》（即叶逢春本）附录，日本关西大学出版部1998年3月15日发行。中文译为《西班牙爱斯高里亚尔静院所藏〈三国志通俗演义史传〉初考》，载《中华文史论丛》第六辑，第163页。《解说》一文后又附于井上泰山编《三国志通俗演义史传》卷末，上海古籍出版社2009年影印本。

的某些错误并没有影响到叶逢春本、双峰堂本，是否可以说在渊源上志传系统比演义系统更接近《三国演义》的元祖本呢？但此说经不住进一步推敲。

2. 演义系统更符合史传原文的情况

从另一方面来看，也可能是演义系统保持了元祖本的面貌，而志传本做了许多删削。嘉靖本也在某些方面保留了比叶逢春本更原始的形态。

《三国演义》之《祭天地桃园结义》，开篇介绍刘备。嘉靖本卷一云：

> 生得身长七尺五寸，两耳垂肩，双手过膝，目能自顾其耳，面如冠玉，唇若涂朱。

叶逢春本卷一作：

> 生得身长七尺五寸，两耳垂肩，双手过膝，龙目凤准，其面如冠玉，唇若涂朱。

笔者捡拾各种史籍，认为此段原文近于陈寿《三国志》卷三二《先主传》：

> 身长七尺五寸，垂手下膝，顾自见其耳。

《三国志》"目能自顾其耳"，叶逢春本改为"龙目凤准"，嘉靖本完全忠实于《三国志》原文。

又,《三国演义》之《刘玄德斩寇立功》,介绍关曹操出场。嘉靖本卷一作:

> 操年幼时,好飞鹰走犬,喜歌舞吹弹。少机警,有权数,游荡无度。

叶逢春本卷一作:

> 操年幼时,好飞鹰走犬、歌舞吹弹,游荡无度。[1]

笔者捡拾各种史籍,认为此段原文出于陈寿《三国志》卷一《武帝纪》,云:

> 太祖少机警,有权数,而任侠放荡,不治行业,故世人未之奇也;惟梁国桥玄、南阳何颙异焉。[2]

《三国志》中"少机警"二句,嘉靖本有而叶逢春本无,嘉靖本更接近于《三国志》原文。

《三国志》之《王允授计诛董卓》,嘉靖本卷二云:

> 卓裹甲不入,(小字注云:裹甲者,披甲入内,而加衣

---

[1] [明]罗贯中编次、[日]井上泰山编《三国志通俗演义史传》,上海古籍出版社2009年影印西班牙埃斯克里亚尔修道院王宫图书馆藏叶逢春本,上册第27页。下同。

[2] [西晋]陈寿《三国志》,中华书局2011年版。下同。

于甲上。原来董卓恐人暗算,常披掩心铠甲两副。)伤臂堕车。卓大呼曰:"吕布何在?"〔1〕

叶逢春本卷一作:

刺卓不入,原来董卓恐人暗算,常披掩心铠甲两副。戈矛伤臂,董卓堕车。大叫曰:"吕布何在?"

笔者捡拾各种史籍,认为此段文字连同注释一同抄自《资治通鉴》卷六十:

卓入门,肃以戟刺之。卓裹甲不入(胡三省注:裹甲者,被甲于内,而加衣甲上。),伤臂,堕车,顾大呼曰:"吕布何在?"〔2〕

"裹甲者"数句,出于胡三省的注释。嘉靖本仍作小字注,叶逢春本、双峰堂本改为大字正文,写作:"原来董卓恐人暗算,常披掩心铠甲两副。"相较而言,嘉靖本更接近《资治通鉴》原文。诸如此类的例子也不少。

3. 演义系统和志传系统属于并列关系

综合上述意见,可以肯定的是:演义系统和志传系统都存在

---

〔1〕〔明〕罗贯中《三国志通俗演义》(上册),上海古籍出版社1980年版,第83页。

〔2〕〔宋〕司马光撰、〔元〕胡三省注《资治通鉴》卷六十,中华书局2011年版,第796页。

大量比对方更接近史传原文的例子。这就可基本认定一个事实：即以嘉靖本为代表的演义本和以叶逢春本为代表的志传本都不同程度地保留着一些元祖本的成分。这样一来，而今学术界大致认定志传系统比演义系统更接近罗贯中的元祖本的意见是不能成立的。

  这一结论在《三国演义》的版本方面虽无太大突破，却不能说毫无意义。一方面，认为《三国演义》的志传系统和演义系统各自保留着一些元祖本的成分，在与元祖本的关系上属于并列关系，并无明确的早晚先后之分，这也算是一个小小的进步吧。此外，上文列举了不少《三国演义》直接出自《资治通鉴》和《三国志》的文字，便为进一步探讨《三国演义》的题名问题奠定了基础。

叶逢春本《三国志传》题名"汉谱"说[1]

本文主要从一个侧面探讨《三国演义》与历史典籍的渊源关系。

《三国演义》各本中，刊刻于嘉靖二十七年的叶逢春本《三国志传》[2]是今存志传系统最早的版本，在文学史上无疑具有重要地位。20世纪上半叶，伯希和、戴望舒等学者就已经关注过此书。1995年，日本学者井上泰山氏所编的影印本问世，引起了更广泛的研究兴趣，并发表了一批引人注目的成果。此书的正式题名为《新刊按鉴汉谱三国志传绘像足本大全》，其中包含了为人熟知的两本书，即《资治通鉴》和《三国志》。然而，对于题名中的"汉谱"一词，却较少受人注意。"汉谱"是什么意思呢？鄙意认为有必要作一探讨。

---

[1] 原文载《明清小说研究》2002年第2期，收入本书时有改动。
[2] 叶逢春本《三国志传》，现藏于西班牙爱斯高里亚尔修道院，书首有元峰子写于嘉靖二十七年的《三国志传加像序》。日本关西大学出版部1998年、上海古籍出版社2009年均出版有影印本。

一、"汉谱"即《后汉书》

有的学者曾提出,在众多《三国演义》版本中,《英雄谱》的题名有一"谱"字,"汉谱"的题名大约应是《英雄谱》。[1]

至今所传的《英雄谱》本有下列三种:二刻英雄谱本、四大奇书本和汉宋奇书本。后两种出在清代以后,当然不可能成为叶逢春本的底本。只有二刻英雄谱本是明刊本,其书的全称为"精镌合刻《三国》《水浒》全传",版心书名《二刻英雄谱》。"英雄谱"之名似乎出自熊飞的原创,他在《英雄谱弁言》中明确说出正是他本人"合《三国》《水浒》而题为'英雄谱'"的。因此可以说,《英雄谱》本为熊飞初次汇刻。方彦寿在《明代刻书家熊宗立述考》中也持这种观点,说:

> 熊飞,字希孟,号在渭。熊宗立的六世孙。他在崇祯年间以"雄飞馆"之名首刊《英雄谱》,别出心裁地将《水浒》和《三国》上下合刊。[2]

方彦寿认为,熊飞刊刻《英雄谱》的时间是在崇祯朝。笔者则进一步提出,雄飞馆《英雄谱》本当刊于崇祯十五年至十七年(1642—1644)之间。这是据该本卷首熊飞《弁言》中所言"东望而三经略之魄尚震,西望而两开府之魂未招"而知。明末天

---

[1] 参见[日]井上泰山《西班牙爱斯高亚尔静院所藏〈三国志通俗演义史传〉初考》、章培恒《再谈〈三国志通俗演义〉的成书时代》,文载《中华文史论丛》第六十辑,上海古籍出版社1982年版。

[2] 方彦寿《明代刻书家熊宗立述考》,《文献》1987年第1期。

启、崇祯朝在东面抵御清兵而战绩著卓的经略主要有袁应泰、熊廷弼、孙承宗等，其中最后去世的孙承宗死于崇祯十一年。"开府"在明朝指督师、总督，而在西面抵抗李自成起义的"两开府"当指傅宗龙、汪乔年，或杨文岳、孙传庭等。傅宗龙死于崇祯十四年，汪乔年、杨文岳均死于崇祯十五年，孙传庭死于崇祯十六年。同时，熊飞的话中也看不出明清易代的痕迹。因此，《英雄谱》的刊刻年代必然在崇祯十五年至明亡之前。既如此，从时间上来说，就不可能有个早于叶逢春本的"英雄谱"本。

而且，即今所见的各《英雄谱》本都没有直接标出"汉谱"之名。虽然在汉宋奇书本的版心题名"汉宋奇书：英雄谱"中，分别有"汉""谱"二字，但也并没有径称其书为"汉谱"。据今存各《英雄谱》本看来，"谱"字总是与"英雄"二字相联，称做"英雄谱"。同时，在叶逢春本的序言及有关材料中，均未谈及与《水浒》合刻的事，且事实上叶逢春本也没有与《水浒》一并刊刻，因此，要将"汉谱"与《英雄谱》联系起来，显然是证据不足的。

那么"汉谱"当作何解释呢？我认为"汉谱"即《后汉书》。从词义上说，"谱"可作为动词，即有系统地编排记录故事的意思。例如，《史记·三代世表》谓："自殷以前诸侯不可得而谱，周以来乃颇可著。"张守义《正义》解释说："谱，布也，列其事也。"与此相联系，"谱"又可作为名词，指按照事物类别有系统地编成的书籍、表册，如《史记·太史公自序》云："汉兴以来，至于太初百年，诸侯废立分削，谱纪不明，有司靡踵，强弱之原云以世。"刘知幾《史通·表历》云："盖谱之建名，起于周代，表之所作，因谱象形。"这里的"谱"，都近于"史"义。

"谱"即"史"之谓,后人有将史、谱合称为"史谱"者[1]。是故"汉谱"可以理解为"汉史"。

叶逢春本题名"汉谱"中的"谱"字,我不把它作动词讲,因为参照前面"按鉴"一词的结构,如果"谱"是动词,应当写作"谱汉",而不是"汉谱"。这里的"汉谱"是名词。"汉谱"前有"鉴",后有"三国志",既然前者是司马光所作的《资治通鉴》的简称,后者为陈寿的《三国志》,而它处在《资治通鉴》和《三国志》的中间,就应该指代和它们属性相同的事物,因此,"汉谱"当指《后汉书》。

《三国演义》的创作方法,正如作者所标举的那样,是为史传作"演义"。这些史传中,最重要的乃是《三国志》,其名也几乎遍布各个版本中,或者题为《三国志传》,或者是《三国志通俗演义》。其次,它演义的对象还有《资治通鉴》,所以也有很多版本(主要是志传系统的本子)都纷纷标上了"按鉴"字样,叶逢春本即是如此。再次,据笔者所知,此书也演义《后汉书》,其中灵帝、献帝以及主要活动在灵、献之朝的大量人物、故事都来自《后汉书》。

二、《三国演义》吸取《后汉书》的特点

《三国演义》在对《资治通鉴》《后汉书》和《三国志》吸收的特色上,一般是以《资治通鉴》为骨架,而以《后汉书》和《三国志》为血肉,并兼采其他野史笔记和前人的诗词论赞而成。具体说来,在以事系年和故事框架两方面,《三国演义》主要参

---

[1] 参见〔北宋〕宋祁、欧阳修等撰《新唐书》卷二百二《萧颖士传》,中华书局1975年版。

考了《资治通鉴》。例如，含叶逢春本在内的志传系统本在各卷卷首普遍标明起讫年代的做法，就是对《资治通鉴》的移植。另一方面，对具体人物事件的描绘及其评价，则又多采《后汉书》和《三国志》等[1]。这样一来，形成了在叙事上既有条不紊而又细腻生动的特点，而这正是该书的显著成就之一。

具体来讲，《三国演义》对《资治通鉴》和《三国志》继承情况，学人已多所发明，这里不再多说。下面我只讨论《三国演义》借鉴《后汉书》这个相对为人忽略的问题[2]。这种借鉴关系主要表现在两个方面：语言文字和故事情节。

（一）《三国演义》在语言文字上沿袭《后汉书》者

《后汉书》卷九十《蔡邕传》载董卓被诛，蔡邕在司徒王允坐上公然为之哀叹，被王允收付廷尉治罪。士大夫纷纷为蔡邕说情，其中有马日䃺的一段话道：

> 太尉马日䃺劝谏王允曰："伯喈旷世逸才，多识汉事，当续成后史，为一代大典。且忠孝素著，而所坐无名，诛之无乃失人望乎？"[3]

---

[1] 当然，作者在对具体人物故事的刻画当中，并非不采《资治通鉴》，实际上，从文字对勘来看，《三国演义》直接采用《资治通鉴》的故事情节的情况也较为常见。

[2] 周兆新曾指出《三国演义》大量采用了《后汉书》的人物故事，说"嘉靖本中相当多的情节和段落，并非来源于《详节》，而只能来源于《后汉书》和《三国志》。"但他也不曾分析其详情。参见周兆新《〈三国演义〉与〈十七史详节〉的关系》，《文学遗产》1987年第5期。

[3] 本文所引〔南朝·宋〕范晔编撰《后汉书》，出自中华书局1965年版。

《资治通鉴》卷六十也录其事：

> 太尉马日䃅谓允曰："伯喈旷世逸才，多识汉事，当续成后史，为一代大典。而所坐至微，诛之无乃失人望乎？"

叶逢春本《三国志传》第十八则《李傕郭汜寇长安》曰：

> 太傅马日䃅谓允曰："伯喈旷世逸才，多识汉事，当续成后史，为一代大典。且邕忠孝素著，若以微罪杀之，夫（当为"无"字之误，——引者注）乃失士之望乎？"（卷一）[1]

从马日䃅的话看来，各本基本相同，但是，《三国演义》和《后汉书》都有"忠孝素著"这样的字眼，而《资治通鉴》却没有这一句，因此，《三国演义》本段文字当出于《后汉书》，而不是《资治通鉴》。

（二）《三国演义》在故事情节上借鉴《后汉书》者

1.《三国演义》第二十一则《刘玄德北海解围》，写曹操为报杀父之仇，兴兵讨伐陶谦。情急之下，陶谦求救于田楷和刘备，得以解围。其间还穿插了黄巾军头领管亥带人攻打北海孔融之事，写道：

---

[1] 嘉靖本《三国志通俗演义》也有"且邕忠孝素著"一句。实际上，为避免片面性的麻烦，本文所有来自叶逢春本的引文全部与嘉靖本接近。这样就可以说明嘉靖本与叶逢春本的共同祖本也与《后汉书》有直接关系。

> 太史慈得脱，星夜投平原县来求救。见刘玄德，施礼罢，备言孔北海受围之事，今特令太史慈来求救。呈上书。玄德看之，问慈曰："汝何人也？"慈曰："某，太史慈，东海之鄙人也。与孔北海亲非骨肉，比非乡党，特以名志相好，有分忧共患之意。今管亥暴乱，北海被围，孤穷无援，危在旦夕。以君有仁义之名，能救人之急，故北海区区延颈大仰。慈冒白刃突重围，从万死之中，自托于君。惟君所以存之！"玄德闻言大惊，敛容答曰："孔北海知世间有刘备耶？"乃唤关羽、张飞点精兵三千人，望北海郡进发。（叶逢春本卷一）

管亥攻打北海事，《资治通鉴》不载，《后汉书》卷一百《孔融传》曰：

> 时黄巾复来侵暴，融乃出屯都昌，为贼管亥所围。融逼急，乃遣东莱太史慈求救于平原相刘备。备惊曰："孔北海乃复知天下有刘备邪？"即遣兵三千救之，贼乃散走。

《三国演义》叙管亥攻打北海郡，其故事与文字与《后汉书》基本相同，当是出自《后汉书》。

2.《三国演义》第十七则《王允授计诛董卓》写王允和吕布、李肃等人合谋诛杀董卓。按照计划，汉献帝降诏命董卓前去接受禅让，骗取他进宫，好伺机杀之。董卓在志得意满之余，不能分辨真伪，贸然前往，果被诛杀。小说渲染了董卓进宫路上的异兆，诸如车折轮、马断辔、乌云蔽日以及道士书"吕"字于布上等。这些情节多为小说家言,《资治通鉴》不载。《后汉书》卷一百二《董卓传》载有马惊堕于泥和书"吕"于布之事,但都不是发生在董卓被刺的当天,而是在前一年即初平二年就陆续发生了,只是"卓不悟"而已[1]。在诛董卓故事情节上,《三国演义》应与《后汉书》有直接联系。

3.《三国演义》第十九则《李傕郭汜杀樊稠》写李傕、郭汜杀了王允,为董卓报仇,又为董卓举行盛葬:

> 李、郭追寻董卓尸首,但获得些小皮肉,用香木雕成卓形,大设祭祀,修陈功德,用王者衣冠棺椁,富盛不可尽言。选良时吉日,迁葬郿坞。临葬之夜,天降大雷大雨,平地水深数尺,霹雳震开卓墓,提出椁外,皮肉皆为粉碎。李傕候晴霁再葬,是夜又复如此。三葬皆废。岂无天地神明乎?(叶逢春本卷一)

李傕、郭汜葬董卓之事,也不见于《资治通鉴》,而《后汉书》卷一百二《董卓传》载其事,曰:

> 傕等葬董卓于郿,并收董氏所焚尸之灰,合敛一棺而葬之。葬日,大风雨,霆震卓墓,流水入藏,漂其棺木。

---

[1]〔南宋〕吕祖谦《东汉详节》卷十八记载了所有这些细节,但并没有关于"道士"或"道人"的小字注。说明这些故事可能不是来自《东汉详节》。周兆新教授将《详节》与嘉靖本相对照,也说"嘉靖本中相当多的情节和段落,并非来源于《详节》,而只能来源于《后汉书》和《三国志》"。详情请参见周兆新《〈三国演义〉与〈十七史详节〉的关系》,《文学遗产》1987年第5期。

叶逢春本《三国志传》题名"汉谱"说

《三国演义》叙李傕、郭汜葬董卓，其故事与文字与《后汉书》基本相同，当是出自《后汉书》。

三、双峰堂本题名中的"后汉"即《后汉书》

能够证明此"汉谱"为《后汉书》的，还有叶逢春本系统的其他本子。比如双峰堂本，从它的故事情节、段落结构以及串句脱文、衍文、错别字等方面来看，可以说它与叶逢春本有非常密切的关系。井山泰上就说过："双峰堂本直接在叶逢春本的基础上刊刻的可能性极大"。[1]

既然双峰堂本与叶逢春本有非常密切的关系，那么它是如何理解"汉谱"二字的呢？双峰堂本的书名题为"按鉴批点演义全像三国评林"，而在总目前的题名是"按史鉴后汉三国志传"。此处并无"汉谱"之名，但值得注意的是，在叶逢春本题"汉谱"的地方，双峰堂本换上了"后汉"两字。对"史鉴后汉三国志"的释义，"史鉴"是《资治通鉴》的简称，"三国志"即为《三国志》，中间的"后汉"，也应该指代同类属性的事物，因此，"后汉"即《后汉书》。双峰堂本用《后汉书》来取代颇令人费解的"汉谱"二字，正体现了余象斗心目中"汉谱"二字的真义。这也从侧面说明：叶逢春本题名所谓"汉谱"即是《后汉书》。

现存《三国演义》诸本中，只有以叶逢春本为代表的志传系

---

[1] 参见［日］井上泰上《解说》一文，原文载井上氏所编《三国志通俗演义史传》（即叶逢春本）附录，［日］关西大学出版部1998年3月15日发行。中文译为《西班牙爱斯高里亚尔静院所藏〈三国志通俗演义史传〉初考》，载《中华文史论丛》第六辑，第163页。后又附于井上泰山编《三国志通俗演义史传》卷末《解说》，上海古籍出版社2009年影印本。

统的本子标举"按鉴汉谱三国志"之类,演义系统没有此等文字,但由于二者的人物故事和语言文字大体一致,尤其是嘉靖本有很多文字直接抄自《资治通鉴》《后汉书》《三国志》这类史书,因而它也有理由标榜"按鉴汉谱三国志"之名。因此,笔者进一步认为,所谓"按鉴汉谱三国志传"乃更接近于罗贯中原本《三国演义》的题名。

明白了"汉谱"乃《后汉书》之谓,对《三国演义》的研究也很有意义。以往在分析本书的内容和主题时,重点强调曹刘集团的矛盾对立及其所代表的道德蕴涵与历史进程的关系,这当然是很重要的。但如果我们把大量的后汉人物、故事也考虑进去,将会发现,《三国演义》的核心内容乃在于描绘一个后汉、三国的乱世景象以及国家的分裂与统一;而这部通俗历史小说的主旨不外乎借古鉴今。

"演义"的生成

本文主要探讨《三国演义》的文体要素的形成,以及"演义"与"志传"的关系等。

近数十年来,学术界充分发掘小说史料,并借鉴西方小说叙事学、文体学的思路和方法,对"演义"小说的研究取得了突出成绩[1]。这主要体现在:梳理历史演义与讲史、话本及章回小说的关联,分析历史演义的体式特征,辨别"演义"的类型等。这些成果不仅大大深化了对历史演义体性的认识,还有力地推动了其他章回小说文体的研究。但其中尚有美中不足之处,主要是缺乏对"演义"的生成过程及内在要素的系统梳理。本章的任务就是补充这个研究环节,考述"演义"从释经的言说方式到历史小说文体之生成过程、要素因承与质性凝定。

---

[1] 相关文献参考洪哲雄、纪德君《明清小说家的"演义"观与创作实践》,《文史哲》1999年第1期;陈维昭《论历史演义的文体定位》,《明清小说研究》2001年第1期;谭帆《演义考》,《文学遗产》2002年第2期等。

一、"演义"言说方式之探原

（一）源出经传"演义"及其特征

"演义"源于儒家经传。"演义"或称"衍义""演绎""衍绎"[1]，本是动词，特指一种释经的言说方式。《史记·太史公自序》云"文王拘而演《周易》"，指周文王推衍伏羲八卦为六十四卦三百八十四爻，并作卦爻辞。司马迁所谓"演"，就是一种言说方式，既包含对某种经典的推衍，又有增广内容和文字之意，已具备后世"演义"的基本内涵。如此说来，《易》卦爻辞就是"演义"之滥觞。

先秦两汉时期，"演义"大量用于阐释儒家经典，朱熹就把"汉儒解经，依经演绎"看成注经的正体（《朱子语类》卷六七），并据以贬斥魏晋人离经自著之书。而汉儒"演绎"的书名多称"传"而不称"演义"，其时儒家六经《易》《书》《诗》《礼》《乐》《春秋》皆有传，多数尚且不止一家。这些释经之作均运用了同一言说方式：依附某部经典，增广内容与文字，发明经义，已确定了"演义"这种言说方式的基本特征。只不过因解经手段不同，早期"演义"有演言、演事、演象的区别。大体而言，以事注经的有《左传》，以象释经的有《易传》，其余多为演言。

在这些经传中，《左传》出现的时间最早，堪称后世"演义"之祖。杜预《春秋左传序》曰：

---

[1]〔北宋〕宋祁、欧阳修等撰《新唐书》卷一五七《陆贽传》："书诏日数百，贽初若不经思，逮成，皆周尽事情，衍绎孰复，人人可晓。"

> 左丘明受经于仲尼，以为经者不刊之书也。故传或先经以始事，或后经以终义，或依经以辩理，或错经以合异，随义而发。其例之所重，旧史遗文，略不尽举，非圣人所修之要故也。身为国史，躬览载籍，必广记而备言之。

从这段话可以看出：作为中国第一部"演事"之作，《左传》释经方式具有如下特点：其一，《左传》依附于《春秋》，两书"犹衣之表里，相待而成"[1]；其二，《左传》"广记而备言"，叙事详明，文字亦较《春秋》增广十倍；其三，《左传》"随义而发"。刘知幾说"《左氏》之义有三长"，包括："所有笔削及发凡例，皆得周典，传孔子教"；"广包它国，每事皆详"；"凡所采撼，实广闻见"[2]。其中，前一项"演"周、孔之"义"，后两项"演"事与文，涵盖了"演义"这种言说方式的主要特点。

(二) 其他领域"演义"的特征

从汉代开始，"演义"这种言说方式已开始由释经扩展到其他领域。《汉书》曾言：

> 至宣帝时，汝南（桓）宽次公治《公羊春秋》……推衍盐铁之议，增广条目，极其论难，著数万言（师古曰：即今之所行《盐铁论》十卷是也。），亦欲以究治乱，成一家之法焉。（《汉书》卷六十六）

---

[1] 〔东汉〕桓谭著、〔清〕孙冯翼辑《新论》第九《正经》，中华书局1991年影印聚珍版，第7页。
[2] 〔唐〕刘知幾撰、〔清〕浦起龙释《史通通释》卷十四外篇第五《申左》，民国间中华书局影印聚珍版，第6册第27—28页。

这段话非常明确地概括了"演义"这种言说方式的三大特征：以某项政治议题为根据，增广内容和文字，发明其义。具体而言，《盐铁论》是桓宽"推演"汉昭帝时盐铁会议纪要之作，如果说"增广条目"与"极其论难"落实到"演"的内容及文字，那么，"究治乱、成一家之法"则是"演"义了。这么说来，《盐铁论》就是一部阐释政论的"演义"。这里的"推衍"也是动词，指言说方式。从桓宽治《公羊春秋》的专家身份，还透露了"演义"与儒家经传的渊源关系。

使用"演义"一词的最早纪录见于《后汉书·周党传》，中有光武朝博士范升弹劾周党的奏语，云"党等文不能演义，武不能死军"等语。范升所言"演义"，指推演发挥儒家经典，也用作动词，指一种言说方式。

最迟至唐代，"演义"已开始从言说的方式衍化为一种文类的专名。光启间苏鹗的《苏氏演义》是今存最早以"演义"名书之作。该书原作十卷，《永乐大典》仅残存二卷。陈振孙《书录解题》称其"考究书传，订正名物，辨证讹谬"，则知为名物训诂之书，且是推衍书传、增广内容这种言说方式的成果，当属于小学范围之"演义"。其后，"演义"之书多了起来。其中有经学的"演义"，如南宋真德秀的《大学衍义》；诸子学的演义，如南宋张德深推衍司马光《潜虚》而成的《潜虚演义》；诗学的演义，如元张性的《杜律演义》；术数的"演义"，如明陈道生的《遁甲演义》等等。这些"演义"之作，几乎都具有依据某部原著、敷衍内容及增广文字、阐发意义的共同特征，是"演义"这种言说方式的产物。但它们均是"演言"之书，而非"演事"之作。这大概是受孔子"述而不作"、后儒释经偏重于名物训诂传统之

"演义"的生成

影响。

《左传》以后,"演事"之书也有所发展。如出现于汉魏之际的《吴越春秋》,本为补《春秋》之阙,却在史实中掺杂神怪异闻,至今被视为历史演义的雏形。唐传奇中有不少作品是关于唐诗本事的"演义",如《莺莺传》演《莺莺歌》,《长恨歌传》演《长恨歌》,《李娃传》演《李娃行》。它们都含有诗歌本事、内容和文字的敷衍、意义的阐发等特征,是"演义"这种言说方式的成果。清人钮琇说,"传奇演义,即诗歌纪传之变而为通俗者"〔1〕,其中就包含唐传奇这种基于诗歌本事的"演义"。宋元时期的讲史和话本小说,其事多有所本,又皆出于增广内容与文字、发明其义的"演义"方式,从它们分别被称作"演史"〔2〕和"演话"〔3〕的事实,说明早就被视为"演义"的同类之作。后来不少明清文学家把所有通俗小说都称作"演义",确是渊源有自。这些历史和文学题材的"演事"之作,虽无"演义"之名,却行"演义"之实,是后世"演义"小说的直接渊源。

---

〔1〕 〔清〕钮琇《觚賸续编》卷一《言觚》"文章有本"条,《续修四库全书》本。
〔2〕 〔南宋〕周密《武林旧事》卷六"诸色伎艺人"云:"演史:乔万卷、许贡士、张解元……陈小娘子。"〔南宋〕罗烨《醉翁谈录·小说引子》:"由是有说者纵横四海,驰骋百家,以上古隐奥之文章,为今日分明之议论;或名演史,或谓合生,或称舌耕,或作挑闪,皆有所据,不敢谬言。"王国维云:"《东京梦华录》卷五所载'京瓦伎艺',有霍四究说三分、尹常卖《五代史》;至南渡以后,有敷衍《复华篇》及《中兴名将传》者,见于《梦粱录》:此皆演史之类也。"又云:"今日所传之《五代平话》,实演史之遗。"(王国维《宋元戏曲史》第三章《宋之小说杂戏》)
〔3〕 〔明〕熊大木编《全汉志传》的《文叔逃难遇刘唐》一回中,正文叙王莽以岑彭为状元、马武为榜眼,后有小字注云:"此时无状元、榜眼之名,后人演话者自取之矣。"

（三）历史演义的特征

《三国志演义》是首部正式题署"演义"的历史小说。明刊《三国演义》的题名大有意味：嘉靖元年刊本全称为《三国志通俗演义》，其"演义"用作名词，已衍化为一种小说类型；而其余大部分刊本的题名中都嵌有"按鉴演义三国志传"等字，其中"演义"仍作为动词，指示一种针对正史的阐释性言说方式。但无论《三国志演义》中的"演义"是名词还是动词，它们都指向共同的含义：对《三国志》等书事实的推衍、文字的增广和意义的揭示。

《三国志演义》及其后的历史演义，也均是"演义"这种言说方式的成果，包含了"演义"的三大特征。例如，林瀚《隋唐志传通俗演义序》称其书是在"罗氏原本"的基础上，又将"隋唐诸书所载英君名将忠臣义士凡有关于风化者悉为编入"；熊大木《新刊大宋演义中兴英烈传序》称其书是在"原有小说"（"武穆王《精忠录》"）的基础上，以"王本传行状之实迹，按《通鉴纲目》而取义"；陈继儒《唐书演义序》称其书是据"新旧（唐）书"中的《太宗纪》并杂采"野史事实"和"流俗文词"的演义；甄伟《西汉通俗演义序》称其书乃据"马迁《史（记）》"，"因略以致详，考史以广义"而成；可观道人《新列国志传序》称其书是在《列国志》的基础上，"本诸《左》《史》，旁及诸书，考核甚详，搜罗极富，虽敷演不无增添，形容不无润色，而大要不敢尽违其实"，用以发挥"国家之兴废存亡，行事之是非成毁，人品之好丑贞淫"之"义"[1]。这些演义小说所

---

[1] 黄霖等编选《中国历代小说论著选》（修订本），江西人民出版社2000年版，第113、121、138、207、248页。

依据的原书，大都是历史著作或者敷衍历史故事的小说，这就从题材上规定了演义的"历史"性质。

直到近代，"衍义"一词仍可用作动词，指一种言说方式。如《新小说》第八号起连载的《电术奇谈》（一名《催眠术》），标"日本菊池幽芳原著、东莞方庆周译述、我佛山人衍义、知新主人评点"。方庆周原译只有短短六回，却被吴趼人"衍义"成二十四回的长篇，包括内容的推演："有的地方吴趼人稍做了修改。更加详细地描写了主人公的心理状态，增加了故事里的伏笔，也增加了金钱的描写等等"；[1]以及文字的增饰："书中有议论谐谑等，均为衍义者插入，为原译所无。衍义者拟借此以助阅者之兴味，勿讥为蛇足也。"[2]这说明，晚清作家吴趼人对"演义"的认识是非常精准的。

显然，无论"演言"，还是"演事"，其言说方式皆具有相同特征，即推演事实、增广文字、揭示意义三项。"演义"从言说方式衍变为文体类型之后，其基本特征仍一脉相贯。然而，目前学术界对"演义"体性的认知仍有诸多模糊之处。大家对"演义"以俗语推演事与义的特征并无异议，其主要疏失表现为两个方面：第一，不解"演义"本出于一种言说方式；第二，不解"演义"必要依据某部原作或某项事义。这种疏失并非今人才有，早在明清人对"演义"的论述中，已多偏重于"演"事"演"义及语言的通俗性，实未囊括"演义"的全部或主要特征。

---

[1] [日]樽本照雄《吴趼人〈电术奇谈〉的原作》，载《清末小说研究集稿》，齐鲁书社2006年版，第148页。
[2] [清]吴趼人《电术奇谈·附记》，载《新小说》第十八号，光绪三十一年（1905年）。

二、"演义"三要素之生成[1]

(一)"演义"的三要素

"演义"作为一种言说方式,这规定制约了"演义"体式的构成要素。中国"叙事起于史官"[2],而"史之大原,本乎《春秋》"[3]。《孟子·离娄下》说:

> 王者之迹熄而《诗》亡,《诗》亡然后《春秋》作。晋之《乘》,楚之《杌》,鲁之《春秋》,一也。其事则齐桓、晋文;其文则史。孔子曰:"其义则丘窃取之。"[4]

孟子已从理论上钩稽出《春秋》叙事的三大要素:事、文、义。

正所谓"六经皆史也"(《文史通义·易教上》),《春秋》成了后世之"史教"。《春秋》所奠定的事、文、义三要素逐渐被论定为历史叙事的通例。宋人吴缜说:"夫为史之要有三:一曰事实,二曰褒贬,三曰文采。有是事而如是书,斯谓事实;因事实而寓惩劝,斯谓褒贬;事实、褒贬既得矣,必资文采以行之,夫

---

[1] 本节主要采自从《"演义"的生成》一文中第二部分《"演义"三要素之生成》扩充而成的《事文义:从历史到演义》一文,原载《贵阳学报》2013年第1期。

[2] 〔南宋〕真德秀《文章正宗·纲目》,《文渊阁四库全书》第1355册,第6页。

[3] 〔清〕章学诚著、叶瑛校注《文史通义》内篇五《答客问(上)》,中华书局1985年版,第470页。

[4] 〔战国〕孟子著、〔东汉〕赵岐注、〔北宋〕孙奭疏《孟子注疏》卷八《离娄(下)》,中华书局1957年影印《十三经注疏》本,第351页。

然后成史。"[1]章学诚也说:"史所贵者义也,而所具者事也,所凭者文也。"(《文史通义·史德》)也就是说,具备义、事、文方可称"史"。这些意见都是对史学三要素的理论概括,也是对孟子关于《春秋》事、文、义三要素论的因承和发展。

史传的三要素渐次渗透到文学领域,演变为各种新生的叙事文学文体的基本要素[2]。在从历史到历史演义的生成过程中,事、文、义要素的嬗变起了至为关键的作用。张尚德《三国志通俗演义引》曰:

> 史氏所志,事详而文古,义微而旨深,非通儒夙学,展卷间鲜不便思困睡。故好事者以俗近语隐括成编,欲天下之人入耳而通其事,因事而悟其义,因义而兴乎感。[3]

这就明确概括出首部历史演义的三大要素:事、语、义,并指出历史演义的事、语、义与历史著作的事、文、义有明显的对应关系。下文即以《三国志演义》为中心,具体梳理历史演义三要素的成因及特点。

(二)演义之"事"的生成及特点

《孟子》概言《春秋》"其事则齐桓、晋文",其意是说,

---

[1] [北宋]吴缜《新唐书纠谬序》,《新唐书纠谬》卷首,《四部丛刊三编》本。
[2] 如姚鼐论文倡"义理、考据和辞章",孔尚任论传奇"其旨趣实本于《三百篇》,而义则《春秋》,用笔行文又《左》《国》《太史公》也",都是对史传"义事文"三要素的发挥。
[3] [明]修髯子《三国志通俗演义引》,嘉靖壬午本《三国志通俗演义》卷首。本章所引《三国志演义》小说原文,均出自嘉靖壬午本。

《春秋》所记载的是霸业而非王业,其主要内容是"战"而非"礼"。但《春秋》叙事简略,幸得根基于《春秋》的《左传》叙事详明,可推原其理。一千多年后,唐人刘知幾尚称许《左氏》为"叙事之最"[1]。他在《史通·杂说(上)》概括《左传》的叙事成就,曰:

> 《左氏》之叙事也,述行师则簿领盈视,哐聒沸腾;论备火则区分在目,修饰峻整;言胜捷则收获都尽;记奔败则披靡横前;申盟誓则慷慨有余;称谲诈则欺诬可见;谈恩惠则煦如春日;记严切则凛若秋霜;叙兴邦则滋味无量;陈亡国则凄凉可悯。或腴辞润简牍,或美句入咏歌,跌宕而不群,纵横而自得。若斯才者,殆将工侔造化,思涉鬼神,著述罕闻,古今卓绝。[2]

刘知幾所述《左传》叙事成就几乎都体现在战争描写。这也说明,《左传》忠实地继承了《春秋》以"齐桓、晋文"之霸业为中心的叙事策略。

战争描写亦最能代表《左传》"叙事之最"的成果。《左传》叙写了春秋时期二百五十五年中的四百九十二起战役[3],俨然一部春秋争霸战争史。作者灵活运用倒叙、预叙、插叙和补叙等多种方法,多角度多侧面地描述了这些大小战争的起因、经过和

---

[1] [唐]刘知幾撰、[清]浦起龙释《史通通释》,上海古籍出版社1983年版,第222页。
[2] 同上书,第451页。
[3] 参见朱宝庆《左氏兵法》,陕西人民出版社1991年版,第282—306页。

结局，彼此之间绝无雷同。近人梁启超赞叹说："《左传》中有名之五大战——泓、城濮、鄌、邲、鄢陵，吾脑际至今犹有极深刻之印象，觉此五役者为我国史中规模宏大之战事。……动辄以之与后世国际大战争等量齐观。"[1]《左传》在战事的组织安排上极具匠心。大致说来，其书正叙战争过程的内容较略，一般把叙事重心放在战争之外。《左传》面对不同的战争，有的侧重于人际恩怨，有的侧重于计划谋略，有的侧重于力量对比，有的侧重于经验教训，乃至把人们的个性心理与道德修养也视为决定胜负的关键因素。诚如清人冯李骅所言："左氏极工于叙战，长短各尽其妙……篇篇换局，各各争新。"[2]

《三国志演义》主要是依据《三国志》《后汉书》和《资治通鉴》的"演义"，其事虽不出于《左传》，但其叙事义例却与《左传》一脉相承。不少人注意到，《三国志演义》之"事"与《左传》之"事"有明显的对应关系[3]。首先，跟《左传》一样，《三国志演义》也以战争为叙事焦点。小说主要描写从汉末各路诸侯争霸，至魏、蜀、吴三国鼎立，再到三家归晋的历史进程，战争描写是其中最为精彩也为最成功的部分。《三国志演义》描写战争的篇幅之长、次数之多、形式之多样、规模之宏大，在世界文学史上也属罕见。据有人统计，全书写了大大小小四十多

---

[1] 梁启超《梁启超史学论著四种》，见《中国历史研究法》，岳麓书社1998年版，第181—182页。

[2] [清]冯李骅《左绣》卷首《读左卮言》，《四库全书存目丛书》影印本第141册，第132页，齐鲁书社1997年版。

[3] 梅显懋《〈左传〉战争描写对〈三国演义〉的影响》，《社会科学辑刊》1992年第2期；陈莉娟《〈左传〉与〈三国演义〉比较研究》，江西师范大学硕士论文2003年12月；陶运清《〈左传〉的叙事特色》，郑州大学硕士论文2006年6月。

场战事，无论是大规模的战役还是小规模的战斗，都写得各具声色，变化多端。其中，叙官渡、赤壁、彝陵三大战役最为人所称道。作者不仅详细描绘出这三次以弱胜强战役的不同经过，还突出了各自不同的侧面，如以粮草为中心写官渡之战，以外交为中心写赤壁之战，以心理为中心写彝陵之战。这使得《三国志演义》的战争描写千姿百态、趣味横生。

其次，《三国志演义》不仅大量模仿了《左传》战争描写的内容，也大量借鉴了《左传》战争描写的写法。《三国志演义》战争叙事的焦点往往并不局限于战争本身，而是将错综复杂的政治斗争、外交斗争交织在一起，表现出决战双方综合力量的对比与变化。小说着重突出了军事谋略在战争中的关键作用，如叙官渡之战、赤壁之战等重大战役时，就重点写统帅的运筹帷幄，强调战略战术的运用。《三国志演义》还通过战争描写来突出人物，不仅塑造了诸葛亮、曹操、司马懿、周瑜、陆逊等一大批优秀的军事指挥家，荀彧、荀攸、郭嘉、贾诩、庞统、鲁肃等一批著名谋士，还塑造了关羽、张飞、赵云、典韦、许褚、夏侯惇等一批勇猛武士，组成了一个丰富多彩的智慧型人物世界。就战争描写的艺术而言，真可谓《左传》而后，便是此书。

《三国志演义》是小说，终究是跟史传叙事有区别的，其主要表现就是增加了大量虚构故事。如《三国志演义》中"赤壁之战"一节主要出自《资治通鉴》。《资治通鉴》中并没有诸葛亮舌战群儒、蒋干盗书、诸葛亮草船借箭、庞统献连环计、诸葛亮借东风等一系列故事，《三国志演义》却加以大书特书，打造成为最精彩的部分。这些情节主要出自一些汉魏笔记、宋元小说、戏曲与其他讲唱文学资料，不仅其分量远远超过史传，其兴味亦远远超过史传。正是在虚实结合的基础上,《三国志演义》最为集中地展示了古代战争的经验和智慧,成为我国战争文学之翘楚,甚至被后代将领视作军事教科书。

《三国志演义》的叙事从两个方面给后世演义小说体式带来了深远的影响。其一,《三国志演义》是最早以战争为叙事焦点的章回体长篇小说,受其影响,后来的"演义"也多把战争描写放在显要地位;其二,从《三国志演义》开始,虚构故事就成为"演义"的题中应有之义。

(三) 演义之"文"的生成及特点

《孟子·离娄(下)》中的"其文则史"一句,赵岐注与孙奭疏均解释为"史记之文"[1]。刘知幾《史通》首列《尚书》与《春秋》,钱大昕《廿二史札记序》赞《尚书》与《春秋》是"史学之权舆"[2],章学诚《文史通义》说史学本于《春秋》,均视《春秋》为"史记之文"。但这个解释颇有点就事论事的意味,其确切含义仍显模糊。笔者认为,"文"即指"文采",也含有史家章法即体例的意思。

首先说"文采"。《释名·释言语》曰:"文者,会集众采以成锦绣,会集众字以成词谊,如文绣然也。"[3]"文采"是"文"的本义。因为在《孟子》成书前后,皆概称经史为"文",尚无文人之文,所以有"文则史"之说。如《论语·雍也》"质胜文

---

[1] 〔战国〕孟子著、〔东汉〕赵岐注、〔北宋〕孙奭疏《孟子注疏(卷八)》,第351页。
[2] 转引自〔清〕赵翼《廿二史札记校正》,中华书局1984年版,第885页。
[3] 〔东汉〕刘熙撰、〔清〕毕沅疏《释名》卷四《释言语第十二》,丛书集成初编本,中华书局1985年新1版,第99页。

则野，文胜质则史，文质彬彬，然后君子"，《仪礼·聘记》"辞多则史"，《韩非子·难言》"捷敏辨洽，繁于文采，则见以为史"，其中之"史"，皆言"史官多文也"[1]。这样说来，"其文则史"即指史传富于文采的意思。

一般说来，历史演义比史传更注重修饰文采。史传需要讲究文采是不错的，但无论怎么饰辞，均不能脱离史实，也不能抑扬过当。而演义小说则不然，不仅事实可以虚构，遣词造句皆可任意摹拟。《三国志演义》增饰文辞的地方主要体现在两个层次上：其一是"虚加练饰，轻事雕彩"；其二是"体兼赋颂，词类徘优"[2]。

对于史实，《三国志演义》很注意增饰细节，以提升文学趣味。如《三国志演义》中的"舌战群儒"虽出于虚构，但诸葛亮确曾前往东吴游说孙权联合抗曹。《资治通鉴》也载有此事，从"曹操自江陵将顺江东下"，到"权大悦，与其群下谋之"，仅用了453字。其大意如下：诸葛亮向刘备请命"求救于孙将军"，因与前来给刘表吊丧的鲁肃同归柴桑；诸葛亮一见孙权就展开游说；孙权也一拍即合，当即答应联合抗曹。《三国志演义》则用了四则篇幅敷衍相关内容，增改了很多文字。《三国志演义》把诸葛亮主动请求联吴，改写为鲁肃乘给刘表吊丧之机，向刘备"坚请孔明同去"结盟；又增加刘备"诈言不肯"、经诸葛亮亲自请求才勉强应命的细节。又加写鲁肃在归舟中反复叮咛诸葛亮，

---

[1]〔东汉〕郑玄注《仪礼·聘记第八》"辞多则史"，中华书局影印十三经注疏本。

[2]参见〔唐〕刘知幾撰、〔清〕浦起龙释《史通通释》卷六《叙事第二十二》，中华书局版影印聚珍版。

"切不可实言曹操兵多将广",惹得"孔明冷笑"等细节。这些细节描写,突出了刘备之机谋、鲁肃之憨厚、诸葛亮之胸有成竹,大大强化了人物性格。

还有借题发挥乃至完全虚构文字的情况。《三国志演义》虚构诸葛亮"舌战群儒"就很成功。在诸葛亮正式面见孙权的前日,《三国志演义》又增叙孙权先后接见张昭与鲁肃,为舌战群儒作铺垫。论战中,吴方主降派张昭、虞翻、步骘、薛综、陆绩、严峻、程秉以唇枪舌剑纷纷来袭,诸葛亮一一反击,场面异常激烈,行文气势磅礴。紧接下文,《三国志演义》又把《资治通鉴》写诸葛亮劝说孙权的话"若能以吴、越之众与中国抗衡,不如早与之绝;若不能,何不按兵束甲,北面而事之!"演变为《诸葛亮智激孙权》一则;把《资治通鉴》写周瑜主动向孙权请战的一段对话,附会为《诸葛亮智说周瑜》一则。总之,《三国志演义》不仅在铺叙历史故事时大量增加细节描写,更在虚构故事中大胆放开手脚,精雕细琢。

《三国志演义》还镶嵌了大量的诗赋文章。诸葛亮在智说周瑜时,颂曹植《铜雀台赋》,故意把原文中"挟二桥于东南兮"的"二桥"说成"二乔",以激怒周瑜,还假意劝导周瑜:"昔匈奴累侵疆界,汉天子许以公主和亲,元帝曾以明妃嫁之,何惜民间二女乎?"当周瑜说明"小乔乃吾之妻也",孔明仍佯装不知,连声说:"惶恐!惶恐!亮实不知也。失口乱言,死罪!死罪!"(卷九《诸葛亮智说周瑜》)此外,如叙群英会上周瑜舞剑作歌,孔明草船借箭时插入《大雾垂江赋》,曹操视察大军时咏《短歌行》等,赤壁鏖兵中又插入数篇诗赋等,使小说处处洋溢着诗情画意的美感。这些诗词歌赋不仅具有传统的抒情写意功能,又新增了推动情节发展的叙事效应。

以上事例说明,历史演义是从史家之"文"变为文学之"文"的成果。以《三国志演义》为标志,当"演义"从史笔变为文笔之后,审美性超越了对真的要求。受其影响,其后的章回体长篇小说更自觉地致力于文笔的细腻与奇幻。

《三国志演义》号称"文不甚深,言不甚俗",虽然力争雅俗共赏,但其主要目标乃是粗通文墨的普通读者。语言的通俗化就成了最合理的选择。从《三国志通俗演义》开始,"通俗"与"演义"从未判为二途。

其次,《孟子》所谓"其文则史",不仅限于史家文笔,还包括史家章法即体例问题。《三国志演义》成功化用了史书的三大叙事体例:"编年体""人物纪传体"和"纪事本末体"。编年体可上溯到我国现存第一部史书《春秋》,《左传》也沿用了这种"以事系日,以日系月,以月系时,以时系年"[1]的序时方法。纪传体为司马迁所创,其优点是可以完整地记叙特定的人物。宋人司马光的《资治通鉴》大大改进了编年体"一事而隔越数卷,首尾难稽"、纪传体"一事而复见数篇,宾主莫辨"[2]的弊端,成为纪事本末体的先驱。《三国志演义》则兼具各体之长,却无其短,正如毛宗岗所言:"殆合本纪、世家、列传而总成一篇。"

《三国志演义》起于汉灵帝建宁二年(189),终于晋武帝太

---

[1] [西晋]杜预《春秋左氏经传集解序》,见《十三经注疏(下)》,中华书局1980年版,第1703页。

[2] [清]纪昀等撰《四库全书总目提要》卷四十九《通鉴纪事本末提要》,中华书局1997年版,第675页。

康元年（280），正所谓"陈叙百年，该括万事"[1]，建构了一个结构宏大、时序连贯又文笔生动的叙事世界。笔者曾对此加以总结说：

> 《通俗三国志》在对《资治通鉴》《后汉书》和《三国志》吸收的特色上，一般是以《资治通鉴》为骨架，而以《后汉书》和《三国志》为血肉，并兼采其他野史笔记和前人的诗词论赞而成。具体说来，在以事系年和故事框架两方面，《通俗三国志》主要参考了《资治通鉴》，比如，普遍在含叶逢春本在内的志传系统本的各卷卷首标明起讫年代的做法，就是对《资治通鉴》的移植。另一方面，对具体人物事件的描绘及其评价，则又多采《后汉书》和《三国志》等。这样一来，形成了在叙事上既有条不紊而又细腻生动的特点，而这正是该书的显著成就之一。[2]

总之，"按鉴"而分章回、据某史实推演并使之虚构化、大量增饰文辞并使之通俗化，堪可代表历史演义"文笔"的共同特点。

（四）演义之"义"的生成及特点

《三国志演义》究竟所演何"义"？大家对这个问题众说纷纭，莫衷一是。沈伯俊曾说："不宜简单地说《三国演义》是

---

[1]〔明〕高儒《百川书志》，黄霖、韩同文《中国历代小说论著选》，第117页。

[2] 参见杨绪容《叶逢春本〈三国志传〉题名"汉谱"说》，原载《明清小说研究》2002年第2期。今收入本书本编，第22—23页。

'演'《三国志》之'义'。"[1]沈先生此说可谓别具慧眼,但尚未给出正面答案。笔者认为,《三国志演义》之"义"亦即《春秋》之"义",同是针对乱臣贼子的诛心之作。庸愚子在谈《三国志通俗演义》的缘起说:

> 夫史……有义存焉。吾夫子因获麟而作《春秋》。《春秋》,鲁史也。孔子修之,至一字予者,褒之;否者,贬之。然一字之中,以见当时君臣父子之道,垂鉴后世,俾识某之善,某之恶,欲其劝惩警惧,不致有前车之覆。此孔子立万万世至公至正之大法,合天理,正彝伦,而乱臣贼子惧。[2]

庸愚子在此敏锐地看到,《三国志演义》与《春秋》其"义"相通。

在先秦历史著作中,《春秋》尤为注重演"义"。后人据《春秋》总结的"春秋笔法",成了"春秋学"的核心问题。所谓"春秋笔法",主要说《春秋》通过一系列"属辞比事"的方法寄寓了孔子的"微言大义"。但其"义"究竟何在?《孟子》曰:"孔子成《春秋》而乱臣贼子惧。"[3]这就是说,"春秋笔法"的核心在于"惩恶而劝善",具体在于抨击"乱臣贼子"。

《三国志演义》之"义"也在于辨忠奸善恶而使"乱臣贼子

---

[1] 沈伯俊《〈三国志〉与〈三国演义〉关系三论》,《福州大学学报》2003年第3期。
[2] 〔明〕庸愚子《〈三国志通俗演义〉序》,黄霖、韩同文《中国历代小说论著选》,第108页。
[3] 〔战国〕孟子著,杨伯峻译注《孟子译注》,中华书局2005年版,第155页。

惧"。毛宗岗读《三国志法》曰：

> 《三国》一书，有首尾大照应、中间大关锁处……然尤不止此也。作者之意，自宦官妖术而外，尤重在严诛乱臣贼子，以自附于《春秋》之义。故书中多录讨贼之忠，纪弑君之恶。而首篇之末，则终之以张飞勃然欲杀董卓；末篇之末，则终之以孙皓之隐然欲杀贾充。虽曰演义，直可继麟经而无愧耳。[1]

因为传说孔子作《春秋》至获麟而止，故后人又喻《春秋》为"麟经"。毛宗岗直把《三国志演义》比作《春秋》这部儒家经典，揭示出两者寄寓了一脉相承之"义"。

具体而言，在《三国志演义》中，"春秋笔法"集中体现于"尊刘贬曹"这一总思想倾向之中。庸愚子的《三国志通俗演义序》又说：

> 曹瞒虽有远图，而志不在社稷，假忠欺世，卒为身谋，虽得之，必失之，万古奸贼，仅能逃其不杀而已，固不足论。……惟昭烈，汉室之胄，结义桃园，三顾草庐，君臣契合，辅成大业，亦理所当然。

这就说明，《三国志演义》帝蜀寇魏，在一褒一贬中，寄寓了作者鲜明的道德观念。

---

[1]〔清〕毛宗岗《读〈三国志法〉》，见朱一玄等编《三国演义资料汇编》，南开大学出版社2003年版，第266页。

《三国志演义》中，曹操是"乱臣贼子"的典型。卷九《诸葛亮舌战群儒》中，诸葛亮骂曹操为"逆贼"；卷十四《魏王宫左慈掷杯》写曹操欲自立为魏王，尚书崔琰力阻之，大骂"篡汉奸贼"。卷十二《曹操大宴铜雀台》写曹操的下属大肆奉承、赞扬他"虽周公、伊尹，不及丞相耳"，此处"不及"寄寓了"一字褒贬"之法，实则暗讽曹操篡权。作者生怕读者体会此意不出，接着写道：

> 尹氏有诗一首，单道王莽奸邪处，后人读此诗有感，因而可以拟曹操也。诗曰：
> 周公恐惧流言日，王莽谦恭下士时。
> 假使当年身便死，一生真伪有谁知！[1]

可见，《三国志演义》的作者已明确把曹操比作篡汉的王莽。另一方面，《三国志演义》把反对曹操的战争一律视为正义战争。当曹操不顾一些人的劝阻，执意自立为王：

> 时有一人，姓耿，名纪，字季行，洛阳人也。旧为丞相府掾，后迁侍中少府，与司直韦晃甚好。见曹操爵至魏王，出入用天子车服，心常不平。时遇建安二十三年春正月，耿纪与韦晃在私宅中共饮。耿纪起身密议曰："曹操篡逆，有心多时。吾等为汉臣，岂可同恶相济？"（卷十四《耿纪韦晃讨曹操》）

---

[1] 实际上，这并不是什么"尹氏之诗"，实乃白居易诗《放言五首》之三。

耿纪、韦晃不仅骂曹操为"篡逆",还起兵讨伐他。作者书此回目即用"讨"字,曰《耿纪韦晃讨曹操》,也通过"一字褒贬"体现了正反善恶的区别。

在曹操的敌人和对手之中,刘备被看作是继天命之正统。小说写建安四年,汉献帝不满曹操弄权,密赐董承衣带诏,令他联合刘备等诛贼除害,不料事泄。刘备出逃后,组织数万兵力乘虚进攻曹操的老巢许昌。曹操领兵迎击,两军相遇:

> 玄德出马于门旗下,操以鞭指而骂曰:"吾待汝为上宾,汝何背义忘恩耶?"玄德大怒曰:"汝托名汉相,实为国贼!吾乃汉室宗亲,故讨反贼耳!"(卷七《刘玄德败走荆州》)

曹、刘两人阵前对骂,一据私恩,一据公义,胜负未分,是非已判。

《三国志演义》是怎样上溯春秋之"义"的呢?庸愚子《序》言:

> 至朱子《纲目》,亦由是也。岂徒纪历代之事而已乎?

此话指出,朱熹的《资治通鉴纲目》忠实地继承了《春秋》之义,而《三国志演义》"尊刘贬曹"之义并非直接源自《春秋》,而是直接出自《资治通鉴纲目》。朱熹编撰《资治通鉴纲目》五十九卷,记事起讫与《资治通鉴》一致。书中大字为提要,即"纲",模仿《春秋》以明"书法";小字以叙事,即"目",模仿《左传》,记评史事;另有凡例一百余条,述褒贬之旨。朱熹编撰此书的目的，除了条理《通鉴》以利阅读外，更主要的是借修史来维护纲常名教，因此行文义例严谨，处处仿《春秋》笔法，极重褒贬进退。例如，《纲目》卷十三写建安四年，"刘备起兵徐州讨曹操"，其后"书法"说："讨贼义重，《纲目》重以予人也。必若刘备然后可以书'讨'矣。"可见，《资治通鉴纲目》正如《三国志演义》，也把刘备作为正义的一方，把曹操作为非正义的一方；把争霸的双方，看作是正统对逆贼的战争。这说明，《三国志演义》是直接以《资治通鉴纲目》为中介来远绍"春秋笔法"的。

当然，也得承认，其后的众多历史演义所演之"义"，在《春秋》以"一字褒贬"而诛"乱臣贼子"之"心"的基础上，扩展到以"忠孝节义"为中心的整个儒家道德体系。

(五) 演义的"事""文""义"之关系

在历史著作中，"义"是灵魂，是核心，"事"与"文"是工具，是手段。章学诚辨之甚详，曰：

> 载笔之士，有志《春秋》之业，固将惟义之求，其事与文，所以藉为存义之资也。……作史贵知其意，非同于掌故，仅求事、文之末也。(《文史通义·言公上》)

从历史到"演义"，义、事、文三者关系大体稳定，但在细节表现上又有所差异。

其一，历史演义可以脱离事实来夸大其"义"。《三国志演义》就为突出其义而夸大事实，过甚其词。如叙曹操滥杀无辜，最突出的例子血腥屠杀亲族吕伯奢一家，在知道是误杀以后，他还把吕伯奢也杀死。有关此事的起因经过，裴松之的《三国志注》中共有三条，分别出自《魏书》《世语》《杂记》。罗贯中选择了其中最有损于曹操品格的一条，即孙盛《杂记》中的说法，对另两条则略而不提。《杂记》叙曹操错杀了吕伯奢一家后，怆然曰："宁我负人，毋人负我"，还多少带些痛惜之情。此话在《三国志演义》中变成"宁教我负天下人，不教天下人负我！"（卷一《曹孟德谋杀董卓》）简直成了暴君的宣言。小说中这种不顾事实而夸大其"义"的笔墨甚多，以致给人以"欲显刘备之长厚而近伪，状诸葛之多智而近妖"的深刻印象。可见，历史之"义"建立在史实的基础上，而小说之"义"却建立在文章的基础上。当历史演义脱离历史而"演义"，历史不过是个由头罢了。因此，争论"七实三虚"或"三实七虚"，对"演义"的体式而言，并不具有实质性意义。

其二，在历史演义中，还有"义"与"事""文"不协调的现象。如《三国志演义》在极力鞭挞曹操之恶的同时，又展示他具有雄才大略、爱惜人才的英雄面目。他以"挟天子以令诸侯"之势，力扫群雄，平定北方，在客观上结束了汉末的动荡局面，有利于人民生活的安定。小说在颂扬刘备之德的同时，又展示出他志在天下的枭雄本色。叙刘备来荆州投奔刘表，刘表有意托付荆州，他却三辞三让，义薄云天。不料他却乘酒兴矢口说出"备若有基本，何虑天下碌碌之辈耳"的话来，露出兼并之意。当阳撤退时，他拒绝诸葛亮"暂弃百姓，先行为上"的建议，说"若济大事，必以人为本"（卷九《刘玄德败走江陵》），又强调"操以急，吾以宽；操以暴，吾以仁；操以谲，吾以忠。吾每与操相反，事乃可成耳"（卷十二《庞统献策取西川》）。可见，刘备拼仁义，与其说是道德操守，毋宁说是争霸策略。这说明作者在创作中，遵循的是艺术规律而非历史精神，由此在不知不觉之间造成某些多"义"或歧"义"。

总之，历史演义中"义"与"事""文"之间发生游离甚至矛盾，是小说艺术自身逻辑的结果。这些笔墨虽有违史传中义与事的严谨和统一，却更全面地反映了社会生活的丰富性和人物性格的多面性。这种"义""事""文"不协调现象对以后小说影响甚大。一方面，它大大拓展了小说的艺术空间，进一步推动通俗小说从史传中独立出来；另一方面，它导致通俗小说中"义"与"事""文"进一步分离，使充斥于古代小说中的道德劝戒逐渐虚化为空洞的说教。

三、"演义"名义质性之凝定

（一）"演义"与"传"：从言说方式到文体

如前所述，"演义"本是一种用于释经的言说方式，其体式则有"传""记"等称。"传"即"训释之义"。刘知幾说：

> 《左传》家者，其先出于左丘明。孔子既著《春秋》，而丘明受经作传。盖传者，转也，转受经旨，以授后人。或曰：传者，传也，所以传示来世。案孔安国注《尚书》，亦谓之传。斯则传者，亦训释之义乎？观《左传》之释经也，言见经文而事详传内，或传无而经有，或经阙而传存。其言简而要，其事详而博，信圣人之羽翮，而述者之冠冕也。（《史通·六家》）

这就是说,"传"的本义是转述经义以传后人,也指一种释经方式,跟前引朱熹所谓"依经演绎"原是一回事。但在两汉以前,释经虽行"演义"之实,尚无"演义"之名。而"传"的使用则较为普遍,它既可跟"演义"一样用作动词,表示一种释经的方式;也可用作名词,表示一种释经的体式、一种文类的名称。如《春秋》三传就是"传"体的代表作,它们各有所侧重,《左传》举事实,《公羊传》《穀梁传》析义例,其共同目的均为发挥《春秋》寄寓的"微言大义"。章学诚在《文史通义》内篇《传记》中,除《春秋》三传之外,还列举了《礼经》的大小戴《礼记》、《易经》的"大传"《系辞》等。章氏断言,言"传"言"记",实无区别,如《春秋》三传"各记所闻,依经起义,虽谓之'记'可也";而《大戴礼记》《小戴礼记》"各传其说,附经而行,虽谓之'传'可也"(《文史通义·传记》)。总之,无论作为释经方式的"演义"与"传",还是作为释经体式的"传""记",都包含推演某部原书、增广内容与文辞、发明意义的共同特征。

在历史演义成熟之后,很多作品仍沿袭秦汉经传的成例,以"演义"为动词表示言说方式,以"传"为名词表示文体类型。有多个明刊《三国志演义》的书名同署"演义"与"传",如万历二十四年诚德堂刊本全称为《新刊京本按鉴补遗通俗演义三国志传》,明万历三十三年联辉堂刊本全称为《新锲京本校正通俗演义按鉴三国志传》,万历三十八年杨闽斋刊本全称为《重刻京本通俗演义按鉴三国志传》等。也有其他历史演义兼举"演义"与"传"为全名者,如《残唐五代史演义传》《大宋演义中兴英烈传》《杨家将演义全传》等等。在这些题名中,"演义"是动词,指一种言说方式;"传"是名词,表示文体类型。两者互为补充,构成书名的全称。

也有历史演义单题"演义"或"传"为书名。如嘉靖壬午刊本称《三国志通俗演义》,嘉靖二十七年叶逢春刊本则称《新刊按鉴汉谱三国志传》。再如,明代的《武穆精忠传》又名《武穆王演义》,《唐书演义》又名《唐书志传》,《残唐五代史演传》又名《五代残唐演义》;清代的《梁武帝西来演义》又名《梁武帝传》,《洪秀全演义》又名《洪杨豪杰传》等。在这些书名中,"演义"与"传"均用作名词,同指文体类型,两者不仅同义,甚至可以相互替代。这是"演义"从一种言说方式衍化为一种小说文体的结果。

(二)"演义"即"传"

即使在"演义"成为明清小说的一个独立文类之后,其文体名称也不限于"演义"一端。明清演义不仅可称"传",也可称"志传""全传""书传""本传"等名。如《大宋演义中兴英烈传》又名《武穆王演义》《武穆精忠传》《精忠全传》和《岳王志传》,《全汉志传》又名《东西汉全传》,《大唐秦王词话》又名《唐秦王本传》《唐传演义》和《大说唐全传》,《南北两宋志传》又名《南北宋演义》和《南北宋传》,《英烈传》又名《大明志传》《洪武全传》及《皇明英烈志传》等等。诸如此类同书异名现象表明,不仅"演义"可称"传",而且还可称"志传""全传""书传"。在这些名目之间亦无实质性区别。

在"传"之外,"志传"之名使用最多。由于使用较为频繁,"志传"之名甚为显赫,其重要性俨然与"演义"相抗衡。"志传"也可称为"传志",如万历三十三年西清堂刊本全称为《京板全像按鉴音释两汉开国中兴传志》。在文学批评中也用到"传志"之名，如林瀚《隋唐志传通俗演义序》曰："罗贯中所编《三国志》一书，行于世久矣，逸士无不观之。而隋唐独未有传志，予每撼焉。""志""传"不仅可合称，也可分言，如《续英烈传》又名《永乐定鼎全志》和《云合奇踪后传》，《锋剑春秋》又名《锋剑春秋传》和《锋剑春秋后列国志》等。此外，也有单言"志"者，如《（新）列国志》《前后七国志》《东西两晋全志》《东周列国志》等。

还有一些演义小说既不称"演义"，也不称"传""志传"，而另用他名。其中有称"史"者，如《隋炀帝艳史》；有称"书"者，如《魏忠贤小说斥奸书》；有称"记"者，如《三宝太监西洋记》《台湾外记》；有称"录"者，如《辽海丹忠录》；有称"话"者，如《大唐秦王词话》；有称"评"者，如《梼杌闲评》；有称"文"者，如《隋史遗文》等。虽这些名称各异，其内涵与"演义"或"传""志传"并无区别，一般也可互换。

志、传、书、记都是正史的体例，正如明陈于陛所谓"考史家之法，纪表志传，谓之正史"（《明史》卷二百十七）。纪（记）、传是史书的体裁，由司马迁首创。《史记》有"本纪"十二篇，为帝王传记，居于全书纲领的地位；有"列传"七十篇，述皇帝以外各方面代表人物的传记，也用来记载少数民族及外国史。"书"亦为《史记》首创，《汉书》改"书"为"志"，主要记述历代典章制度以及社会、经济、文化、地理等方面的历史。所以，志、传、书、记既可分用，也可合称，均是"史"的意思。当然，历史演义与正史终究是不同的。很多"演义"小说称"录""文""评""话"，就明确揭示出其通俗小说的特性。

在"演义"的诸多名称中，当今学术界单把"志传"一词抽取出来，并拿它和"演义"对举，认为两者在内容及体式上具有显著区别。如普遍把明刊《三国演义》分为"演义本"和"志传本"，且认定两者之间不仅有内容的差异，也有体式的区分；还有不少人认为在"演义体"小说类型之外，别有"志传体"小说类型。据以上辨析可知，这些意见是不恰当的。

结论应该是，"演义"和"传"最初是动词，都指一种释经的言说方式；而"传"同时又用作名词，表示一种释经的体式。最迟至唐代，"演义"也用作名词，成为一种文类的体式。《三国志演义》的问世标志着"演义"作为一种小说文体正式生成。在历史小说题名中，"演义"不仅与"传"或"志传"同义，且可与记、书、志、录、文、评、话等词通用。明清历史小说无论作上述何种称呼，均属于"演义"这一类型，其基本质性仍不外乎推演某部原书事义、增广文辞、揭示意义。

将以上论述归结为一点，也即是说，题名《三国志演义》或《三国志传》其意相同，其间并无体式或题材或其他任何方面的分别。

《资治通鉴纲目》与《三国演义》"尊刘贬曹"的传统

本文主要从一个侧面探讨《三国演义》的思想内核及其直接渊源。

《三国演义》号称"据正史,采小说",正如庸愚子《序》所说:是由"东原罗贯中,以平阳陈寿传,考诸国史……留心损益"而成。其史书上的源流主要是指《后汉书》《三国志》《资治通鉴》等。叶逢春本的全称为"按鉴汉谱三国志传",其中,"鉴"指《资治通鉴》,"汉谱"即《后汉书》,"三国"就是《三国志》。"小说"当指《全相三国志平话》和一些有关"三国"故事的文言笔记、话本、戏曲和传说等。这些"正史""小说"无疑是《三国演义》最为重要的来源,但《三国演义》吸收的文史作品远不止此,诸如从《资治通鉴》衍生的《资治通鉴纲目》、从正史衍生的《十七史详节》等也是《三国演义》直接借鉴的对象[1]。

前贤谈论《三国演义》与《资治通鉴》《后汉书》《三国志》

---

[1] 详情参见周兆新《〈三国演义〉与〈十七史详节〉的关系》,《文学遗产》1987年第5期。

等书的继承关系,往往更多地强调人物故事乃至语言文字,然而思想观念和感情色彩的影响其实更加重要。所以我们可以从这些与《三国演义》有直接继承关系的著作中去了解其思想感情的奥秘。本章即拟具体探讨朱熹的《资治通鉴纲目》与《三国演义》在思想倾向上的重要关联。

一、《三国演义》"尊刘贬曹"的思想渊源

《三国演义》的读者很容易读出明显的"尊刘贬曹"意味,这是不错的。对于《三国演义》尊刘贬曹的思想根源,则众说纷纭,大致有如下几种看法:

(一) 正统说

历史上的尊刘贬曹论者,根据正统观从两个方面立论。一是与皇位继承权的合法性有关。刘备是中山靖王之后,理应承继汉统;而曹魏却是"窃据神器"的乱臣贼子。这样,刘为正统、曹则篡国之贼,理应尊刘贬曹。这种说法便以《资治通鉴纲目》为代表。

另一理由则与夷夏论相关。汉禅位于西晋,西晋的史学家陈寿本来是尊魏为正统。其后,一统天下或者北方的政权,多尊魏为正统;而偏安的政权就喜欢反其道而行之。北方的大部分地区曾被少数民族占领,而这些北方政权比如金朝,为了政权的合法性,一般尊曹魏为正统。到了东晋偏安江南,习凿齿的《汉晋春秋》就尊刘蜀为正统。两宋王朝的情形正复相同。北宋皇帝尊曹魏为正统,而到了南宋偏安江南,变为尊刘贬曹,还自喻为"恢复汉室"的蜀国。正史的政治倾向必然影响到文人士大夫,陆游的名篇"邦命中兴汉,天心大讨曹"、姜夔的《满江红》"却笑

英雄无好手,一篙春水走曹瞒",正是这种思想的表现。元代是蒙古政权,一些具有强烈民族自尊心的知识分子也尊蜀汉为正统。杨维桢打着"必以吴魏为分系而以蜀汉为正统"的旗号,其目的还是为了"挈大宋之编年,包辽金之记载"[1],仍然立足于现实。

(二)反暴政倡仁政说

另一种意见,则从反对暴政、提倡仁政的角度为尊刘贬曹张目。这种意见主要不在正史,而在野史或者文学中流行。对曹操的残暴性格进行大肆贬抑,在士大夫之间可谓由来已久。《三国志》对曹操颇多润色夸饰,对他的缺点,或者回避,实在要写也总是轻轻带过。比如,写他为报父仇,攻破陶谦,只用"所过多所残戮"描述其罪行,尚属轻描淡写。《三国志》裴注则不同,它引用多条《曹瞒传》故事,其中数举曹氏"酷虐变诈"之行事。此外,它还引用王沈《魏书》、郭颁《世语》、孙盛《杂记》三书所记曹操杀吕伯奢家人一事,其中《杂记》所言曹操"宁我负人,毋人负我"这句极端利己主义的自白,为《三国演义》所吸收。西晋文人陆机评价曹操的功过云:"曹氏虽功济诸夏,虐亦深矣!其民怨矣!"[2]其观点与这种反对暴政的精神是一致的。裴启《语林》、刘义庆《世说新语》和殷芸《小说》等写到曹操

---

[1] [元]杨维桢撰《宋辽金正统辨》,附载于[元]陶宗仪《南村辍耕录》,云:"故臣维桢敢痛排浮议,力建公言,挈大宋之编年,包辽金之记载,置之上所。用成一代可鉴之书,传之将来;永示万世不刊之典,冒干天听。深惧冰兢,下情无任瞻天望阙激切屏营之至。"参见陶宗仪《南村辍耕录》卷三,中华书局2004年版。
[2] [西晋]陆机《辨亡论》,[清]严可均辑《全晋文》卷九十九,商务印书馆1999年版。

梦中杀人等事，对他的残酷也颇多揭露。

相反，刘备在民间受到普遍的同情和赞美。这里有《东坡志林》的记载为证：宋代小孩子在"听说古话"时，"闻刘玄德败，频蹙眉，有出涕者；闻曹操败，即喜唱快。以是知君子小人之泽，百世不斩。"[1]这些宋代小孩，并无足够的证据证明他们受到大人的直接影响或者教诲，因此，他们自发的爱憎感情就是民间尊刘贬曹的一个表征。而民间尊刘贬曹的原因，据苏轼说来是出于"君子""小人"的区别，那么，也就最终源自德政暴政的分野。同样道理，现存的元杂剧基本上以蜀汉为主角，歌颂刘氏集团内部君臣的仁义、英勇、智慧。这些观念和倾向均为《三国演义》所继承。

在各种冠冕堂皇的理由之外，尊刘贬曹可能还得力于民众对争霸双方中的弱者的同情，以及对强者的贬抑。处于强势的曹操的仁义、英勇、智慧，本身就不足为奇，而他表现出的缺点则特别引人注目。反之，弱者的优点容易被发现，被无限夸大。这种在三国故事的接受史上"劫富济贫"的心理，反过来又强化了尊刘贬曹的感情，加深了人们对他们二人的"仁义"或"残暴"的印象。

二、《资治通鉴纲目》与《三国演义》"尊刘贬曹"的强化

明清《三国演义》的编刊者已经注意到《资治通鉴纲目》与

---

[1]〔北宋〕苏轼《东坡志林》曰："王彭尝言：'涂巷小儿薄劣，其家所厌苦，辄与钱，令聚坐听说古话。至说三国事，闻刘玄德败，频蹙眉，有出涕者；闻曹操败，即喜唱快。'"苏轼《东坡志林》卷一，中华书局1981年版。

《资治通鉴纲目》与《三国演义》"尊刘贬曹"的传统

《三国演义》有联系。庸愚子在《三国志通俗演义序》中说:

　　夫史,非独纪历代之事,盖欲昭往昔之盛衰,鉴君臣之善恶,载政事之得失,观人才之吉凶,知邦家之休戚,以至寒暑灾祥,褒贬予夺,无一而不笔之者,有义存焉。吾夫子因获麟而作《春秋》。《春秋》,鲁史也。孔子修之,至一字予者,褒之;否者,贬之。然一字之中,以见当时君臣父子之道,垂鉴后世,俾识某之善,某之恶,欲其劝惩警惧,不致有前车之覆。此孔子立万万世至公至正之大法,合天理,正彝伦,而乱臣贼子惧。故曰:"知我者其惟《春秋》乎,罪我者其惟《春秋》乎!"亦不得已也。孟子见梁惠王,言仁义而不言利;告时君必称尧、舜、禹、汤;答时臣必及伊、傅、周、召。至朱子《纲目》,亦由是也。岂徒纪历代之事而已乎?[1]

庸愚子敏锐地看出了《三国演义》与《资治通鉴纲目》在思想观念以及笔法上的一致之处,只是没有具体指明其影响的细节。

　　朱熹《资治通鉴纲目》追求所谓一字褒贬,其目标就是希望达到《春秋》那样使"乱臣贼子惧"的惩劝效果。在他身后,其地位可与孔子相提并论,《纲目》成为比肩《春秋》的经典,强制全国学生诵读。"有志图王者"的小说家罗贯中,就很可能读过这本书并受到它的影响,使《三国演义》的思想观念深深打上了《资治通鉴纲目》的烙印。

---

[1] 出自《三国志通俗演义》,上海古籍出版社1980年版,其底本为嘉靖壬午刊本。有特别说明的除外。

正统的史书对曹、刘的评价有一个互为升降的过程。《三国志》基本上可说是尊曹贬刘。它以曹魏为正统，曹操入《魏书·武帝纪》，排在《三国志》卷一。而刘备在《蜀书》入《先主传》。为曹立"纪"而为刘立"传"，其地位高下立判。而且，为了显示不把刘蜀政权与曹魏政权同等看待，特把《刘二牧（刘焉、刘璋）传》放在《三国志·蜀书》之首，而把《先主传》放在第二卷。《三国志》在价值评判上，也是尊曹贬刘。作者赞扬曹操是"非常之人，超世之杰"（《武帝纪》），对他颇多溢美之词，基本上不暴露其阴暗面。评价刘备"诚君臣之至公，古今之盛轨"，而"机权干略，不逮魏武"（《先主传》），也没有将他过分美化。《先主传》中唯一称刘备"仁""义"者乃诸葛亮，这可以看作是臣下对主上的溢美之词，不能代表陈寿的观点。

《资治通鉴》对曹操的评价比《三国志》稍低，明斥他"暴戾强伉"，"蓄无君之心久矣"，指出他不敢废汉自立的原因，乃是"畏名义而自抑也"[1]，却仍尊曹魏为正统。司马光也认可曹操权势地位有很大的合理性，"是夺之于盗手，非取之于汉室也"[2]。司马光在《资治通鉴》中专门用一段长文讨论"正闰"问题。他标榜自己不分"华夷仁暴，大小强弱"，把三国都看成列国诸侯，以曹魏为正统只是为了叙事的方便而已。但他又明确说道，"昭烈之于汉，虽云中山靖王之后，而族属疏远，不能纪

---

[1] 〔北宋〕司马光《资治通鉴》卷六十八《汉纪六十·孝献皇帝癸》，上海古籍出版社 1997 年版，第 600 页。
[2] 〔南宋〕邵博《邵氏闻见后录》卷九载："司马文正初作《历代论》，至论曹操则曰：'是夺之于盗手，非取之于汉室也。'富文忠疑之，问于康节，以为非是。予家尚藏《康节答文忠书》副本，当时或以告文正，今《通鉴·魏语》下，无此论。"

《资治通鉴纲目》与《三国演义》"尊刘贬曹"的传统

其世数名位,亦如宋高祖称楚元王后、南唐烈祖称吴王恪后,是非难辨,故不敢以光武及晋元帝为比,使得绍汉氏之遗统也"[1]。这样说来,司马光的正统观,其核心仍在于血统,而不在于华夷仁暴之辨。到司马光为止,正史方面基本没有打破尊曹贬刘的基调。

《三国志》和《资治通鉴》都不明显尊刘贬曹,也不以蜀汉为正统。《资治通鉴纲目》(以下或简称"《纲目》")及其解说诸作则彻底变调。朱熹及其后学在其书中全面否定曹操,把他斥为"乱臣贼子"加以口诛笔伐。而"于刘备多恕辞",刻意美化。这标志着在正史学上尊刘贬曹传统的确立。

三、《资治通鉴纲目》对《三国演义》"尊刘贬曹"倾向的具体表现

《资治通鉴纲目》"尊刘贬曹"的思想倾向对《三国演义》产生了深刻的影响,具体表现如下:

(一)把曹操塑造为"乱臣贼子"

《资治通鉴纲目》处处突出曹操作为"乱臣贼子"的形象。说曹操在建安十八年"自立"为"魏公",十九年"自进""位诸侯王上"。考诸《资治通鉴》《三国志》等,知曹操每加官晋爵,虽出己意,而无不征求献帝同意而后行,非为"自立"或"自进"甚明。在《纲目》卷十四,写"(建安)二十二年夏四月,魏王操用天子车服出入警跸",其下"发明"曰:

---

[1] 〔北宋〕司马光《资治通鉴》卷六十九《魏纪一·世祖文皇帝上》,上海古籍出版社1997年版,第604页。

> 操于斯时亦既自帝甚明，略无存汉之意。或者顾谓操畏名义，没身不敢废汉自立，是特未深察耳。即《纲目》之所书，合前后而观之，则操躬自篡汉之实，昭昭若此；其奸诈之心，果可以欺天下后世乎？[1]

此处指曹操"篡汉"之心昭然若揭。

《三国演义》视曹操为"乱臣贼子"的思想贯穿全书。书中《诸葛亮舌战群儒》骂曹操为"逆贼"；《魏王宫左慈掷杯》写曹操欲自立魏王，尚书崔琰力阻之，大骂曹操"篡汉奸贼"。《三国演义》卷十二《曹操大宴铜雀台》曹操下属对曹操大肆奉承了一番，赞扬他"虽周公、伊尹，不及丞相耳"，寄寓了作者暗讽曹操为帝王之意。作者又写道：

> 尹氏有诗一首，单道王莽奸邪处，后人读此诗有感，因而可以拟曹操也。诗曰：
> 周公恐惧流言日，王莽谦恭下士时。
> 假使当年身便死，一生真伪有谁知！

在这里，《三国演义》的作者明白无误地把曹操比作篡汉的王莽。《资治通鉴纲目》卷十四云："（建安）十八年夏五月操自立为魏公，加九锡。"其后"书法"曰："加九锡则命犹自上出也。至操书'自'，又甚于莽也。"也把曹操看得比篡汉王莽更大逆不道。

---

[1] 本章所引〔南宋〕朱熹《资治通鉴纲目》，出自原国立北平图书馆甲库善本丛书·第一三八册—第一四〇册，国家图书馆出版社 2013 年版。下同。

（二）把刘备讨伐曹操定性为"讨贼"

《三国演义》写建安四年，汉献帝因为曹操专政而受到威胁，便密赐董承衣带诏，令他召人诛贼除害，以保社稷。刘备拟参与董承计划，不料事泄未果。卷七《刘玄德败走荆州》叙刘备出逃后，组织数万兵乘虚进攻曹操的老巢许昌。曹操领兵击刘备，两军相遇：

> 玄德出马于门旗下，操以鞭指而骂曰："吾待汝为上宾，汝何背义忘恩耶？"玄德大怒曰："汝托名汉相，实为国贼！吾乃汉室宗亲，故讨反贼耳！"

小说中刘备"讨反贼"的说法与《资治通鉴纲目》互相呼应。《纲目》卷十三写建安四年，"刘备起兵徐州讨曹操"，又在文后解释说："讨贼义重，《纲目》重以予人也。必若刘备然后可以书'讨'矣。"这里直接把刘备作为正义的一方，把曹操作为非正义的一方；把曹刘双方的争霸斗争，看作正统政权对谋逆之贼的战争。

总之，小说把讨伐曹操的战争都说成正义对非正义的战争。当曹操不顾一些人的劝阻，执意晋封为王：

> 时有一人，姓耿，名纪，字季，洛阳人也。旧为丞相府掾，后迁侍中少府，与司直韦晃甚好。见曹操爵至魏王，出入用天子车服，心常不平。时遇建安二十三年春正月，耿纪与韦晃在私宅中共饮。耿纪起身密议曰："曹操篡逆，有心多时。吾等为汉臣，岂可同恶相济？"

耿纪、韦晃不仅骂曹操为"篡逆",而且起兵讨伐他。作者书此回目即用"讨"字,题曰"耿纪韦晃讨曹操"。

(三) 对曹操"弑君"的揭露和批判

《三国志》和《资治通鉴》都说伏皇后因为与父亲密谋锄奸,被曹操发觉而"以幽闭死"。《资治通鉴纲目》卷十四直书曹操于建安十九年"弑伏皇后",并特别解释说,书"弑"之意在"罪操"。用一"弑"字,就曹操杀伏皇后定性为犯上作乱。

《三国演义》吸取了这种思想倾向。卷十六《汉中王成都称帝》写谯周等人在误信献帝被曹丕所弑时写了一篇祭文,其中有云:"今曹操阻兵残忍,戮杀主后,滔天灭夏,罔顾天显。"这里用"戮杀",指其残酷,未用揭示其犯上作乱的"弑"字。《三国演义》在曹丕的废汉自立时则用了"弑"字。卷十六《废献帝曹丕篡汉》写华歆威逼利诱,迫献帝以汉天下禅于魏:

> 帝曰:"谁敢以弑朕耶?"歆曰:"天下之人,皆知陛下无人君之福,以致四海大乱。若非魏王在朝,弑陛下者,塞满公庭矣!陛下尚不知恩以报其德,直欲令天下人共伐陛下也?"

《三国演义》中汉献帝指责华歆"弑"君,而华歆也不讳言。其意旨与《纲目》正相呼应。

(四) 揭露曹丕废帝篡位

建安二十五年,历史上的曹丕为了掩人口舌,还装模作样地上演了一场"受禅"的滑稽剧。《资治通鉴纲目》干脆揭去了这层面纱,径直说曹丕废帝自立。其书卷十四在"建安二十五年"

条下写道："冬十月，魏王曹丕称皇帝，废帝为山阳公。"其"书法"曰：

> 书"称"书"废"，一削"传禅"之说，乱臣贼子始无以自文矣。《纲目》诛心之法，严矣哉！

《纲目》还在"发明"中批评前史动辄曰"禅位""受禅"，声称《纲目》求其实而破其说，为的是使曹操、曹丕之类乱臣贼子、奸伪之徒"无以为欺天下后世也"。《纲目》指斥曹丕篡位的思想也被《三国演义》所继承，后者叙述此事的回目就径称为"废献帝曹丕篡汉"。

（五）称颂刘备"即位"

刘备在曹丕废汉献帝之后的第二年，建立蜀汉政权。《资治通鉴纲目》卷十四特书为"即位"，其后"发明"曰："曹操乘时擅命，胁制天子，戕杀国母，义士为之叹愤。苟有一夫唱义于天下，皆君子之所予，况于堂堂英名盖世者乎？丕即篡立，汉祀无主，昭烈正位，蜀汉亲承大统，名正言顺，本无可疑。"这就明确让刘备代表了炎汉正统一脉。

上述"发明"的话，在正闰之外，还涉及"义"的问题。作者原不以血统立论，尽管他一再强调刘备为帝室之胄，但并不拒绝"唱义于天下"的英雄豪杰取汉天下而代之。按照这个思路，《纲目》认为刘备"非其他僭窃急于自帝者之比"，那么，即使他没有血统的优越性，作者也会首肯于他。这段正闰之辨，其核心不在于血统，而在于取得政权的手段是否正当，即是否有篡逆、谋弑行为。这也符合《资治通鉴纲目》一贯意见。

《三国演义》叙刘备在得知曹丕废汉自立之后,痛诋曹丕弑君窃国。他特地强化自己作为刘汉后裔的身份,为献帝挂孝祭祀,追赠谥号。《三国演义》对刘备称帝,也采用"即位"之说。《汉中王成都称帝》写孔明奏请刘备称帝:"主上平定四海,功德昭于天下,况是大汉宗派,宜即正位。更已告祭天神,何复让焉?"于是刘备于成都称帝。

综上所言,大致包含了《三国演义》吸取《资治通鉴纲目》思想的重要方面。这些思想观念,既与《三国志》《资治通鉴》相差甚大,也与之前的小说戏曲和史料笔记相差甚大,所以笔者认定其真实来源应是《资治通鉴纲目》。

笔者通过分析《资治通鉴纲目》对《三国演义》"尊刘贬曹"思想的影响,揭示了《三国演义》思想渊源之冰山一角。实际上,《三国演义》思想内涵的成因十分复杂,不是这个小小文章就能说得透彻的。笔者意在借此表明,《三国演义》成书的内涵十分复杂,在人物、故事、情节、文字、写法之外,思想感情也是其中之一端。

受《三国演义》的影响,后世演义纷纷标举"按鉴"字样。这些历史演义小说除了表明在行文上与《资治通鉴》的密切关系,更显示了与朱熹《纲目》在思想意义上的深层关联。

"演义"辨略[1]

本文主要探讨历史演义的衍化,以及人们的认识与批评。重点从文体与题材两个角度分析明清人对于"演义"与"小说"的分合关系的认识,到最后由近现代学者凝定为"历史小说"的专名。

一、一般的文体与小说的文体

"演义"作为一种文体概念的形成,是有一个过程的。它是由一般的词语,到被作者采用为书名,再到成为一种普遍认同的文体名,乃至成为一种小说的文体名,是经过了一段较为漫长的时间的。

在考察"演义"一词及文体的形成时,恐怕首先当注意古代"演"与"衍"字相通的问题。《易·系辞上》:"大衍之数五十,其用四十有九。"郑注云:"衍,演也。"近人高亨注:"先秦人称算卦为衍,汉人称算卦为演,衍与演古字通也。"故司马迁在《报任少卿书》中说"盖文王拘而演《周易》"时用了"演"而

---

[1] 本文主要采自黄霖、杨绪容合作完成的《"演义"辨略》一文,原载《文学评论》2003年第6期。收入本书时,征得黄霖老师同意,有所改动。

未用"衍"字。正因为"衍""演"相通,所以后人也常将"衍义"与"演义"混用,如元张性的《杜律衍义》,在《徐氏笔精》卷三、《菽园杂记》卷十四及《四库总目提要》卷一百七十四等中,都著录为《杜律演义》,而《千顷堂书目》卷三十二、《沙溪集》卷十三等却称为《杜律衍义》。因此,在很长一段时间内,"衍义"与"演义"是一致的。

较早具有后来"演义"意义的文字,似见于《汉书》卷六十六《公孙刘车王杨蔡郑传》:

> 汝南(桓)宽次公治《公羊春秋》……推衍盐铁之议,增广条目,极其论难,著数万言(师古曰:即今之所行《盐铁论》十卷是也),亦欲以究治乱,成一家之法焉。

这里是说《盐铁论》一书,就是作者"推衍"原先别人所议的论题而成。《孔丛子上》云:"衍,演,广也。"所谓"推衍",即是增广内容,极力发挥,而最后成数十万言。这恐怕就是"衍义"的最基本的意义。

后来正式构成"演义"一词的,似最早见之于后汉光武帝时博士范升诋毁周党的奏语:"党等文不能演义,武不能死君。"(《后汉书·周党传》)其后潘岳在《西征赋》中也用过此词:"灵壅川以止斗,晋演义以献说。"李善注"灵壅川以止斗"云:"《国语》曰:灵王二十二年,谷、洛二水斗,欲毁王宫。王欲壅之,太子晋谏曰:不可!晋闻古之长人,不堕山,不防川。今吾执政实有所辟,而祸夫二川之神。贾逵曰:斗者,两会似于斗。

《小雅》曰：演，广远也。"[1]这里的"演义"，都与上述桓宽《盐铁论》中"推演盐铁之议"的意义基本一样，都是指引伸、推广、发挥之意。但直至唐代，"演义"或"衍义"一词似乎并未被广泛使用，如《法苑珠林》卷六十六谈及"凡五百偈，其所敷演，义味深邃"，有"演义"之意，仍不用"演义"之词，更谈不上当时使用"演言""演事"一类概念了[2]。

至唐代，苏鹗始将"演义"作为书名[3]，此词才逐渐引起人们的注意。苏鹗系唐光启年间（885—887）进士，作《演义》十卷，陈振孙《直斋书录解题》称此书"考究书传，订正名物，辩证讹谬，有益见闻"。可惜此书久佚，后据《永乐大典》辑得二卷，序跋等已荡然无存，不知作者"演"什么"义"？为什么要"演义"？以及将"演义"为书名的用意何在？今从现存内容看来，其书主要是对一些名物故实的考订辨证，从广义上来看，也是一种推广发挥。后来，陆续出现过一些解读经典类的"演义"之作，如唐代有《大方广佛花岩经随疏演义钞》四十卷，北宋有房庶撰《大乐演义》三卷等，但总的说来还不成气候。至南宋，理学盛行，作为"推演其义"的"演义"文体，特别适合于

---

[1] 参见〔南朝·梁〕萧统等编选《文选》卷十潘安仁《西征赋》。引者案：范升为东汉人，《后汉书》成于南齐；潘岳为西晋人，《文选》成于梁。故当以范升语为早。

[2] 近人章炳麟在《洪秀全演义》（1905）一文中考察"演义之萌芽"时，曾以自己的理解，分有"演言""演事"两类，而实际上古人并没有这样明确的概念。"演言"一词，我们见之于元代袁桷《清容居士集》卷一《素轩赋》、明代文徵明《甫田集》卷二十五《本贯苏州府长洲县相城里沈周年八十有三状》等文；而"演事"一词，出现得更晚了。

[3] 〔元〕郝经撰《郝氏续后汉书》卷七十三，记魏王弼"立《易》注，颍川荀融难弼，作'衍义'"。此"衍义"当系郝氏误读了《三国志·魏志》中"荀融难弼'大衍义'"而致，并非荀融作有《衍义》。

解经，于是以"演义"为名的著作逐渐兴起。乾道年间王炎撰有《春秋衍义》三卷、张行成有《皇极经世观物外篇衍义》九卷，嘉定年间张德深在司马光《潜虚》一书的基础上作《潜虚演义》十六卷。楼钥《攻媿集》卷七十二卷《跋张德深辨虚》一文，曾对《潜虚演义》作高度的评价："世号精博，尝取《演义》读之，为卷十六。《潜虚》之书，章分句析，尤为详尽，比《辨虚》不啻数倍。果如蜀士之言，非此人亦不能补此书。"但这类书真正引起社会的广泛重视，恐怕还在于真德秀的《大学衍义》的一炮打响。真德秀于端平元年八月进《大学衍义》四十三卷，宋理宗"嘉纳之"，十月，即诏真德秀进讲该书（《御批历代通鉴辑览》卷九十二）。元代的皇帝一再说："治天下，此一书足矣。""修身治国，无逾此书。"传令"太子及诸王大臣子孙"听讲此书。（《元史》卷二十四、卷二十七）朱元璋于开国前，即"命书《大学衍义》于两庑壁间"（《御批历代通鉴辑览》卷九十九）。后来又有规模更大的续补或研究之作，如邱濬的《大学衍义补》一百六十卷、胡世宁《大学衍义补肤见》二卷、杨廉《大学衍义丘略》二十卷、吴瑞登《续大学衍义》三十四卷、刘洪谟《续大学衍义》十八卷、杨文泽《大学衍义会补节略》四十卷等等。于此可见，在宋末元明间，《大学衍义》一书是何等风行。与此相关，"演义"或"衍义"之作，也就满天飞了起来。当然，因受《大学衍义》的影响，这时的"演义"之书主要是解经之作，如宋代有钱时《尚书演义》三十册、王柏《大象衍义》一卷及《太极衍义》《论语衍义》、谢钥《春秋衍义》十卷、刘元刚《三经演义》十一卷等，元代有胡震《周易衍义》十六卷、王天与《大学衍义》、梁寅《诗书演义》《序卦演义》、季仁寿《易书诗春秋四书衍义》等，明代有邱濬《大学衍义补》一百六十卷、夏良《中庸衍义》十七卷、胡经《易演义》十八卷、徐师曾《周易演义》十二卷、王崇庆《诗经演义》七卷、李觉《大衍义》一卷、《家人衍义》二卷、《易家八卦衍义》二册、卢玑《河图衍义》一卷、包瑜《周易衍义》、包希鲁《易九卦衍义》、王坴《周易衍义》、史公斑《蓬庐学易衍义》、许复《易衍义》二十二卷、王仁中《中庸九经衍义》、夏良胜《中庸衍义》十七卷、王尊贤《中庸衍义》、王启《大学稽古衍义》、程敏政《大学衍义补》一百六十卷、胡世宁《大学衍义补胦见》二卷、杨廉《大学衍义丘略》二十卷、吴瑞登《续大学衍义》三十四卷、刘洪谟《续大学衍义》十八卷、杨文泽《大学衍义会补节略》四十卷、林士元《学庸衍义》、吴从周《父母生之续莫大焉章衍义》、张有誉《孝经衍义》六卷、林士元《论语衍义》《孟子衍义》，等等。除了解经之作外，元明间陆续出现了一些子部、集部著作的"演义"，如赵良的《金匮衍义》、张性的《杜律演义》《七言律诗演义》、钱义方《后天演义图》、释宗林《寒灯衍义》二卷、陈国干《葬书古文衍义》二卷、程道生《遁甲演义》二卷、杨慎《绝句衍义》四卷、耿定向《小学衍义》二卷、寇宗奭《本草衍义》及无名氏《孙子衍义》三卷等。

上文不厌其烦地引录一批书名，主要是想说明：从南宋至明，"演义"之作风行。实际上，还有许多作品不用"演义"之名，而行"演义"之实。这类作品，大都是"如《大学衍义》之体"（《四库全书总目提要》卷三十二《孝经集传提要》），或"编辑其例一依真德秀《大学衍义》"（《四库全书总目提要》卷五十四《绳武编提要》）。所谓"《大学衍义》之体"，就是"推衍《大学》之义也"(真德秀《大学衍义序》)。如何推"衍"其"义"？即不外乎是"征引经训，参证史事，旁采先儒之论以明法戒，而各以己意发明之。大旨在于正君心，肃宫闱，抑权幸"(《四库全书总目提要》卷九十二《大学衍义提要》)。作为典范意义的《大学衍义》之"演义"的含义是如此，其他作品对"演义"的理解也大都是如此。如颇有名气的元末梁寅的《诗演义》一书，《四库全书总目提要》就说它是"推演朱子《诗传》之义，故以演义为名"，作者梁寅在《诗演义序》中也是这样解释的。不过，梁寅同时又强调了"演义"一体具有相对通俗的意义。他说："幼学之士，读经而懵于传，读传而违于经，非加之意，何以究通？故余之所论者，为幼学虑也。故博稽训诂，以启其塞；根之义理，以达其意；于其隐也，阐而使之显；于其略也，推而使之详；其间与《传》抵牾，盖或时有焉，而以求其是也。"这样，我们可以认为，从南宋至明初，一种以广泛地引录圣哲议论和史事故实，适当参以作者个人意见，或用较为通俗的语言，明白、详细地阐发原书义理的一类作品被通称为"演义"或"衍义"。"演义"作为一种文体类型的概念逐渐被确立。

但是，应当引起注意的是，经部、子部、集部的著作均有"演义"，而唯独史部的著作没有一部"演义"。《苏氏演义》作为一部子部的作品，曾经被《新唐书》《崇文总目》等书志列入"小说"类中，但更多的是将它列入"杂家"类。而把它列入"小说"类者，其"小说"的概念，大略表示杂谈、琐语之意，既与后来通行者有别，更与明代中期以后称之为"演义"的小说的概念相去甚远。换言之，南宋至明初人心目中的"演义"，乃是一般意义上的文体概念，既没有专门演义历史题材的作品，更没有特指小说的文体。将"演义"与小说真正联系起来,恐怕是明代弘治以后的事了。

二、历史的演义与小说的演义

明代弘治甲寅年(1494),金华蒋大器(庸愚子)为一部由"晋平阳陈寿史传、东原罗贯中编次"的、名为《三国志通俗演义》的书作序,将"演义"与一部史书《三国志》联系了起来,并对这种文字作了这样的解说:

> 若东原罗贯中,以平阳陈寿传,考诸国史,自汉灵帝中平元年,终于晋太康元年之事,留心损益,目之曰《三国志通俗演义》,文不甚深,言不甚俗,事纪其实,亦庶几乎史。盖欲读诵者,人人得而知之,若所谓里巷歌谣之义也。

从此,有了一种用比较通俗的语言来推演史事的文字,并在明代得到了蓬勃的发展。这正如明末可观道人在《新列国志叙》中所说的:"自罗贯中氏《三国志》一书,以国史演为通俗演义,汪洋百余回,为世所尚,嗣是效颦者日众,因而有《夏书》《商书》《列国》《两汉》《唐书》《残唐》《南北史》诸刻,其浩瀚与正史分签并架。"这类文字,从大的范围来看,与《大学衍义》等一样,是一种"演义"体;但若从小的范围来看,这种演义与《大学衍义》等又不一样:它是着眼于推演史事,并从推演史事中寄寓某种理义,而不致力于直接地推演哲理或扩充名物。以后,随着它的蓬勃发展而自成一统,成为一种独立的文体,并掩盖了先前那种一般意义上的"演义"。清代以后,恐怕一提起

"演义"两字,人们首先想到的是《三国志演义》这类书,而不是《大学衍义》那一类书了。

但是,假如从现存的资料来看,这种以《三国志演义》为代表的演义史书的文字并不是从这部有庸愚子序的《三国志通俗演义》开始,只不过是没有明确地用"演义"为书名罢了。近年来,学界颇为关注的藏于西班牙爱斯高里亚尔修道院的一种叶逢春刊本《三国志传》就首先值得我们注意。此书刊于嘉靖二十七年(1548),比之上述刊于嘉靖元年(1522)的有庸愚子序的《三国志通俗演义》晚了二十几年,而此书的书名尤其值得我们玩味。它的第一卷总目录开始的书名是:"新刊按鉴汉谱三国志传绘像足本大全"。这里的"按鉴",是指按照《通鉴》《通鉴纲目》一类书;"汉谱",即指《后汉书》[1];《三国》,就是《三国志》。这些都是记载三国故事与人物的主要史书,是该书素材的主要来源。这个书名,正如井上泰山所说的,"大概是其正式书名"[2],也就是说很可能更接近罗贯中的原本。其书的各卷版心与卷首序言,均称为"三国志传",这当是简称。不论是正式书名,还是简称,都没有用"演义"两字,而是落脚为"志传"。本书前文已经说明,"演义"与"志传"同义,题名"演义"或"志传"或"传"并无本质的或重要的区别。

---

[1] 参见杨绪容《叶逢春本〈三国志传〉题名"汉谱"说》,原载《明清小说研究》2002年第2期,已收入本书。
[2] 参见[日]井上泰上《解说》一文,原文载井上氏所编《三国志通俗演义史传》(即叶逢春本)附录,[日]关西大学出版部1998年3月15日发行。中文译为《西班牙爱斯高里亚尔静院所藏〈三国志通俗演义史传〉初考》,载《中华文史论丛》第六辑,第163页。《解说》一文后又附于井上泰山编《三国志通俗演义史传》卷末,上海古籍出版社2009年影印本。

"演义"辨略

而"志传"跟"演义"一样，从历史的文体变为小说的文体也经历了一个长期发展的过程。今考"志传"一体，由来已久。司马迁著《史记》起，有纪、表、志传诸体。所谓"考史家之法，纪、表、志、传，谓之正史。"（《明史》卷二一七）志，通"誌"，是指记事之作；传，即传记，是记人之作。记事与记人，本来就常常纠合在一起，故后来逐渐将"志传"连用，合成一词，成为一种涵盖传、墓志铭、神道碑、行状等传记类文字的通称。《四库全书》在宋《文定集》《烛湖集》、元郝经《陵川集》、明《沧溟集》《石溪文集》等书的提要中，就是常常用"志传"来概括以上这类文字的。宋代所成的《中兴四朝志传》《四朝国史志传》恐怕是较早用"志传"作为正式书名的史书（见《宋史》卷四十四《理宗纪》、卷四百二十《徐清叟传》）。但这些"志传"与《三国志传》的"志传"虽有联系，却也不是一回事。前者在正史或别集中，属于"雅文化"，而后者虽由前者发展而来，却属于"俗文化"的范畴。宋林骃在《古今源流至论续集》卷七的《史院》中说："列为志传者，国史也；搜求事迹，不入正史者，别为一书也。"此"志传"显然是指前者。而胡应麟在《少室山房笔丛》正集卷十三中说："小说，子书流也。然谈说理道，或近于经，又有类注疏者；纪述事迹，或通于史，又有类志传者；他如孟棨《本事》、卢瓌《抒情》，例以诗话文评附见集类，究其体制，实小说者流也。"这里就谈到了有一种"类志传"的小说。《三国志传》就是一种以志传为基本的素材来源，并借用了"志传"之名的小说类作品。罗贯中改编《三国志》，开始时可能用了《三国志传》之类的书名，但也可能受了当时风行的演义作品的影响，也同时参用了"演义"之名。这是因为目前所存各卷的题名虽然略有不同,但均冠以"通俗""演义"之名,如第一卷题"新刊通俗演义三国志史传",第二卷题"通俗演义三国志史传",第四卷题"新刊通俗演义出像三国志",第五卷题"通俗演义三国志史传",第六卷题"重刊三国志通俗演义",第七卷题"通俗演义三国志史传",第八卷题"新刊通俗演义三国志",第九卷题"三国志通俗演义史传"。但问题是,这部叶逢春本是"重刊""新刊"本,正文目录前与版心等处均题"志传"而不及"演义",而各卷题名却都题"演义",这究竟是受了嘉靖元年刊行的《三国志通俗演义》的影响后加上去的呢,还是原本就是如此呢?今一时难以判定[1],但不论怎样,有一点是可以肯定的,即作为小说文体中的"演义"是与"志传"有着密切的联系,通俗性的"志传"就是正史类"志传"发展、过渡到"演义"的桥梁;或者说,史书中的志传就是明代小说类演义的一个重要源头。正因此,直到明代,还有一些小说将"志传"与"演义"互用或混用,如《开辟衍绎通俗志传》又称《开辟演义》,《列国志传》又名《新刻京本春秋五霸七雄通俗演义》,《全汉志传》又名《新刻按鉴编集二十四帝通俗演义》,《隋唐演义》又名《唐书志传通俗演义》,等等。

当然,像《三国志通俗演义》之类的"演义"的源头还关系到民间的说话。据《大业拾遗记》载,隋代已有"三国"的文艺

---

[1] 但据我们推测,可能庸愚子序首先提出了"演义"的概念。这是因为不但未见先前有此提法,而更重要的是在他这篇序中,非常突出演"义":在文章开头即强调史书中"有义存焉";中间论述通俗演义之作的特点后又说及其社会作用曰"若《诗》所谓里巷歌谣之义也";最后希望"观演义之君子"读了这部作品之后要思考的根本问题还是一个"义与利"的问题。显然,他是极力把演"史"上升到了演"义"的高度。

节目,在宋代的"说话"艺术中,已有"说三分"的专门科目和专业艺人。宋元间"说话"分四家,其中有演述史事者称之为"讲史"或"演史",如《梦粱录》云:"讲史书者,谓讲说《通鉴》、汉唐历代书史文传兴废争战之事。"又说:"讲史书者:丘机山。"而在周密《武林旧事》卷六称:"演史:丘机山。"可见,"讲史"与"演史"相通。值得注意的是,此时人们已将"演史"与"小说"联系起来,如《醉翁谈录》载:"小说者流,……或名演史,或谓合生,或称舌耕,或作挑闪,皆有所据,不敢谬言。"杨维桢《东维子集》卷六《送朱女士桂英演史序》云:"……称朱氏名桂英,家在钱唐,世为衣冠旧族,善记稗官小说,演史于三国五季。"现存元代刊印的《三国志平话》《三分事略》,即应是当时演史纪录后的修订本。它们对《三国志演义》或称《三国志传》的成书显然具有重要的影响。因此,"演史"也当是"演义"成立的另一个重要源头。对此,熊大木是明代编有《大宋中兴通俗演义》《全汉志传》等"演义"的名家,他在《大宋中兴通俗演义自序》中就交代明白该本"演义"就是在"原有小说"的基础上,"以王本传行状之实迹,按《通鉴纲目》而取义",所以存在着"小说与本传互有同异"的现象。这个"原有小说"显然就是指话本。在《全汉志传》东汉部分《文叔逃难遇刘唐》一回的小字注"王莽令岑彭为状元、马武为榜眼"时说:"此时无状元、榜眼之名,后人演话者自取之矣。"这里就迳将"演义"同"演话"等同起来了。更重要的是,在事实上,与《三国志平话》和《三国志演义》的关系一样,现存的一些讲史话本与演义作品之间都有着明显的血缘关系和大量的承袭现象。所以明末笑花主人在《今古奇观序》中就说通俗演义是从说话而来："至有宋孝皇以天下养太上，命侍从访民间奇事，日进一回，谓之'说话人'，而通俗演义一种，乃始盛行。"鲁迅也说："宋人之'说话'的影响是非常之大，……后之章回小说如《三国志演义》等长篇的叙述，皆本于'讲史'。"(《中国小说的历史的变迁》第四讲《宋人之'说话'及其影响》)看来，这些说法都不无道理。"演义"就是从"讲史""演史"延伸、发展而来，甚至在某种意义上可以说"演义"也就是"演话"。

明代以《三国志通俗演义》为标志的"演义"体作品，就是在正史"志传"与说话"演史"相结合的基础上成立，是"史"与"话"的结合品。当它们模仿《三国志通俗演义》而涌现了一大批类似的作品之后，终于从以《大学衍义》为代表的一般性演义作品中独立出来，另成一体。显然，这类文体的作品有两大基本特点：一是从史书"志传"而来的题材历史性，注重将历史故事"条之以理，演之以文，编之以序"，希望能成为"诸史之司南，吊古之骏骥"（余象斗《题列国志》）；二是从说话"演史"而来的语言通俗性，所谓"演义，以通俗为义也者"（陈继儒《唐书演义序》）。至于当时的论者强调演义体小说的寓理阐义的教化性，恐怕主要是为了抬高其身价而打出的幌子，并非是这类小说文体的特殊性所在，因为当时即使是最直露的艳情小说，也常常打出了重劝戒扬理义的招牌。

三、明清人对演义小说类型的看法

小说类的演义体作品风行起来后，对于这类作品究竟如何认识，实际上存在着很大的分歧。就在明代，从大的方面来看，约可分成两大类：

一类是从"志传"的传统而来，从历史的角度来看演义；另一类则是从说话的路数而来，从小说的角度来看演义。

假如再进一步细分的话，从历史的角度来看演义者又可分成两种：一种是将"演义"仅看成是历史著作的通俗普及本（拟称为 A 类）；另一种则是不完全将它们与史书等同起来，承认它们有虚构的成分和小说的因素（拟称为 B 类）。至于后一类从小说的角度来看演义者，虽然都将演义看成是小说中的一种，但侧重不同：一种是从题材上着眼，将小说中写历史故事的称之为演义（拟称为 C 类）；另一种是从语言上着眼，将从说话而来的通俗小说称之为演义（拟称为 D 类）。下面分别略举数例说明：

A 类，视演义为史书之通俗本：

修髯子《三国志通俗演义引》："史氏所志，事详而文古，义微而旨深，非通儒夙学，展卷间，鲜不便思困睡。故好事者，以俗近语，檃括成编，欲天下人入耳而通其事，……是可谓羽翼信史而不违者矣！"

佚名《重刊杭州考证三国志传序》："……罗贯中氏又编为通俗演义，使之明白易晓，而愚夫俗士，亦庶几知所讲读焉。"

署袁宏道《东西汉通俗演义序》："文不能通，而俗可通，则又通俗演义之所由名也。"

雉衡山人《东西两晋演义序》："一代肇兴，必有一代之史，而有信史有野史。好事者聚取而演之，以通俗谕人，名曰演义，盖自罗贯中《水浒传》《三国传》始也。"

B类，视演义为有小说意味的史书：

前引庸愚子《三国志通俗演义序》所说的"事纪其实，亦庶几乎史"，即指出了"演义"并不能完全等同史。之后，作这样理解的有：

熊大木《大宋武穆王演义序》："……然而稗官野史实记正史之未备，若使的以事迹显然不泯者得录，则是书竟难以成野史之余意矣。"

甄伟《西汉通俗演义序》："……此通俗演义所由作也。然好事者或取予书而读之，始而且爱乐以遣兴，既而缘史以求义，终而博物以通志，则资读适意，较之稗官小说，此书未必无小补也。若谓字字句句与史尽合，则此书又不必作矣。"

李大年《唐书演义序》："《唐书演义》，书林熊子钟谷编集。书成以视余。逐首末阅之，似有紊乱《通鉴》《纲目》之非。……使俗人骚客披之，自亦得诸欢慕，岂以其全谬而忽之耶？"

陈继儒《唐书演义序》："载揽演义，亦颇能得意。独其文词时传正史，于流俗或不尽通；其事实时采谣狂，于正史或不尽合。"

C类，将演义仅视为小说中写历史故事的作品：

可观道人《新列国志叙》："小说多琐事，故其节短。自罗贯中氏《三国志》一书以国史演为通俗，汪洋百余回，为世所尚,嗣是效颦日众,因而有《夏书》《商书》《列国》《两汉》《唐书》《残唐》《南北史》诸刻,其浩瀚与正史分签并架。……墨憨氏重加辑演,为一百八回,……本诸《左》《史》,旁及诸书,考核甚详,搜罗极富。虽敷演不无增添,形容不无润色,而大要不敢尽违其实。"

这里是从"小说"讲起,且意识到小说有"敷演不无增添,形容不无润色"的特点。在这前提下,可观道人将"国史演为通俗"的归为一类。这类书的书名,也往往学《三国志通俗演义》而都有"演义"两字。以此出发,不少人还扩大为凡是有关历史故事或描写历史人物的通俗类作品,不论其真实程度如何,都认为是在敷衍与普及史书,于是乎《水浒传》《西游记》《金瓶梅》《百家公案》《七曜平妖传》《魏忠贤斥奸书》《岳武穆传》等都被称之为"演义"。

D类,将演义视为小说中的通俗作品:

绿天馆主人《古今小说叙》:"史统散而小说兴。始乎周季,盛于唐,而浸淫于宋。韩非、列御寇诸人,小说之祖也。《吴越春秋》等书,虽出炎汉,然秦火之后,著述犹希。迨开元以降,而文人之笔横矣。若通俗演义,不知何昉。……皇明文治既郁,靡流不波。即演义一斑,往往有远过宋人者。"

笑花主人《今古奇观序》: "小说者,正史之余也。《庄》《列》所载化人、伛偻丈人,昔事不列于史;《穆天子》《四公传》《吴越春秋》,皆小说之类也。《开元遗事》

《红线》《无双》《香丸》《隐娘》诸传，《睽车》《夷坚》各志，名为小说，而其文雅驯，间阎罕能道之。……至有宋孝皇以天下养太上，命侍从访民间奇事，日进一回，谓之'说话人'，而通俗演义一种，乃始盛行。"

睡乡主人《二刻拍案惊奇序》："今小说之行世者，无虑百种，然失真之病，起于好奇。……至演义一家，幻易而真难，固不可相衡而论矣。"

此外，如天许斋的《古今小说识语》、兼善堂的《警世通言识语》、衍庆堂的《醒世恒言识语》中提到的"演义"，均指"三言"中所收的通俗类小说。换言之，它们是将"演义"与通俗小说等同起来。

归纳以上各说，其中B类与C类，实则相同。明代小说家、批评家虽从文体与题材，甚至叙事方式等不同的角度出发，但其结论是一致的，即都认为"演义"是历史与小说、实与虚的结合，因此可以视作同类。这样，明人对于史传题材的"演义"体作品的认识，从本质上看，可以归为三类：一是通俗历史（A）；二是历史小说（B、C）；三是通俗小说（D）。以后清人的认识大致也是这样。

四、近现代人的通识

时至晚清，在西方文学思想的浸润下，人们陆续注意对于通俗小说的分类。当时人的分类，基本上是从题材着眼的。较早对于"演义"类作品有个说法的是见于1902年7月《新民丛报》第十四号上刊载的《中国唯一之文学报新小说》。这是梁启超等为中国第一种小说杂志《新小说》正式发行前所登的广告。这篇文章在介绍《新小说》的栏目内容时提到了"历史小说"这一名目：

> 历史小说者，专以历史上事实为材料，而用演义体叙述之。盖读正史则易生厌，读演义则易生感。征之陈寿之《三国志》与坊间通行之《三国演义》，其比较釐然矣。

在解释了"历史小说"的概念后，他表示要"宁注精力于演义"，推出了《罗马史演义》《十九世纪演义》《东欧女豪杰》《华盛顿外传》等一系列"演义"类作品。

在这里，值得我们注意的是，梁启超等人明确地把"演义"看作是具有某种特殊性的小说文体，所以称之为"演义体"。这种"演义体"，实即被他们所标榜的"历史小说"的概念所取代。而"历史小说"的这一新概念，实际上与上述明人B类、C类的看法也是一致的，所以极易被人们所接受。再加上梁启超及《新小说》在当时有极大的影响，因此这一观点立即深深地印入了近现代人的心中，人们纷纷将《三国志演义》一类作品称之为"历史小说"或"历史演义"，而不大有人再将"演义"视为通俗的历史，或者是将它作为整个通俗小说的代名词了。请看稍后比较关注"历史小说"的吴趼人在1906年11月《月月小说》创刊号上发表《历史小说总序》与《两晋演义序》时，也将《三国演义》《列国》《东西汉》《东西晋》等"演义体"作品称之为"历史小说"。黄人在《中国文学史》中的《明人章回小说》一节及《小说小话》中，也都将"罗贯中"的所谓《十七史演义》

称之为"历史小说",并将其中的《三国志演义》《隋唐演义》等称之为历史小说的"正格",说"演义者,恐其义之晦塞无味,而为之点缀,为之斡旋也",这样就既有历史的面貌,又有小说的意味。再后比较重要的涉及小说分类的文章如管达如的《说小说》、成之的《小说丛话》,以及解弢的《小说话》、冥飞等《古今小说评林》等小说话著作,大体都是这样的认识。之后,作为中国小说史著作第一人的鲁迅的看法也至关重要。他在1920年的讲稿《小说史大略》中的第十一篇,即是《元明传来之历史演义》,将《三国志演义》等作品区别于神异小说、人情小说等。后在北京大学新潮社出版的《中国小说史略》与《中国小说的历史的变迁》中,尽管放弃了"历史演义"的提法,而改称为"讲史"和"历史小说",但其精神是一致的,即都把《三国志演义》一类"演义体"作品归为"历史小说"。以后的中国小说史著作或中国文学史著作,大致都是如此,重要的如游国恩等主编的《中国文学史》、人民文学出版社于1960年出版的《中国小说史稿》、1978年出版的《中国小说史》、1979年出版的《中国小说史简编》等都认为《三国演义》"不是历史书,而是历史小说"。1979年修订的《辞海》在释"演义"时曰:"旧时长篇小说的一类。由讲史话本发展而来,系根据史传敷演成文,并经过作者的艺术加工。"《辞源》的"演义"释词也大体相同,都将历史题材的"演义体"作品视为"古代小说的一种体裁"。总之,《三国演义》之类的"演义体"作品是"历史小说"或"历史演义小说",已成为今人的普遍通识。

首先是关于 A 类的看法,明代的不少作者和批评者就没有把"演义"看作是文学创作,而只认作是通俗历史。在近现代学者中,如胡适也曾经有过这样的看法。他尽管称罗贯中是"演义家","曾做了一些演义体小说",甚至说"《三国演义》在世界'历史小说'上为有数的名著"。(《〈三国志演义〉序》《再寄陈独秀答钱玄同》)但他同时受了钱玄同的影响,又说《三国演义》"只可算是一部很有势力的通俗历史讲义,不能算是一部有文学价值的书"(《〈三国志演义〉序》)。假如作为"通俗历史讲义"来看,由于它并不完全符合历史真实,故也不会受到学者的认可。这正如钱玄同在给胡适的信中所说的:"谓其为通俗之历史乎?——则如'诸葛亮气死周瑜'之类,全篇捏造。"总之,现在的史学界恐怕认为它们既缺乏史料价值,又失去了当今的普及意义,故很少从史著的角度去加以关注。不过,与志传体史著有着血缘关系的演义体作品在被拒之于史学大门之外的同时,却借了《三国志通俗演义》的光而被现代的小说研究者们统统拉入了"小说"圈内,所有的小说类目录、辞书等将它们网罗在一起,将它们定之为"小说"。但在小说的圈子里,多数演义体的作品因缺乏文学意味而难以得到重视和好评;一些将演义视为通俗历史的批评言论也因为游离文学性而理所当然地受到轻视或否定。将演义视为通俗历史的看法,势必在历史与小说之间处于两难的境地,事实上在 20 世纪并不流行。

其次是关于 D 类的看法,值得我们重视。明人将"演义"看作是通俗小说的代名词,是否表现了他们对通俗小说的特别关注,意味着对于通俗小说作为一种新兴的文体而加以确认?或者标志着一种新兴文体的独立?应该说,这里并非没有一定的道理。如前所述,演义是从说话而来,不论是小说话本,还是讲史话本,通俗即是它们共同的一大特点。明代通俗小说崛起,也有必要用一个新的概念来加以界定。但是,他们用"演义"来概括通俗小说,在事实上无视"演义"另外一个重要的特征,即历史性。"演义"不是一般的通俗小说,而是从"志传""演史"而来的专叙历史故事或历史人物的通俗文学。这也是明代多数人的普遍看法。许多并不描写正史故事,以致如《水浒传》《西游记》《百家公案》《魏忠贤斥奸书》等都被冠以"演义"的名目,都是因为它们与历史上的人与事有关,而不仅仅在于通俗。所以许多作品有时称"演义",有时也称"传",如《水浒传》《西游记》《金瓶梅》等都是如此[1]。《三教开迷演义序》将《三国》《水浒》《西游》等笼而统之地称之为"演义、传记"就很能说明"演义"与"传记"是难分难解的。而事实上,将"演义"与"通俗小说"等同起来的也只是编辑"三言""两拍"的冯梦龙与凌濛初,以及个别受他们影响的白话短篇小说的作家,在明清两代并未形成广泛的影响,换言之,即并未被学界广泛接受。至于到近现代,"演义"为历史小说的观念才始深入人心。表面看来,用"历史小说"或"通俗小说"都是各自抓住了"演义"两大特征的一个方面,但究其实质是不同的。这是由于人们在说"历史小说"、特别是在说"历史演义小说"时,"通俗"已经作为一个潜在的前提,一般是指通俗小说范围内的历史题材作品;反之,在讲"通俗小说"时,是指包括所有各类题材的白话小说,故若将"演义"等同为通俗小说,即是无视或排斥了"演

---

[1] [明]胡应麟《少室山房笔丛》卷四十将《水浒传》归入演义类,[明]谢肇淛《文海披沙》卷七称《西游记》为《西游记演义》,[明]欣欣子《金瓶梅词话序》、[明]廿公《金瓶梅跋》称《金瓶梅》为《金瓶梅传》,[清]闲斋老人《儒林外史序》则称《金瓶梅》为《金瓶梅演义》。在此,"演义"与"传"在表示"通俗小说"时其义相通。

义"的历史性。因而,称"演义"为"历史小说"是既切合其文体特征,又不否定其通俗的特点;而称"演义"为"通俗小说"则是抹杀了"依史以演义"(李渔《三国志演义序》)的特殊性。正因此,现在几乎没有人再将"演义"作为"通俗小说"的代名词了。

行文至此,使人不能不感慨一百年前梁启超等人将"演义体"作品称之为"历史小说"的智慧。"演义体"作为一种介于历史与小说之间的通俗文体,从庸愚子《三国志通俗演义序》开始,实际上已是明确的。后来或狭隘于史,或偏注于俗,或将它的外延无限扩大,终于都经不起历史的检验,而近一百年来人们用"历史小说"或"历史演义小说"来诠释"演义体",逐渐成为相对稳定的一种通识。而反过来,我们在评价明清两代被著录在目前"小说类"目录中的作品及其理论批评时,既不能迁就于A类的观点,把"演义"当作历史,也不能偏向于D类的观点,过高地评价他们的见解在文体意义上的价值,而只能将"演义"作为一种通俗、历史、小说的统一体来通盘加以考察与评价了。

小 结

作为首部章回体长篇小说、首部历史演义小说,《三国演义》的出现,无疑可以说是中国文学史上的奇迹。这样一部书在元明之际何以出现,又是如何发展衍化的,极易引起人们探究的兴趣。实际上,前人有关历史演义的所有优秀成果都有助于推进对这一问题的认识。

在本编中,从一些特殊的侧面探讨了历史演义在版本、题名、题材、思想、文字、体式上的发生、发展与演变的情况,以及相关的认识与批评,或多或少贡献了一些属于个人的意见。这些意见主要包括:其一,"演义"指一种说经的文体,有事、文、义三大要素。这三大要素既各有其特定内涵、各有其生成方式,而又统一于"演义"一体。其二,"演义"源于说经的言说方式,本是动词,后来可与"传"共用于一书的题名中,再后来可与"传"通用于一书的题名中,其意义逐渐趋同。所以,《三国演义》和《三国志传》的题名意义相同,其间没有根本性的区别。目前学术界主流的看法是,标署"演义"和"志传"多少显示了题材或体式之别,笔者的意见则与此不同。其三,《三国志传》中的"汉谱"是"后汉书"。其四,"演义"的概念起源于历史小说,后逐步扩展到与历史有关的小说,再后来扩展为通俗小

小 结

说。再经过近代"新小说"家的审定,"演义"便成为历史小说的专名。

然以《三国演义》为代表的历史演义,其成因十分复杂,在中国文学史上时间跨度大,作品数量十分丰富,每个作品的特点既有个性也有共性。这些内容当然不是上述这几篇小文章就能说得透彻的。因此,本编对历史演义成书与衍化的探讨只能说是局部的,而且只是初步的,仍然不免留下了许多需要深入探讨的问题。这主要表现在:其一,"演义"之"演",本来表示内容和文字的增广。演义最初的对象是经书,后来变为经史子集一切书。再从中分化出历史小说一支,专门针对历史书进行通俗演义,并逐渐压倒了其他部类的演义而成为历史小说的专名。最后,历史演义对象扩展为一切历史人物故事,不必特别针对某本具体的书籍。这些意见虽得到详细的表述,但本编对于《三国演义》之后的其他历史演义小说尚无探究。其二,演义之"义",发轫于"《春秋》成而乱臣贼子惧"之褒贬大"义",其直接渊源则是朱熹《资治通鉴纲目》,再演变为儒家忠孝节义等做人的道理,甚至退化为令人生厌的道德说教。本编虽然探讨了《春秋》与《资治通鉴纲目》之"义"对历史演义的作用,但对于演义小说中有关日常道德说教的内容尚无细究。这些内容当是作者进一步努力的目标。

中编

世情小说

引　言

本编研究的主要对象是世情小说，但不拟做全面的研究，而是从某些局部分别清理世情小说在题材、版本、内容、意义、概念等方面的发生、发展与衍化。其具体内容如下：

《从素材来源看〈金瓶梅〉的成书》通过一些特例来考察《金瓶梅》的素材来源与版本演变等问题。首先考察《金瓶梅》与《百家公案》的关系。通过详细比较内容和文字的异同，认定《百家公案》和《金瓶梅》有一个故事同出一源，但谁也不是谁的直接来源。其次考察词话本和崇祯本的关系。目前，学术界大体认为词话本和崇祯本是父子关系，也有少数学者认为崇祯本的渊源要早于词话本。通过对《金瓶梅》素材来源的文字对勘，大致认定词话本和崇祯本是父子关系。笔者在比较《金瓶梅》和冯梦龙《喻世明言》的异文时，还意外得到一个收获：早于"三言"出版的《金瓶梅》和《百家公案》中的同源故事，其内容和文字与"三言"相似度很大。这说明冯梦龙在收编"三言"时，其底本已然成熟，其创作的成分不大。因此，对冯梦龙究竟做了多大程度的改编这个问题就需要重新思考。

《论〈金瓶梅〉劝戒的三种方式》主要从一个侧面探讨《金瓶梅》的重要内容及意旨。晚明由于政治统治的废弛，与商业贸易的迅速增长,在社会上引起酒色财气的泛滥。与此相伴,对酒色财气加以劝戒的思想言论也就多了起来。明代文学作品中,留下了大量的劝戒酒色财气的资料。《金瓶梅》作为明代文学的优秀代表,也大量表达了劝戒的思想,从一个侧面流露了明人的"集体无意识"。在《金瓶梅》正文之首,有四贪词,各戒酒色财气。其正文之中,受作者道德心的驱使,让西门庆以阳脱死,有奸淫过失的金莲、瓶儿、春梅皆夭亡,而能以礼自持的吴月娘和孟玉楼获得善终。在《金瓶梅序》中,东吴弄珠客也一再强调《金瓶梅》"盖为世戒,非为世劝也"。

本书认同《金瓶梅》的劝戒之旨,并更进一步探讨了《金瓶梅》的劝戒方式,具体主要包括道德、宗教和养生三个方面。在创作态度上,《金瓶梅》的作者更多地采取白描手法客观叙述,其批判锋芒含而不露。在中国文学中,作者对笔下人物持同情理解的多,持讽刺批判的少。而《金瓶梅》特别采用了冷峻的不动声色的批判。因此,《金瓶梅》也可说是中国长篇讽刺小说的鼻祖。

《从〈金瓶梅词话〉看〈西厢记〉在万历时期的演本形态》认为,《金瓶梅》中镶嵌了大量明代文学作品,其中既有由文人创作的诗文、戏曲、小说,也有出自民间的时曲小令和民歌小调。在前文中,我们已利用其中少量作品来探讨《金瓶梅》的成书时代与版本流变,本章则打算利用另外一些作品来考察《金瓶梅》的时代文化特色。

明代《金瓶梅》有万历本和崇祯本,两者大同而小异。前者更具有元本性质,而后者明显经过文人修订,其体例更为整饬,语言更为精炼,情节更加紧凑。其中比较显著的是,万历本保留了大量翔实的戏曲文献资料，崇祯本则为使情节紧凑而将之删汰大半。因此，万历本中的戏曲文献就在一定程度上反映了万历以前明代戏曲流传情况。如在《金瓶梅词话》中，《西厢记》主要以演本形态出现。《金瓶梅词话》多次叙及演唱王实甫《西厢记》的情形，仅有一次叙及演唱李日华《南西厢》。根据这些笔墨，我们可以大致了解明嘉靖万历之际《西厢记》的演本的形态特征：演唱者以戏班及歌伎为主，折子戏多于整本，杂剧多于南戏等。尽管《金瓶梅词话》中所录的《西厢记》多被描述成演本，但大都录有文本，在本质上属于文本。这就说明，在明代中后期，杂剧已大量以文本流传，而较少被演出。《西厢记》杂剧在当时仍被常常演出，在元明杂剧中可能是个特例。

《从崇祯本评语看〈金瓶梅〉的心学渊源》主要从一个侧面探讨《金瓶梅》的文学批评。具体依据崇祯本《新刻绣像批评金瓶梅》的评语来反观《金瓶梅》与心学之关系，清理"世情小说"概念之形成。

崇祯刊《新刻绣像批评金瓶梅》附有大量精彩的评语，为研究《金瓶梅》和心学之关系提供了一个客观而有效的途径。一方面，崇祯本评语中使用了大量的心学词汇，如良知、真心、有心、无心、好财、好色等，这从客观上印证了《金瓶梅》文本自身的心学渊源。另一方面，透过崇祯本评语看来，当时心学家对关乎"百姓日用"的"世情"的关注，不仅孕育了《金瓶梅》，同时催生了"世情小说"的观念。

《上图抄本〈红楼梦〉与沈星炜》主要探究《红楼梦》版本的个案。前些年，有学者在上海图书馆发现一部一百二十回的《红楼梦》抄本。发现者认为此抄本的底本形成在程刻本之前，很有价值。笔者经查证，认为此抄本的底本实为程甲本后的东观阁刊白文本，抄藏者沈星炜是清代嘉、道间的词人，此书约抄于嘉庆六、七年前后。

《〈红楼梦〉演述〈牡丹亭〉折子戏的功能与价值》探讨了《红楼梦》对之前文学艺术的传承与创新。近一个世纪前，鲁迅赞《红楼梦》把"传统的思想和写法都打破了"，但究竟怎样打破了"传统的思想和写法"，鲁迅先生语焉未详。实际上，《红楼梦》的读者都极易受到宝黛爱情的感染，不免会思索：宝黛爱情为什么那么深刻动人？这种爱情是中国文学乃至中国文化的特例还是有其丰富的思想渊源？这就有必要认真清理宝黛爱情与传统爱情文学的关联。其中包括从《诗经》到唐宋元明清的爱情诗词、从《西厢记》到《牡丹亭》的爱情戏，以及对《金瓶梅》和一些才子佳人小说的继承和创新。例如，《红楼梦》怎样从《牡丹亭》中袭取爱情文学资源，如人物、情节、内容、意旨就很值得研究。

此前学界统计，《红楼梦》共提及八出《牡丹亭》折子戏。本章在此基础上，进一步分析这八出折子戏在中心人物塑造、关键情节叙事、重点结构功能与主要思想矛盾诸方面构成了《红楼梦》的基本内核。如《游园》《惊梦》《寻梦》等出，在《牡丹亭》与《红楼梦》中都促进了男女主角爱情的发生与升华。《红楼梦》还巧妙借助《写真》《拾画》《圆驾》的情节，展示宝玉、黛玉、宝钗等的思想分歧，推动其性格的深入，揭示其命运的必然。以此可以窥见《红楼梦》进步思想之一端。

从素材来源看《金瓶梅》的成书[1]

本文拟通过一些特例来考察《金瓶梅》的素材来源与版本演变等问题。

《金瓶梅》一书中镶嵌了不少文学作品,这一现象引起了学界的持续关注。美国学者韩南先生于1963年在《大亚细亚》杂志上发表了《〈金瓶梅〉探源》一文,对《金瓶梅》的素材来源作了全面而透彻的探索。[2]当然,对于《金瓶梅》素材来源的研究还有许多工作可做,如探讨《金瓶梅》与万历以后作品的关系就很有意思,能进一步说明《金瓶梅》的创作延续到万历以后。实际上,学术界在这方面也已取得了不少成绩,例如,通过比较阅读,发现《金瓶梅》蓝本于刊于万历十七年的天都外臣序本《水浒传》,进而断定《金瓶梅》成书于万历十七年之后,就是一个很重要的突破。在万历后刊刻小说中,除《水浒传》外,万历二十二年与畊堂刊《百家公案》第五十回的

---

[1] 本文原载《河南大学学报》2006年第1期。收入本书时有改动。
[2] [美] Hannan(韩南) 'Sources of the Chin P'ing Me', 原刊 Asia Major, n.s.10.1 (1963), 40-43。中文版见徐朔方编校、沈亨寿等翻译《〈金瓶梅〉西方论文集》, 上海古籍出版社1987年版,第17—19页。下引韩南的文章均出自该文,并不再注明。

《琴童代主人伸冤》和冯梦龙《喻世明言》第三卷的《新桥市韩五卖春情》与《金瓶梅》中的相关故事非常接近。《百家公案》和《喻世明言》这两部作品与《金瓶梅》之间究竟是什么关系？其间又暗含了哪些有关《金瓶梅》成书的信息？下文将对此加以探讨。

一、从一个"杀主案"看《百家公案》与《金瓶梅词话》的关系

（一）《百家公案》与《金瓶梅词话》中"港口渔翁"故事的同源性质

韩南率先指出，《百家公案》中的"港口渔翁"（即第五十回的《琴童代主人伸冤》——引者注）是《金瓶梅词话》第四十七回《王六儿说事图财　西门庆受赃枉法》和第四十八回《曾御史参劾提刑官　蔡太师奏行七件事》的来源。周钧韬先生进一步对比了《金瓶梅》与《新刊京本通俗演义百家公案全传》中的两段文字，认为"前者抄改自后者已十分明显"。[1] 就这个杀主案而言，他们大都认定《金瓶梅》直接源自《百家公案》。

为了更好地讨论这个问题，现将《百家公案·琴童代主人伸冤》与《金瓶梅词话》第四十七回、第四十八回的情节列表比较于下：

---

[1] 参见周钧韬《金瓶梅素材来源》，中州古籍出版社1991年版，第239页。

	《百家公案》[1]	《金瓶梅词话》
1	扬州蒋天秀，娶妻李氏（后文改"张氏"，——引者注）。东京报恩寺僧为修一尊罗汉宝像化缘，天秀赠与白金五十两。老僧言他当年有大灾，可在家躲避，不要出门。	扬州广陵城苗天秀，富而好礼，年四十岁，单生一女。妻李氏有癎疾，妾刁氏受宠。东京报恩寺老僧，为一镀金铜罗汉像化缘。天秀赠银五十两。老僧言他当年有大灾，戒勿外出。
2	天秀邀妻子游后花园，碰见董姓家人与使女春香斗草玩耍，斥责了两人。董家人怀恨在心。	半月后，天秀偶游后园，见家人苗青与刁氏在亭侧拥抱密谈，便将苗青痛打一顿。苗青怀恨在心。
3	一月后，天秀表兄黄美任东京通判，写信请他去游玩。天秀不听张氏劝阻，带了董家人、琴童上京。	天秀表兄黄美，在东京开封府做通判，一日寄信与天秀，约他前去游玩兼谋前程。其妻李氏阻之，天秀不听。带了两箱金银，载一船货物，与苗青、安童上京而去。
4	途中天秀乘船到了陕湾，董家人串通陈、翁两个梢公密谋杀主劫财。二人允诺。	船到徐州陕湾，苗青欲报被打之仇，串通艄公陈三、翁八密谋杀主夺财，二人允诺。
5	夜间三更，董家人假称"有贼"，惊醒了天秀，待他探头出船张望，被陈梢一刀刺死，推入河中。琴童也被翁梢一棍打入水中。三人将天秀所带银两均分。董家人带上家主财物逃窜到苏州。	夜间三鼓，苗青假称"有贼"，苗天秀便探头出舱外去看，被陈三一刀刺中脖子，推在水中。安童也被翁八一棍打入水中。二艄将天秀携带的一千两金银及随身衣服均分。苗青便将那二千两缎匹经临清码头载到清河县发买。
6	琴童落水未死，游到岸上啼哭到天明。上游撑来一渔舟，渔人听到哭声，找到琴童，因同情他的不幸遭遇，收留了他。	安童落水未死，游上岸边啼哭一夜。天明，上流撑来一只渔船。渔翁听见哭声，见到安童，问明遭遇后，收留了他。

[1] 本文所引〔明〕安遇时编辑《百家公案》，上海古籍出版社1990年影印日本蓬佐文库藏万历二十二年与畊堂刊本，古本小说集成本。

续表

	《百家公案》	《金瓶梅词话》
7	当夜,天秀尸首漂到芦榆港。次日,即三月十五,有对岸清河县慈惠寺和尚出港放水灯,见到尸首,便将它葬在岸上。	年末,渔翁带安童在河口卖鱼,见陈三、翁八穿了主人衣服上岸买鱼。安童认出,便告到提刑院。公人随安童捉了陈三、翁八到案。两人见了安童,俱供认不讳。苗青托人通过提刑所副千户西门庆的门路,送上赃银一千两,脱了干系,逃往扬州。西门庆和夏提刑各得赃银五百两,只把翁八和陈三处斩。
8	包公到濠州贩济后回东京,途经清河县,马上遇旋风。他差张龙追捕旋风,才驻清河县调查此事。本县官吏掘得天秀尸首,拘慈惠寺僧人拷问收监。	安童到了东京,将夏提刑、西门庆贪赃枉法之事告诉黄通判,黄通判修书与他,投到山东巡察御使曾孝序府内。曾御使将此事委与东平府府尹胡师文,胡师文令阳谷县县丞狄斯彬查勘。
9	四月底,琴童与渔翁出河卖鱼,遇见翁、陈二梢在船上赏夏饮酒,特来卖鱼。琴童认出凶手,便往清河县投告。包拯命公牌与琴童一起捉拿陈、翁二梢。琴童认领了主人尸首。	狄公巡访到清河县城西河边,马前遇旋风,跟定马走。狄公命公人追逐旋风,到了新河口而止。掘得一死尸,颈上有刀痕。拘临近慈惠寺和尚审问,乃曰:在放水灯时,见一死尸而埋之。狄公将和尚收监拷问。
10	陈、翁二梢见到琴童,俱供认不讳。包公将他们收监,并释放僧人。次日处决凶手。琴童带了天秀尸首回扬州。天秀之子后中进士,官至中书舍人。董家人劫得财物在逃,成了巨商,数年后在扬子江遇盗被杀,财本一空。	安童认领了主人尸首。曾御使参劾夏提刑与西门庆。二人派家人上京通过蔡京的门路,送上重礼,开脱了罪责。曾御使参劾上京,参合奸相蔡京"七件事"之不当,被蔡京党羽阴谋构陷,将他窜到岭南。

从上表中可以看出,《百家公案》与《金瓶梅词话》两书所叙杀主案的内容、情节,甚至人名、地名,都基本相同或相近。

我们可以肯定，它们属于同一故事源流。说《百家公案》与《金瓶梅》同源不假，但它们之间究竟是谁影响了谁呢？这就需要研究了。

（二）《百家公案》对"港口渔翁"故事的改写

笔者认为，并非如韩南等先生曾设想的那样，《百家公案·琴童代主人伸冤》就是《金瓶梅词话》第四十七回、第四十八回的直接来源。首先，《百家公案》并不是该故事的原本，因为它明显表现出改写的痕迹。如在《百家公案》的开头，说蒋天秀的妻子是"李氏"，但是在后来两次说到他的妻子时却只称"张氏"而不言"李氏"，这就导致上下文不统一。而作品又没有明确交代这个张氏是否是蒋天秀的其他妻妾。笔者推测，《百家公案》的作者很可能打算把原作中的"李氏"改为"张氏"，但一不小心，还是依原本照抄了一个"李氏"在此。这样一来，《百家公案》中的"李氏"，很容易被我们看成是袭取原本而删改不尽的破绽。而在《金瓶梅词话》一书中，凡说苗天秀的妻均言"李氏"，妾言"刁氏"，行文是统一的。在苗天秀妻的姓氏问题上，《金瓶梅词话》有可能更接近该故事的原本。

其次，《百家公案·琴童代主人伸冤》在内容和意趣上带着更为浓厚的公案小说特色。例如，在《百家公案》中，写包公看见有一团旋风随着他的马头走，便命令随从"捉拿"旋风，颇具神话公案戏常见的荒诞幽默趣味。而《金瓶梅词话》在同一情景下，叙阳谷县县丞狄斯彬命人跟随"旋风"而不是捕捉"旋风"。还有，《百家公案》的结尾，写谋害家主天秀的主谋董姓家仆劫得财物在逃，成了巨商。数年后，董氏家仆在扬子江遇盗被杀，财本一空，遭到与天秀同样的命运，似乎是因果报应的结果。而天秀之子后来中了进士,官至中书舍人,得到善报。而《金瓶梅词话》本故事结尾没有叙及主谋苗青的结局,也没有涉及天理报应观念。像这种"捉拿"旋风以及直接拿因果报应取代司法审判的笔法,本为公案小说的常套,或许出自《百家公案》对原故事所做的创造性改写。因这类特殊笔法并不对《金瓶梅词话》产生任何影响,也能从侧面说明《百家公案》并不是《金瓶梅词话》中同一故事的直接来源。

(三)《金瓶梅词话》对"港口渔翁"故事的改写

另一方面,也不可能是《百家公案》袭取了《金瓶梅词话》。因为《金瓶梅词话》第四十七回、第四十八回也不可能是该故事的原始形态。这主要表现在:《金瓶梅词话》为了把这个杀主案编织进这部长篇小说,同样进行了较大的改造。

第一,巧妙借用"清河县"之地名。

《百家公案·琴童代主人伸冤》与《金瓶梅词话》都说天秀遇害的地点在(徐州)陕湾,又说天秀尸体与被打落水的琴童都漂流到山东省清河县。但在《百家公案》中,这个清河县应当不是山东省临清属下的清河县,而是江苏省淮安府属下的清河县。因为从江苏徐州到山东临清,相距三百多公里,又是逆流,天秀尸体绝无漂来的可能性。检视明代地图,发现徐州有黄河和运河相交,因此,天秀在徐州遇害,其尸体才有可能沿黄河往下游漂到洪泽湖畔、同时与运河相交的芦榆港,从而被对岸的清河县慈惠寺僧人发现。同样,发现两位艄公凶手和审理案件的地点也在这个江苏的清河县。《百家公案》的描写基本符合当时的地理情况。可能该故事的原本也是如此。

《金瓶梅词话》叙苗青等人谋杀天秀分赃后,又写他将货物

"另搭了船只,载至临清码头上,钞关上过了,装到清河县城外,官店内卸下"。这分明说的是位于山东与河北交界处临清属下的清河县了。但根据地理位置来看,天秀尸体从徐州漂到临清属下的清河县是不大可能的。这只能是《金瓶梅词话》对原作的巧妙借用,或许正是原本中的这个"清河县"地名触发了作者将这个故事改编进《金瓶梅词话》的灵感。这种借用正好反映出《金瓶梅词话》与《百家公案》有一个相同或相近的原本。

第二,改变"春香"与"琴童"的身份。

《百家公案·琴童代主人伸冤》中,与董姓仆人调情的是使女"春香";而在《金瓶梅词话》中,与苗青有私情的是苗天秀的宠妾刁七儿。调情的动作,也从《百家公案》的"斗草"变成了《金瓶梅词话》的"相倚私语",加强了色情成分,也更符合《金瓶梅词话》的趣味。不过这里特别引起笔者注意的是这个"春香"之名。该名字在《金瓶梅词话》第四十八回也有出现,而且也是由苗青一案引出的人物。写王六儿为了方便与西门庆偷情,便从为苗青说情所得的一百两银子中拿出十六两,特地给丈夫韩道国买了一个名叫"春香"的丫鬟来伏侍。《百家公案·琴童代主人伸冤》中还有一个人名与《金瓶梅词话》有关。《百家公案》写陪伴蒋天秀上京、被打落水获救、后来为家主雪冤的童仆叫"琴童"。而"琴童"这个名字也见于《金瓶梅词话》,本是西门庆的一个家仆,且在第四十七回以前已经存在。可能为了避免重复,《金瓶梅词话》在该故事中将《百家公案》中的"琴童"这个人物更名为"安童"。从这两个相同的人名也可以说明《百家公案》与《金瓶梅》可能有同源关系。

第三,增加了胡师文与狄斯彬等人物形象。

《金瓶梅词话》写苗天秀惨死案发,而初审官山东副提刑西门庆却徇情卖法,袒护主犯苗青,仅处死两个从犯。苗天秀的表兄黄美便写信请求自己的同年、山东巡察御使曾孝序为天秀伸冤。曾御使出于义愤,将此事委与东平府府尹胡师文,胡师文又令阳谷县县丞狄斯彬查勘。胡师文与狄斯彬都是历史人物。宋时胡师文本是蔡京的姻亲。胡师文形象在这个故事的原本里可能无关紧要,却更易于让旨在昭示西门庆及其后台蔡京罪恶的《金瓶梅词话》作者大感兴趣。而且,顺便讽刺一下胡师文的糊涂与滑稽,正符合《金瓶梅词话》惯常的笔调。狄斯彬传附于《明史·马从谦传》,为溧阳人,嘉靖进士,官至御史,因劾中官杜泰,谪为边方杂职。《金瓶梅词话》把狄斯彬塑造成一个较为聪明正直的清官,是西门庆之流的对立面。

　　第四,增加了西门庆与曾孝序等人物形象。

　　《百家公案·琴童代主人伸冤》与《金瓶梅词话》写到谋杀案发生以后,有些情节的前后秩序有所不同。最主要的区别是:《百家公案》中包公发现天秀尸体在前,琴童认出陈、翁两位艄公在后;而在《金瓶梅词话》里,安童认出陈、翁两位凶手在前,阳谷县县丞狄斯彬发现天秀尸体在后。这种差异出自《金瓶梅词话》改写的可能性极大,而《百家公案》可能更接近该故事的本来面目。《金瓶梅词话》明显具有改编的动机,是为了让苗青案的初审权落到山东提刑所副长官西门庆的身上,给他提供徇私舞弊的机会。

　　《金瓶梅词话》中的苗青案对于刻画西门庆形象有重要意义。作者为了鞭挞西门之恶,让他受理这个谋财害命案,由他的情妇王六儿牵线。王六儿之所以愿干涉此案,非因与其邻居苗青的经纪人乐三夫妇有交情，而是为了借色图财。苗青先后两次给了她一百两银子。苗青拿一千两银钱买命，与西门庆进行了一场交易，而王六儿与西门庆之间也是一场交易。这就深刻揭示出权与法、财与色的关联。在这个故事中，西门庆正处于人生和事业的顶峰，但他勾结权贵、贪赃枉法，又疯狂敛财、纵欲，同时埋下了败亡的种子。

在《金瓶梅词话》中，代替包公终审此案的是山东巡察御使曾孝序。据《宋史》卷四五三，历史上确有一位因论事忤蔡京、窜岭表的曾孝序。他应该就是《金瓶梅词话》中这个同名人物的原型。《金瓶梅词话》写曾孝序发现西门庆只把这个杀主案中的两个从犯处斩，轻易放过了主犯苗青，便向朝廷参劾西门庆贪赃枉法。于是，夏提刑"拿了二百两银子、两把银壶"，西门庆这里是"金镶玉宝石闹妆一条，三百两银子"，通过西门庆的亲家、蔡京的管家翟谦交给奸相蔡京、亦即西门庆的干爹，将曾孝序的参本只批"该部知道"，不覆上来，使西门庆等人一点事也没有。等曾孝序任满回京复职，向皇上陈述蔡京以聚敛为宗旨的"七件事"之不当，被蔡京以"阻挠国事"为名，将他黜为陕西庆州知州。之后，蔡京又通过其儿子蔡莜的姻亲、陕西巡按御使宋盘，罗织曾孝序的罪名，锻炼成狱，将他废除官籍、窜于岭表才罢休。从《金瓶梅词话》可以看出，在蔡京编织的奸臣网络中，是容不得任何清廉刚正的好官存在的。而皇帝也极其昏庸，让人看不到对国家前途的任何希望。小说通过曾孝序的人生经历，深刻揭示出所影射的社会已腐朽到了何等惊人的程度。

包公和西门庆分别是《百家公案》和《金瓶梅词话》的主角，也是这个谋主案的审判官。然而，包公是个清官，西门庆是个赃官,分别代表了两种截然不同的人物类型,折射出两种不同的创作心态。在《百家公案》里,不管是对包公的歌颂还是对天理的信仰,都表现出对国家秩序与对社会公正的强烈信心。而《金瓶梅词话》里本故事的关键在于揭露西门庆如何勾结奸相贪赃枉法、陷害忠良,并通过他来暴露出整个国家机构的涣散和道德人心的沦丧。

总之,《百家公案》和《金瓶梅词话》中这个杀主故事的共同点非常显著,显然属于同一源流。但两书都对这个杀主故事作了改写,说明都不是原本。两书中那些经过改写的细节和人物似乎又互不产生影响,又说明它们之间没有直接继承关系。这就只有一种可能:那就是说《百家公案》和《金瓶梅词话》有一个共同的来源;而这个来源已经散佚不见。

探究《百家公案》和《金瓶梅词话》的关系,在清理两书的渊源之外,还可为两书的成书时间提供旁证。笔者在《〈百家公案〉研究》一书中,曾说明《百家公案》的直接来源包括:明成化间刊行的一批有关包公故事的说唱词话[1],嘉靖间刊陶辅《花影集》、监察御史张景《补疑狱集》、《六十家小说》(今称《清平山堂话本》),以及明万历间周近泉刻《古今清谈万选》等书。特别是《古今清谈万选》的成书时间与《百家公案》最为接近。据王重民先生考证,《古今清谈万选》书中《昙阳仙师》事在万历八年九月,故其书"必纂刻于万历八年以后矣";今陈国军又根据《昙阳仙师》所用"相国"一词,联系昙阳之父王锡爵入阁时间始于万历十二年十二月,进一步断定它出版于万历十三

---

[1] [明] 无名氏编、朱一玄校点《明成化说唱词话丛刊》,中州古籍出版社1997年版。

年至十七年夏之间。[1]而笔者也曾在《〈百家公案〉研究》一书中说明，《百家公案》成书于万历十五年前后[2]。

《金瓶梅词话》是《金瓶梅》现存最早的版本，有万历四十五年（1617）东吴弄珠客及欣欣子序。而今知最早提及《金瓶梅》一书的资料，见于万历二十四年（1596）袁宏道写给董其昌的信，信中问道："《金瓶梅》从何得来？"笔者据此认为，《金瓶梅》与《百家公案》记录了同一杀主故事，虽然很可能都不是直接渊源，但同出一源的事实是很清楚的，其成书时间也应大致相同。也就是说，《金瓶梅词话》也应成书于万历前期。

二、从素材来源看词话本和崇祯本的关系

通过素材来源还可以进一步探究词话本和崇祯本之间的关系。

（一）从《水浒传》看崇祯本和词话本的关系

大家知道，《水浒传》是最为重要的素材来源。有的学者曾经用《水浒传》和《金瓶梅》的文字差异来研究词话本和崇祯本的关系，并取得了很好的成绩。[3]本文尝试提供更多的例子作为参考。笔者读书中看到，在《金瓶梅》源出《水浒传》部分，从内容与文字上看，词话本总体比崇祯本更为接近《水浒传》，也

---

[1] 参见王重民《中国善本书提要》，上海古籍出版社1983年版，第399页；陈国军《〈清谈万选〉版本、出版时间、编者及来源新论》，《文学与文化》2016年第1期。

[2] 参见杨绪容《〈百家公案〉研究》，上海古籍出版社2005年版，第237—258页。

[3] 详情参见黄霖《关于〈金瓶梅〉崇祯本的若干问题》，载《金瓶梅研究》（第一辑），江苏古籍出版社1990年版；梅节《〈新刻金瓶梅词话〉后出考》，《燕京学报》2003年新15期，第197—226页。

偶有崇祯本比词话本更接近《水浒传》的情况。

例1，写潘金莲与武松初见时的对话：

《水浒传》[1]	《金瓶梅》词话本[2]	《金瓶梅》崇祯本[3]
妇人道："一言难尽。自从嫁得你哥哥，吃他忒善了，清河县里住不得[4]，搬来这里。若得叔叔这般雄壮，谁敢道个不字！"	妇人道："一言难尽。自从嫁得你哥哥，吃他忒善了，被人欺负，才得到这里。若似叔叔这般雄壮，谁敢道个不是！"	妇人道："一言难尽。自从嫁得你哥哥，吃他忒善了，被人欺负，才到这里来。若是叔叔这般雄壮，谁敢道个不字！"

《水浒传》中"搬来这里"，词话本作"才得到这里"，崇祯本作"才到这里来"，词话本比崇祯本更接近《水浒传》。但《水浒传》中的"不字"字，被崇祯本沿用而词话本改动，崇祯本比词话本更接近《水浒传》。

例2，续写潘金莲与武松初见时的对话：

《水浒传》	《金瓶梅》词话本	《金瓶梅》崇祯本
妇人笑道："怎地这般颠倒说！常言道：人无刚骨，安身不牢。奴家平生快性，看不上这般三打不回头，四打和身转的人。"	妇人笑道："怎的颠倒说！常言：人无刚强，安身不牢。奴家平生性，看不上这样三打不回头，四打连身转的人。"	妇人笑道："怎的颠倒说！常言：人无刚强，安身不长。奴家平生性快，看不上那三打不回头，四打和身转的。"

---

〔1〕 本文所引〔明〕施耐庵《水浒传》，人民文学出版社1998年版。该书以容与堂本为底本，并参照天都外臣序本、杨定见序本等加以整理出版。

〔2〕 本文所引〔明〕兰陵笑笑生《金瓶梅词话》，1933年北京"古佚小说刊行会"影印本。

〔3〕 本文所引〔明〕兰陵笑笑生著、无名氏评点《新刻绣像批评金瓶梅》，1988年北京大学出版社影印北京大学藏本。

〔4〕 着重号为笔者所加，下同。

从素材来源看《金瓶梅》的成书

《水浒传》中"安身不牢",词话本作"安身不牢",崇祯本作"安身不长";《水浒传》"快性",词话本作"快性",崇祯本作"性快"。这两句表明词话本比崇祯本更接近《水浒传》。《水浒传》中"和身转",词话本作"连身转",崇祯本作"和身转",这句是崇祯本比词话本更接近《水浒传》。

例3:词话本第二回,写西门庆看中潘金莲,托王婆做牵头。王婆便卖弄自己"杂趁"的手段,对他说:

> 老身不瞒大官人说,我家卖茶,叫做鬼打更。三年前十月初三日下大雪那一日,卖了不泡茶,直到如今不发市,只靠些杂趁养口。

对此,梅节先生认为:

> "十月初三日",容本《水浒》作"六月初三日"。王婆这里说的是鬼话:她开茶铺,却靠"杂趁"过活。如果闰年,十月初三北方下雪不稀奇,"六月初三日"下大雪则纯然是鬼话。崇祯本也作"六月初三日",同《水浒》。可能艺人本也同《水浒》,十卷本词话在流传中"六"误"十"。但崇祯本的母本却不误。[1]

梅节先生能发现"六"误"十"这种细微的差别,可谓别具慧眼。的确,如果没有版本对照,一般人很难仔细体会"十月初

---

[1] 参见梅节《〈新刻金瓶梅词话〉后出考》,《燕京学报》2003年新15期。梅节先生在他的文章里还举出其他一些崇祯本更接近《水浒传》原文的例子。

三日"与"六月初三日"的区别。据笔者看来,《水浒传》叙王婆说鬼话,夸口自从三年前"六月初三"大雪日"卖了不泡茶",后就不再有买卖,拿这些子虚乌有的事和西门庆打牙犯嘴,以此挑动西门庆上钩,好赚他的钱。《金瓶梅》词话本改"十月初三日",事虽可稽,兴味便尔索然。崇祯本也作"六月初三日",同于《水浒传》。崇祯本的改编者是直接抄自《水浒传》呢,还是也有一双如梅节先生这种慧眼,将"十"改作"六"呢?笔者认为,很可能崇祯本另有所据。尽管说崇祯本改编者文学水平甚高,然如不深究其味,把下大雪时间从"六月初三日"改成"十月初三日"易,从"十月初三日"改成"六月初三日"难。无论如何,就该例而言,还是崇祯本比词话本更接近《水浒传》原文。

上文偏举了一些崇祯本比词话本更接近《水浒传》的例子,当然并不能排除在总体上词话本比崇祯本更接近《水浒传》的情况。但问题及来了:究竟是词话本抄崇祯本,还是崇祯本抄词话本呢。单凭推测,在学术界有关词话本与崇祯本是父子关系的主流认识之外,还另有三种可能:一是崇祯本的作者在校改词话本时参考了《水浒传》的原文;二是崇祯本的底本不是我们所见的万历刻本《金瓶梅词话》,而是词话本系统的另一抄本;三是崇祯本并不是校改词话本而来,而是根据某种传抄的崇祯本的原本。假如是上述四种可能性中的最后一种,那么,词话本和崇祯本之间的关系就可以说是"叔侄关系"或"兄弟关系"了。

无论如何,如果单凭《水浒传》,是难以说清这个问题的,何况《水浒传》又因版本丰富而导致其文字差异情况十分复杂。如果要深入探讨词话本与崇祯本的关系,我们参考的范围还可以扩大到《金瓶梅》中除《水浒传》之外的其他素材来源。例如,

《金瓶梅》也吸收了《百家公案》与冯梦龙"三言"种的作品,这些作品的版本比较简单,就更易入手。

(二)从《百家公案》看《金瓶梅》的词话本和崇祯本的关系

如前所述,尽管我们认为《百家公案》很可能不是《金瓶梅》的直接来源,但它明显与《金瓶梅》同源,并不妨碍我们拿来作比较。《金瓶梅》的词话本和崇祯本与《百家公案·琴童代主人伸冤》在语言上各有差异,并不完全相同。请看下列四组异文。

例句1:

《百家公案》	《金瓶梅》词话本	《金瓶梅》崇祯本
僧人见那一锭白银,笑道:"不消一半完满得此一尊佛像,何用许多?"天秀曰:"师父休嫌少,若完罗汉宝像,以后剩者,作斋功果,普度众生。"	僧人道:"不消许多,一半足以完备此像。"天秀道:"吾师休嫌少,除完佛像,余剩可作斋供。"	僧人道:"不消许多,一半足矣。"天秀道:"吾师休嫌少,除完佛像,余剩可作斋供。"

在上例中,《百家公案》作"不消一半完满得此一尊佛像",词话本作"不消许多,一半足以完备此像",崇祯本作"不消许多,一半足矣"。

例句2:

《百家公案》	《金瓶梅》词话本	《金瓶梅》崇祯本
天秀正邀妻子向后园游赏,天秀有一家人姓董,是个浪子,正与使女春香在后园亭子上斗草。不防天秀来到,躲避不及。天秀遇见,将二人痛责一番。	那消半月,天秀偶游后园,见其家人苗青,平白是个浪子,正与刁氏在亭侧相倚私语,不意天秀卒至,躲避不及。看见,不由分说,将苗青痛打一顿,誓欲逐之。	那消半月,天秀偶游后园,见其家人苗青正与刁氏亭侧私语。不意天秀卒至,看见,不由分说,将苗青痛打一顿,誓欲逐之。

在上例中,"是个浪子"一句,词话本与《百家公案》有,崇祯本无。

例句3:

《百家公案》	《金瓶梅》词话本	《金瓶梅》崇祯本
天秀接得书,不胜欢喜。	苗天秀得书,不胜欢喜。	苗天秀得书大喜。

在上例中,词话本与《百家公案》同作"不胜欢喜",崇祯本作"大喜"。

从以上各例文字的异同可以看出,尽管《金瓶梅》的词话本和崇祯本都与《百家公案》有少量差异,但词话本都比崇祯本更接近于《百家公案》。这虽不能全然支持词话本早出而崇祯本晚出的结论,但大致可否定崇祯本比词话本早出的说法。

例句4:

《百家公案》	《金瓶梅》词话本	《金瓶梅》崇祯本
当下琴童被打昏迷,尚得不死,浮水上得岸来,号泣连声。天色渐明,忽上流头有一渔舟下来,听得岸上有人啼哭。撑船过来看时,却是一十八、九岁小童,满身是水。问其来由,琴童哭告被劫之事。渔人即带下船,撑回家中,取衣服与他换了。乃问:"汝不要回去,只同我在此过活。"琴童道:"主人遭难,不见下落,如何回去得?愿随公公在此。"	不想安童,被艄一棍打昏,虽落水中,幸得不死,浮没芦港,得岸上来。在于堤边号泣连声。看看天色微明之时,忽见上流有一只渔船撑将下来。船上坐着个老翁,头顶箬笠,身披短蓑,只听岸边芦荻深处有啼哭。移船过来看时,却是一十七、八岁小厮,满身是水。问其始末情由,却是扬州苗员外家童,在洪上被劫之事。这渔翁带下船,撑回家中,取衣服与他换了,给以	不想安童被一棍打昏,虽落水中,幸得不死,浮没芦港。忽有一只渔船撑将下来,船上坐着个老翁,头顶箬笠,身披短蓑,听得啼哭之声。移船看时,却是一个十七、八岁小厮,慌忙救了。问其始末情由,却是扬州苗员外家安童,在洪上被劫之事。这渔翁带下船,取衣服与他换了,给以饮食,因

续表

《百家公案》	《金瓶梅》词话本	《金瓶梅》崇祯本
渔翁道："从容为你访此劫赋是谁，又作理会。"琴童拜谢。	饮食，因问他："你要回去乎？却同我在此过活？"安童哭道："主人遭难，不见下落，如何回得家去？愿随公公在此。"渔翁道："也罢，你且随我在此，等我慢慢替你访此贼人是谁，再作理会。"安童拜谢公公，遂在此翁家过其日月。	问他："你要回去，却是同我在此过活？"安童哭道："主人遭难，不见下落，如何回得家去？愿随公公在此。"渔翁道："也罢，你且随我在此，等我慢慢替你访此贼人是谁，再作理会。"安童拜谢公公，遂在此翁家过活。

在上段引文中，有些语句，《百家公案》、词话本有，而崇祯本却无。例如：写小童"得岸上来""号泣连声"；写渔人看见小童"满身是水"，将他带下船，"撑回家中"等等。有的语句，词话本、崇祯本有，而《百家公案》却无。例如：写小童"浮没芦港"；写渔船上"坐着个老翁，头顶箬笠，身披短蓑"，听见岸边的"啼哭声"；写渔翁救了小童，并"给以饮食"等等。这些情况反映出《百家公案》接近于该故事的原本，而词话本是一个介于《百家公案》和崇祯本中间的本子。

（三）从《喻世明言·新桥市韩五卖春情》看词话本和崇祯本的关系

笔者再拿《金瓶梅》词话本和崇祯本的第九十八到一百回与《喻世明言》卷三的《新桥市韩五卖春情》话本进行比较。两书同写一位青年商人与一位暗娼的感情纠葛，其相见、相识和结交过程的内容和文字都确非常接近，只有结局不同。乍看之下，成书在先的《金瓶梅》绝不可能抄袭后出的《喻世明言》。但冯梦龙"三言"中的故事,很多都是宋元明的旧本,因此,《喻世明言》所据的原本或祖本早于《金瓶梅》的可能性更大。

例句1:写少东家初识韩氏的情景,见她往他的酒楼搬家具。

《喻世明言》	《金瓶梅》词话本	《金瓶梅》崇祯本
吴山问主管:"甚么人?不问事由,擅自搬入我屋来。"	经济问谢主管:"是甚么人?不问自由,擅自搬入我屋里来。"	敬济问谢主管:"是甚么人?也不问一声,擅自搬入我屋里来。"

在以上引文中,《喻世明言》"不问事由"甚通顺,而词话本说"不问自由"明显属于抄写有误,崇祯本发现了词话本的错误,于是改为"也不问一声"。这说明崇祯本所根据的可能是词话本,而不是《喻世明言》的原本或祖本。如果崇祯本的改编者有喻世本原本做依据,只需要抄写成"不问事由"即可。

例句2:续写韩氏搬家。

《喻世明言》	《金瓶梅》词话本	《金瓶梅》崇祯本
吴山看得心痒,也替他搬了几件家火。……那胖妇人与小妇人都道:"不劳官人用力。"吴山道:"在此间住,就是自家一般,何必见外?"彼此俱各欢喜。	经济看得心痒,也使伴当小姜儿和陈三儿,也替他搬运了几件家活。王六儿道:"不劳姑夫费心用力。"彼此俱各欢喜。经济道:"你我原是一家,何消计较?"	敬济看得心痒,也使伴当小姜儿和陈三儿替他搬运了几件家活。王六儿道:"不劳姑夫费心用力。"彼此俱各欢喜。敬济道:"你我原是一家,何消计较?"

上段引文也是词话本比崇祯本更接近《喻世明言》。三者之中,只有《喻世明言》中"彼此俱各欢喜"用对了。而词话本和崇祯本都把这句话写在陈经济(敬济)答话之前,于理不通。这

说明《金瓶梅》传抄原文也不总是都抄对了，反而有改错的时候。而词话本和崇祯本有共同的疏漏正好证明它们的同源。

例句3：写韩氏主动与少年东家搭话。

《喻世明言》	《金瓶梅》词话本	《金瓶梅》崇祯本
这小妇人一双俊俏眼觑着吴山道："敢问官人青春多少？"吴山道："虚度二十四岁。拜问娘子青春？"小妇人道："与官人一缘一会，奴家也是二十四岁。城中撇下来，偶辏遇官人，又是同岁，正是有缘千里能相会。"	爱姐因问："官人青春多少？"经济道："虚度二十六岁。敬问姐姐青春几何？"爱姐笑道："奴与官人一缘一会，也是二十六岁。旧日又是大老爹府上相会过面，如今又幸遇在一处，正是有缘千里来相会。"	爱姐因问："官人青春多少？"敬济道："虚度二十六岁。"敬济问："姐姐青春几何？"爱姐笑道："奴与官人一缘一会，也是二十六岁。旧日又是大老爹府上相会过面，如何又幸遇在一处，正是有缘千里来相会。"

从上段引文也可看出词话本比崇祯本更接近喻世本。因崇祯本"陈经济"作"陈敬济"，便把词话本中"敬问姐姐青春几何？"改为"敬济问：姐姐青春几何？"这种改法，只有崇祯本才有可能。但崇祯本一连用两个"敬济道""敬济问"显得很啰唆，反不如词话本和《喻世明言》那么顺畅。《喻世明言》没有出现"敬"字，说明崇祯本很可能就是直接在词话本的基础上修改而成的。

例句4：《喻世明言》叙韩氏勾引少东家吴山，道：

> 吴山初然只道好人家，容他住，不过矴光而已。谁想见面，到来刮涎，才晓得是不停当的。欲待转身出去，那小妇人又走过来挨在身边坐定，作娇作痴，说道："官人，你将头上金簪子来借我看一看。"吴山除下帽子，正欲拔时，被

小妇人一手按住吴山头髻,一手拔了金簪,就便起身道:"官人,我和你去楼上说句话。"一头说,径走上楼去了。吴山随后跟上楼来讨簪子。正是:由你奸似鬼,也吃洗脚水。吴山走上楼来,叫道:"娘子!还我簪子。家中有事,就要回去。"妇人道:"我与你是宿世姻缘,你不要装假,愿谐枕席之欢。"吴山道:"行不得!倘被人知觉,却不好看。况此间耳目较近。"

《金瓶梅》以此故事附于陈经济和韩爱姐身上。在词话本里,陈经济跟还算老实的吴山不同,他积极回应韩爱姐的挑逗。当韩爱姐拔下他的金簪子,他就主动跟上楼来。然而《金瓶梅》的作者也抄袭了话本里用"正是"引导的两句韵语:"饶你奸似鬼,也吃洗脚水。"仿佛陈经济上楼是中了韩爱姐的圈套似的。这样说就很不合情理。上楼以后,陈经济的内心其实很期待与韩爱姐的枕席之欢,但作者仍然抄写道:

爱姐道:"奴与你是宿世姻缘,你休要作假,愿偕枕席之欢,共效于飞之乐。"经济道:"只怕此间有人知觉,却使不得。"

其实,爱姐对陈经济"你休要作假"的告诫,已大可不必了。

而崇祯本里对陈敬济的描写就更加符合他的性格了。当爱姐把些风月话儿来勾敬济,敬济"便涎着脸儿,调戏答话"。韩爱姐一手拔下陈敬济的金簪子,笑吟吟起身,说:"我和你去楼上说句话儿。"一头说,一头走。而"敬济得不的这一声,连忙跟上楼来"。"正是"以后的韵语也变为:"风来花自舞,春入鸟能言。"两人上楼后,爱姐也没有"休要作假"的告诫。她说:"奴与你是宿世姻缘,今朝相遇,愿偕枕席之欢,共效于飞之乐。"敬济道:"难得姐姐见怜,只怕此间有人知觉。"这样的表达比词话本更为高明,说明崇祯本的改编者对人物性格把握得很准,具有很高的文学水平和鉴赏能力。

综合比较上面这段引文的人物、故事、细节、语言诸方面,也是词话本比崇祯本更接近喻世本。

例句5:写韩氏初次勾引少东家到手之后,喻世本写道:

> 当时金奴道:"一时慌促搬来,缺少盘费。告官人,有银子乞借应五两,不可推故。"吴山应允了,起身整了衣冠,金奴依先还了金簪。

吴山答应给钱后,金奴才纳还他的金簪子,刻画出妓女以色图财的本相。词话本跟《喻世明言》的描写差不多。而崇祯本写韩爱姐勾引敬济到手之后,先"将金簪子原插在他头上",然后才向他借银子。这就揭示出韩爱姐虽然是个妓女,却有情有义,不以图钱为主要目的,为后来她为陈敬济守节一事做了铺垫。

例句6:叙韩氏好久不见少东家前来赴约,便叫八老去请。

《喻世明言》写当时吴山在病中,给了金奴一封信,并五两银子。后来等到病愈,连忙前去会面。当吴山进门,金奴引到楼上房中。小说写道:

> 正所谓:合意友来情不厌,知心人至话相投。

《金瓶梅》词话本和崇祯本写陈经济（敬济）的妻子葛翠屏吃醋不让他外出，八老遵爱姐嘱咐，前来约他相见。经济（敬济）回了爱姐一封信，并五两银子。接着写道："正是：得意友来情不厌，知心人至话相投。"而其时陈经济（敬济）并没有到爱姐家，何来"得意友来""知心人至"？下文说经济（敬济）是过了一段时间才找到机会去看爱姐的。这都是《金瓶梅》在改写喻世本原本时出现的疏漏。这共同的疏漏再次证明词话本和崇祯本的同源。

例句7：从故事的主题上也可以看出，《喻世明言》卷三《新桥市韩五卖春情》与词话本的更为关系密切。词话本第一回作者写到《金瓶梅》的主题时说：

> 况这妇人，他（她）死有甚事！贪他的断送了堂堂六尺之躯，爱他的丢了泼天哄产业，惊了东平府，大闹了清河县。

韩南先生已经指明，这句话很不贴切。说西门庆"断送了堂堂六尺之躯"犹可，而说他"丢了泼天哄产业"并不准确，用在陈经济身上似乎就更贴切一些。这句话原出自《新桥市》话本的开头：

> 自家今日说一个青年子弟，只因不把色欲警戒，去恋着一个妇人，险些儿坏了堂堂六尺之躯，丢了泼天的家计，惊动新桥市上……

这话用在吴山的身上就很准确了。这说明,《金瓶梅词话》在抄袭它的那些来源的时候,也出现了不少的破绽,留下了一些矛盾。而这正显示出《金瓶梅词话》与《喻世明言》祖本的关系是很密切的。由于崇祯本第一回改写很大,上一段话干脆被删除,也说明它与《喻世明言》祖本的关系更为疏远。

从上述诸段文字的比较中,还可得到一个意外的收获。我们知道,冯梦龙"三言"的编刊必定会晚于《金瓶梅》的成书,但就该故事而言,《喻世明言》与《金瓶梅》的内容和文字非常接近。这说明冯梦龙对"三言"原本的改动并不大。也就可以说,摆在冯梦龙面前的"三言"原本或祖本,应该已经是很成熟的作品了,连文字都已基本成熟定型。这样一来,学术界曾倾向于赋予冯梦龙很大的创作权,包括思想的提炼、结构的调整、文字的修订等等。在笔者看来,这种看法很可能要重新思考。

通过上文比较《百家公案》《喻世明言》与《金瓶梅》的词话本和崇祯本的异文可以看出,凡是在词话本对素材来源有改写的地方,崇祯本有两种情况:一是因循词话本,二是再做改写。在词话本和崇祯本对素材来源都有修改的地方,我们一般只看到词话本修改、崇祯本附和的例子。笔者甚至没有发现,崇祯本偶有比词话本更接近《琴童代主人伸冤》和《新桥市韩五卖春情》的例子。由此可见,词话本与崇祯本之间的影响关系是单向的。这就是说,崇祯本直接在词话本的基础上修改的可能性极大。在此基础上,笔者大致肯定,词话本与崇祯本之间是父子关系,崇祯本基本上可说是直接在词话本的基础上改写而成的。

如此再回溯前面比较《水浒传》和《金瓶梅》的异文,已知在多数情况下词话本比崇祯本更近于《水浒传》,在少数情况下崇祯本比词话本更近于《水浒传》。如果肯定词话本与崇祯本是父子关系，那就是说崇祯本在改编词话本的同时，还参考了某本《水浒传》。这也有相当可信的理由，因为在崇祯年间改编《金瓶梅》时，要找一部《水浒传》是非常容易的。我们从阅读中不难发现，崇祯本的改编者是位杰出文人，他对自己改编《金瓶梅》一事甚为重视，从主观上也有以别本《水浒传》参校的可能性。

说词话本与崇祯本是父子关系还有其他证据。黄霖先生曾经发现，崇祯本系统的上图甲本、上图乙本的卷七题名为："新刻金瓶梅词话卷之七"，卷九题名为："新刻绣像批点词话卷之九"。对此，他认为：

> 卷七、卷九两处多出"词话"两字，特别是卷七的题名，竟与词话本完全相同，这无疑是修改词话本时不慎留下的痕迹。假如崇祯本与词话本是平行发展的两种本子，甚至先有崇祯本，后出词话本的话，就决不可能两处凭空加上这"词话"两字〔1〕。

不错，崇祯本系统偶尔自称"金瓶梅词话"，的确可以看成是对《金瓶梅词话》删削不尽而留下的尾巴。

---

〔1〕 黄霖《关于〈金瓶梅〉崇祯本的若干问题》，《金瓶梅研究》第一辑，江苏古籍出版社1990年版。

论《金瓶梅》劝戒的三种方式[1]

一、晚明文学中的劝戒

本文拟依据《金瓶梅》一书中有关劝戒的内容及意旨,来窥探晚明的社会思潮。

晚明经济发达,物产繁盛,文化娱乐丰富,又有好货好色的哲学流行。受时代风气的浸润,社会上酒色财气盛行,普遍耽于腐化享乐。同时,针对酒色财气的劝戒也就多了起来,有人甚至把矛头直接指向皇帝。嘉靖十八年,皇上欲命东宫监国,专事静摄,杨最上言:"惟望端拱穆清,恭默思道,不迩声色,保复元阳,不期仙而自仙。"[2]万历十七年,雒于仁进酒色财气四箴,直斥万历帝犯此四戒,尤以敛财、宠郑贵妃为甚,引得皇帝发怒[3]。

在明代诗文中,难见士人对己对友的劝戒。反倒有不少诗文

[1] 原文发表于《明清小说研究》2000年第2期,收入本书时有改动。
[2] 参见〔清〕谷应泰撰《明史记事本末》卷五二,中华书局1959年版。
[3] 参见〔清〕张廷玉等撰《明史》卷二三四《雒于仁传》,中华书局1974年版。

作家受王学左派的影响，视纵欲为风流[1]。在享乐之外，不少士人又盛行参禅，修净土宗和禅宗。据《万历野获编》所言，王世贞曾一度离家到昙阳观修行，而他的弟弟王世懋亦在家修炼。《珂雪斋集》中《石浦先生传》云，袁宗道年轻时因纵欲得病，采用数息静坐的办法才康复。这些行为应该说是士人对个人生活及社会风气的一种矫正吧。

在明代小说中，盛行劝戒思想。短篇白话小说表达劝戒意旨特别明显。冯梦龙的"三言"各题"喻世""醒世""警世"之名，直接申明劝戒之意。《醒世恒言》中的《金海陵纵欲亡身》有云："何苦贪恋色欲，自促其命""何况渔色不休，贪淫无度，不惜廉耻，不论纲常，若是安然无恙，皇天祸淫之理，也不可信了"。《喻世明言》中的《蒋兴哥重会珍珠衫》有云："莫为'酒色财气'四字，损却精神，亏了行止。"这些宗旨与题名中的劝戒意识明显是一致的。"二拍"中也有很多表达劝戒的说教。凌濛初在《拍案惊奇序》和《凡例》中提出以小说要以"劝善惩恶，有益风化"为宗旨，再三声明自己创作"二拍""意存劝戒，不为风雅罪人"。《初刻拍案惊奇》中《乔兑换胡子宣淫　显报施卧师入定》有云："至于贪淫纵欲，使心用腹污秽人家女眷，没有一个不减算夺禄，或是妻女现报，阴中再不饶过的。"《二刻拍

---

[1] 在有些晚明人眼里，连风流染上梅毒都可羡可贺。屠隆晚年生花柳病，被病痛折磨得死去活来。汤显祖知道后，写了一组七绝《长卿苦情寄之殇，筋骨段坏，号痛不可忍。教令阖舍念观世音稍定，戏寄十绝》，共十首诗，遥寄给屠隆。明代沈德符《万历野获编》卷二十三《王百谷诗》："时汪太函（道昆）介弟仲淹（道贯）偕兄至吴，亦效其体作赠百谷诗：'身上杨梅疮作果，眼中萝卜瞖为花'，时王正患梅毒遍体，而其目微带障故云。然语虽切中，微伤雅厚矣。"

案惊奇》中《硬勘案大儒争闲气 甘受刑侠女着芳名》云:"从来说的书,不过谈些风月,述些异闻,图个好听。最有益的,论些世情,说些因果,等听了的触着心里,把平日邪路念头将转来,这个就是说书的一片道学心肠。"这些劝戒思想都可看作是明人"集体无意识"的流露。

《金瓶梅》的劝戒意图也很明显。正文之前,有《四贪词》,各戒酒色财气。此《四贪词》为其书确立了宗旨和基调。在叙述过程中,作者又时时跳出来说话,苦口规劝。《金瓶梅词话》第一回说:"情色二安,乃一体一用,故色绚于目,情感于心,有色相生,心目相视,亘古及今,仁人君子,弗合忘之。""说话的,如今只爱说这情色二字做甚,故士矜才则德薄,女衒色则情放……如今这一本书,乃虎中美妇,后引出一个风情故事来。一个好色的妇女,因与一个破落户相通,日日追欢,朝朝迷恋,后不免尸横刀下,命染黄泉。""贪他的,断送了堂堂六尺之躯;爱他的,丢了泼天哄产业。"第七十九回,西门庆油枯灯尽之时,作者说道:"原来这女色坑陷得人有成时,必有败。"又引书首关于色戒那诗云:"二八佳人体似酥,腰间仗剑斩愚夫。虽然不见人头落,暗里教君骨髓枯。"西门庆死后,作者又戒道:"为人多积善,不可多积财。积善成好人,积财惹祸胎。……今日非古比,心地不明白。只说积财好,反笑积善呆。多少有钱者,临了没棺材。"作者把陈经济作"气戒"载体,在他将死时,又警戒道:"一切诸烦恼,皆从不忍生。见机而耐性,妙悟生光明。佛语戒无伦,儒者贵莫争。好个快活路,只是少人行。"兰陵笑笑生在叙述过程中,时时跳出来说话告诫,因而全书贯穿着惩恶劝善之旨。

作者为人物安排的结局，也受其道德心的驱使，西门庆以阳脱死，金莲以奸死，瓶儿以孽死，春梅以淫死，独吴月娘以善终。这些人物的命运与作者的道德观念相一致。作者最后为书中主人公盖棺定论：

> 闲阅遗书思惘然，谁知天道有循环。
> 西门豪横难存嗣，经济颠狂定被歼。
> 楼月善良终有寿，瓶梅淫佚早归泉。
> 可怪金莲遭恶报，遗臭千年作话传。

从书的创作意图、主题以及人物命运的结局来看，都明白体现了劝戒之旨。难怪东吴弄珠客在《金瓶梅序》中一再强调《金瓶梅》是"盖为世戒，非为世劝也"。

二、《金瓶梅》劝戒的方式

本文并不拟重申《金瓶梅》劝戒之旨，而是更进一步探讨《金瓶梅》的劝戒方式，认为这主要包含道德、宗教和养生三个方面。

（一）道德

中国传统文化是以"求善"为目标的"伦理型"。"伦理型"以纲常伦理思想为起点，扩而充之，克己复礼，修身齐家治国平天下。社会历来重视伦理道德的实践，社会意识主要不是靠宗教和法律支撑，而是依赖建立在宗法制度基础上的伦理观念（如《论语》所谓"宗族称孝焉，乡党称悌焉"）加以维系。儒家将修身齐家治国平天下视作伦理规范的总纲。其经典著作《大学》

曾强调,"古之欲明明德于天下者,先治其国;欲治其国者,先齐其家;欲齐其家者,先修其身"。

　　传统社会是以压制妇女来维持其平衡的。社会为妇女的衣食住行甚至举止言谈都订了规则。唐代郑氏作《女孝经》传授"为妇之道"曰:"慎言语,省嗜欲,出门必掩蔽其面,夜行以烛,无烛则止。"宋若昭《女论语》则谓:"行莫回头,语莫掀唇,坐莫动膝,立莫摇裙,喜莫大笑,怒莫高声。内外异处,男妇异群。莫窥外壁,莫出外庭,出必掩面,窥必藏形。"封建社会要妇女"三从四德",温顺贤淑,完全是操持家务和生儿育女的工具。她们没有思想感情,没有个人意志。

　　在一些情况下,道德规范是一回事,社会活动又是另一回事,两者并不协调。《金瓶梅》就比较全面地反映了封建伦理道德的崩溃。作者以西门家为重心,写此一家,牵涉到清河县数十家,又折射朝中皇帝,大小官员,从而反映出整个社会的面貌。西门家的总体特点是"家反宅乱"。

　　首先,夫纲不立。吴月娘对西门庆比较顺从,但因李瓶儿嫁蒋竹山事,她与西门庆生气,竟长时间不说话。西门庆在外包占妓女和情妇,有十数天不回家,潘金莲就私通琴童,孙雪娥就通来旺。西门庆惩罚她们,抽了金莲一马鞭子,打了雪娥一顿,"拘了头面衣服"而已。潘金莲动不动敢骂西门庆"贼没廉耻的货","破纱帽债壳子穷官"。李瓶儿的儿子官哥,被金莲训猫吓死,已是蓄意谋杀。怀断子之痛的西门庆,只是恨气摔死了那只肇事的雪狮子凶猫,还遭到潘金莲的臭骂。第七十五回写西门庆要去和如意儿歇一夜,叙潘金莲终于同意他去。

妇人又叫回来说道:"你过来,我吩咐你,慌走怎的。"

西门庆道:"又说甚么?"

妇人道:"我许你和她睡便睡,不许你和她说甚闲话,教她在俺每跟前欺心大胆的。我到明日打听出来,你就休要进我这屋里来。我就把你下截咬下来。"

对此,夏志清指出:"我们可以感觉到在他们的关系中已改变的调子:西门庆现在是一个行动隐密和为自己辩解的丈夫,潘金莲是那正当的发号施令的妻子,她用极无礼貌的话来指挥他。"[1]西门庆只在孙雪娥面前,才摆得成丈夫的威风。李娇儿、孟玉楼也没有遵照他守节的遗嘱。"夫为妻纲"在西门家已是大大地打了折扣,有时甚至被潘金莲颠倒了。

其次表现为妾妇乱家。正妻吴月娘的地位受到挑战,几个小妾对她多是表面上的尊敬。潘金莲竟敢跑到上房把拦汉子,并与吴月娘发生正面冲突。潘氏为妾,却不肯接受正妻管制,说道:"行动管着俺们,你是我婆婆?无故只是大小之分罢了。我还大他八个月哩!汉子疼我,你只好看我一眼儿罢了。"潘氏"恃宠生骄,颠寒作热,镇日夜不得个宁静。性格多疑,专一听篱察壁,寻些头脑厮闹","再三咬群儿,口嘴伤人",被吴月娘说她"活埋惯了人"。她唆使丈夫暴打孙雪娥,挑拨西门庆与吴月娘反目,在月娘和瓶儿间两面讨好,逼宋惠莲上吊,害死官哥儿,气死李瓶儿,犯下许多堪被"七出"的恶行。其通房丫头庞春梅,被西门庆和潘金莲宠得"没大没小,上头上脸",把吴月娘都不

---

[1] 夏志清《〈金瓶梅〉新论》,载徐朔方编校、沈亨寿等翻译《〈金瓶梅〉西方论文集》,上海古籍出版社 1987 年版。

放在眼里，在毁骂申二姐时俨然以女主人自居。西门庆对爱妾李瓶儿、潘金莲言听计从，"要一奉十"，家中仆从营私，往往走潘、李的后门。仵作何九有兄弟犯盗被拘，便找潘金莲说情；街坊邻居告发王六儿与小叔子成奸，反被西门庆收监，只得又走李瓶儿的门路。作者对这些妾妇指斥道："大抵妾妇之道，蛊惑其夫，无所不至，虽屈身受辱，殆不为耻。若夫正室之妻，光明正大，岂肯为此？"

再次是尊卑失序。西门家女主人吴月娘常常抱怨家中关系混乱，"也没那正主子，奴才也没个规矩"。家中婢仆经常睡到"红日三竿"尚不起来，厅中丢得桌椅横七竖八，使得西门庆的早餐常常晚点。有的婢女"单管屋里事儿往外学舌"，悍仆也"两头戳舌"，"瞒官作弊"。玳安等打着提刑的旗号嫖妓，为争风吃醋而大打出手，玉箫偷酒和点心送给情郎，来旺与孙雪娥通奸，陈经济调戏小丈母，来兴儿勾引如意儿，韩道国拐盗财产，来保私吞货物且调戏吴月娘。

《金瓶梅》还指明了这种种"家反宅乱"的根源正是西门庆。他从个人好恶出发看待妻妾们，而不按道德伦理规范来处理家事。金莲最让他满足，他多次说，"这一家子虽有他们，谁不知我在你身上偏多"。他的偏宠使六位妻妾围绕"把拦汉子"而激烈斗争，李瓶儿母子就成了这种斗争的直接牺牲品。西门庆因自己本不守礼节，在处罚金莲私通琴童时也就不能理直气壮，打了几鞭子便怜惜起金莲白净皮肉来，很快就变嗔怒为宠爱了。他还偏宠惠莲、春梅、如意儿等婢女，弄得家中吵闹不休，主不主，仆不仆。作者戒道："凡家主切不可与奴仆并家人之妇，苟且私狎，久后必紊乱上下，窃弄奸欺，败坏风俗，殆不可制。"

特别要注意到《金瓶梅》中家国同构的观点。西门庆的"家反宅乱"正好与宋王朝（实际上是明王朝，是托前朝写时事的写法）的混乱相联系。小说写道："话说宋徽宗皇帝，政和年间，朝中宠信高、杨、童、蔡四个奸臣。以致天下大乱，黎民百姓倒悬，四方盗贼蜂起，罡星下生人间，搅乱大宋花花世界。"又说高、杨、童、蔡"卖官鬻狱，贿赂公行，悬秤升官，指方补价……以致风俗颓败，贪官污吏遍满天下"。《金瓶梅》中的社会违法乱纪乃是寻常之事。西门庆和夏提刑各得贿银五百两，竟把杀人犯苗青给放了。守备府牢子对疑犯冯金宝说："你再把与我一钱银子，若等拶你，待我饶你两个大指头。"这些徇私舞弊行为令人发指。书中人物有一句顺口溜："火到猪头烂，钱到公事办"，重复说了几次，可见反映的情况之普遍，百姓的反应之强烈。小说借两位退休老太监之口议论道："天下将被这些酸子们弄坏了。"作者还直接议论道："看官听说：妾妇索家、小人乱国，自然之道。识者以为将来，数贼必覆天下。果到宣和三年，徽宗北狩，高宗南迁，而天下为虏，有可深痛哉！"正因此，有人把《金瓶梅》当成政治讽谕的小说，不无道理。作者劝"家"，并不排除劝"国"之旨，所以欣欣子会不断提示其书"盖有所谓也"。

（二）宗教

佛道两教都反对纵欲，强调苦修。佛教戒律尤为严格，佛经的大量篇章都有情色之戒。《增一阿含经》说"贪欲堕恶趣"，《四十二章经》谓"妻子情欲，患甚于牢狱"，《维摩诘经》则讲"从痴有爱，则我病生"。

在明清艳情小说中，出现了大量因犯淫戒而遭阴报的人物形象。《株林外史》叙孔宁、仪行父与夏姬淫欲，死后下油锅；仪行父的老婆淫死，在阴间遭磨碾。《绣榻野史》写淫死的麻氏变母猪，金氏变母骡子，赵大里变公骡子。《金瓶梅》叙西门庆死后"项带沉枷，腰系铁索"；李瓶儿死前发愿助印《血盆经谶》《解冤经咒》，也正是害怕死后地狱受苦意识的反映。《金瓶梅》第七十三回叙薛姑子所讲"五戒禅师私红莲"故事，五戒禅师是个得道高僧，因破色戒"后世堕落苦轮"。这些人物身上都体现了犯淫罪必遭报应的思想意识。

《金瓶梅》既写了来世报应，还写了现世报应。西门庆私淫来旺媳妇，同时又发生了来旺与他的小妾孙雪娥通奸、金莲私狎小厮等事。待西门庆一死，"街谈巷议"指着孟玉楼新婚的轿子，说道："此是西门庆家第三个小老婆，如今嫁人了。当初这厮在日，专一违天害理，奸骗人家妻子。今日死了，老婆带的东西，嫁人的嫁人，拐带的拐带，养汉的养汉，做贼的做贼，都野鸡毛儿零捋了。常言三十年远报，而今眼下就报了。"

《金瓶梅》一书始终贯穿着宗教威慑的思想。作者在一段段性事描写中插入大段大段的宗教活动。西门庆谋财娶妇，又包占王六儿后，插入大师父和王姑子对家中众妻妾讲因果。有张员外，"家豪大富，广有金银，呼奴使婢，员外所娶八个夫人，朝朝快乐，暮暮奢华，贪恋风流，不思善事"。他后来感到来生的威慑，抛家弃子，出家修行成正果。这是影射西门庆，有劝戒意义的因果故事，可惜其妻妾们没有注意，听讲的时候有人借故走掉，有人瞌睡打盹，只有吴月娘专心在听。第五十一回，王姑子与薛姑子又讲了个庞居士抛妻别子上法舡的故事，西门庆家中妻妾们仍以故事姑妄听之。第七十四回，薛姑子演述黄氏女宝卷，讲黄氏女弃家修行，得成正果，死后"得为男子寿延长"；转世做了县令，与先夫及子女"总驾祥云升天去了"。这些道理是专门讲给这些妇人们听的，但现实是，"谁人肯向生前悟，悟却无生归去来"？大家仍旧各过各的日子，酒色财气一样缺不得。

《金瓶梅》作者常常使用宗教说教来直接表达劝戒意图。"朝看瑜加经，暮诵消灾咒；种瓜须得瓜，种豆须得豆。经咒本无心，冤结如何究？地狱与天堂，作者还自受。""作善降之百祥，作不善降之百殃"；"善恶到头终有报，只争来早与来迟"，"善恶到头终有报，远走高飞也难藏"等等。与道德规劝一样，宗教规劝也弥漫全书。

《金瓶梅》叙宗教与性欲的关系十分微妙。一方面，宗教表现为对性欲的救赎。吴月娘经常听尼姑说因果，填补了她的许多生活空闲，使她免于酒色财气。她后来上泰岳庙进香还愿，遇殷天锡无礼不遂，逃走后又被殷天锡率二三十闲汉追赶。幸得到了雪洞禅师的搭救，使她免受污辱，保全了贞节。而西门庆因财色犯下的罪愆，也由其子孝哥出家，得以解脱。雪洞禅师度脱这位西门家唯一的继承人时对吴月娘说：

> 当初你过世夫主西门庆，造恶非善，此子转身，托化你家，本要荡散其财本，倾覆其产业，临死还当身首异处。今我度脱了他去，做了徒弟，常言一子出家，九祖升天，你那夫主冤愆解释，亦得超生去了。

金、瓶、梅等作为"淫妇"而犯下的罪，最后以韩爱姐出家为尼作归结。蒙雪洞禅师荐拔群冤，死鬼们得到救赎，都被超生，又重新开始他们的人生之旅。然而作者没有理由让我们相信这些灵魂的来生就是非常干净纯洁，不染酒色气了。就此而言，《金瓶梅》的结尾更深化了悲剧精神。

另一方面，宗教又参与激化性欲。致西门庆死的春药，就是一个胡僧给他的。西门庆得此药后每交欢必用之。而这种药的结果，似可令男女双方快乐。潘金莲就曾说道："颤声娇只是一味热庠不可当，怎如和尚这药，使进去，从子宫冷森森，直掣到心上，浑身都酥麻了。"佛经《菩萨戒本》有"壮阳支"，专门研究强健性的功能和求子的方法；教派中的密宗和瑜伽，有通过性交来参禅的方法。所以，胡僧及其春药倒并不完全是离经叛道的。《金瓶梅》通过胡僧药致西门庆于死地，暗合了"入诸淫舍，以示为殃"的观念，也可说是劝戒的一种特殊形式。

实际上，《金瓶梅》也就是一场大因果。叙西门庆"谋财娶妇"时，作者写道："子虚气塞柔肠断，他日冥司必报仇。"后来李瓶儿重病之时，果见花子虚之灵责问她，"你如何抵盗我的财物与西门庆"，并要李瓶儿跟他去阴司理论。西门庆从王六儿家夜归，"刚走到西首那石桥儿跟前，忽然见一个黑影子，从轿底下钻出来，向西门庆一扑"。联系李瓶儿托梦，黑影子是花子虚无疑。西门庆弥留之际，"眼前看见花子虚、武大在他跟前站立，问他讨债"。潘金莲因奸杀亲夫武大，后被武松钉死，作者写道："世间一命还一命。"在小说中，连皇帝都腐化享乐，大兴工程。徽宗为建艮岳，收括珍宝奇兽，采选花石纲，弄得"官吏倒悬，民不聊生"。终于导致"二帝被掳，中原无主"，天下大乱，偏安江南。横极一时的蔡太师、童太尉、李右相、朱太尉、高太尉、李太监之流，被"拿送三司问罪"，发烟瘴地面，永远充军；蔡莜处斩，家产抄没入官。而这"家产"，尽皆收括而来，其中有西门庆两番送的生辰担，还应包括韩道国拐去的一千两白银。捐客李三黄四做了多起"假冒伪劣"的生意，来保盗了西门家财，后均因钱粮问题被收了监；李三死了，还把儿子李活顶罪。这样看来，因果报应进一步拓展了广度和深度，覆盖了全书。在《金瓶梅》的结尾，又出现了一个张二官人，他补了西门庆的官，又娶了他的小老婆，重新走着西门庆走过的路。这对于当时的社会人生来说是一个更大的因果循环。这就表现了作者兰陵笑笑生客观冷峻的现实主义态度和深入透彻的批判精神。

（三）养生

道家的炼丹术把房中术看成是延年益寿的方法之一，认为御女也能长生不老，羽化登仙。道家还有外丹，据说亦可获得与内丹同样的功效。明代流行长生术，自成化以来，方士们不断献方药给皇上。这些药的方子，《万历野获编》称："其方多秘不可知，相传至今者，若邵、陶则用红铅取童女初行月事炼之如辰砂以进，若顾、盛则用秋石取童男小遗去头尾炼之如解盐以进。此二法盛行，士人亦多用之。然在世宗中年始饵此及他热剂，以发阳气，名曰长生，不过供秘戏耳。"沈德符已看穿了以方药求"长生"的荒诞，而不少明人却乐此不疲，嘉靖皇帝也沉迷其中。《金瓶梅》中的胡僧药，"形如鸡卵，色似鹅黄，三次老君炮炼，王母亲手传方"，又取"二钱一块红膏儿"。这些药也应是道家炼丹术的成果，与盛行的"秋石方""红铅"大致相当。西门庆用此类药物，不在求仙，只为作乐。

这类药的副作用也很大。《万历野获编》记录穆宗用春药"致损圣体，阳物尽是夜不仆"，因而致死。早于《金瓶梅》的艳情小说《飞燕外传》写汉成帝封赵飞燕妹合德为昭仪，"昭仪辄进帝,一丸一幸,一夕昭仪醉,进七丸,帝昏,夜拥昭仪居九成帐,笑吃吃不绝。抵明,帝起御衣,阴精流输不禁,有倾,绝倒"。《金瓶梅》中,西门庆的死与成帝如出一辙。胡僧曾再三告戒西门庆,一次只能吃一丸。潘金莲为了满足自己的性欲,竟一次让西门庆吃了三丸。其后:

> 那管中之精,猛然一股,邀将出来,犹如水银之泻筒中相似。……只顾流将出来,初时还是精液,住后尽是血水出来,再无个收救。西门庆已昏迷去,四肢不收。

《金瓶梅》中的春梅也是纵欲而死的典型。她后来贵为守备夫人,养尊处优,却"淫情愈盛,常留周义在香阁中,镇日不出,朝来暮往,淫欲无度,生出骨蒸痨病症。逐日吃药,减了饮食,消了精神,体瘦如柴,而贪淫不已"。一日,她"一泄之后,鼻口皆出凉气,淫津流下一洼口,就呜呼哀哉,死在周义身上"。

其他小说中,纵欲而死的人物形象也不少。《株林外史》中的子蛮、御叔、尹襄老父,都因肾水枯竭而亡。《绣榻野史》中的麻氏、金氏均死于骨枯之症。《古今小说》有阮三、吴三病后行房死于阳脱之事。在晚明历史上,除穆宗皇帝、宰相张居正外,据说诗人王一鸣也是脱阳而死[1]。总之,明代社会纵欲成风,因纵欲成病也很普遍。

《金瓶梅》作者从爱护身体的角度,不断借西门庆之死以行劝戒。第七十八回说:"不知已透春消息,但觉形骸骨节镕";

---

[1] 〔清〕钱谦益《列朝诗集小传》丁集"王一鸣"条,上海古籍出版社1983年版。

"西门庆只知淫乐，不知油枯灯尽，髓竭人亡。"第七十九回又说："醉饱行房恋女娥，精神血脉两消磨，遗金溺金流白浊，灯尽油干肾水枯。当时只恨欢娱少，今日翻为疾病多。玉山自倒非人力，总是卢医怎奈何！"兰陵笑笑生的观点既与"好货好色"、提倡纵欲的晚明哲学思想分歧，又与视士人纵欲成病为风流的文人情趣分歧，而与养生学爱惜身体和性命的倾向一致。

综上，《金瓶梅》从道德、宗教、养生三个方面进行劝戒，运用了传统文化以示劝戒的主要思想资源。但是其效果又如何呢？以《金瓶梅》观之，社会道德伦理逐渐瓦解，简单的劝戒并不足以规范人们的言行。首先，在当时社会风气中，"快乐原则"高于一切。西门庆之流热衷于人情物欲，本不在意爱惜身体，有人甚至故意损毁自己的精神和肉体，这与医学及养生本来相悖。小说中，人们的宗教信仰淡薄，而宗教界同样沾染了贪欲之风，反过来又动摇了人们的信仰。何况，对于那些精神萎靡的人们，就算知道纵欲害身，他愿自拔吗？他能自拔吗？再者，兰陵陵笑笑生借鉴情色故事不断地进行劝戒说教，其思想和方法不免矛盾之处。其书暴露酒色财气的内容多，建设性的成分少，让人感到一种失去理想和希望的绝望与悲哀。

总而言之，《金瓶梅》不仅通过人物塑造、情节构架来表达劝戒意图，还直接以作者身份进行劝戒。尤其特别的是，《金瓶梅》的作者始终与书中人物保持着天然的鸿沟，其批判精神便寄托其中。在中国文学中，作者对笔下人物，持同情理解的多，持讽刺批判的少。而《金瓶梅》特别采用了冷峻的不动声色的批判。因此，《金瓶梅》也可说是中国长篇讽刺小说的鼻祖。

从《金瓶梅词话》看《西厢记》在万历时期的演本形态[1]

本文打算通过《金瓶梅》对元杂剧代表作《西厢记》的借鉴,对其文化特色进行个案分析。

万历本《金瓶梅》号称"词话",是因为书中有"词"有"话"。其"词"的成分较为复杂,在诗词韵文之外,主要就是戏曲。《金瓶梅词话》中的戏曲,既有自宋元以来流行的杂剧、散曲和南戏,也有自明中叶以来开始流行的传奇和时令小调。小说作者兰陵笑笑生很喜欢把情节所涉的戏曲大段地引录出来,无意之中给我们保留了明代中后期戏曲传播最为生动丰富的原生态[2],甚至同时的戏曲论著也无法与之相比。在《金瓶梅词话》中,《西厢记》出现的频率非常高,向来引人注目。此前学者已就《金瓶梅词话》所引《西厢记》的剧种、主要内容、具体曲牌与出目、艺术效果等问题作了细致的探讨,取得了一系列重要成

---

[1] 本文原载《明清小说研究》2013 年第 2 期,收入本书时有改动。
[2] 与万历本相对照,崇祯本《金瓶梅》在改编中删减了大量诗词曲文。

果[1]。当然,其间仍有不少问题有待于进一步研究,即如通过《金瓶梅词话》来分析《西厢记》的演本内容与演本形态,就不失为一个新课题。

第一节 《金瓶梅》中《西厢记》演本的内容

在《红楼梦》第二十三回《西厢记妙词通戏语 牡丹亭艳曲警芳心》中,《西厢记》以读本形态出现,《牡丹亭》则以唱本形态出现。这非常符合康乾之际戏曲的传播状况,其时昆曲正当盛行,而杂剧已然成为读本。但若提前一百年,上溯到明代万历时期,戏曲传播情况又大不相同,杂剧仍然是场上之曲。如在万历本《金瓶梅词话》中,《西厢记》杂剧就主要以演本形态出现。

《金瓶梅词话》描述了多次演唱《西厢记》的情况。其中既有王实甫的《西厢记》杂剧(以下简称为《王西厢》),也有李日华的《南西厢》,还有以其他曲艺形式来表演的崔张故事。下文便将它们一一摘录出来:

(一)王实甫《西厢记》杂剧的演唱

1. 第四十二回,西门庆与乔大户结亲,让正妻吴月娘出面,宴请当地"众官娘子":

> 却说前厅有王皇亲家二十名小厮唱戏,挑了箱子来,有

---

[1] 相关内容参见:徐大军《〈金瓶梅词话〉中有关〈西厢记〉杂剧资料析论》(《中国典籍与文化》2003年第3期),蒋星煜《〈西厢记〉在〈金瓶梅〉书中之反映》(《中华文史论丛》2005年第80期),史小军《论〈金瓶梅词话〉对〈西厢记〉的袭用——以第八十二、八十三两回为例》(《文艺研究》2006年第6期),伏涤修《〈金瓶梅词话〉对〈西厢记〉的援引与接受》(《古籍整理研究学刊》2008年第6期),等等。

从《金瓶梅词话》看《西厢记》在万历时期的演本形态

> 两名师父领着,先与西门庆磕头。西门庆吩咐西厢房做戏房,管待酒饭。堂客到时,吹打迎接。大厅上珧筵齐整,锦茵匝地。……那日王皇亲家乐扮的是《西厢记》。……戏文扮了四折。[1]

既然说"扮了四折",明显就是杂剧,而且是整本演出。《王西厢》共有五本,这里并未说明是第几本。

2. 第五十八回,西门庆在家庆祝生日,与吴大舅、应伯爵等人饮酒:

> 当下郑月儿琵琶,齐香儿弹筝,坐在校床儿。两个轻舒玉指,款跨鲛绡,启朱唇,露皓齿,歌美韵,放娇声,唱了一套【越调·斗鹌鹑】:"夜去明来,倒有个天长地久。"

【斗鹌鹑】是《王西厢》杂剧第四本第二折【越调】的首曲。这次是整折成套演出。

3. 第五十九回叙西门庆首次拜访郑家妓院,爱香、爱月姊妹二人递上酒去。当下郑爱香儿弹筝,爱月儿琵琶,唱了一套"兜的上心来"。该曲出于《王西厢》第四本第一折,其文曰:

> 【油葫芦】情思昏昏眼倦开,单枕侧,梦魂飞入楚阳台。早知道无明无夜因他害,想当初"不如不遇倾城色"。人有过,必自责,勿惮改。我却待"贤贤易色"将心戒,怎禁他

---

[1] 本文所引《金瓶梅词话》出自1933年"古佚小说刊行会"影印明万历本。

兜的上心来。〔1〕

【油葫芦】刻画了张生等待莺莺幽会时的心情,乃是该折【仙吕宫】的第三曲。这也是成套演出,但略去前面【点绛唇】、【混江龙】两曲未唱。

4. 第六十一回叙韩道国、王六儿夫妇请西门庆来家,听歌女申二姐唱小曲。小说叙申二姐向前行毕礼,方才坐下,先拿筝来,唱了一套《秋香亭》。然后,吃了汤饭,添换上来,又唱了一套"半万贼兵"。

"半万贼兵"见于《王西厢》第二本第二折【中吕宫】,叙红娘请宴事。该折共十六支曲,【粉蝶儿】"半万贼兵"乃其首曲。这也属于成套演唱。"半万贼兵"的唱词也见于李日华《南西厢》,但这里应该是北杂剧。一来《金瓶梅词话》用了"折"的名称;二来如明末小说《梼杌闲评》也明说此乃北曲,云:"一娘便斟酒奉了公子,取提琴在手,轻舒玉指,唱了一套'半万贼兵',也是北曲中之翘楚。"〔2〕

5. 第六十八回,西门庆的生意伙伴黄四、李三让应伯爵等人作陪,在妓女郑爱月家中置酒请西门庆,并约请四个歌伎来唱《西厢记》:

须臾,四个唱《西厢》妓女多花枝招飐、绣带飘飘出

---

〔1〕 本文所引《西厢记》正文出自明末凌濛初刊本。凌本比较接近元杂剧体制,而《金瓶梅词话》也用"折"来称呼《西厢记》套曲,两者多有共通之处。

〔2〕 参见〔明〕无名氏著、刘文忠校点《梼杌闲评》第三回,人民文学出版社1983年版,第33页。

从《金瓶梅词话》看《西厢记》在万历时期的演本形态

来,与西门庆磕头。一一多问了名姓。……四个妓女才上来唱了二折"游艺中原"。……妓女上来唱了一套"半万贼兵"。西门庆叫上唱莺莺的韩家女儿,近前问:"你是韩家的?"爱香儿说:"爹,你不认的,他是韩金钏侄女儿,小名消愁儿,今年才十三岁。"西门庆道:"这孩子到明日成个好妇人儿!举止伶俐,又唱的好。"因令他上席递酒。

"游艺中原"出于《王西厢》第一本第一折【仙吕】首曲【点绛唇】。小说既叙"唱了二折",还应包含第一本第二折"僧房假寓"。当日宴席上没有整本演唱。歌伎们在演完这两折之后,就接着唱第二本第二折"半万贼兵"。

6. 第七十四回:西门庆接受都水司郎中安忱的央浼,在家宴请蔡九知府(蔡京第九子):

蔡九知府居上,主位四坐。厨役割道汤饭,戏子呈递手本。蔡九知府拣了《双忠记》,演了两折。酒过数巡,宋御史令生旦上来递酒。小优儿席前唱这套【新水令】"玉骢娇马出皇都"。蔡知府笑道:"拙原直得多少?可谓'御史青骢马'?三公乃'刘郎旧紫髯'。"安郎中道:"今日更不道'江州司马青衫湿'。"言罢,众人都笑了。

"玉骢娇马出皇都",出自《王西厢》第五本第四折【双调】之首曲【新水令】,叙张生"衣锦荣归"景象,这里有美化蔡九知府之意。查阅今存各本明刊《王西厢》,或作"玉鞭骢马",或作"一鞭娇马",却不见作"玉骢娇马"者。笔者原以为,这是

141

《金瓶梅》作者为了与下文"御史青骢马"相应而做了改动。因为修改所引戏文以适应书中情节,在《金瓶梅词话》中并不少见。但查阅古代文献,却见沈德符的《万历野获编》亦引作"玉骢娇马":

> 元人周德清评《西厢》云:六字中三用韵,如"玉宇无尘"内"忽听一声猛惊",及"玉骢娇马"内"自古相女配夫",此皆三韵为难。予谓"古、女"仄声,"夫"字平声,未为奇也。不如"云敛晴空"内"本宫始终不同",俱平声乃佳耳。然此类凡元人皆能之,不独《西厢》为然。〔1〕

沈德符用的是间接引语,周德清的原话作:"六字三韵语……《西厢记》【麻郎儿】'忽听一声猛惊''本宫始终不同'。"〔2〕"玉骢娇马"云云并非出自周德清所能见到的元本《西厢记》,而是出自沈德符之手。这也就是说,"玉骢娇马"之语并非定是《金瓶梅》作者所改,确有可能出自某种已佚的《王西厢》明刊本。

(二)崔时佩、李日华《南西厢》的演唱

《金瓶梅词话》只有一次写到《南西厢》的演唱。仍是上述第七十四回安郎中在西门庆家宴请蔡知府那天。海盐子弟张美、徐顺、苟子孝与生旦一大早就挑戏箱到了,宋御史、安郎中也早早来到西门庆家,一面吃酒一面等待蔡九知府:

---

〔1〕〔明〕沈德符《万历野获编》卷二十五《词曲部》"西厢记"条,清道光年间钱塘姚祖恩扶荔山房刻本。
〔2〕〔元〕周德清《中原音韵》,见俞为民、孙蓉蓉编《历代曲话汇编·唐宋元编》,黄山书社 2006 年版,第 290 页。

从《金瓶梅词话》看《西厢记》在万历时期的演本形态

安郎中唤戏子:"你每唱个【宜春令】奉酒。"于是贴旦唱道:"第一来为压惊,第二来因谢诫。杀羊茶饭,来时早已安排定。断行人,不会亲邻;请先生,和俺莺娘匹娉。我只见他,欢天喜地,道谨依来命。……"

所唱内容出自李日华改定的《南西厢》第十七出《东阁邀宾》,文字略有改动。该出共有十支曲子,【宜春令】乃其第四曲。在《金瓶梅词话》中,略去前面三支未唱,一直演至出末【尾声】,曲文也被完整地录下来了。这次基本上属于整出演唱。

(三)其他《西厢记》曲艺的演唱

《金瓶梅词话》中还叙及另一次《西厢记》的演唱,但不明出于何类剧种。第五十一回,妓女李桂姐因勾搭王三官儿,被王三官妻子的亲叔六黄太尉下令通缉,躲在西门庆家。那日大妗子、杨姑娘、李娇儿、孟玉楼、潘金莲、李瓶儿、大姐,都伴桂姐在月娘房里吃酒,听郁大姐"数了回'张生游宝塔'"。"张生游宝塔"事见于《王西厢》第一本第一折【村里迓鼓】一曲中。该折属【仙吕宫】,共十三支曲子,【村里迓鼓】乃其第五曲。但《南西厢》第五出《佛殿奇逢》也有这个故事。在此,不明"张生游宝塔"究竟是北曲还是南戏[1],抑或"数落"等曲艺形式。

此外,《金瓶梅词话》中还提及一折拟演而未演的《西厢记》套数。第七十五回叙受西门庆宠爱的丫头春梅,令歌女申二姐唱

---

[1] 明人有关"南戏"的含义比较复杂,一般包括宋元及明初南戏、明代传奇。在明代中后期,南戏主要指当时流行的昆山、海盐、余姚、弋阳"四大声腔"。

143

曲而遭拒，当即便把她骂出家门。另一位常年在西门家献唱的歌女郁大姐乘机讨好春梅，便拿过琵琶来，说道："等我唱个'莺莺闹卧房'【山坡羊】儿，与姥姥和大姑娘听罢。"但春梅不喜欢这套，说道："郁大姐，休唱【山坡羊】，你唱个儿【江儿水】俺每听罢！"于是改唱【江儿水】。"莺莺闹卧房"故事出自于《王西厢》第三本第二折，又见于《南西厢》第二十一出《窥简玉台》。故未可知"莺莺闹卧房"究竟是北曲还是南戏。

据以上所计，《金瓶梅词话》共描述了八次演唱《西厢记》的情景。其中包含演唱《西厢记》杂剧六次，搬演《南西厢》一次，"数""张生游宝塔"一回。另又提及第三本第一折"莺莺闹简"故事而未演出。实际上，《金瓶梅词话》中演唱《西厢记》的场合可能还不止这些。小说中有不少章节仅说演唱了"戏文""杂剧"，却没有说明具体剧名，其中也应包含《西厢记》吧。

二、《金瓶梅》中《西厢记》演本的形态

在《金瓶梅词话》中，《西厢记》是常演剧目，这说明在小说所反映的时代，《西厢记》仍是极受热捧的场上之曲。我们正好可以通过《金瓶梅词话》的描述，从演唱者、演唱内容、演唱体制等方面来深入了解明代中后期《西厢记》演本的形态特征。

（一）《西厢记》演员以专业戏班及官私歌伎为主

上文所引六次《王西厢》的演唱者包括：王皇亲家乐演唱一次，妓院中郑爱月儿演唱两次、韩家女儿等演唱一次，李铭等小优儿演唱一次，歌女申二姐演唱一次。唱《南西厢》的则是"海盐子弟"。这些《西厢记》演员主要包括四种类型：贵族富豪的家班、商业戏班、妓女和小优儿、卖唱的民间歌女。

从《金瓶梅词话》看《西厢记》在万历时期的演本形态

这些演员在当时演艺界的地位是有等差的。地位最高的是家班和商业戏班。他们主要在盛大宴会上搬演大戏。一般而言，请家班和商业戏班演出较为郑重其事，需要提前预订。这里以请王皇亲家乐演《西厢记》杂剧为例：第四十回叙西门庆筹划宴请众官娘子，议定叫"王皇亲家一起扮戏的小厮每来扮《西厢记》"；第四十一回叙西门庆使小厮拿帖儿，往王皇亲宅内定下戏子；第四十二回叙正月十四日方才正式扮演《西厢记》。请商业戏班也是如此。这里以请海盐弟子唱南戏为例：第七十二回叙安忱委托西门庆作东宴请蔡京儿子蔡九知府，特意嘱咐"戏子用海盐的"，西门庆不敢怠慢，立即"使玳安叫戏子去"；到第七十四回才正式扮演《双忠记》《南西厢》等传奇。在《金瓶梅词话》中，王皇亲家乐专唱北杂剧，海盐弟子则专唱传奇。

其次是妓女和小优儿。他们主要在亲友间的小型聚会上演唱；或者在盛大宴会上清唱一段套数，作为大戏的点缀。请妓女和小优儿演唱也比较随意，一般就提前一天或数天告知，或者托请某位熟识的妓女或小优儿传话给同侪，到日一同取齐前来。这其间也包括官身的妓女和小优儿。如第六十五回叙山东巡按监察御史宋乔年率当地两司八府官员，托西门庆作东宴请花石纲钦差黄太尉，教坊伶官当筵搬演了一出《裴晋公还带记》，而"四员伶官"又唱了一套【南吕·一枝花】"官居八辅臣，禄享千钟近"。这些"承应乐人"就是"官身"小优儿。在《金瓶梅词话》中，妓女和小优儿多清唱北曲套数，较少清唱传奇和时令小调。

地位最低的是走家串户的民间歌女。请郁大姐、申二姐那样的歌女唱曲，无论是请的态度还是唱的场合都甚为随意。在西门庆家闲暇时，郁大姐常来唱小曲儿给女主人们听，助她们消遣时光，如此已来往多年。申二姐第一次来西门庆家是由西门庆的姘妇王六儿推荐的。她第二次来西门家，乃是为西门庆三妾孟玉楼生日演唱助兴，彼时"韩道国娘子王六儿没来，打发申二姐买了两盒礼物，坐轿子，他家进财儿跟着，也来与玉楼做生日"（第七十四回）。王六儿把唱曲的申二姐也当作生日礼物献给主人家的太太们了。但申二姐此番来西门庆家没两天，就因为不愿唱曲给受家主宠爱的通房大丫头春梅听而被撵走。其后，西门庆"使小厮送一两银子补伏她"，就算了事（第七十五回）。在《金瓶梅词话》中，歌女多清唱一些时令小曲，较少唱北曲套数。

总的看来，在《金瓶梅词话》中，有不少人能唱《王西厢》，但大都是专业演员。这与明嘉靖曲论家何良俊所说《西厢记》杂剧在当时仅"教坊有能扮演者"[1]的情况大致相符。

（二）《西厢记》折子戏甚为流行

在《金瓶梅词话》中，《西厢记》杂剧仅被整本演出过一次，其余都是折子戏。整本演出的那次没有说明是五本中的哪一本，其余几次演唱则点明了具体折数，分别是：第一本第一折"佛殿奇逢"一次，第一本第二折"僧房借寓"一次，第二本第二折"红娘请宴"两次，第四本第一折"月下偷期"一次，第四本第二折"夫人拷红"一次，第五本第四折"衣锦荣归"一次。此外，郁大姐所"数"的"张生游宝塔"也演"佛殿奇逢"故事。上述应都是当时《西厢记》杂剧的常演段落，也与今人对《王西

---

[1]〔明〕何良俊《四友斋丛说·词曲》，见俞为民、孙蓉蓉编《历代曲话汇编·明代编》第一集，黄山书社2009年版，第463—464页。

从《金瓶梅词话》看《西厢记》在万历时期的演本形态

厢》精彩关目的赏鉴和评价大致相称。

不少人认为折子戏始于清中叶的昆曲表演,而以乾隆年间的《缀白裘》或《醉怡情》为标志。《金瓶梅词话》却生动地揭示了,至迟在明代嘉靖万历之际,折子戏就已开始盛行。明万历时人顾起元《客座赘语》对此已有明确记录,云:

> 南都万历以前,公侯与缙绅及富家凡有燕会,小集多用散乐,或三四人,或多人,唱大套北曲,乐器用筝、𥰴、琵琶、三弦子、拍板;若大席,则用教坊打院本,乃北曲四大套者,中间错以撮垫圈、观音舞,或百丈旗,或跳坠子。[1]

顾起元所言"大套北曲""北曲四大套",分别对应了杂剧的"折子戏"和"全本"。在《金瓶梅词话》中,北杂剧的演唱正好吻合顾氏所谓"南都万历以前"的情形。如此看来,"折子戏"以北曲的"折"而非南戏的"出"为名,良有以也。

在《金瓶梅词话》中,确有在大席上搬演《王西厢》杂剧"四大套"者。如第四十二回叙在西门庆家"请众官娘子"的大席上,王皇亲家乐"演了四折"《西厢记》杂剧,这是整本演出,也是小说中演出《王西厢》最长的一次。《王西厢》长达五本,可能常常一次只演一本,连演数次方可全部演完。由此推知,王皇亲家乐是能演唱全本《王西厢》的。又如第四十三回叙西门庆在家宴请新结的亲家、皇亲乔五太太时,王皇亲家乐演了《王日英元夜留鞋记》"戏文四折",亦是全本。这样看来,像"王皇亲

---

[1]〔明〕顾起元《客座赘语》"戏剧"条,见俞为民、孙蓉蓉编《历代曲话汇编·明代编》第二集,黄山书社2009年版,第401页。

家乐"这样的戏班就是专门在贵族富豪的大席上搬演杂剧的,能连本演唱不少北杂剧。

相对于整本演唱,《王西厢》的折子戏更为盛行。在《金瓶梅词话》中,如西门庆先后数次去妓院听郑爱月儿唱"兜的上心来""游艺中原""半万贼兵",或在王六儿家听申二姐唱"半万贼兵",都属于"燕会小集",故只清唱《西厢记》杂剧的折子戏。至于宴请蔡九知府那天唱【新水令】"玉骢轿马出皇都",虽是在"大席"上唱《西厢记》折子戏,却不算破例。因为之前海盐弟子演唱的《双忠记》才是那场宴会的正头戏,这套【新水令】只是作为陪衬的小戏。

其他杂剧的演唱情况与《王西厢》相近。在《金瓶梅词话》中,只有少数几种杂剧被整本演唱,其余则多以折子戏为主。如唱《铁拐李度金童玉女》第一折(第三十二回)、《玉箫女两世姻缘》第三折(第四十一回)、《倩女离魂》第四折(第五十四回)、《韩湘子度陈半街升仙会》第一折(第五十八回)、《宋太祖龙虎风云会》的第三折(第七十回)、《小天香半夜朝元》"两折"(第七十八回)等,都是折子戏。

根据《金瓶梅词话》的描述,不止杂剧演折子戏,当时传奇也演折子戏。如第七十四回叙安忱令海盐弟子唱了一套【宜春令】,就是《南西厢》中的第十七出。又如第六十三回叙李瓶儿去世,亲朋好友前来祭奠,晚宴上观看海盐弟子搬演《玉环记》上本。戏唱到中间,有的来宾起身要走,被西门庆拦住:

> 西门庆令书童催促子弟,快吊关目上来,分付拣省热闹处唱罢。须臾打动鼓板,扮末的上来,请问西门庆:"小的

从《金瓶梅词话》看《西厢记》在万历时期的演本形态

《寄真容》的那一折唱罢?"西门庆道:"我不管你,只要热闹。"贴旦扮玉箫唱了一回。西门庆看唱到"今生难会,固此上寄丹青"一句,忽想起李瓶儿病时模样,不觉心中感触起来,止不住眼中泪落,袖中不住取汗巾儿擦拭。

这是说当场演员为了把戏唱得"热闹",便绕过一些关目,直接跳到《寄真容》。《寄真容》见于《玉环记》第十一出《玉箫寄真》。在《金瓶梅词话》中,《玉环记》是唯一被全本演唱的传奇剧,但也择段演出,尚不免带有折子戏的味道。《金瓶梅词话》所演其余传奇,如《琵琶记》《刘智远红袍记》《裴晋公还带记》《香囊记》《彩楼记》《韩湘子引渡升仙记》《宝剑记》《双忠记》《四节记》等,都是折子戏。

可见,在《金瓶梅词话》所反映的时代,不论北曲南戏都流行折子戏。演折子戏或全本,在表演形态上是大不相同的。从听的角度,全本更注重故事情节的完整性,折子戏就相对淡化了故事性,强化了趣味性。从唱的角度,折子戏突出了曲调唱腔,选择一些精彩片段反复演唱,更易发挥演员的特色专长,凝练出独家唱法。

北曲与南戏的折子戏的流行,与当时元明杂剧与戏文单曲选本的流传密切相关。明正德十二年(1517)戴贤刊刻《盛世新声》,嘉靖四年(1525)《词林摘艳》刊行,嘉靖四十五年(1566)又有《雍熙乐府》问世。在万历时期,这些刻本又被多次翻刻,传播很广。这些单曲选本兼收散曲与剧曲,含有杂剧套数、南曲戏文折子、时令小调等。至此我们不免好奇,究竟是这些单曲选本促进了折子戏的流行呢,还是折子戏促进了这些单曲选本的盛行呢?应当说,其影响是相互的吧!这些选本的流传时间与《金瓶梅词话》的成书时间大致相同，它们的体制形式与《金瓶梅词话》所述《西厢记》的形态基本相符，相互之间的影响不言而喻。

（三）《西厢记》杂剧比《南西厢》更受欢迎

《金瓶梅词话》明确叙及，《王西厢》演出六次而《南西厢》只演一次。这说明《王西厢》比《南西厢》更受欢迎。但我们是否可以说，在《金瓶梅词话》所反映的时代，杂剧普遍比传奇更为盛行呢？如果从《金瓶梅词话》全书来看，情况并非如此。

在《金瓶梅词话》中，由早期南戏发展而来的传奇比元杂剧更受欢迎。在西门庆家中，但凡摆酒请女性贵客，如招待众官娘子、乔亲家母、王招宣的遗孀林太太的场合，都演杂剧。但请男性贵客则专演传奇。如第六十五回宋乔年御史央浼西门庆作东宴请六黄太尉，请教坊伶官当筵搬演《裴晋公还带记》；第七十二回安忱央浼西门庆作东宴请蔡九知府，请海盐子弟搬演《双忠记》；第七十六回宋乔年委托西门庆作东宴请候蒙巡按，请海盐子弟搬演《裴晋公还带记》。相较而言，请男宾的场面更为重要和盛大，显然这些男宾的欣赏习惯也更能代表当时的戏曲潮流。顾起元的《客座赘语》指出，在他所生活的万历时期，戏曲的流行趋势已与前不同，"大会则用南戏"[1]。他还勾勒了南戏在万历年间的大致趋势："其始有二腔：一为弋阳，一为海盐"，"后则又有四平"，"今又有昆山"。《金瓶梅词话》所演南戏均为海盐腔，说明其时处于万历早期。

---

[1]〔明〕顾起元《客座赘语》"戏剧"条，见俞为民、孙蓉蓉编《历代曲话汇编·明代编》第二集，黄山书社2009年版，第401页。

从《金瓶梅词话》看《西厢记》在万历时期的演本形态

《金瓶梅词话》曾正面叙及南戏优劣之争。第六十四回叙薛、刘二位太监来祭奠李瓶儿,特地叫了两个唱道情的来伺候。西门庆告诉他家中早已预定了一班"海盐戏子",但薛太监却明白表示不喜欢南戏:

> 那蛮声哈刺,谁晓的他唱的是甚么!那酸子每在寒窗之下,三年受苦,九载遨游,背着个琴剑书箱,来京应举。怎得了个官,又无妻小在身边,便希罕他这样人。你我一个光身汉老内相,要他做甚么?

薛太监不满南戏的原因,一是其语言"蛮声哈剌的",听不懂;二是其内容多叙生旦的悲欢离合,贴近于文人从秀才到做官的生活经历,却与太监们毫不相干。但他的话立即引起了西门庆家师爷温秀才的不满,反驳说:"老公公说话太不尽情了。居之齐则齐声,居之楚则楚声,老公公处于高堂广厦,岂无一动其心哉?"薛内相则回敬道:"我就忘了温先儿在这里,你每外官原来只护外官。"口水仗之后,薛、刘二位太监坚持叫上唱道情的艺人,唱了两套《韩文公雪拥蓝关》《李白好贪杯》杂剧,方兴尽而归。这场薛太监与温秀才的论争,表面上纯属个人喜好,实质上却关联着内宦与外官的文化权力之争。

《金瓶梅词话》的男主角西门庆也表达了偏爱南戏的意见。第六十四回后半接叙在薛、刘二位太监起身告辞之后,西门庆立即吩咐海盐戏子,将昨日《玉环记》做不完的折数,一一紧做慢唱,都搬演出来。他向伯爵道:"内相家不晓的南戏滋味,早知他不听,我今日不留他。"伯爵道:"哥到辜负的意思。内臣斜局的营生,他只喜《蓝关记》,捣喇小子山歌野调,那里晓的大关目悲欢离合?"新丧爱妾的西门庆,在此时观演"韦皋玉箫"故事,幻想与李瓶儿的"两世姻缘",在感情上获得了莫大的慰藉。西门庆鄙视"内相家不晓的南戏滋味",伯爵随即附和说太监们"辜负"了主人的好意,戏里戏外,分外生动。

除了太监之外,那些来西门庆家的男性客人,无论文官武官,还是他的朋友亲戚、师爷伙计,都更偏爱南戏而非杂剧。这就生动地反映了当时戏曲传播的真实情况。即在《金瓶梅词话》所反映的时代,南戏(即传奇)的影响在逐渐扩大,甚至已经超越了北杂剧的声势。

综合而论,《金瓶梅词话》所演《西厢记》等北曲的情形,更符合顾起元《客座赘语》所言万历以前北杂剧的流行趋势;所演南戏的情形,则更符合万历间"大会用南戏"的戏曲传播趋势。如果我们根据《西厢记》的演出形态来分析《金瓶梅词话》的成书时代,那么可以大致认定是嘉靖末期至万历前期。

余 论

《金瓶梅词话》所引《西厢记》与其他戏文多被描述成演本,但大都有文本为依据。根据韩南、周钧韬、蒋星煜等人的研究,《金瓶梅词话》中清唱的套数、小曲多直接抄自《盛世新声》《词林摘艳》《雍熙乐府》等按套编排的单曲选本[1]。如此话可

---

[1] 详情请参见:[美]韩南(Patrick Hanan)《〈金瓶梅〉探源》(《韩南中国小说论集》,北京大学出版社2008年版),周钧韬《〈金瓶梅〉抄引话本、戏曲考探》(《周钧韬〈金瓶梅〉研究文集》,吉林人民出版社2010年版),蒋星煜《〈西厢记〉在〈金瓶梅〉书中之反映》(《中华文史论丛》2005年第80期),等等。

从《金瓶梅词话》看《西厢记》在万历时期的演本形态

信,《金瓶梅词话》中所演《王西厢》套数,诸如"游艺中原""半万贼兵""兜的上心来""玉骢娇马"等折子戏,与《南西厢》的【宜春令】,也有可能来自此类单曲选本。

但也不排除另一种可能,即《金瓶梅词话》所引《王西厢》来自于一个特定的元明刊本。何良俊在《曲论》中曾谈及嘉靖时期《西厢记》杂剧的流传情况,云:

> 金、元人呼北戏为杂剧,南戏为戏文。近代人杂剧以王实甫之《西厢记》、戏文以高则诚之《琵琶记》为绝唱,大不然。……祖宗开国,尊崇儒术,士大夫耻留心词曲,杂剧或旧戏文本皆不传,世人不得尽见。虽教坊有能搬演者,然古调既不谐于俗耳,南人又不知北音,听者即不喜,则习者亦渐少。而《西厢》《琵琶记》传刻偶多,世皆快睹,故其所知者,独此二家。[1]

据何氏所言,到了明嘉靖时期,元杂剧和早期南戏虽有教坊尚能扮演,但因"听者不喜",已不甚流行。只有《西厢记》和《琵琶记》因"传刻偶多"而"世皆快睹"。这就是说,在明代嘉靖以后,《西厢记》杂剧主要靠文本而非唱本流传。今存万历及其以前《西厢记》刊本多达十数种,另有多种已佚刊本。或许兰陵笑笑生确将其中某版《西厢记》置于案头,随手取用。

尽管《金瓶梅词话》可能有某种《王西厢》刊本为依据,但我们却无法确知究竟出于何种刊本。在《金瓶梅词话》中,只有

---

[1]〔明〕何良俊《四友斋丛说·词曲》,第463—464页。

《南西厢》的【宜春令】被整出引录，《王西厢》虽被多次演唱，却没有一支曲子被完整地引录出来。另外，小说作者及书中人物也多次提及《西厢记》杂剧的情节、语句或唱词，但均只录有片言只语，不具版本学价值。这无疑是十分遗憾的。

总而言之，《金瓶梅词话》中所演《王西厢》，无论来自某个单曲选本，还是某种特定刊本，在本质上都属于文本。作为一部长篇小说的杰作，《金瓶梅词话》通过对《西厢记》的引述，具体而生动地展示了杂剧由演本向文本转变的态势，而在中国戏曲史上也具有十分重要的价值。

从崇祯本评语看《金瓶梅》的心学渊源

本文主要从一个侧面探讨《金瓶梅》的文学批评,具体依据崇祯本《新刻绣像批评金瓶梅》的评语来反观《金瓶梅》与心学之关系,并探讨"世情小说"概念的形成。

"心学"的崛起是明代儒家文化中的盛事。"心学"为王阳明所创,故也称"王学"。"心即理"的人性学,"致良知"的修养学和"知行合一"的实践论,构成了"心学"体系的基本构架。王阳明曾明确宣称:"圣人之学,心学也。"[1]他提出了"心外无物,心外无理"[2]的命题,申明"无善无恶是心之体,有善有恶是意之动,知善知恶的是良知,为善去恶是格物"[3]的"宗旨"。王阳明氏还广收门徒,在明代中期以后形成了声势浩大的阳明学派。在他身后,"心学"左派——泰州学派经王艮到李贽,发展成为我国学术史上第一个具有早期启蒙色彩的学派,心学也一度成为当时的主流哲学。

我国首部"世情小说"(或称"人情小说")《金瓶梅》的成

---

[1] 王守仁《象山文集序》,参见王守仁著、吴光等编校《王阳明全集》卷七,上海古籍出版社1992年版,第245页。
[2] 王守仁《传习录》上,《王阳明全集》卷一,第15页。
[3] 王守仁《传习录》下,《王阳明全集》卷三,第117页。

书和早期传播皆处于"心学"盛行的背景之下,《金瓶梅》和心学之间关系是一个值得探讨的课题。近年出现了一些相关的研究成果[1],一般多从主旨、内容及人物形象各方面考察《金瓶梅》与王阳明心学思想的关联,这都是很有意义的工作,只是尚不够全面。笔者以为,要确切地理解《金瓶梅》与心学的关系,在时代、作者等问题尚待坐实、主题又显多歧的情况下,从文学批评进行反观也就不失为一种客观而有效的途径。崇祯刊本《新刻绣像批评金瓶梅》有圈点、有眉批和旁批[2],其批语中使用了大量的心学词汇,带有浓厚的心学思想观念。笔者从中推知,心学的盛行不仅影响到《金瓶梅》的思想内容,还催生了对"世情小说"的总结与批评。

一、崇祯本《金瓶梅》评语中的心学思想

《新刻绣像批评金瓶梅》的批语中带有浓厚的心学思想倾向,这首先体现在大量心学词汇的使用。主要表现如下:

(一)"良知"和"良心"

"良知"是王阳明心学思想中最重要、最核心的范畴。"良知"一词本为孟子所创,后被王阳明大肆加以发挥。他认为,"良知"即是道德意识,也指最高本体,它"不假外求"[3],是

---

[1] 具体包括:张艳萍《试论王阳明"良知"论对〈金瓶梅〉的影响》,重庆工商大学学报 2003 年第 5 期;张艳萍《明代心学与〈金瓶梅〉》,《西安电子科技大学学报》2005 年第 1 期;邢洋洋《阳明心学对明朝世情小说的影响研究》,硕士论文,贵州大学 2015,等等。
[2] 本文所引《金瓶梅》原文及评语全部出自崇祯本《新刻绣像批评金瓶梅》,北京大学图书馆藏崇祯本影印刊本,北京大学出版社 1988 年版。
[3] 王守仁《传习录上》,《王阳明全集》卷一,第 6 页。

从崇祯本评语看《金瓶梅》的心学渊源

人人生而知之的。其内涵即"知善知恶",主要是指恻隐之心、羞恶之心、恭敬之心、是非之心等等。在心学影响下,"良知"也是《新刻绣像批评金瓶梅》批评家评价书中人物的一个重要尺度。

第七十五回,吴月娘对着孙雪娥等人指责潘金莲"把拦汉子",被潘金莲在簾外偷听到,进门跟她大闹了一场。潘金莲被孟玉楼劝慰走开后,孙雪娥向吴月娘发泄对潘金莲的怨恨:"他单会行鬼路儿,脚上只穿毡底鞋,你可知听不见。想着起头儿一来时,该和我合了多少气!背地打伙儿嚼说我,教爹打我那两顿,娘还说我和他偏生好斗的。"眉批曰:"一提起便着自己,并及来旺,仇口固无誉言,然而虚心处良知终自不昧。"这里用"良知"指廉耻之心。孙雪娥说金莲"背地打伙儿嚼说我",即暗指自己与来旺关系暧昧,被潘金莲告知西门庆而遭暴打一事。批语认为,孙雪娥出口便及来旺,明示心事,暗示金莲"嚼说"未必无因。而孙雪娥口中急于辩白,其内心则自知其罪,故有"良知"。

相对于"良知",《新刻绣像批评金瓶梅》批评家更多使用"良心"一词。

第五十一回,写王招宣儿子王三官儿,带着一批帮闲,梳拢了齐香儿,又跟李桂姐来往情热,成天不着家。王三官儿的年轻妻子向叔父六黄太尉哭诉,太尉老公公恼了,将相关的两个妓女和帮闲的名字抄送朱太尉,朱太尉批行东平府,差清河县拿人。李桂姐受到惊吓,前来西门庆家磕头哭诉:

爹!可怎么样儿的,恁造化低的营生,正是关着门儿家里坐,祸从天上来。一个王三官儿,俺每又不认的他。平白的祝麻子、孙寡嘴领了来俺家讨茶吃。俺姐姐又不在家,依着我说别要招惹他,那些儿不是,俺这妈越发老的韶刀了!就是来宅里与俺姑娘做生日的这一日,你上轿来了就是了,见祝麻子打旋磨儿跟着,从新又回去,对我说:"姐姐,你不出去待他钟茶儿,却不难为嚣了人?"他便往爹这里来了。交我把门插了不出来。谁想从外边撞了一伙人来,把他三个不由分说都拿的去了。王三官儿便夺门走了,我便走在隔壁人家躲了。家里有个人牙儿!才使保儿来这里接的他家去。到家把妈唬的魂儿都没了,只要寻死。今日县里皂隶,又拿着票喝罗了一清早起去了。如今坐名儿只要我往东京回话去。爹,你老人家不可怜见救救儿,却怎么样儿的?娘也替我说说儿。

其上眉批曰:"桂姐妙在不管人信不信,只一味强辨,全无惭色。既有说者,自有信者,然有良心人自说不出。"批语说李桂姐本因接王三官儿惹祸,却强言不曾有染,谎话连篇,不顾羞耻,便无"良心"。

第五十五回,写常峙节欲问西门庆借银子买房:"临起身,向西门庆道:'小弟有一事相求,不知哥可照顾么?'说着,只是低了脸,半含半吐。"眉批曰:"十弟兄内,惟常二尚有良心。"常峙节对借钱一事难以启齿,有羞愧心,故批评家说他"有良心"。

第六十二回,写李瓶儿病危,西门庆请潘道士驱邪。潘道士说:"此位娘子,惜乎为宿世冤愆诉于阴曹,非邪祟也,不可擒之。"眉批曰:"已明明说破,有良心者当毛骨悚然,而西门庆毫不知警,岂岁月久而忘其事耶?抑蔽于情而溺于爱耶?俱非也。盖原不以此事为亏心耳。"这条评语揭露西门庆气死结拜兄弟花子虚、谋其财而娶其妻,却丝毫没有是非心和犯罪感,是无"良心"。

第六十七回,叙黄四的小舅子孙文相与家中伙计冯二的儿子冯淮斗殴,致其死亡,孙文相和父亲孙清被收监。黄四带着礼物来求西门庆说情,以保岳父和小舅子的命。西门庆"把礼帖收了,说礼物还令他拿回去"。旁批曰:"西门庆临财往往有廉耻,有良心。"这里"廉耻"和"良心"同义,都是说西门庆不爱贪财。

第七十九回,叙西门庆病重,吴月娘从玳安口中得知西门庆前日去了王三官儿家与其母林太太幽会。潘金莲欲乘机洗刷自己因多投胡僧药导致西门庆脱阳的责任,便大骂林太太:"'那老淫妇有甚么廉耻!'月娘道:'王三官儿娘,你还骂他老淫妇,他说你从小儿在他家使唤来。'那金莲不听便罢,听了把脸掣耳朵带脖子都红了。"其上眉批曰:"尚有良心。"这是指羞耻之心。

第八十一回,韩道国把替西门庆贩布所得一千两银子拿来家中,得知西门庆死了,便与老婆商量,决定昧下一半。王六儿教他将一千两银子全部拐到东京投奔女儿。韩道国有些犹豫,道:"争奈我受大官人好处,怎好变心的?没天理了!"旁批曰:"良心何尚不在?"这是说韩道国有感恩之心,知道敬畏"天理",是有良心。

第九十二回,陈敬济拿着旧日从花园中捡来的孟玉楼的簪子,去勾搭孟玉楼。陈敬济对她说:"我兄弟思想姐姐,如渴思浆，如热思凉。"眉批曰："未同而言，殊无赧色，真良心丧尽矣！"这是说陈敬济平白捏造孟玉楼曾与他有奸，以相要挟，毫无廉耻之心，是"良心丧尽"。

《新刻绣像批评金瓶梅》批语中大量使用的"良知""良心"，主要表示羞耻心、是非心和感恩心，其内涵与王阳明的"良知"甚为相符。这也足以证实《新刻绣像批评金瓶梅》批语的心学意蕴。

（二）"有心"和"无心"

"心学"归根到底是一种内心修养与完善方法。王阳明宣扬"无善无恶心之体"，反对执着和私意。他指出："心之本体即是天理，体认天理，只要自心地无私意。"[1]又说："存心者，心有未尽也。"[2]但他的"无心"必须从"有心"入门，从修行见良知。他特别指出，"有心俱是实，无心俱是幻。无心俱是实，有心俱是幻"[3]。受王氏"心学"影响，《新刻绣像批评金瓶梅》批评家也喜用"有心""无心"来品评书中人物。

第五回，写武大郎和郓哥约好去王婆家捉潘金莲和西门庆的奸。一大早，武大挑着担儿，出到紫石街巷口，迎见"郓哥提着篮儿在那里张望"。其旁批曰："有心哉！"这条评语明示郓哥有积极助武大郎捉奸之意。

第九回，写潘金莲嫁给西门庆，"过三日之后，每日清晨起来，就来房里与月娘做针指、做鞋脚，凡事不拿强拿，不动强动"。其上眉批曰："有心人作用，非新媳妇三日勤。"这条评语

---

[1] 王守仁《传习录》上，《王阳明全集》卷一，第27页。
[2] 同上书，第5页。
[3] 王守仁《传习录》下，《王阳明全集》卷三，第124页。

揭示，作为第五房妾的新媳妇潘金莲有意拿小恩小惠笼络正妻吴月娘。

第十回，写西门庆在与潘金莲行房时，"呼春梅进来递茶"。其旁批曰："未必无心！"这条评语暴露了西门庆有收用春梅之心。潘金莲道："你心里要收这个丫头，收他便了。"其旁批曰："解心人。"其上眉批曰："金莲亦有心抬举春梅，故一说便肯。"这就揭示出潘金莲怀着纵容西门庆收用春梅以笼络丈夫之心。

"有心"，有时也被崇祯本批评家写做"有意"，或者"未必无心"。第十一回，西门庆听见桂姐唱得好，问出她的姓名出身，笑道："元来就是他！我六年不见，不想就出落得恁般成人了！"其旁批曰："便有意。"点出西门庆有梳拢李桂姐之意。第十三回，西门庆与结义弟兄花子虚的妻子李瓶儿彼此留恋亲热。一日，众人在花家饮酒到掌灯之后，西门庆忽下席来外边解手。"不防李瓶儿正在遮槅子边站立偷觑，两个撞了个满怀"。其上眉批曰："此一撞未必无心。"这条批语明确揭示出西门庆与李瓶儿在通奸之前，彼此便怀着渴慕之私情。

有时"无心"与"有心"相对，指的是没有私心和私欲。第五十一回写后边大妗子、杨姑娘、李娇儿、孟玉楼、潘金莲、李瓶儿、西门大姐，都伴桂姐在月娘房里吃酒。琴童进来道："爹往五娘房里去了。"这潘金莲听见，就坐不住，趋趄着脚儿只要走，又不好走的。月娘也不等她动身，就说道："他往你屋里去了，你去罢。省的你欠肚儿亲家是的。"其上眉批曰："若无心竟走何妨？一有心便告难如此。可见身世之难，皆心所造。"这条评语从潘金莲得知西门庆到她房中时兴奋而着急的心态，点明她在争宠固宠方面并非"无心"，而是"有心"。

崇祯本批评家有时又使用"没心"一词。第十一回，春梅去厨房跟孙雪娥拌嘴后，回到房里挑拨说孙雪娥骂潘金莲哄汉子，惹得潘金莲满肚子不快活，走到亭子上散心。这时，"只见孟玉楼摇飐的走来，笑嘻嘻道：'姐姐如何闷闷的不言语？'"其旁批曰："没心人多少快活？""没心"跟"无心"同义，表示孟玉楼无所挂心、无所忧虑的心态，与"满肚子不快活"的潘金莲截然不同。

崇祯本批评家还用"平心"一词表示"公平正直"之意。第十六回写西门庆回家与吴月娘商量娶李瓶儿之事。月娘道："你不好娶他的。他头一件，孝服不满；第二件，你当初和他男子汉相交；第三件，你又和他老婆有连手，买了他房子，收他寄放的许多东西。"此后潘金莲听了西门庆的转述，说道："大姐姐说的也是。"旁批曰："平心口便公。"小说中吴月娘阻止西门庆和李瓶儿的婚事，潘金莲认为吴月娘说得很有道理。这条评语认为，潘金莲此番置身于在利害关系之外，其意见是公允的。

综上，在《新刻绣像批评金瓶梅》评语中，"有心"之论皆系于男女私情或者人际间带有利害关系的小恩小惠；"无心"之论则相反，指的是不带私心、心地澄明、无忧无虑的境界。同时，《新刻绣像批评金瓶梅》批评家对"无心"的自然与单纯加以表彰，对"有心"的执着和私欲进行揭露和批评。这些意见和态度也基本符合阳明"心学"之要义。

（三）"真心"

在明后期，随着王学的普遍流行，"真"也成为当时的流行语。无论"真诗"，还是"真情""真心"，事必求真。尤以晚明王学左学派领袖李贽对"真"的倡导最力。他把"真"看作

"童心说"的根本:

> 夫童心者,真心也。若以童心为不可,是以真心为不可也。夫童心者,绝假纯真,最初一念之本心也。若失却童心,便失却真心;失却真心,便失却真人。人而非真,全不复有初矣。[1]

受此风气的浸润,《新刻绣像批评金瓶梅》批评家也屡屡把"真"作为评判书中人物的标准。

《新刻绣像批评金瓶梅》批评家用"真"概括世道人情。第七十二回,叙西门庆去东京朝仪,回家后对吴月娘说,蔡京府中管家翟谦责备他因"干事不谨密",差点丢官。月娘当即劝他加强防备,说:"你今后把这狂样来改了。常言道:'逢人且说三分话,未可全抛一片心。'老婆还有个里外心儿,休说世人。"其旁批曰:"真。"意思是说吴月娘的话十分真切,道破家庭社会之常情。第七十九回,西门庆在与王六儿幽会中,提出要给她的丈夫韩道国另娶个老婆,好长期包占她。王六儿迎合说道:"无有个不依你的。"其上眉批曰:"六儿之言不知果真心否?而以其所不喜易其所喜,是人情之常。""真心",这里指真情。批评家意思是说,虽不知六儿是否真心对待西门庆,但因人情皆善用其不喜来易其所喜,便可推知王六儿爱西门庆应比爱韩道国多一点的。

"真""真心"而外,《新刻绣像批评金瓶梅》批评家还多次使用"至诚""至情""至性""真情"等字眼来表达类似含义。

---

[1] 李贽《童心说》,《焚书》卷三,中华书局1975年版,第98页。

"至情""至性"多指人的自然天性，但在《新刻绣像批评金瓶梅》批评家那里，含义相当丰富而具体。

有时用以概括人物的真情实感。第五十七回，写吴月娘与西门庆携手来看李瓶儿所生的儿子官哥儿："李瓶儿笑嘻嘻的接住了，就叫奶子抱出官哥儿来。只见眉目稀疏，就如粉块妆成，笑欣欣，直撺到月娘怀里来。月娘把手接着，抱起道：'我的儿，恁的乖觉，长大来定是聪明伶俐的。'"又向那孩子说："儿！长大起来，恁地奉养老娘哩！"其上眉批曰："语出至诚，不可看作寻常讨好。"这条批语说明，官哥儿虽是第六房妾所生，正室娘子吴月娘却是真心实意爱护他。

有时用以概括人物的自然天性。第二十二回，叙大丫头玉箫和兰香众人跟李铭学弹唱，见家主西门庆出门去尚推官家送殡去了，觉自由很多，于是"在厢房内厮乱，顽成一块"。其旁批曰："必至之情。"这是说年轻少女爱玩、好戏谑天性。第二十九回，叙潘金莲、李瓶儿、孟玉楼相约到翡翠轩前做鞋，"三人一处坐下，拿起鞋扇，你瞧我的，我瞧你的，都瞧了一遍"。旁批曰："必至之情。"这揭示出年轻妇女通过互相学习女红而体现出的爱美天性。第三十五回，叙"潘金莲使春梅前边来请西门庆说话。春梅刚转过松墙，只见画童儿在那里弄松虎儿"。其上眉批曰："写出稚子神情。""稚子神情"点出画童儿小孩子天真无忧之性情。

有时用以概括个别人物的情感心理。第三十回，写"这潘金莲听见生下孩子来了，合家欢喜，乱成一块。越发怒气，径自去到房里，自闭门户，向床上哭去了。"眉批曰："似一毫无味，却是至情。何物匠心至此？"批语说明，《金瓶梅》在平淡的描写中表现出潘金莲对李瓶儿的强烈嫉恨，可谓匠心手笔。第七十五回，写"金莲在那边屋里只顾坐的，要等西门庆一答儿往前边去，今日晚夕要吃薛姑子符药，与他交媾，图壬子日好生子"。其上眉批曰："有此至情，不宜硬气。"这条批语说明，潘金莲既有怀孕生子的强烈愿望，就不应如此直接地把拦丈夫，而是要委婉一些。

有时用以概括男女爱情与母子之情。西门庆与李瓶儿因财成婚，原本谈不上什么爱情。但李瓶儿婚后贤惠仁厚，又为西门庆生下独子，两人感情渐深。李瓶儿病中，西门庆焦虑不安，不断延医问神。李瓶儿弥留之际，西门庆宁死也要守着她说话。李瓶儿死后，西门庆哀毁过甚，思念不已。例如，第七十二回，叙西门庆朝觐归来，见李娇儿、孟玉楼、孙雪娥、潘金莲、西门大姐都来参见道万福，陪坐问话儿。接着写到："西门庆又想起前番往东京回来，还有李瓶儿在，一面走到他房内，与他灵床作揖，因落了几点眼泪。"其上眉批曰："情从何生？一往而深。"第六十七回，叙西门庆在书房打盹，梦见李瓶儿床前叫他，道："我的哥哥！……那厮（指花子虚——引者注）再三不肯，发恨还要告了来拿你。我待要不来对你说，诚恐你早晚暗遭毒手。我今寻安身之处去也，你须防范他。没事少要在外吃夜酒；往那去，早早来家。千万牢记奴言，休要忘了！"眉批曰："瓶儿之情，死后方深。"批评家认为，李瓶儿在死后与西门庆的爱情反而转向深厚。第八十二回，潘金莲委托陈敬济去替她安葬母亲。晚间陈敬济来回话，"妇人听见他娘入土，落下泪来"。其旁批曰："至性终在。"第八十六回，写吴月娘转卖潘金莲，"金莲穿上衣服，拜辞月娘，在西门庆灵前大哭了一回"。其上眉批曰："众妾散去，独金莲辞灵大哭。可见情之所钟,虽无情人,亦不能绝。"批评家揭示出潘金莲寻常刻薄,但在夫妻份上也会偶显"钟情"、在母女份上也会偶展"至性"。

以上各词均表示真心、真情、天性等含义,用的基本是褒义。而《金瓶梅》的人物多以负面形象示人,有的真情至性只是偶尔流露,有的真情至性也不免因夹杂私利而真伪难辨。无论如何,《新刻绣像批评金瓶梅》批评家对于这些自然而真诚的天性和情感,毫无疑问是持肯定和赞赏态度的。与此同时,批评家还对《金瓶梅》中那些不真、不近人情的思想行为进行了揭露和批评。如其对武松的批语即可见一斑。

《金瓶梅》第二回,写武松打死老虎,出任清河县都头,与哥哥武大郎在街头相遇,于是搬来与哥嫂一同居住。其嫂潘金莲见武大郎矮小丑陋,人物猥琐,早已嫌憎在心。一见到身材雄伟的小叔武松,触动了这个年轻女人内心的情愫,金莲的爱情觉醒了。她兴奋异常,热心照顾武松,狂热追求他。一日下雪,潘金莲站在帘下迎着武松回家来,伸手去接毡笠儿。武松却对她的热情置之不理,道:"不劳嫂嫂生受。"自把雪来拂了。其旁批曰:"真正道学。"在此,批评家把有越礼犯分情思的潘金莲搁置一边,却攻击正人君子武松是个感情冷漠的道学家,带有严重的重情轻理倾向,直入王学"左派"一流。

下文继续写潘金莲欲心更炽,不顾武松的冷漠,继续进一步挑逗:"却筛一杯酒来,自呷了一口,剩下半盏酒,看着武松道:'你若有心,吃我这半盏儿残酒。'"这话一出口,便导致武松跟她翻脸,骂道:"武二是个顶天立地、噙齿戴发的男子汉,不是那等败坏风俗、伤人伦的猪狗!嫂嫂休要这般不识羞耻,为此等的勾当！倘有风吹草动，我武二眼里认的是嫂嫂，拳头却不认的是嫂嫂！"其上眉批曰："如此人世上却无，吾正怪其不近人情。"这里用一"怪"字，突显了批评家对武松只顾伦理纲常不懂情感欲望的贬抑态度。再看前文所谓"道学"，正是"不近人情"之谓。从批评家对情的张扬和对道学的厌憎，充分显露出他具有心学思想倾向。

(四)"好财"和"好色"

追求好货、好色，可谓人情之常。而大力倡之以为人生目标，仍以李贽为最。他提出：

> 如好货，如好色，如勤学，如进取，如多积金宝，如多买田宅为子孙谋，博求风水为儿孙福荫，凡世间一切治生、产业等事，皆其所共好而共习、共知而共言者，是真"迩言"也。……我之所好察者，百姓日用之"迩言"也。[1]

王学"左派""好货""好色"的思想观念，与当时产品丰富、贸易发达、人们注重享乐的社会现实相互激发，成为时代潮流。

《新刻绣像批评金瓶梅》批评家多次提到"好财""好色"，把小说的主角西门庆和潘金莲看成是"好货""好色"的代表人物。第三十七回，写西门庆来到伙计韩道国家替蔡京府中管家翟谦相亲，"良久，王六儿引着女儿爱姐出来拜见。这西门庆且不看他女儿，不转睛只看妇人。见他上穿着紫绫袄儿，玄色缎金比甲，玉色裙子，下边显着趫趫的两只脚儿。生的长挑身材，紫膛

---

[1] 李贽《答邓明府》，《焚书》卷一，第40页。

色瓜子脸，描的水鬓长长的。"其上眉批曰："看得有次第，自是好色中明眼人。"批评家根据西门庆看王六儿的顺序，便知他是一个好色的惯家。

第七十八回，写伙计娘子贲四嫂与家主西门庆通奸后，怕被人嚷骂。同时与贲四嫂有暧昧关系的小厮儿玳安给她支招："如今家中，除了俺大娘和五娘不言语，别的不打紧。俺大娘倒也罢了，只是五娘快出尖儿。你依我，节间买些甚么儿进去，孝顺俺大娘。别的不稀罕，他平昔好吃蒸酥，你买一钱银子果馅蒸酥、一盒好大壮瓜子送进去。这初九日是俺五娘生日，你再送些礼去，梯己再送一盒瓜子与俺五娘。管情就掩住许多口嘴。"眉批曰："金莲于财、色二者无所不爱，然亦有以其中甚爱而易其所最爱者。色不可自主，而财则亦其乐得也。"意思说潘金莲虽最爱色，然因不能自主，便转而求其次，先行满足财欲。

同回，叙潘姥姥坐轿子来西门庆家给女儿潘金莲贺生日。吴月娘叫管账的潘金莲打发雇用轿子的钱："你与姥姥一钱银子，写账就是了。"金莲道："我是不惹他！他的银子都有数儿，只教我买东西，没教我打发轿子钱。"眉批曰："金莲小气，不独在色上着脚，即财上亦十分郑重，可见四者之欲，一齐都到。"批评家揭示金莲首爱"色"次爱"财"，且在"酒"与"气"上也不放松，可谓四欲兼备。

《金瓶梅》一书中渴求好财好色的人物所在皆是。第三十八回，写韩道国老婆王六儿与西门庆勾搭成奸后，西门庆给她钱物，买服饰、丫头和房子。王六儿说："也是我输了身一场，且落他些好供给穿戴。"韩道国道："等我明日往铺子里去了，他若来时，你只推我不知道。休要怠慢了他，凡事奉承他些儿。如今好容易撰钱,怎么赶的这个道路!"其上眉批曰:"老婆偷人,难得道国亦不气苦。予尝谓好色甚于好财,覩此则好财又甚于好色矣。"批语讥讽韩道国夫妇售色图财,"好货"甚于"好色"。而被西门庆和潘金莲培植起来的春梅,其"好色"程度有过之而无不及。第一百回,写她搂着周义在床上,一泄之后,死在周义身上。其上眉批曰:"所谓牡丹花下死,做鬼也风流。死得快活!死得快活!"批评家认为春梅淫死"死得快活",不少晚明人表达过类似的观点[1]。

从《新刻绣像批评金瓶梅》在评语中使用王氏心学词汇密集的程度,说明崇祯本批评家是用"心学"的心眼来阅读并评改全书的。这也在客观上揭示了《金瓶梅》文本自身的"心学"渊源。我们不难发现,渗透心学观念的评语与《金瓶梅》文本的在倾向性上大体一致,说明崇祯本的评改者与批评家可能同属一人[2]。再进一步说,本文所引《金瓶梅》正文虽皆出自崇祯本,然稍早刊刻的词话本在相同部分的内容与文字同大于异。把《新刻绣像批评金瓶梅》的评语对应《金瓶梅词话》来读,并不会有明显的扞格不通。何况"良心""真心""好财""好色"等词语也屡屡并见于《金瓶梅》词话本和崇祯本正文。因此,我们可以说,《新刻绣像批评金瓶梅》的评语中的"心学",正好反应了《金瓶梅》小说中的"心学"。

---

[1] 例如,屠隆晚年患梅毒,汤显祖赠诗《长卿苦情寄之疡,筋骨段坏,号痛不可忍,教令阖舍念观世音稍定,戏寄十绝》,勉励他"甘露醍醐镇自凉,抽筋擢髓亦何妨"。王稚登患杨梅疮,汪道贯赠诗云:"身上杨梅疮作果,眼中萝卜鹥为花。"
[2] 崇祯本《新刻绣像批评金瓶梅》的校订和评点据说出自李渔。例如,清代康熙年间刊刻的《第一奇书》在兹堂刊本题"李笠翁先生著"。

二、心学对"世情"的关注与"世情书"概念的产生

当然,心学对《新刻绣像批评金瓶梅》批评的影响不仅局限于心学词汇的范围内,心学观念的影响也不可低估。比如由对"世情"的关注引出"世情书"的概念就是一个显著的例子。

(一)《新刻绣像批评金瓶梅》的"世情"论

因"良知"人人可致,心学反复强调"人皆可以为尧舜"的观点。王阳明曰:

> 心之良知是谓圣。圣人之学,惟是致此良知而已。自然而致之者,圣人也;勉然而致之者,贤人也;自蔽自昧而不肯致之者,愚不肖者也。愚不肖者,虽其蔽昧之极,良知又未尝不存也。苟能致之,即与圣人无异矣。此良知所以为圣愚之同具,而人皆可以为尧舜者,以此也。是故致良知之外无学矣。[1]

在历代心学家的大力提倡之下,孟子"尧舜与人同耳"(《孟子·离娄下》)、"人皆可以为尧舜"(《孟子·告子下》)等认识被打上了强烈的心学印记,成为晚明的流行语。这在《新刻绣像批评金瓶梅》评语中也有所反映。第七十一回,西门庆朝见天子所见:"这皇帝生得尧眉舜目,禹背汤肩,才俊过人,口工诗韵,善写墨君竹,能挥薛稷书,通三教之书,晓九流之典。朝欢暮

---

[1] 王守仁《书魏师孟卷》,《王阳明全集》卷八,第280页。

乐，依稀似剑阁孟商王；爱色贪花，仿佛如金陵陈后主。"眉批曰："称尧眉舜目，忽接到孟商王、陈后主，又似赞，又似贬。可见败亡之主，何尝不具圣人之姿？即孟子所谓尧舜与人同之意。"批评家拿明主与亡国之君、贤与不肖相提并论，是典型的心学家见地。

在心学家看来，能"致良知"者固然是尧舜，那么未能"致良知"者自然会被看成未然的或者可能的尧舜。这样势必会提高普通人的地位。王艮讲"满街都是圣人"[1]、"人人君子"[2]，李贽宣扬"尧舜与途人一，圣人与凡人一"[3]、"圣人不曾高，众人不曾低"[4]、"庶人非下，侯王非高"[5]，都是这个意思。于是，这一连串的逻辑结果就必然走向对"百姓日用"的关注。王艮就把"百姓"和"圣人"放在同等的地位，宣称："百姓日用条理处，即是圣人之条理处"，"圣人之道，无异于百姓日用；凡有异者，皆谓之异端"[6]。在他看来，"百姓日用"甚至成了检验"道"和"异端"的标准。李贽说："穿衣吃饭，即是人伦物理；除却穿衣吃饭，无伦物矣。世间种种皆衣与饭类耳。故举衣与饭而世间种种自然在其中，非衣饭之外更有所谓种种绝与百姓不同者也。"[7]没有人能否认，"百姓日用"或"穿衣吃饭"

---

[1] 王守仁《传习录》下，《王阳明全集》卷三，第116页。
[2] 王艮《勉仁方书壁示诸生》，《重镌心斋王先生全集》卷一，泰州市图书馆1986年影印清王世丰刊本。
[3] 李贽《道古录》卷上，《李贽文集》第七卷，社会科学文献出版社2000年版，第361页。
[4] 李贽《复京中友朋》，《焚书》卷一，第21页。
[5] 李贽《老子解》下篇，《李贽文集》第七卷，第17页。
[6] 王艮《语录》，《重镌心斋王先生全集》卷一。
[7] 李贽《答邓石阳》，《焚书》卷一，第4页。

就是"世道人情"的根本。

正是由对"世情"的关注引发了文学观念的巨大变化。在当时，不论诗词歌赋还是小说戏曲，都出现了大量描写社会生活的作品；而文学理论也把"世情"作为一大焦点，如前后七子、公安派都积极倡导人间真情。具有浓厚心学倾向的《新刻绣像批评金瓶梅》批评家，多次提及"世情"与"人情"，视之为批评的核心问题之一。

《新刻绣像批评金瓶梅》批语中的"世情"一词，有时指人情世故。第九回，叙武松出差回来，不见哥嫂，询问隔壁王婆，王婆道："你哥哥一倒了头，家中一文钱也没有，大娘子又是没脚蟹，那里去寻坟地？亏左近一个财主旧与大郎有一面之交，舍助一具棺木，没奈何放了三日，抬出去火葬了。"眉批曰："一篇世情语，出脱得干干净净，非武松将奈他何！"这里用"世情"一词揭示了王婆的精于世故。第九十二回，叙陈敬济去严州府勾搭孟玉楼，被当作盗贼囚于监狱数日。释放出来后，陈敬济到码头上寻找伙计杨光彦，不知杨伙计已把他的货物拐走。陈敬济纳闷道："如何不等我来，就起身去了？"眉批曰："敬济非不伶俐乖巧，到此时犹说此呆语，似乎人情世故一毫不知。可见此段伶俐乖巧，正是呆处。"这里用"人情"一词，揭示陈敬济不通世故之性，说明他有时伶俐乖巧，有时痴呆愚蠢，其聪明处即其糊涂处。

有时指人们的思想感情。第七十六回，怀着身孕的吴月娘和潘金莲嚷闹一场后，感觉腹痛不适。西门庆急请任医官来看。月娘嫌医生是个男人，呆在卧房里不肯出来看病。小说写到："西门庆见月娘半日不出去，又亲自进来催促。"其上眉批曰："人情之常。"其意是说,西门庆因前李瓶儿生的儿子夭折,便对怀孕的吴月娘十分上心,生怕再出事故,表现了一个准父亲的殷切之情。第八十九回,春梅被卖到周守备家,虽得宠成为小夫人,但权力地位尚低。她于清明节前夕,为了求得丈夫同意祭奠潘金莲,在和守备睡时,"假推做梦,睡梦中哭醒了"。其上眉批曰:"前真哭,此则假哭矣。世情之假往往从真来,故难测识。"其意是说,春梅虽为"假哭",其怀念已死主子潘金莲的感情却是真挚的。

有时指社会风气。第八十一回,写西门庆一死,来保私吞了八百两货物,开杂货铺儿,却对众人夸口:"你每只好在家里说炕头子上嘴罢了!相我水皮子上,顾瞻将家中这许多银子货物来家。若不是我,都吃韩伙计老牛箝嘴拐了往东京去。"眉批曰:"只引最下者为比,以见己能,此人情世道所以日薄也。"其意是说,西门庆的两个伙计听到家主死讯,韩道国把已经出货的钱全部拐走,来保则拐走船上一半货物,不过五十步与百步而已。日后,来保常引韩道国而自夸,体现了世道之衰败,良心之泯灭。

有时指社会生活。《金瓶梅》第一回揭示小说主题,写道:"说便如此说,这'财色'二字,从来只没有看得破的。若有那看得破的,便见得堆金积玉,是棺材内带不去的瓦砾泥沙;贯朽粟红,是皮囊内装不尽的臭污粪土。高堂广厦、玉宇琼楼,是坟山上起不得的享堂;锦衣绣袄,狐服貂裘,是骷髅上裹不了的败絮!即如那妖姬艳女,献媚工妍,看得破的,却如交锋阵上,将军叱咤献威风;朱唇皓齿,掩袖回眸,懂得来时,便是阎罗殿前,鬼判夜叉增恶态。罗袜一弯,金莲三寸,是砌坟时破土的锹锄;枕上绸缪,被中恩爱,是五殿下油锅中生活。"其上眉批曰:

"说得世情冰冷,须从蒲团面壁十年才辨。"其意是说,该段原文表明,"世情"皆重"财色",鲜有人能看破。

以上所谓社会生活、社会风气、人情世故乃至人们的思想感情,构成了人情世态的方方面面。总之,在《新刻绣像批评金瓶梅》批评家看来,"世情"才是《金瓶梅》的主旨和核心。

(二)《新刻绣像批评金瓶梅》的"世情书"论

《新刻绣像批评金瓶梅》对"世情"与"人情"的密切关注中间,隐含着"世情小说"的概念。第九十七回,春梅替情夫陈敬济娶了开段铺葛员外之女翠屏为妻,又给他买了黄四儿子房里使的一个十三岁丫头为使女。媒婆薛嫂道:"黄四因用下官钱粮,和李三还有咱家出去的保官儿,都为钱粮捉拿在监里追赃,监了一年多,家产尽绝,房儿也卖了。李三先死,拿儿子李活监着。咱家保官儿那儿僧宝儿,如今流落在外,与人家跟马哩。"眉批曰:"李三、黄四,瓦罐不离井上破;来保背主盗财,皆人事天理所必败者。故节上生枝,详完此案。知此则知《金瓶梅》非淫书也。"批评家"人事天理"之说,是着眼于全书而言的,接着便指出《金瓶梅》非淫书。既然说《金瓶梅》非淫书,那是啥呢,"世情书"之义便隐含其中。

有证据表明,《新刻绣像批评金瓶梅》批评家是明确把整部小说都看成世情书的。第一回的开场诗,概括全文内容曰:

豪华去后行人绝,箫筝不响歌喉咽。
雄剑无威光彩沉,宝琴零落金星灭。
玉阶寂寞坠秋露,月照当时歌舞处。
当时歌舞人不回,化为今日西陵灰。

其上眉批曰:"一部炎凉景况,尽此数语中。"整部"炎凉"者当然是世情小说。

第五十二回,经纪人黄四因借用西门庆银子获利,命小厮黄宁儿送了四盒子礼来:一盒鲜乌菱、一盒鲜荸荠、四尾冰湃的大鲥鱼、一盒枇杷果。西门庆吩咐讨三钱银子赏黄宁儿。伯爵道:"今日造化了这狗骨秃了,又赏他三钱银子。"眉批曰:"此书只一味要打破世情。故不论事之大小冷热,但世情所有,便一笔刺入。"这条批语也说明,《金瓶梅》就是一部世情小说。

以上均可证明,《新刻绣像批评金瓶梅》批评家,在谈到《金瓶梅》时,胸中确有一个"世情小说"的概念。因此说,《金瓶梅》代表了章回体长篇"世情小说"的正式诞生,而崇祯本《金瓶梅》的批评则代表了章回体长篇"世情小说"概念的正式形成。由于晚明心学家无不热切关注着"百姓日用"的"世情",因此也可以说,正是"心学"孕育了专注于描写"世情小说"的《金瓶梅》,同时催生了"世情小说"的观念。

此后,"世情小说"从一个文学概念,到一种文学潮流,最后成为一种文学类型,经历了明清和近代小说的整个发展过程。而《新刻绣像批评金瓶梅》的开创性贡献不容忽视。

上图抄本《红楼梦》与沈星炜[1]

本文探讨上图《红楼梦》抄本与东观阁本的关系。

乔福锦先生曾在上海图书馆发现了一部未名于世的一百二十回抄本《红楼梦》，并于2004年7月10日，邀请了沪上有关学者目验这部"孤本"。在会上，乔先生散发了《上海图书馆〈红楼梦〉古抄本考略（未定稿）》（下简称《未定稿》）一文。7月11日，上海《解放日报》《文汇报》《新民晚报》及《文学报》等多以头版发消息说，"上图发现《红楼梦》古抄本"。并说发现者乔福锦先生认为，"上图藏本是一部很有价值的《红楼梦》旧抄孤本，与梦觉本同属一系，其底本形成在程刻本之前，现存本抄成的时间大约在清乾嘉之间"。报道还说：这个结论如被证实，则"不仅填补了从梦觉本到程甲本之间的版本空档，也补上了《石头记》版本演变第二阶段最关键的一个缺环"。

毫无疑问，这个旧抄孤本有一些值得注意的情况，但其底本究竟形成于程刻本之前，还是从程刻本而来，还值得研究。本文略述一些浅见，以就教于乔先生与"红学"爱好者。

---

[1] 原文发表于《明清小说研究》2006年第2期，收入本书时有改动。

一、上图抄本与东观阁本

(一) 上图抄本并非出于程刻本之前

不妨先看《未定稿》的"初步鉴定结果":

> 上图本的形成至少存在三种可能:第一,为程刻本之后的再抄本;第二,为程刻本之前的古抄本;第三,其底本是程刻本之前的旧本,现存本抄成时间在程刻本之后。从其大量异于程甲本而同于梦觉本及更早的《石头记》诸本及有独出的异文来推断,第二种与第三种可能性均有,第一种可能极小。

又说:

> 我认为,《石头记》版本的流传,并非经过《脂砚斋重评石头记》《石头记》《红楼梦》三个时期,而是经历了《石头记》《红楼梦》《脂砚斋重评石头记》三个阶段。如果上述关于上图本的判断能够成立,那么,上海图书馆藏《红楼梦》古抄本的发现,不仅填补了从梦觉本到程甲本之间的版本空档,也将补上《石头记》版本演变第二阶段最关键的一个缺环。

显然,乔先生对这部抄本价值的判断较高。但据笔者考查结果,这部上图抄本恰恰是乔先生认为"第一种可能极小"的"程刻本之后的再抄本"一类,更谈不上是什么"填补了从梦觉本到程甲本之间的版本空档"。

还是先从梦觉本与程本之间的关系说起吧。本来,程本系统与梦觉本之间的关系就十分密切,文字多有相同之处,尽管目前学界或认为梦觉本从程甲本的底本而来,或认为程甲本从梦觉本而来,甚至干脆就认为梦觉本即出于高鹗之手,但是,现存的梦觉本与程本毕竟有许多不同,择其荦荦大端,至少有三点:第一,梦觉本前面是"梦觉主人序",程甲本前面是程伟元、高鹗序;第二,梦觉本是八十回,程本是一百二十回;第三,梦觉本有二百五十条左右的评语,程本一无评语。假如以此三点考察,上图抄本全部与程甲本相同而无一同梦觉本,这就很难使人相信此上图抄本是从梦觉本而来。乔先生举以正文"相同或相似于梦觉本"的有一条例证,即第五回"老来富贵也真侥幸"一句,认为"'侥幸'二字同梦觉本,异程甲本"。但事实是,程甲本、程乙本及东观阁本,均作"侥幸",故不足以证明上图抄本与梦觉本之间有什么特殊的关系。

乔先生为了排除上图抄本从程本而来,十分强调抄本前面程伟元、高鹗的序言是后配上去的。说后配的第一个理由是"序言字迹较正文墨色略新,似是后补"。其实,这完全是由于程、高两序的字迹大于正文数倍,笔墨粗黑所带来的一种错觉,看来似乎觉得墨色较深、较新,实则出于同时。更何况此一部大书,有多名抄手非抄于一日而成,不可能全书墨色一致。而从此书的装帧、特别是第一册的装帧来看,其纸、其线、其书脊顶部所上的颜色,均为一气呵成,并无一丝改装、增页的痕迹。这充分地说明了程、高两序是与正文一起抄成后装订成册的。换言之,此抄本当抄于始有程、高两序的程甲本之后。乔先生的第二个理由说:"所有印章都钤于卷首序文页,正文中无任何前人收藏印记"。此实不足以证明序文页为后补。古往今来，藏书者只钤印于卷首而不是每一册、每一卷者所在多有。至于第三个理由说"序言文字均覆盖在印章之上"，亦即"先有印章，后加序文"。此实乔先生的误判。笔者初次接触时，也曾有这一印象，但当时即心存疑惑，怎能在先盖印的白纸上抄写时，能使印章的位置与后抄的墨文配合得如此恰当，使每一印章都恰好处在该盖印的位置？又，有什么必要在白纸上先盖上了印，再抄写呢？后来，再往上图细辨，原来是由于序文墨色较浓、朱印在墨色上留痕较浅而造成的错觉，事实上，还是先抄了墨文，再钤上印章的，符合一般的常规。总之，怀疑序文是后配上去的理由并不充分。实际上，我们只要稍加思考：假如先抄了梦觉系统、程甲本以前的本子，再有什么必要补抄后出的程、高之序呢？

由于上图抄本是一气呵成的，有程、高之序而又没有程、高引言的一百二十回本，当然有理由使人首先将它与程甲本联系起来而将有程、高引言的程乙本排除在外。事实上，上图抄本的正文文字与程甲本较为接近，而与程乙本相去较远，这里且举第九十二回一例，即可说明情况：

上图抄本同程甲本	程乙本
贾母道："做叔叔的也该讲究给侄女听听。"宝玉道："那文王后妃是不必说了，想来是知道的了。那姜后脱簪待罪，齐国的无盐虽丑，能安邦定国，是后妃里头的贤能的。说起有才的，是曹大姐、班婕妤、蔡文姬、谢道韫诸人。孟光的荆布……"	贾母道："做叔叔的也该讲究给侄女听听。"宝玉道："那文王后妃是不必说了，那姜后脱簪待罪，齐国的无盐安邦定国，是后妃里头的贤能的。"巧姐听了，答应个是。宝玉又道："若说有才的，是曹大姐、班婕妤、蔡文姬、谢道韫诸人。"巧姐问道："那贤能的呢？"宝玉道："孟光的荆布……"

这样，我们先从大的方面判定上图抄本既不是从梦觉本而来，也与程乙本距离较远，应当与程甲本关系最为密切。

（二）上图抄本出自程甲本之后的东观阁白文本

但当进一步仔细校雠时，发现上图抄本又与程甲本多有不同之处。这些不同，除了那些抄写时的笔误（如第二十四回回目将"痴女儿"抄成"痴儿女"之类）之外，一些有特征性的地方，则恰与在程甲本基础上稍加修改的东观阁白文本相同，这就不能不使人相信上图抄本的底本是东观阁白文刻本。下面，我们从回目、序文、正文三个方面来加以考察。

先从回目来看，我们将梦觉本、程甲本、东观阁本、上图抄本四者的异同列表如下：

回次	梦觉本	程甲本	东观阁本	上图抄本
3	托内兄如海**酬训政**	托内兄如海**荐西宾**	托内兄如海**荐西宾**	托内兄如海**荐西宾**
7★	宁国府**宝**玉会秦钟	宁国府**宝**玉会秦钟	宁国府**贾**玉会秦钟	宁国府**贾**玉会秦钟
18★	天伦乐宝玉**呈**才藻	天伦乐宝玉**呈**才藻	天伦乐宝玉**逞**才藻	天伦乐宝玉**逞**才藻
25	**红楼梦通灵**遇双真	**通灵玉蒙蔽**遇双真	**通灵玉蒙蔽**遇双真	**通灵玉蒙蔽**遇双真
27★	滴翠亭**杨妃**戏彩蝶 埋香冢**飞燕**泣残红	滴翠亭**杨妃**戏彩蝶 埋香冢**飞燕**泣残红	滴翠亭**宝钗**戏彩蝶 埋香冢**黛玉**泣残红	滴翠亭**宝钗**戏彩蝶 埋香冢**黛玉**泣残红
28	蒋玉**菌**情赠茜香罗	蒋玉**函**情赠茜香罗	蒋玉**函**情赠茜香罗	蒋玉**函**情赠茜香罗
30	椿**灵**画蔷痴及局外	椿**龄**画蔷痴及局外	椿**龄**画蔷痴及局外	椿**龄**画蔷痴及局外

续表

回次	梦觉本	程甲本	东观阁本	上图抄本
37	蘅芜**苑**夜拟菊花题	蘅芜**院**夜拟菊花题	蘅芜**院**夜拟菊花题	蘅芜**院**夜拟菊花题
39	村**姥姥**是信口开河	村**老老**是信口开河	村**老老**是信口开河	村**老老**是信口开河
41	刘**姥姥**醉卧怡红院	刘**老老**醉卧怡红院	刘**老老**醉卧怡红院	刘**老老**醉卧怡红院
52★	勇晴雯病补**雀毛裘**	勇晴雯病补**雀毛裘**	勇晴雯病补**雀金泥**	勇晴雯病补**雀金泥**
61	投鼠忌器宝玉**情**赃 判冤决狱平儿**情**权	投鼠忌器宝玉**瞒**赃 判冤决狱平儿**行**权	投鼠忌器宝玉**瞒**赃 判冤决狱平儿**行**权	投鼠忌器宝玉**瞒**赃 判冤决狱平儿**行**权
66★	冷二郎一冷入空门	冷二郎一冷入空门	冷二郎**心**冷入空门	冷二郎**心**冷入空门
67	**馈土物**颦卿思故里 **讯家童**凤姐蓄阴谋	**见土仪**颦卿思故里 **闻秘事**凤姐讯粗童	**见土仪**颦卿思故里 **闻秘事**凤姐讯粗童	**见土仪**颦卿思故里 **闻秘事**凤姐讯粗童
76	凸碧堂品笛感凄**情**	凸碧堂品笛感凄**清**	凸碧堂品笛感凄**清**	凸碧堂品笛感凄**清**
79	薛文**龙**悔娶河东吼	薛文**起**悔娶河东吼	薛文**起**悔娶河东吼	薛文**起**悔娶河东吼
80	**丑**道士胡诌妒妇方	**王**道士胡诌妒妇方	**王**道士胡诌妒妇方	**王**道士胡诌妒妇方
81★		占吒相四美钓游鱼	占吒相四美钓游鱼	占吒相四美钓游鱼
94★		失宝玉通灵知奇祸	失通灵宝玉有灾眚	失通灵宝玉有灾眚
120★		甄**隐士**详说太虚情	甄**士隐**详说太虚情	甄**士隐**详说太虚情

这里实有两个层次,第一层次是没有"★"号的第三、二十五、二十八、三十、三十七、三十九、四十一、六十一、六十七、七十六、七十九、八十共十二回的回目,是梦觉本与程甲本、东观阁本、上图抄本的差异,这可以说明上图抄本并不是从梦觉本而来;第二层次是有"★"号的第七、十八、二十七、五十二、六十六、八十一、九十四、一百二十共八回,是东观阁本、上图抄本与程甲本不同的回目。通过这一比较,可以清楚地看到上图抄本与梦觉本、程甲本均多有不同,而独与东观阁本相同。

 次看序文,上图抄本的特点也与东观阁本相同:

版本	程伟元序名称	高鹗序名称
程甲本	序	叙
程乙本	序	叙
东观阁本	叙	序
上图抄本	叙	序

 再看正文。这里不妨利用曹立波女士《"东观阁原本"与程刻本的关系考辨》[1]一文所提供的线索。曹立波女士曾对东观阁本作过系统的研究。她在此文中揭载了若干东观阁本对程甲本所作"改正错字、增补漏字、调整次序"的例子。这些例子正可以用来验证上图抄本与东观阁本相同而与程甲本相异:

1. 改正错字

例1:第九十四回2a页1行(此页码据程甲本,下同):

---

[1] 曹立波《"东观阁原本"与程刻本的关系考辨》,《文学遗产》2003年第3期。

程甲本：一个人干了混**赈**事也肯应承么？
东观阁本：一个人干了混**账**事也肯应承么？
上图抄本：一个人干了混**账**事也肯应承么？

例2：第九十四回6b页1行："贾赦、贾政、贾环、贾兰都进来看花。"同页第7行："叫宝玉、环儿、兰儿各作一首诗志喜。"程甲本两处贾环的"环"字都为"女"字旁，东观阁本改为"环"，上图抄本也为"环"。

例3：第九十四回13a页7行：

程甲本：他着了急，反要毁了**溮**口，那时可怎么处呢？
东观阁本：他着了急，反要毁了**灭**口，那时可怎么处呢？
上图抄本：他着了急，反要毁了**灭**口，那时可怎么处呢？

例4：第九十五回3a页10行：

程甲本：果真金玉有**绿**，宝玉如何能把这玉丢了呢？
东观阁本：果真金玉有**缘**，宝玉如何能把这玉丢了呢？
上图抄本：果真金玉有**缘**，宝玉如何能把这玉丢了呢？

例5：第九十五回5b页7行：

程甲本：但元妃并无所出，惟谥曰贤**溮**贵妃。
东观阁本：但元妃并无所出，惟谥曰贤**淑**贵妃。
上图抄本：但元妃并无所出，惟谥曰贤**淑**贵妃。

例6：第九十五10a页2行：

程甲本：那个个道："怎么**儿**得？"
东观阁本：那个个道："怎么**见**得？"
上图抄本：那个个道："怎么**见**得？"

2. 增补漏字

例：第九十四回 2a 页 9 行：

程甲本：你竟叫赖大那些人带去细细的问……

东观阁本：你竟叫赖大**把**那些人带去细细的问……

上图抄本：你竟叫赖大**把**那些人带去细细的问……

3. 调整次序

例1：第九十四回 14a 页 2 行：

程甲本：从里头可以走动，要出**时一概去**不许放出……

东观阁本：从里头可以走动，要出**去时一概**不许放出……

上图抄本：从里头可以走动，要出**去时一概**不许放出……

例2：第九十四回 6a 页 1 行：

程甲本：应着小阳春的**开花也天气**，因为和暖，是有的。

东观阁本：应着小阳春的**天气这花开**，因为和暖，是有的。

上图抄本：应着小阳春的**天气这花开**，因为和暖，是有的。

除此之外，曹立波文章中有"图表3"将"东观阁原本"在程甲本上贴改的文字与程乙本、东观阁刻本作了比较，共举二十六例。若以此二十六例与上图抄本比较，也可看到上图抄本与程甲本全异，而与东观阁刻本有二十五例相同[1]，仅有一例稍异。这一例是第九十四回 11b 页 7 行：

程甲本：既是前**儿去**的，为什么当日不来回。

程乙本：既是前**儿丢**的，为什么当日不来回。

---

[1] 曹立波文章"图表3"中有关"东观阁刻本"一列三条有误：第九十二回"因此遂觉得亲热了"中漏"得"字；第九十五回"此玉又似应失如此一悲一喜"中漏"应"字；第九十五回"起先道是找不着玉生气"，"找"误作"我"。

东观阁本：既是前**儿去**的，为什么当日不来回。
上图抄本：既是前**日丢**的，为什么当日不来回。

这一特例，有可能是抄本所据的底本本身有所改动。笔者所见中国国家图书馆藏东观阁白文刻本（索书号：18348）即将"去"字改成了"丢"。当然，这也可能是抄写者在抄写过程中仅凭感觉而改正，恐怕并无版本依据。

以上就上图抄本与梦觉本、程甲本、东观阁本直接相校的结果来看，已可证上图抄本是从东观阁本而来。

下面，进一步再就乔先生《未定稿》中提出有两种"非同于近于程、梦两本系统"的情况来略作分析。

第一种是"同于近于《石头记》诸本"的情况。《未定稿》指出一例：

> 第五回"因此上演出这怀金悼玉的《红楼梦》"一句中之"怀"字，与《石头记》诸本同，梦觉、程甲本作"悲"。

不错，梦觉、程甲，乃至程乙本，均作"悲"，但是，东观阁白文本、评点本，恰恰均作"怀"。这说明，东观阁本在修改程甲本时，曾参考过《石头记》，但上图抄本在抄写时，显然是据东观阁本抄写，而并非直接从《石头记》而来。

第二种情况是"独出异文之例"。《未定稿》所举例子如下：

> 第二回"二小姐乃是赦老姨娘所出"，各本多有异文，此本近梦觉、程甲本，却独无"爷"字。第三回"两弯

（湾）似蹙（感）非蹙（感）笼烟眉，一双喜似非喜含情目"，现存本亦多有异文，此本近梦觉、程甲、甲戌三本，但"喜似"二字独误，有他人旁点，但未作径改。第二十三回，"我不过是安个样儿"，"要"误为"安"，异于他本。此回中的《四时即事》诗，此抄本多有误字："隔巷娃声听未真"，"娃"误作"哇"；"室蔼檀云品御香"，"室"误为"空"；"桂魄流光浸茜纱"，"魄"误为"槐"；"锦罽鹴衾未睡成"，"睡未"二字为倒。第二十七回"闺中儿女惜春暮"句中"儿女"二字，现存他本均作"女儿"。"便如红颜老死时"句中"如"字，现存他本均作"是"，此本独出。第五十八"上回所表的那位老太妃已梦凡诺命等皆入朝随班"，比程本多一"有"字，"薨"误为"梦"，"诰"误为"诺"。

这里有两种情况：第一，并非是上图抄本的"独出异文"，仍由东观阁本而来，如第二十三回"我不过是**安**个样儿""**空**蔼檀云品御香""锦罽鹴衾**睡未成**"等皆同东观阁本。第二，确是"独出异文"，但这些异文恐均系抄手抄写时的笔误，如第三回"两湾似感非感笼烟眉，一双似喜非喜含情目"，误抄成"两湾似**蹙**非**蹙**笼烟眉，一双**喜似**非喜含情目"。抄写者当初似即发现，故在"喜似"旁边做了记号。再如"女儿"两字，多处抄成了"儿女"，这恐怕是抄手的习惯使然。总之，如这类"独出异文"恐怕多数是抄手抄写之误，没有版本校勘价值。总之，根据我们以上的考察，上图抄本当从东观阁白文刻本而来。

二、沈星炜与抄写时间

东观阁本，是在程甲本的基础上，另据程乙本、脂本等稍加

上图抄本《红楼梦》与沈星炜

修改后的一种新刻本。卷首有东观主人识语云：

> 《红楼梦》一书，向来只有抄本，仅八十卷。近因程氏搜辑刊印，始成全璧。但原刻系用活字摆成，勘对较难，书中颠倒错落，几不成文；且所印不多，则所行不广。爰细加釐定，订讹正舛，寿诸梨枣，庶几公诸海内，且无鲁鱼亥豕之误，亦阅者之快事也。

初刊为白文本，具体刊刻时间不明，估计在乾嘉之交，约1796年左右。至嘉庆十六年（1811）有加评本。因上图抄本抄的是白文本而非加评本，故其抄写的时间，可能在1796年至1811年之间。为进一步确定其抄写的时间，当对抄写者的情况稍作考察。

有关抄写者，《未定稿》曾说："首有'吉晖堂'朱文长方印，程高序末印有两枚印记：一枚为朱文'谨而信'圆印，一枚为白文'人淡如菊'方印，高序首页顶行并有椭圆白文篆印'行乐'二字。"又说："据胡文彬先生7月7日晚代我查对：'吉晖堂'乃沈星炜之堂号。沈星炜，字吉父（按：恐为'晖'字之误），号秋卿，书斋号有'梦绿庵''梦绿山庄'，仁和人。"胡先生所云甚是。王昶《国朝词综二集》云："沈星炜，字吉晖，仁和人，监生，有《梦绿庵词》。"沈星炜在嘉道间，有词名，郭麐《灵芬馆词话》卷一"沈星炜词"称曰："近日浙中词客以李四斋为眉目，次则沈秋卿星炜。"丁绍仪《听秋声馆词话》卷四也有一则"沈星炜词"，对沈星炜有较为详细的介绍：

> 沈君秋卿[星炜]，少从王兰泉司寇游，工诗词，善隶

书,兼善绘事。仿其乡人奚铁生作,几莫能辨。顾久困场屋,屈为九品官,需次楚中。读余《秋蝉》【声声慢】,至"金盘露华渐冷,更萧条、病叶难温。谁怜取,是当年、齐女艳魂",几下唐衢之泪。时拂长官意,年逾半百,抑塞无所见,盖有不能自释者。今距秋卿之殁二十年矣。其词录入王氏《词综二集》。自谓少作未工,后刊《梦绿山庄词》,多所削改。然修饰过甚,转不若前之轻俊。

今检《国朝词综二集》,有《梦绿庵词》十二首;又《香艳丛书》收其《悼亡词》【临江仙】十首,均情意缠绵。今择一首【满庭芳】,以品其味与《红楼》之异同:

> 碧草平烟,绿云飞絮,旧家池馆春深。倦闻莺语,帘幕晚风轻。望处翠阴低浣,冷斜晖深掩重门。闲惆怅,琐窗雨细,湿了护花铃。新愁知几许,断红心事。芳讯难凭,便赋情犹在。谁共登临,还怕楼头夜笛,一声吹破黄昏。无憀甚,三更残梦,仍是未归人。

又其词稿名之曰"梦绿",明显也受"红楼梦"之名的启发。总之,此沈星炜完全有可能对《红楼梦》感兴趣,能抄之,能藏之。又,此书所钤的藏书之印,只有沈氏一人,故此抄本即沈星炜所抄,所藏,当初未经他人之手。

现在,我们再来考察沈星炜活动的年代,看此书当抄于何时。张德瀛《词征》曾在"评嘉道以还词"中提到了"沈吉晖〔星炜〕词,如桃花岩石,触手生温"。说明沈主要活动在"嘉道"间。当然，他"少从王兰泉司寇游"，已有词名，故在嘉庆癸亥（1803）王昶（兰泉）编成的《国朝词综二集》中已收有沈星炜的词作了。又，郭麐的《忏余绮语》收录了从嘉庆八年（1803）至嘉庆丁卯（1807）年间词作，中有【满庭芳】《题沈秋卿梦绿庵》一首，也可证沈星炜的《梦绿庵词》约成于1803年。这一年，他仅二十岁左右。这是由于郭麐在《录芬馆杂著》卷二《梦绿庵词序》中说到："沈君秋卿，年方弱冠，刻志媚学，于词尤有独嗜，其所作虽不多，而涂泽叫嚣浮袭之病则已断然而止。""年方弱冠"，也即二十岁左右。这样算来，他当生于1783年左右。

再看他的卒年。丁绍仪的《听秋声馆词话》卷四说"沈君秋卿……屈为九品官，需次楚中。……时拂长官意，年逾半百，抑塞无所见，盖有不能自释者。今距秋卿之殁二十年矣"。此语意为沈"年逾半百"后下世。又同书卷六说："道光庚子，陶凫芗宗伯分巡荆南，……沈秋卿任藏事，……逮癸卯，……花农、秋卿均下世。"此即明确说明沈逝世于道光"庚子"（1840）至"癸卯"（1843）的四年间。若以折中的1841年作为沈的卒年，则他活了58岁。我们这个推算，当然会有误差，但其误差当不出三年。

这样，我们若以东观阁白文本流行的1796年至1811年来对照沈星晖的年龄，则沈此时在13至28岁间。若根据沈星炜对《红楼梦》感兴趣，并从其词集名"梦绿"明显受"红楼梦"的影响看来，当抄在其18、19岁之时的可能最大，亦即嘉庆六、七年（1801—1802）间的可能最大。这反过来或许也有助于推定东观阁本初刊的时间吧！

《红楼梦》演述《牡丹亭》折子戏的功能与价值

本文专门探讨《红楼梦》与《牡丹亭》爱情观的内在联系。

《红楼梦》被誉为"中国古典小说发展的最高峰",自然也是中国文学史上最伟大的爱情小说。《红楼梦》的出现绝非偶然,其中所表达的爱情理想亦有深厚的文学基础。例如,《牡丹亭》对《红楼梦》的深刻影响人所共知。此前已有学者统计,《红楼梦》提到的《牡丹亭》折子戏共有八出,含舞台本的《游园》《惊梦》两出(即是汤显祖《牡丹亭》原著第十出《惊梦》)、《寻梦》(原著第十二出同名)、《写真》(原著第十四出同名)、《离魂》(原著第二十出《闹殇》)、《拾画》(原著第二十四出同名)、《还魂》(原著第三十五出《回生》)、《圆驾》(原著第五十五出同名)[1]。不仅如此,古今《红楼梦》批评家还注意到上述《牡丹亭》折子戏在《红楼梦》中的埋伏与影射作用,不过一般只下判断而少分析,即使有所分析也比较简单。本文拟进一

---

[1] 详情请参见徐扶明《〈红楼梦〉中戏曲剧目汇考》,收入徐著《红楼梦与戏曲比较研究》,上海古籍出版社1984年版;王潞伟、张颖《从〈红楼梦〉中演剧考证》,《曹雪芹研究》2014年第3期;邹自振《汤显祖与〈红楼梦〉》,《福州大学学报》2000年第3期,等等。

《红楼梦》演述《牡丹亭》折子戏的功能与价值

步探讨这八出《牡丹亭》折子戏如何在《红楼梦》的中心人物塑造、关键情节叙事、重点结构功能及主要思想内容诸方面构建起《红楼梦》的基本内核。

一、《还魂》《离魂》与黛玉之死

《红楼梦》演唱《牡丹亭》折子戏,最早出现的是《还魂》。《红楼梦》第十一回,叙贾敬寿辰,凤姐儿点了一出《还魂》,一出《弹词》,说:"现在唱的这《双官诰》完了,再唱这两出,也就是时候了。"[1]其中,《双官诰》和《弹词》都不是汤显祖戏曲,大体用于预示凤姐的夭亡和贾府的没落[2]。《还魂》出自《牡丹亭》第三十五出《回生》,演柳梦梅领人掘开坟墓,杜丽娘为情还魂。《红楼梦》文本中林黛玉多次以杜丽娘、崔莺莺自比,而古今《红楼梦》批评(特别是脂砚斋评语)也大体以杜丽娘、崔莺莺比附林黛玉,故该戏应预示林黛玉因情丧命,魂归太虚。

《红楼梦》演唱《牡丹亭》折子戏,其次出现的是《离魂》。《红楼梦》第十八回,叙元妃省亲,点了四出戏:第一出《豪

---

[1] [清]曹雪芹、高鹗《红楼梦》,人民文学出版社1982年版。本文所引《红楼梦》原文皆出自该本,以下仅在正文中注明某回。

[2] 《双官诰》一名《双冠诰》,为清代剧作家陈二白所作传奇。剧演冯瑞为仇家所害,弃家行医。冯瑞之妻妾闻其死讯,俱信以为真,先后改嫁。冯瑞侧室所生之子冯雄,被扔下不顾,为冯瑞通房婢女冯三娘(碧莲)抚养成人。冯瑞后来得到于谦重用,冯雄也赶考高中,碧莲受到双份官诰,故曰《双官诰》。一般研究《红楼梦》戏曲的文章均认为,该据预示贾府遭仇家陷害被抄家一事。而笔者认为该剧另有所指。具体而言,《双官诰》与凤姐有关的情节是,凤姐夭亡,留下弱女巧姐儿,被其通房丫头平儿抚养成人,平儿后被贾琏扶为正室。《双官诰》大约是对凤姐、平儿命运的预言。《弹词》为《长生殿》第三十八出,演内廷供奉李龟年,在安史之乱后流落江南,抱琵琶唱曲谋生,常常弹唱天宝遗事。该戏大体预言贾府衰落结局。

宴》、第二出《乞巧》、第三出《仙缘》、第四出《离魂》。其中，李玉传奇《一捧雪·豪宴》、洪昇传奇《长生殿·乞巧》与《红楼梦》的爱情主人公宝黛无关，而《仙缘》和《离魂》则与宝黛有关[1]。《仙缘》为汤显祖《邯郸梦》第三十出《合仙》，舞台演出本改称《仙圆》，亦称《仙缘》《八仙拜寿》。剧演卢生拜见八仙，被张果老点醒，预示宝玉出家，其富贵荣华终如邯郸一梦。《离魂》出自《牡丹亭》第二十出《闹殇》，演杜丽娘游春回家，梦中与书生柳梦梅相爱成欢，后一病不起，至中秋之夜病逝。杜丽娘遗言葬身于梅树之下，藏真容于太湖石底。该戏预言林黛玉未嫁而逝。

综上，《还魂》《离魂》被《红楼梦》简单提及，大体预示黛玉夭亡，其主要功能就是预叙。

二、《游园》《惊梦》与宝黛爱情启蒙

在《红楼梦》演述的《牡丹亭》折子戏中，与《还魂》《离魂》仅被《红楼梦》简单提及不同，《游园》《惊梦》被浓墨重彩地加以渲染。汤显祖传奇《牡丹亭》第十出《惊梦》，被舞台本析为《游园》《惊梦》两出。《红楼梦》第一次提及《游园》《惊梦》，是在第十八回，叙元妃省亲，贾蔷命龄官做《游园》《惊梦》二出。龄官不从，改唱明月榭主人所作传奇《钗钏记》

---

[1] 参照庚辰本双行夹批："《一捧雪》中伏贾家之败。""《长生殿》中伏元妃之死。""《邯郸梦》中伏甄宝玉送玉。""《离魂》伏黛玉死。所点之戏剧伏四事，乃《牡丹亭》中，通部书之大过节、大关键。""大关键"云云，说明庚辰本批语主要是从叙事角度来分析这四出戏的，认为这四出戏揭示了《红楼梦》的主要线索。

《红楼梦》演述《牡丹亭》折子戏的功能与价值

中的《相骂》《相约》[1]。

《红楼梦》第二十三回第二次提及《游园》《惊梦》,叙黛玉听到梨香院的女孩子演习《牡丹亭》:

> 这里林黛玉见宝玉去了,又听见众姊妹也不在房,自己闷闷的。正欲回房,刚走到梨香院墙角上,只听墙内笛韵悠扬,歌声婉转。林黛玉便知是那十二个女孩子演习戏文呢。只是林黛玉素习不大喜看戏文,便不留心,只管往前走。偶然两句吹到耳内,明明白白,一字不落,唱道是:"原来姹紫嫣红开遍,似这般都付与断井颓垣。"林黛玉听了,倒也十分感慨缠绵,便止住步侧耳细听,又听唱道:"良辰美景奈何天,赏心乐事谁家院。"听了这两句,不觉点头自叹,心下自思道:"原来戏上也有好文章。可惜世人只知看戏,未必能领略这其中的趣味。"想毕,又后悔不该胡想,耽误了听曲子。又侧耳时,只听唱道:"则为你如花美眷,似水流年……"林黛玉听了这两句,不觉心动神摇。又听道"你

---

[1]《钗钏记》属明传奇,月榭主人(或曰松江王玉峰)作。《今乐考证》著录,存清康熙间抄本,《古本戏曲丛刊二集》影印本。全剧凡三十一出。演皇甫吟、史碧桃在韩时忠诳取钗钏,致生无限波澜。《相约》一出,演史家丫环芸香,请皇甫吟的母亲向其子转达史碧桃的约会。《相骂》一出,舞台本亦称《愤诋》或《讨钗》,演芸香又到皇甫吟家,谴责其接受约会,并收取碧桃所赠的钗钏金银而又不娶亲的行为,皇甫吟母亲则谓其子未曾赴约,未得到钗钏金银,因此两人争吵不休。《红楼梦》无一闲笔,可谓句句有所指。有人认为,《相骂》《相约》表达了龄官对贾府的不满与反抗(如上引王潞伟、张颖《从〈红楼梦〉中演剧考证》)。而在笔者看来,龄官演出这出两戏,埋伏贾府家长及元妃打灭宝黛婚姻之意。古今学者多谈及林黛玉父亲留下的巨额家产被贾府侵占,主要用于建设省亲别墅。贾府收取了黛玉的"钗钏金银而又不娶亲",被龄官预骂了一场。

在幽闺自怜"等句,亦发如醉如痴,站立不住,便一蹲身坐在一块山子石上,细嚼"如花美眷,似水流年"八个字的滋味。忽又想起前日见古人诗中有"水流花谢两无情"之句,再又有词中有"流水落花春去也,天上人间"之句,又兼方才所见《西厢记》中"花落水流红,闲愁万种"之句,都一时想起来,凑聚在一处。仔细忖度,不觉心痛神痴,眼中落泪。

该回描写甚为细致,从多个方面显示了《红楼梦》与《牡丹亭》"游园惊梦"的同构性:

一是环境。大观园与杜丽娘家后花园都时当落英缤纷的春日。《红楼梦》中,"那一日正当三月中浣,早饭后,宝玉携了一套《会真记》,走到沁芳闸桥边桃花底下一块石上坐着,展开《会真记》,从头细玩。正看到'落红成阵',只见一阵风过,把树头上桃花吹下一大半来,落的满身满书满地皆是。""落红成阵"出自《西厢记》杂剧第二本第一折【混江龙】,正与大观园对景,宝玉不免深怜落花,拾之洒入水中。黛玉来后,两人一同葬落花于"花冢"中。所谓《会真记》即王实甫《西厢记》杂剧。紧接下文描述,"林黛玉把花具且都放下,接书来瞧,从头看去,越看越爱看,不到一顿饭工夫,将十六出俱已看完,自觉词藻警人,余香满口。"林黛玉显然一看就爱上《西厢记》了。其书乃是"十六出",属金圣叹批点本的可能性很大。《红楼梦》描绘桃花纷飞的大观园与《西厢记》的"落红"相映成趣,自然不会逊色于"姹紫嫣红"的杜丽娘家后花园。

二是人物。两书中都出现了爱情故事的男女主角,一对才子佳人，其中才子均对佳人表白了爱情。《牡丹亭·惊梦》这出戏，演杜丽娘因游春唤醒青春情愫，并在梦中接受柳梦梅求爱，相与成欢。在《红楼梦》中，贾宝玉与众姊妹刚搬进大观园不久，宝黛恰从懵懂少年而初通人事。一个春日，宝黛先后来到大观园中，二人葬花毕，共读《西厢记》。贾宝玉对黛玉戏言："我就是个'多愁多病'的身，你就是那'倾国倾城'的貌！"这是他首次明确表白对林黛玉的爱情。林黛玉佯装生气，贾宝玉便告饶，黛玉骂他"呸！原来也是个银样镴枪头！"黛玉言谈间把宝玉比作张生，自拟为莺莺，等于接受了宝玉的表白。

三是情节。两书都以女主人公的独自游园为重点。在情节上又有一些差异。其一，情节繁简有别。《牡丹亭·惊梦》情节更为复杂，主要包括：游园—赏花—回家—怀春—昼眠—梦游花园—杜柳相见—杜柳云雨欢爱—花神保护—被母惊醒。而《红楼梦》该回也有青年女子游园、赏花、怀春，男女青年相见、爱情表白等核心情节，总体上较为简单一些。其二，梦游与否有别。《牡丹亭》演杜丽娘先独自游园，后梦游花园并与柳梦梅相见成欢。而在《红楼梦》中，宝玉先自游园，黛玉后来相遇；宝玉因事先行，黛玉再独自游园。且二人均非梦游。其三，惊梦与否有别。《牡丹亭》有"游园惊梦"的情节，《红楼梦》只有"游园"，并无"惊梦"。

四是思想。在《牡丹亭》与《红楼梦》中，"游园"的核心思想都是爱情的启蒙。《牡丹亭》中杜丽娘唱"姹紫嫣红开遍"，"如花美眷，似水流年"，抒发了青春的美好与爱情的觉醒。在《红楼梦》中，贾宝玉被贾母派人叫走后，黛玉独回潇湘馆，听到梨香院的女伶演习"游园惊梦"，恰对【皂罗袍】和【山桃红】两曲感触尤深。《红楼梦》叙黛玉读《西厢记》、听《牡丹亭》,特以崔莺莺、杜丽娘故事为参照,映照出黛玉青春的觉醒,揭示了宝黛爱情的正式发生。不同的是,《牡丹亭》与《西厢记》讴歌性情合一之爱,《红楼梦》则力主"意淫",即情爱,反对"皮肤淫滥"(第五回)。

总而言之,爱情启蒙乃是《红楼梦》引述《游园》《惊梦》最核心的价值。在这一点上,《红楼梦》与《牡丹亭》的思想完全合拍。

三、《寻梦》与宝黛爱情的升华与家族矛盾

在《牡丹亭》的折子戏中,《红楼梦》两次提及《寻梦》,其笔墨也相当隆重。《寻梦》是《牡丹亭》第十二出,演杜丽娘在与柳梦梅梦中欢爱之后,怅然若失,再次来到后花园中追寻旧梦。《红楼梦》通过一出折子戏,牵扯出一种文学类型,又强化其主要人物个性,反映其思想矛盾,可谓独具匠心。

第一次是在《红楼梦》第三十六回,叙宝玉读《牡丹亭》已两遍,尚不过瘾,便去梨香院找龄官唱《寻梦》。杜丽娘寻的是与柳梦梅云雨欢爱之旧梦,宝玉寻的是杜丽娘之梦,其主体有男女主角之别。宝玉寻梦看似与己无关,实则不然。《红楼梦》与《牡丹亭》的"寻梦"主体有男女主角之别,但在"爱"的觉悟上甚为一致。

大观园中的贵族公子贾宝玉,自以为是众女儿的偶像,去梨香院找龄官唱《寻梦》,不想被身份低贱的女戏子坚决拒绝。龄官正色说道:"嗓子哑了。前儿娘娘传进我们去,我还没有唱呢。"娘娘传唱"游园惊梦"而被拒一事,在此重被提起,不仅

承上启下相互呼应,而且凸显了龄官的独立人格。龄官之意是说,只要自己不愿意唱,即使以皇帝娘娘之尊也不能相强。贾府戏班中另一位女孩子宝官便出来圆场,对宝玉说道:"只略等一等,蔷二爷来了叫他唱,是必唱的。"宝玉不知究竟。再一细看,原来龄官就是那日所见在蔷薇花下画"蔷"字的女孩儿(第三十回)。只见贾蔷从外头来了,兴兴头头往里来找龄官,说"买了个雀儿给你玩,省了你天天儿发闷"。不料,自认深陷贾府"牢坑"学戏的龄官,觉得把雀儿装入笼中耍玩,是"弄了来打趣形容我们"。贾蔷便立即将雀儿放飞。龄官说起早期咳出两口血来,叫贾蔷去请大夫。贾蔷起身便要请去,龄官又叫:"站住,这会子大毒日头地下,你赌气去请了来,我也不瞧!"贾蔷听如此说,只得又站住。宝玉看到龄官与贾蔷相互间的关心体贴,便明白龄官的唱与不唱,并不由身份地位决定,而只在于一个"情"字。

小说写"宝玉此刻把听曲子的心都没了",而此时不听胜于听。

> 那宝玉一心裁夺盘算,痴痴的回至怡红院中,正值林黛玉和袭人坐着说话儿呢。宝玉一进来,就和袭人长叹,说道:"我昨儿晚上的话,竟说错了。怪不得老爷说我是'管窥蠡测'。昨夜说你们的眼泪单葬我,这就错了,看来我竟不能全得。从此后,只好各人得各人的眼泪罢了。"(第三十六回)

贾宝玉因此顿悟"泛爱"之非,此后便转向对黛玉的专爱。而林黛玉和袭人正好为之旁证。大观园中杜丽娘的扮演者龄官,在未唱《牡丹亭》的情况下，启发了贾宝玉爱情观的升华。在此，《红楼梦》又一次展示了《牡丹亭》的思想力量。

《牡丹亭》折子戏《游园》《惊梦》《寻梦》，促进了杜丽娘和柳梦梅爱情的发生与升华。这三出戏被借鉴到《红楼梦》中，再次促进了林黛玉和贾宝玉爱情的发生与升华。《游园》《惊梦》《寻梦》的思想价值与艺术功能在《牡丹亭》与《红楼梦》中显示出惊人的一致性。

第二次是《红楼梦》第五十四回，叙元宵节家宴，荣国府里赏灯听戏，贾母命家养戏班唱一出《寻梦》、一出《惠明下书》。

此次演唱《牡丹亭·寻梦》至少有两层意义。从艺术形式上来说，表现贾母对戏曲表演推陈出新的要求。贾母笑道："如今这小戏子又是那有名玩戏的人家的班子，虽是小孩子，却比大班子还强。咱们好歹别落了褒贬，少不得弄个新样儿的。叫芳官唱一出《寻梦》，只用箫和笙笛，余者一概不用。"贾母言谈中表现出对自己的戏曲修养与家养戏班均颇自负。

> 薛姨妈笑道："实在戏也看过几百班，从没见过只用箫管的。"贾母道："也有，只是像方才《西楼楚江情》一支，多有小生吹箫合的。这合大套的实在少。这也在人讲究罢了，这算什么出奇？"又指湘云道："我像他这么大的时候儿，他爷爷有一班小戏，偏有一个弹琴的，凑了《西厢记》的《听琴》，《玉簪记》的《琴挑》，《续琵琶》的《胡笳十八拍》，竟成了真的了。比这个更如何？"众人都道："那更难得了。"（第五十四回）

《红楼梦》演述《牡丹亭》折子戏的功能与价值

薛姨妈的恭维、贾母的自谦,都证实了贾母的"讲究"。同样,贾母叫唱《惠明下书》"不用抹脸"也同样是"出奇"的"讲究"。

从思想价值上来说,表现贾母对才子佳人文学的反对态度。在点戏之前,有两个女先儿提议说一段新书曰"凤求鸾",立即遭到贾母的驳斥。贾母一言以蔽之道:"这些书就是一套子,左不过是些佳人才子,最没趣儿。"贾母之意,主要针对才子佳人故事中幽期密约、私订终身那些常套。她甚至否认这类故事的主角是真正的"才子佳人":"把人家女儿说的这么坏",一个大家小姐"只见了一个清俊男人,不管是亲是友,想起他的终身大事来",如此"鬼不成鬼,贼不成贼,那一点儿像个佳人"?"比如一个男人家,满腹的文章,去做贼,难道那王法看他是个才子就不入贼情一案了不成?"

贾母进一步批判了才子佳人文学的创作观念。"可知那编书的是自己堵自己的嘴","前言不答后语",这是客观逻辑不当。"编这样书的人,有一等妒人家富贵的,或者有求不遂心,所以编出来糟蹋人家。再有一等人,他自己看了这些书,看邪了,想着得一个佳人才好,所以编出来取乐儿。他何尝知道那世宦读书人家儿的道理!"这是主观动机不纯。

当然,在私下里,贾母是喜欢才子佳人故事的。贾母接下来说道,"所以我们从不许说这些书,连丫头们也不懂这些话。这几年我老了,他们住的远,我偶然闷了,说几句听听,他们一来,就忙着止住了。"她承认自己偶尔听才子佳人故事解闷,但坚决禁止年轻人听。贾府"姐儿们"已长大成人,贾母担心才子佳人故事引发她们渴慕私情,这也是她反对"凤求鸾"的直接

199

原因。

然而吊诡的是，贾母接着就命家养戏班唱一出《牡丹亭·寻梦》、一出《西厢记·惠明下书》。难道《牡丹亭》与《西厢记》不是才子佳人戏吗？或者，才子佳人爱情故事的翘楚《牡丹亭》与《西厢记》不在贾母批驳的"才子佳人"之列？或者，贾母一般地反对才子佳人故事，而不反对《牡丹亭》与《西厢记》？

贾母反对才子佳人故事的态度与《红楼梦》作者有一致之处。在《红楼梦》第一回中，作者借"石头"之言曰：

> 石头果然答道："我师何必太痴？我想历来野史的朝代，无非假借汉唐的名色；莫如我这石头所记，不借此套，只按自己的事体情理，反倒新鲜别致。况且那野史中，或讪谤君相，或贬人妻女，奸淫凶恶，不可胜数，更有一种风月笔墨，其淫秽污臭，最易坏人子弟。至于才子佳人等书，则又开口文君，满篇子建，千部一腔，千人一面，且终不能不涉淫滥。在作者不过要写出自己的两首情诗艳赋来，故假捏出男女二人名姓，又必旁添一小人，拨乱其间，如戏中的小丑一般。更可厌者，'之乎者也'，非理即文，大不近情，自相矛盾。"（第一回）

作者借"石头"开口，批判才子佳人书"开口文君，满篇子建，千部一腔，千人一面，且终不能不涉淫滥"，"非理即文，大不近情，自相矛盾"，与贾母的才子佳人文学观颇为相近。

但《红楼梦》作者就一定赞成贾母意见吗？非也！双方看法相似而意图迥异。贾母进一步批驳起才子佳人故事来，就说到自

《红楼梦》演述《牡丹亭》折子戏的功能与价值

己身上:"别说那书上那些大家子,如今眼下,拿着咱们这中等人家说起,也没那样的事。"贾母的话,一来撇清贾府儿女与世井流言的关系,二来何尝不为贾府儿女们之训诫。不知有意无意,贾母对面前众儿女明示了劝惩之意。这对于内心早已相爱却不敢明言的宝黛而言,其威慑力不可小觑。贾母作为贾府的最高统治者,与向往爱情自由的宝黛代表了两个相互对立的思想立场。贾母才子佳人文学观的实质是崇尚礼制而反对婚恋自由。而《红楼梦》的作者显然是同情宝黛爱情,并深切了解《牡丹亭》与《西厢记》的思想力量的[1]。

后来宝玉订亲,贾母弃黛玉而选宝钗,最重要的原因就为杜绝儿女私情:

> 那时正值邢王二夫人、凤姐等在贾母房中说闲话。说起黛玉的病来,贾母道:"我正要告诉你们。宝玉和林丫头是从小儿在一处的,我只说小孩子们怕什么?以后时常听得林丫头忽然病,忽然好,都为有了些知觉了。所以我想他们若尽着搁在一块儿,毕竟不成体统。你们怎么说?"王夫人听了,便呆了一呆,只得答应道:"林姑娘是个有心计儿的。至于宝玉,呆头呆脑,不避嫌疑是有的。看起外面,却还都是个小孩儿形像。此时若忽然或把那一个分出园外,不是倒露了什么痕迹了?古来说的:'男大须婚,女大须嫁。'老

---

[1] 有学者注意到:"《红楼梦》虽对才子佳人创作模式提出了批评,但是对《西厢记》剧作本身则是肯定和赞赏的。""《红楼梦》对《西厢记》不是否定,而是热情赞颂。"(伏涤修《〈红楼梦〉对〈西厢记〉的接受与评价》,《淮海工学院学报》2009 年第 1 期。)

太太想,倒是赶着把他们的事办办也罢了。"贾母听了,皱了一皱眉,说道:"林丫头的乖僻,虽也是他的好处,我的心里不把林丫头配他,也是为这点子;况且林丫头这样虚弱,恐不是有寿的。只有宝丫头最妥。"(第九十回)

黛玉终于闻知"宝二爷娶宝姑娘"事实,回房病危。贾府上下前来探视后退出:

> 贾母心里只是纳闷,因说:"孩子们从小儿在一处儿玩,好些是有的。如今大了,懂的人事,就该要分别些才是做女孩儿的本分,我才心里疼他。若是他心里有别的想头,成了什么人了呢!我可是白疼了他了!你们说了,我倒有些不放心。"因回到房中,又叫袭人来问,袭人仍将前日回过王夫人的话并方才黛玉的光景述了一遍。贾母道:"我方才看他却还不至胡涂。这个理我就不明白了。咱们这种人家,别的事自然没有的,这心病也是断断有不得的!林丫头若不是这个病呢,我凭着花多少钱都使得;就是这个病,不但治不好,我也没心肠了!"(第九十七回)

贾母严禁黛玉"有别的想头",明确表明了对宝黛爱情的坚决反对与无情扼杀,甚至不惜酿成宝黛一死一出家的人生悲剧。

总之,宝玉与贾母都喜欢听唱《寻梦》,实则各有怀抱。宝玉是在古书中寻找同道,贾母则不妨借来训诫。宝玉从正面来理解《寻梦》的爱情理想,与《牡丹亭》的思想倾向甚为一致;贾母则倾向于维护礼制,免不了拿《牡丹亭》这样的才子佳人文学经典充作自由爱情的反面教材。宝黛爱情愈挫弥坚,至死不渝,贾母等人终究难掩《牡丹亭》的思想光芒。

四、《写真》《拾画》《圆驾》与黛玉宝钗思想分歧

《红楼梦》还曾简要提及《牡丹亭》的其他内容。《红楼梦》第五十一回,薛宝琴将素昔所经过各省内古迹为题,做了十首怀古绝句。其中前八首都咏历史人物;第九首《蒲东寺怀古》咏崔莺莺、张生、红娘,第十首《梅花观怀古》咏杜丽娘、柳梦梅,属于文学形象。《梅花观怀古》诗云:

> 不在梅边在柳边,个中谁拾画婵娟?团圆莫忆春香到,一别西风又一年。

其中内容涉及《牡丹亭》中《写真》《拾画》《圆驾》三出戏。该诗立即惹起黛玉与宝钗的思想交锋:

> 众人看了,都称奇妙。宝钗先说道:"前八首都是史鉴上有据的;后二首却无考,我们也不大懂得,不如另做两首为是。"黛玉忙拦道:"这宝姐姐也忒'胶柱鼓瑟,矫揉造作'了。两首虽于史鉴上无考,咱们虽不曾看这些外传,不知底里,难道咱们连两本戏也没见过不成?那三岁的孩子也知道,何况咱们?"探春便道:"这话正是了。"李纨又道:"况且他原走到这个地方的。这两件事虽无考,古往今来,以讹传讹,好事者竟故意的弄出这古迹来以愚人。比如那年

上京的时节，便是关夫子的坟，倒见了三四处。关夫子一生事业，皆是有据的，如何又有许多的坟？自然是后来人敬爱他生前为人，只怕从这敬爱上穿凿出来，也是有的。及至看《广舆记》上，不止关夫子的坟多，自古来有名望的人，那坟就不少，无考的古迹更多。如今这两首诗虽无考，凡说书唱戏，甚至于求的签上都有。老少男女，俗语口头，人人皆知皆说的。况且又并不是看了《西厢记》《牡丹亭》的词曲，怕看了邪书了。这也无妨，只管留着。"宝钗听说，方罢了。（第五十一回）

宝钗首先发言，思想犀利而说话委婉。所谓"无考"云云，指其非历史掌故，而是荒诞不经的文学人物，原本不足为凭；"我们也不大懂得"云云，表明了对《西厢记》《牡丹亭》的排斥态度。黛玉立即反驳，指出宝钗"胶柱鼓瑟，矫揉造作"，不仅迂拘而且伪饰。她说明，无人不晓崔莺莺、杜丽娘，不读《西厢记》《牡丹亭》原著也看过这两本戏。争论的双方，黛玉获得探春、李纨赞同，宝钗则显得势单力孤。

在大观园的青年之中，黛玉背后有贾宝玉、薛宝琴、探春、李纨等大批同情者，薛宝钗背后只有史湘云、袭人等同情者。而在贾府的家长中，贾母批驳佳人才子故事"最没趣儿"，王夫人把有姿色的女子斥为"狐狸精"，贾政骂思想叛逆的宝玉"弑君弑父"，自然都不喜《西厢记》《牡丹亭》这类正统人眼里的"邪书"。这样，宝钗黛玉双方的后援力量对比就显而易见了。

对于《西厢记》《牡丹亭》的认识和评价，薛宝钗和林黛玉的意见严重分歧，发生了多次争论和交锋。在《红楼梦》第四十

《红楼梦》演述《牡丹亭》折子戏的功能与价值

回,贾母与众人在大观园玩骨牌行酒令,各人说诗词歌赋、成语俗话,要求上下句叶韵。鸳鸯当令,轮及黛玉:

鸳鸯又道:"左边一个天。"道:"良辰美景奈何天。"宝钗听了,回头看着他。黛玉只顾怕罚,也不理论。鸳鸯道:"中间锦屏颜色俏。"黛玉道:"纱窗也没有红娘报。"(第四十回)

黛玉随口引用《西厢记》《牡丹亭》做酒令。过了几天,宝钗借此"审"黛玉,黛玉一想,方想起来昨儿失于检点,那《牡丹亭》《西厢记》说了两句,不觉红了脸:

宝钗见他羞的满脸飞红,满口央告,便不肯再往下问,因拉他坐下吃茶,款款的告诉他,道:"你当我是谁?我也是个淘气的。从小儿七八岁上;也够个人缠的。我们家也算是个读书人家,祖父手里,也极爱藏书。先时人口多,姐妹弟兄也在一处,都怕看正经书。弟兄们也有爱诗的,也有爱词的,诸如这些《西厢》《琵琶》以及元人百种,无所不有。他们背着我们偷看,我们也背着他们偷看。后来大人知道了,打的打,骂的骂,烧的烧,丢开了。所以咱们女孩儿家不认字的倒好。男人们读书不明理,尚且不如不读书的好,何况你我?连做诗写字等事,这也不是你我分内之事,究竟也不是男人分内之事。男人们读书明理,辅国治民,这才是好;只是如今并听不见有这样的人,读了书,倒更坏了。这并不是书误了他,可惜他把书糟蹋了。所以竟不如耕种买

205

卖，倒没有什么大害处。至于你我，只该做些针线纺绩的事才是，偏又认得几个字。既认得了字，不过拣那正经书看也罢了，最怕见些杂书，移了性情，就不可救了！"（第四十二回）

黛玉对宝钗语重心长的教导大为感激。后来两人开玩笑，黛玉借题发挥道："颦儿年纪小，只知说，不知道轻重，做姐姐的教导我！"（第四十二回）黛玉甚至因此转变了对宝钗的敌视态度。她对宝钗叹道："你素日待人，固然是极好的，然我最是个多心的人，只当你有心藏奸。从前日你说看杂书不好，又劝我那些好话，竟大感激你。往日竟是我错了，实在误到如今。"黛玉从此对宝钗摒弃前嫌，亲如姐妹，连宝玉也暗暗纳罕"是几时孟光接了梁鸿案"？（第四十五回）待到黛玉说明《西厢记》《牡丹亭》酒令原委，宝玉方恍然大悟："原来是从'小孩儿口没遮拦'就接了案了。"（第四十九回）

虽然黛玉与宝钗的感情因此事一度转向亲厚，但她们的思想却并未趋于一致。薛宝钗始终崇尚"仕途经济"，其话被贾宝玉斥为"混账话"，其人被贾宝玉斥为"国贼禄蠹"。而从不说此类"混账话"的林黛玉被贾宝玉敬为"知己"。黛玉在与宝钗一度亲厚之后，其实并未改变其思想认识，不仅不把《牡丹亭》《西厢记》看成"邪书"，也不怕被这类"杂书""移了性情，就不可救了"。上述第五十一回薛宝琴作诗谜，黛玉与宝钗公然争论《牡丹亭》与《西厢记》之正邪，明确显示了各自思想的分歧。

在其他方面，黛玉在与宝钗亲厚之时，也没有完全听其劝告。在第四十二回，宝钗劝黛玉就有"咱们女孩儿家不认字的倒好","连做诗写字等事,这也不是你我分内之事"等语。到第四十五回,黛玉邀宝钗"说话"而阻于风雨,便在灯下,"随便拿了一本书,却是《乐府杂稿》,有《秋闺怨》《别离怨》等词,黛玉不觉心有所感,不禁发于章句,遂成《代别离》一首,拟《春江花月夜》之格,乃名其词为《秋窗风雨夕》"。黛玉"杂书"照读,诗照做,并且愈爱逞才使气。在诗才方面,黛玉确有骄傲的资本。《红楼梦》中黛玉诗词反映出高度的艺术水平,即使置诸康乾诗坛也毫不逊色。

宝钗与黛玉有关《牡丹亭》与《西厢记》之争,分别对应着叛逆青年与旧式淑女的人生选择,在更深层次上又分别对应着创新秩序与维护现状的社会意识。宝钗守旧思想之顽固甚至超过贾母。前言贾母虽反对"才子佳人"文学,却也不免喜欢听唱《牡丹亭》与《西厢记》,而宝钗直斥《牡丹亭》与《西厢记》为"杂书"。《红楼梦》巧妙借助《西厢记》《牡丹亭》情节,展示宝钗、黛玉的文艺观,推动其性格的深入,揭示其命运的必然。

合而言之,《红楼梦》提及的《牡丹亭》折子戏,大致囊括了《牡丹亭》的关键情节,并反映了康乾舞台上《牡丹亭》演出的流行趣味。分而言之,《牡丹亭》在《红楼梦》的中心人物塑造、关键情节叙述、重点结构功能与主要思想矛盾方面都发挥了重要作用。首先在结构上,《牡丹亭》促进了宝黛爱情的发生、发展与结局,贯穿了《红楼梦》的关键情节。《红楼梦》用《还魂》《离魂》预言黛玉之死;以《游园》《惊梦》促进宝黛爱情的发生,以《寻梦》促进宝黛爱情的升华;而《写真》《拾画》《圆驾》则重点揭示了宝钗与黛玉的思想分歧。其次在思想上,这些《牡丹亭》折子戏进一步牵扯出宝黛爱情与贾府家长之间自由与礼教之争,并由此而引发了众儿女的悲剧命运。第三在叙事上,《红楼梦》先演《还魂》《离魂》预言黛玉之死,再演《游园》《惊梦》《寻梦》映照宝黛爱情的发生与发展,然后提及《写真》《拾画》《圆驾》,在整体的顺叙之中又有局部倒叙的效果。第四在总体上,《牡丹亭》与《西厢记》具有共生关系。在大多数情况下,《红楼梦》以《牡丹亭》带出《西厢记》,或者以《西厢记》带出《牡丹亭》。在《红楼梦》中,不论述及全书,还是局部情节,抑或个别字句,《牡丹亭》与《西厢记》互有先后,相伴而生,具体承担了大致相同的叙事功能,强化了大体相同的思想价值。

小　结

　　本编从某些局部分别探讨世情小说的发生、发展与衍化，其中既有收获，也有不足。

　　在版本方面：肯定《金瓶梅》的词话本和崇祯本是父子关系，上海图书馆所藏一百二十回的《红楼梦》抄本的底本为程甲本之后的东观阁刊白文本。在内容与主旨方面：认同《金瓶梅》的劝戒之旨，说明其劝戒方式具体包含道德、宗教和养生三个方面；作者通过冷峻的不动声色的批判，使《金瓶梅》成为中国长篇讽刺小说的鼻祖。又根据《红楼梦》袭取《牡丹亭》的爱情思想资源，以及人物、环境、情节、意旨等，揭示宝黛爱情与爱情文学传统之关联。在文化方面：从《金瓶梅词话》中可以可能出，《西厢记》杂剧常被演出，在传奇盛行而元杂剧衰落的万历之际属于特例，为中国戏曲史提供了丰富而生动的原生态。在文学批评方面：透过崇祯本评语来看，当时心学家对有关"百姓日用"的"世情"的关注，不仅孕育了《金瓶梅》，同时催生了"世情小说"的观念，亦促进了"世情小说"的发展。

　　乍看之下，本书对"世情小说"的方方面面都有所涉及，而细究起来，却都是个案中的个案，局部中的局部。其中不足自是明显的。当然，这种不足也是有意义的，自然会激励笔者进一步努力去思考和完善。

下编

公案侦探

引　言

本编的主要研究对象是公案与侦探小说，而以侦探小说为主，故在时段上也相对侧重于近代。其主要内容如下：

《"公案"辨体》拟重新清理"公案小说"的概念及范围。笔者已出版过一本有关公案小说的专著，即《〈百家公案〉研究》，其中有部分章节从个人见解出发，清理了公案小说的概念与内涵，并考察了诸如《百家公案》《龙图公案》《三侠五义》等的成书、版本情况、思想内容、人物形象、艺术风格等。本书不打算再重复这些内容，仅拟收录其中研究公案小说文体演变的章节，并加以修改和补充。

本文对公案小说的概念及范畴作了重新梳理。认为现代意义上的"公案小说"是由题材分类而有别于历史演义、英雄传奇、神魔小说、世情小说的一个古代通俗小说的类型概念。它具体包括宋代的"说公案"小说及其演变而来的明代拟话本公案小说、明公案小说集和清代的章回体长篇公案小说。至于说文言笔记中的公案散篇或者其他题材的章回体长篇小说中的公案片段，只能说写了公案故事，不能算是严格的公案小说。

《从公案到侦探：对近代小说过渡形态的考察》拟从大体上清理传统公案小说对清末民初侦探小说翻译和创作的影响。晚清外国小说的传入,在给中国小说带来巨大冲击的同时,也不断接受中国小说的影响和改造。在翻译上,侦探小说多使用章回体的形式和文白夹杂的语言,并融入了不少中国传统法律文化的思想观念;而在创作上,或者把传统公案小说修改成侦探小说,或者径直把公案小说称作侦探小说,或者在侦探小说中掺杂公案小说的成分,都显示出公案小说对侦探小说的影响。由于清末民初侦探小说数量大,影响大,在此讨论公案小说如何融合侦探小说并促其民族化,对于研究中国文学的近现代转型具有代表性意义。

《中国侦探小说之父陈景韩》和下面三章拟详细清理中国侦探小说发生的过程及特点。1904年陈景韩在《时报》上发表了《歇洛克来游上海第一案》。这是中国最早的福尔摩斯小说,亦是文学史上最早出现的侦探小说之一,奠定了陈景韩"中国福尔摩斯之父"的地位。陈景韩随后又在《时报》上推出了《呜啡案》。陈景韩这两篇歇洛克来华小说,在艺术上代表了"中国人做新体短篇小说最早的一段历史";在思想上表达了对国民性问题的关注。陈景韩可谓是现代性启蒙和现代文学的开路先锋之一。

《包天笑与福尔摩斯来游上海系列案:早期侦探小说的思想文化质素》探讨了包天笑及其侦探小说创作。20世纪初,陈景韩和包天笑各创作了两篇歇洛克来华案,叙歇洛克·福尔摩斯来上海探案。它们是我国最早移植西方侦探小说的尝试,对于探寻我国侦探小说乃至短篇小说的生成过程具有积极意义。陈景韩是这四篇歇洛克案的始作俑者,包天笑则是一个重要推手。可以说,没有包天笑就没有后三篇歇洛克来华案。包天笑在艺术上极力提倡"兴味",在思想上更多地聚焦于新旧精英阶层的腐朽堕落,从而展示了自己的个性。揭示现代城市文明之弊与人性弱点,不仅是包天笑现代性意识的特殊表现,也是晚清作家思想进步之反映。

《吴趼人与清末侦探小说的民族化》探讨吴趼人及其侦探小说创作。1906年,吴趼人搜集了中国古今奇案数十种,结集为《中国侦探案》,被时人称作"中国侦探案有记事专书的滥觞"。尽管其书多写"断案"而非"探案",但它在思想观念与文体模式等诸多方面已融入了刚刚输入的西方侦探小说,因而与传统的公案小说有着本质的区别。尤为重要的是,吴趼人借此揭橥了一条立足于本民族的中西文学融合途径。在当时一边倒的崇拜外国侦探小说的声浪中,他转而力图从传统清官文化中"恢复旧道德"、从旧公案小说中追寻侦探小说之根,在理论和创作两方面均开启了侦探小说民族化之路。

《周桂笙与侦探小说的本土化》探讨周桂笙及其侦探小说创作。清末,周桂笙从热衷于翻译侦探小说到自著《上海侦探案》,在"输入新文明"的过程中,将西方侦探小说歌颂侦探与法制的模式,一变为致力于暴露中国社会与司法的腐败,揭露所谓"侦探"的贪渎颟顸,并将侦探小说与传统的公案、谴责等小说品种合流,开创了侦探小说本土化的先声。周桂笙从海外侦探小说翻译到本土化创作及理论的探索,正是中国小说现代化必经中西新旧融合之路的一个实验。

《晚清侦探小说与现代法治想象》拟具体探讨中国侦探小说与清末社会思想与文学潮流之关系。从渊源上看,侦探小说从属于"新小说"阵营;从内容上看,侦探小说宣扬法治、科学、理性等现代意识,具有鲜明的现代性特征。这就从文体渊源和思想倾向两方面证明了侦探小说不应被看作是注重"消闲"的鸳鸯蝴蝶派小说,甚至也不应该被简单视为通俗文学。我们应该打破高雅与通俗、严肃与消闲、纯与杂等理论观念的二元对立,实事求是地为晚清侦探小说重新定位,以此促进侦探小说乃至所有清末民初"通俗小说"研究的发展。

"公案"辨体[1]

本文主要探讨"公案小说"的概念及范围。

在中国小说史上,"公案小说"作为一种重要的文体类型,几可与历史演义、英雄传奇、神魔小说、世情小说相提并论。近年来,公案小说开始受到人们的关注,除频频可见一些单篇论文之外,也出了不少专著[2]。但是,学者们对于"公案小说"的含义、所属品种、文体特征及其形成与演变的历程,多有不同的看法。本文试将"公案"由一个表示实物的名词,到最后成为一种文体名的漫长过程,作一番辨别与梳理,以求对"公案小说"有一个历史的、正确的认识。

一、"公案"的初义

"公案"两字的含义很复杂。分而言之,"公"与"私"相对,指与国家机关相关的事物,如处理公务的文书曰"公文",

---

[1] 原文发表于《上海大学学报》2008年第4期。中国人民大学书报资料中心复印报刊资料《中国古代、近代文学研究》2008年11期全文转载。收入本书时有改动。
[2] 相关著作请参见黄岩柏的《中国公案小说史》、孟犁野的《公案小说艺术发展史》、曹亦冰的《侠义公案小说史》、杨绪容的《〈百家公案〉研究》、苗怀明的《中国古代公案小说史论》等。

国家法律曰"公法",法庭或者官署的厅堂称"公堂",当官断理的各种刑事、民事纠纷称"公事",而在机关的办事人员称为"公人"。总之,"公"近于"官"义。"案"的本义是几桌。引申而言,官府处理公事的文书、成例及狱讼判定结论都叫案。如《隋书·刘炫传》引"故谚云:老吏抱案死",就是此义。"案"也指"案卷"。因为官署中分类存档的文件,一案一卷,故称案卷。

合而言之,"公案"的本义就是官署处理和摆放文书之几案,引申义即官文书。"公""案"二词的连读,至少在唐代就开始出现。比如,在长孙无忌等著的《唐律疏义》卷五曰:"文书谓公案。"此处"公案",即指"官文书",这是用它的广义。同书卷二十七又说:"官文书谓曹司所行公案及符移解牒之类。"其中,"符"是古代朝廷用以传达命令、调兵遣将的凭证,"移"即檄文,"解牒"指科举时乡试录取的文书之类,而所谓"公案",即指公府依法令而判是非之案牒,用的是它的狭义。可见,"公案"特指判案文书的用法在唐代已经出现。

宋元以来,公案一词的含义更加丰富,归纳起来,大约有如下四项:

第一,人们依旧把官署处理、摆放案牒之几案,称为公案。如元杂剧《陈州粜米》第四折云:"快把公案打扫的干净,大人敢待来也。"

第二,沿袭唐人,亦称判案文书为公案。如苏轼《东坡集·奏议集十三·辨黄庆基弹劾劄子》:"今来公案,见在户部,可以取索案验。"吕本中撰《官箴》:"前辈尝言:'吏人不怕严,只怕读。'盖当官者,详读公案则情伪自见,不待严明也。"

第三，从第二项含义引申，宋元人有时也把官府待决的事情或案件称为公案，有时又曰"公事"或"官事"。宋时，人们习惯于在"案件"之前加上相关的人名、地名，就变成"某某公案"。如欧阳修所撰《文忠集》卷一百零六的《论大理寺断冤狱不当劄子》，也提到一个王守度谋杀妻子的"德州公案"；司马光所撰《传家集》在卷四十一的《言张方平第二劄子》中，提到一个"刘保衡公案"；《包拯奏议集》把有个名叫冷青的人的案件称为"冷青公事"。

第四，仍从第二项含义引申，世人对于有重大争执之事件，虽非官署案牒，往往亦称公案。佛教禅宗认为用教理来解决疑难问题，有如官府判案，故也称公案。如宋释圜悟《碧岩录（十）》云："劈腹剜心，人皆唤作两重公案。"就是此义。同理，文学上乃至其他一切被争论或引起争论的问题，也被戏称为"公案"。

以上四项"公案"含义，均指向"官府断案"之义。其中，第二、第三两项含义与公案文学的形成和发展有直接关系。据此，我们可以说，公案文学当指所有描写官府断案故事的文学作品。

二、"公案小说"的内涵和外延

公案故事伴随着文学发展的始终。广义地说，先秦诸子、史传、历代法家书中的断案故事、文言小说中的公案散篇（包括神怪小说、唐传奇和历代笔记）、文采粲然的历代判文（含实判和拟判）、白话短篇公案小说与章回体中长篇小说中的公案片段、有关公案故事的戏曲、影视和民间说唱等，都是公案文学。而公案小说就是公案文学中属于小说的部分。

学术界对公案小说的研究起步较晚。鲁迅是较早提出"公案小说"概念的现代学者。他在1920年出版的油印本《小说史大略》(《中国小说史略》的前身),即有"清之侠义小说与公案"一节,分别论及《儿女英雄传》《七侠五义》《小五义》《七剑十八义》《英雄大八义》等侠义小说和《彭公案》《施公案》等公案小说[1]。值得注意的是,《七侠五义》之类的侠义公案小说被鲁迅径直归入侠义小说。在1923年正式出版的《中国小说史略》第二十七篇中,鲁迅仍以《清之侠义小说及公案》为题,持论也基本相同。其后,孙楷第参照鲁迅的《中国小说史略》和宋人说话,进一步明确了公案小说的范围。孙氏刊行于1933年的《中国通俗小说书目》,卷三把《海刚峰先生居官公案传》《龙图公案》《诸司公案》《廉明公案》《明镜公案》《详情公案》《详刑公案》等短篇公案小说集归入"专演公案"一类;卷六把《忠烈侠义传》《施公案》《彭公案》等章回体侠义公案小说归入"侠义"类,却把《于公案》《李公案》等纯粹写断案故事的长篇小说归入"精察"类。可见孙氏基本继承了鲁迅的意见,但又新增了明代公案小说集这一"公案"类型,这是很重要的成绩。当然,孙氏对明代公案小说集,以及"公案"与"侠义"小说的认识还有诸多游移、含混之处,跟今人相比有重要区别[2]。

把公案小说定义为描写官府断案故事的小说,是今人的共

---

[1] 鲁迅《小说史大略》,陕西人民出版社1981年版,第97—103页。
[2] 孙楷第在完稿于1932年的《日本东京所见小说书目》中,又把《水浒传》列为"公案",把《廉明公案》《诸司公案》《详情公案》《明镜公案》归入"子部小说"中(参见《日本东京所见小说书目》,上杂出版社1953年版)。他还在《中国通俗小说书目·分类说明》中,说:"'公案'实即'侠义'。"这些说法证明他对公案小说的认识还是不够明确的。

识。但至今各家对于公案小说的具体对象却是仁者见仁,智者见智,仍无统一意见。何况中国古代小说,不仅分白话与文言两大类,而各类下又包含不同的品种,这就使情况更加复杂化了。归纳起来,主要有两种意见。

一种仅考虑到题材因素。如孟犁野在《公案小说艺术发展史》中认为:"凡以广义性的散文,形象地叙写政治、刑民案件和官吏折狱断案的故事,其中有人物、有情节,结构较为完整的作品,均应划入'公案小说'之列。"[1]他因此把诸如《聊斋志异》中的断案篇目也归入公案小说的范畴。黄岩柏认为,公案小说"是中国古代小说的一种题材分类;它是并列描写或侧重描写作案、断案的小说"。又说,"并列描写作案与断案;侧重描写作案,而断案只是一个结尾的;侧重描写断案,而作案的案情自然夹带于其中的。这三大类型,全是公案小说";而"只写作案,一点不写断案的,不是公案小说"[2]。他因此认为在宋代"公案小说"的名称存在之前,公案小说在文言小说(笔记、传奇)中已经成熟。此外,黄岩柏还把《三国演义》《水浒传》《金瓶梅》和《红楼梦》等小说中的断案片断也归入公案小说的范畴。

另一种意见则单纯考虑文体因素。如刘世德先生认为,"狭义的公案小说,专指明代的公案小说"[3]。的确,如果以独立的文体为标准,只有这批明公案小说集才勉强符合要求。

上述两种意见似各有偏颇。因为在确定公案小说的概念时,

---

[1] 孟犁野《中国公案小说艺术发展史》,警官教育出版社1996年版,第4页。
[2] 黄岩柏《中国公案小说史》第一章,辽宁人民出版社1991年版,第1页。
[3] 参见刘世德为《狄梁公四大奇案》撰写的《前言》,见于《古代公案小说丛书》,群众出版社2000年版。

单纯依据题材标准会导致过于宽泛，而单纯依据文体标准又会显得范围太窄。这里拟以题材和文体相统一的标准来讨论公案小说的概念，同时还照顾到古代文学的实际和古人的具体认识来加以考虑。这样，笔者倾向于认为，现代意义上的"公案小说"是由题材分类而有别于历史演义、英雄传奇、神魔小说、世情小说的一个古代通俗小说的类型概念。它具体包括宋代的"说公案"小说及其演变而来的明代的拟话本公案小说、明公案小说集和清代的章回体长篇公案小说。至于说文言笔记中的公案散篇或者其他题材的章回体长篇小说中的公案片段，只能说写了公案故事，不能算是严格的公案小说。下文将进一步通过古代公案小说产生和演进的历史来把握公案小说的具体内涵。

三、"公案小说"的文体渊源

我们知道，每一种文体的诞生，都不可能是一蹴而就的。它往往需要在广泛吸收其他文体因素的基础上逐渐进化，最终才能形成某些独特而稳定的特征。因此，一种文体类型在演进过程中，总是或多或少地夹杂着其他文体类型的质素，往往处于一种"文备众体"的形态。公案小说也是如此。它的文体源流非常广泛，包括上古的神话传说、历史人物传记、六朝"志怪"小说以及唐宋的传奇与轶事小说、笔记小说和法家书等等。[1]

上古时代的神话传说、历史人物传记都不是小说，但它们在观念上对公案小说启发甚大。尤其是"皋陶治狱"传说中的神权

---

[1] 鲁德才的《明代各诸司公案短篇小说集的性格形态》（见于《'93中国古代小说国际研讨会论文集》，开明出版社1996年版）一文对作者有重要启发。

法思想，《史记》与《汉书》中的"循吏列传""酷吏列传"所体现的清官精神，都是后世公案文学的基础。

六朝"志怪"小说以及唐代传奇与轶事小说中的断案篇目对公案小说的产生具有更为直接的影响。例如，《搜神记》中的《东海孝妇》，《纪闻》中的《苏无名》，唐传奇《谢小娥传》，《玉堂闲话》中的《杀妻者》和《刘崇龟》等等都是脍炙人口的断案故事。这些作品初步为公案小说奠定了题材范围。除了一般财色、政治案件以外，如《搜神记》中的《李娥》是审理冥界鬼魂的故事，《幽明录》中的《卖胡粉女子》则属于私情公案。某些作品所刻划的清官形象，如《搜神记》中精于听哭辨奸的严遵、《纪闻》中善于察言观色的苏无名等，其断案事迹被后世清官形象层层因袭。《搜神记·东海孝妇》还开启了由贪官污吏或糊涂官员一审构成冤案，再由清官二审平反昭雪的结构模式。

像《东海孝妇》《卖胡粉女子》《谢小娥传》一类描写断案的文言短篇小说，如果单独抽出来，或许可以视为比较成功的"公案小说"。但由于当时文言小说中尚无独立的"公案"一类，因而很难将这些作品算为正式的公案小说，只可看作公案小说的先驱。而且，这些作品的旨趣往往不在断案故事本身。秦汉以前的断案故事情节短小，且重在表现法官的品德；魏晋断案故事主要围绕着发明"神道之不诬"来展开情节；唐传奇中的断案故事往往用来作为表现主人公侠义精神的陪衬。它们都未能成为独立的小说类型。

"公案"作为小说的篇名最早出现于文言笔记当中。南宋人洪迈撰写的《夷坚志》有《何村公案》和《艾大中公案》，都以公案名篇。虽然它们篇幅短小，但都是情节完整的案例故事。不过这类文章数量不多,影响较小,而且也没有形成独立的分类,所以也不是正式的公案小说。同理,宋代的文言小说集《太平广记》《夷坚志》《续夷坚志》中的"精察"故事和笔记小说《涑水纪闻》《齐东野语》《梦溪笔谈》《江湖纪闻》等书中的一些公案散篇,也都只能算作是公案小说的前驱或源流。

集中描写断案故事的还有法家书,主要包括《疑狱集》《折狱龟鉴》《棠阴比事》等一类作品。它们的材料来源相当广泛,包括正史、野史、笔记,甚至诏令、行状、墓志、碑志等。总之,凡涉及审案断狱的,都有所采撷。有人把法家书也归入文言公案小说。从作者的创作目的来看,法家书主要收录一些著名官吏明敏断案的故事或一些士大夫的判词,供为官者判案时参考,与小说有重要区别。《四库全书》把它们列入"子部·法家类"似乎更有道理。法家书虽然不是公案小说,却为后世的公案小说提供了故事题材、人物原型等因素。

在法家书中还有一个特殊的品种,即判文。判文的代表作有唐代张鷟的《龙筋凤髓判》、白居易的《百道判》和宋人的《名公书判清明集》等。每条判文基本上都由两部分组成:第一,案由;第二,判词批语以及司法解释。每条案由都列出当事人双方,或具实名,或虚拟甲乙,并记载所犯何罪,以及审判的简略过程。判文虽然不是小说,但对公案小说影响很大[1]。判文好用典故、辞藻骈俪,而且隐含了一定的情节因素,因此具备被吸收到叙事文学的基础。从宋元"说话"开始,判文被逐渐用于小说,如宋元说"公案"和明代的书判体公案小说和部分传记体公

---

[1] 参见吴承学《唐代判文文体及源流研究》,《文学遗产》1999年第6期。

案小说的结尾部分都有判文[1]。另外,《名公书判清明集》等书分门别类编排和记录判词的做法,对后世公案小说的体例也有直接影响。

四、"公案小说"文体的演变

(一)"说话"和话本:"公案小说"名目的确立

至晚到南宋,人们已开始把"公案"作为一种独立的小说题材类型来看待了。题材的独立乃是公案小说名目正式确立的标志。

南宋耐得翁在《都城纪胜·瓦舍众伎》中说:

> 说话有四家:一者小说,谓之银字儿,如烟粉灵怪传奇说公案,皆是朴刀杆棒及发迹变泰之事;说铁骑儿,谓士马金鼓之事;说经,谓演说佛书;说参请,谓宾主参禅悟道等事;讲史书,讲说前代书史文传兴废战争之事。最畏小说人,盖小说者能以一朝一代故事顷刻间提破。

这里耐得翁似乎将"说公案"作为"小说"的一类。但由于原文没有标点,究竟"说公案"包括那些内容,历来都是一个争论的热点话题。笔者认为,公案不是朴刀杆棒发迹变泰之事,而是与它们并列的一个小说品种。最有说服力的证据是《醉翁谈录》。其书在"小说开辟"中讲小说的名目,有所谓"灵怪、烟

---

[1] 判文对元曲的影响也是不容忽视的,几乎所有描写公案的杂剧都收有或提及判词。

粉、传奇、公案，兼朴刀、杆棒、妖术、神仙"[1]。这就说明"公案"是与烟粉、灵怪、传奇、朴刀、杆棒并列的小说类型[2]。我们应该注意这里的"兼"字。根据它，笔者进一步推测，《都城纪胜》和《梦粱录》所谓"说公案皆是朴刀杆棒发迹变泰之事"的说法有误，"皆"似应作"兼"，应该把上下文的解说关系修改为并列关系。

支持这个论点的，还有《醉翁谈录·小说开辟》在下文列出的一个长长的有关"小说"名目的单子。罗烨把"灵怪""烟粉""传奇""公案""朴刀""杆棒""神仙""妖术"等分为八个门类，各有其所属的篇目，"公案"与"朴刀"和"杆棒"也互不相乱。这充分说明在罗烨的心目中，公案不是朴刀杆棒之事，而是与它们并列的"小说"品种。

下文将结合宋人有关公案的说话和话本的实际，进一步讨论"说公案"小说的内涵。"说公案"的具体情形今无可考[3]，但

---

[1]〔元〕罗烨《醉翁谈录》，古典文学出版社1957年版，第3页。
[2] 王古鲁也曾注意到《醉翁谈录》的说法，他在《南宋说话人四家的分法》中，根据《醉翁谈录》，认为小说的子目有灵怪、烟粉、传奇、公案、朴刀、杆棒、妖术、神仙。但他又把公案与烟粉、灵怪、传奇并列，将这四种一并解释为朴刀杆棒、发迹变泰之事。参见《二刻拍案惊奇》（下）《附录二》，上海古籍出版社1983年版，第787页。
[3]《醉翁谈录·小说开辟》在"公案"名目下有《石头孙立》《姜女寻夫》《夏小十》《驴垛儿》《大烧灯》《三现身》《火杴笼》《八角井》《药巴子》《独行虎》《铁秤槌》《河沙院》《戴嗣宗》《大朝国寺》《圣手二郎》等说公案名目。这些小说名目，原文大都失传。有人认为，其中的《三现身》很可能就是《警世通言》卷十三的《三现身包龙图断冤》，《圣手二郎》很可能就是《醒世恒言》卷十三的《勘皮靴单证二郎神》，二者都写了清官断案。但"三言"中的作品大都经过冯梦龙改编，不能完全反映宋元话本的旧貌。

值得注意的是，在《醉翁谈录》中仍然保留了一些早期话本[1]，可以通过它们来研究早期公案小说的特点。

据查，《醉翁谈录》收录了四种形式的"公案"小说：

第一，甲集卷二录有"私情公案"一篇，题作《张氏夜奔吕星哥》。其中有案情概述、原告诉状、被告供状和审判官的判词。

第二，庚集卷二有"花判公案"十五例。所谓"花判"，《容斋随笔》卷十"唐书判"条说得很清楚："世俗喜道琐细遗事，参以滑稽，目为花判。"这就是说，花判跟一般的判文或断案小说不同，它专指滑稽幽默的断案故事。在结构形式上，花判一般先简要介绍案由，再附判词。

以上两种都被《醉翁谈录》的作者直接称为"公案"小说。而下面两种则是没有"公案"之名的公案小说。

第三，乙集卷一"烟粉欢合"的《静女私通陈彦臣》，在最后部分有审判官王刚中的"花判"，因此也应该是公案小说。

考察《张氏夜奔吕星哥》与《静女私通陈彦臣》，二者在题材上和写法上实在没有多大区别。都写青年男女的私情被人发现，后经过官府审判而正式结为夫妇。因此，很可能"私情公案"着重于私情的断理，而"烟粉欢合"则侧重于私情的被社会承认。但这种分类，跟该书中其他题材的分类情况一样，显然太过琐碎，实际意义不大。

《醉翁谈录》是今存说部中最早引书判文入小说者。以上三类公案小说都有判词，其中的"私情公案"和"花判公案"都以判文为中心，有些"花判公案"连案由都可省略。笔者因此认

---

[1] 此外，《绿窗新话》《青琐高议》等书也保留了部分粗具梗概的宋元话本小说。

为：宋代的"说公案"小说当是以判词为中心的小说。当然，这也并不违背我们今天把写官府断案故事的小说定义为公案小说的认识。

第四，壬集卷一"负心类"所载的《红绡密约张生负李氏娘》，写二女争夫的故事。前面大半详细交代了案情发生的经过，重点在于突出张生婚姻故事的曲折。小说没有叙述审理经过，也没有诉状和判词，只在结尾用数语交代了审判官包公的判决结果。按照公案小说写官府断案故事的界定，该篇也应该是"公案小说"。

根据《醉翁谈录》收录的名目，宋元"说公案"以盗窃、奸情、谋杀等题材居多，已初步奠定了公案小说的题材类型。要说它的文体，则基本从属于话本，还不具备独立的风格。当然，它也显示出某些特质，最显著的表现就是判词的存在。[1]

宋元的公案"说话"到明代发展为拟话本公案小说。由于有较高文学素养的文人积极参与改编和创作，拟话本公案小说取得了重要进步，达到了白话短篇公案小说艺术的高峰。其中又以"三言二拍"中的公案小说成就最高，如《勘皮靴单证二郎神》《三现身包龙图断冤》和《十五贯戏言成巧祸》都是脍炙人口的名篇。

拟话本公案小说已是成熟的白话短篇小说，比起公案"说话"和话本在艺术上取得了显著进步。但二者在形式上仍同大于异，主要表现如下：其一，话本和拟话本中的短篇公案小说的叙事结构基本相同。除了话本的基本组成部分以外，一般都有案情

---

[1] 但这些要素也并非必不可少。如花判就只有判词，而无作案和断案的经过；还有的"说公案"话本只有作案和断案的经过，并没有判文。

的经过和清官断案两大焦点,并随着两者的转换,造成叙事焦点的转移和主人公的替换。其二,很多篇目仍然保留了判文。如《清平山堂话本》中的《错认尸》,《警世通言》卷二十《计押番金鳗产祸》、卷二十九《宿香亭张浩遇莺莺》,《醒世恒言》卷十三《勘皮靴单证二郎神》、卷三十《十五贯戏言成巧祸》等都收录了由审判官草拟、经过朝廷批准的判文。而其他拟话本公案小说一般也使用通俗语言交代了判文大意,因而从根本上来说,判文的环节仍有保留。这充分说明话本和拟话本之间的血脉是紧密相连的。

(二)明公案小说集:"公案小说"文体走向独立

有关公案的"说话"属于话本体,而白话短篇公案小说使用的是"拟话本"体。因此,"说公案"的话本与拟话本虽已代表了"公案小说"名目的确立,但也只是初步确立了题材类型,还没有具备独立的文体规范。这种情况因一批晚明的公案小说集的出现而有了重要改变。明公案小说集不仅进一步强化了题材的独立,而且初步具备了独立的文体风格。

明代出现了两类短篇公案小说集:一类是传记体短篇公案小说集,诸如《百家公案》《新民公案》《海刚峰先生居官公案传》《龙图公案》等。它们专叙一人,分别是包公、海瑞或郭青骡等清官的断案故事集。另一类是书判体短篇公案小说集,包括《廉明奇判公案传》《皇明诸司公案》《新刻名公神断明镜公案》《国朝名公神断详刑公案》《古今律条公案》《国朝名公神断详情公案》等。它们名义上是多位"名公"的公案合集,大量引录诉状、判词,甚至在行文上也使用了标准的法律文书格式。[1]从某种程度上说,这两类明公案小说集标志着公案小说文体走向独立。

在明传记体公案小说集中,《百家公案》是开山之作。该书不仅宣告了公案小说文体的初步形成,同时还奠定了公案小说文体的基础。《百家公案》的文体特征非常复杂,带有话本或拟话本、文言传奇、志怪小说以及长篇章回体小说等的质素,有着广泛的渊源,正体现出"文备众体"的特点。实际上,该书尚处于一种"文体混杂"状态,并没有经过协调"众体"而形成一个统一而稳定的文体规范。同时,该书已经初步具备某些章回体长篇小说的倾向。《百家公案》的这些特点对稍后的其他传记体公案小说集和书判体公案小说集的影响很大,因而在文学史上具有重要地位。

在《百家公案》的基础上成书的《龙图公案》,在艺术上代表了传记体公案小说集乃至整个明公案小说集中的最高成就。《龙图公案》扬长弃短,在继承传记体公案小说的优点之外,也融合了一些书判体公案小说的特征,主要是收录了一些必要的判文。同时,该书克服了《百家公案》由于"文备众体"而长短详略不协调的缺陷,以及书判体公案小说脱离情节生硬拼凑判牍文书的弱点。《龙图公案》在章回体制方面也取得了较大进步,主要表现为:回目文字比较整饬,各回篇幅长短基本相当,文体风格较为一致,语言更为简练。正因如此,《龙图公案》成为对后世影响最大的一部明公案小说集。

《廉明公案》《诸司公案》《详刑公案》《律条公案》《详情公

---

[1] 参见杨绪容《明书判体公案小说集之间的相互关系及文体演变》,《复旦学报》2005年第1期。

案》《明镜公案》等书判体公案小说集是在继承了三种文体模式的基础上产生的。其一就是以《百家公案》为代表的传记体公案小说集。例如，各篇几乎都有案情介绍、初审造成冤案、再审释冤以及篇末议论或结尾诗词这几大板块，鬼魂告状、动物鸣冤之怪事在各书中频频出现，道德劝戒和因果报应观念充斥其中，狡诈的罪犯、绝望的无辜蒙冤者以及智慧过人的审判官构成了各篇小说中类型化的人物形象，还有"文备众体"的形式和半文半白的语言等。而这些特点几乎都在《百家公案》中已经形成。其二是法家书的传统。"门类"正是宋元明清的法家书典型的分类方法。法家书对明公案小说集的影响主要体现在分门别类的方法和判文引用上。孙楷第说《详情公案》等书"似法家书非法家书，似小说亦非小说"[1]，可谓一语中的，道出了它们的某些文体特征的本质。其三是宋元时期"说公案"等话本小说的文学传统。明书判体公案小说集一般按篇分出章回，其语言文白夹杂，艺术水平相对有限。其中，有些篇目也擅长运用时空变换或倒叙、穿插等小说技法，设置了曲折的情节，同时侧重于剖析犯罪心理，这些特点都跟白话短篇小说很相近，体现了一定的文学趣味。

总之，这批明公案小说集虽然已可视为一种独立的文体类型，但它们的文体风格还很不成熟。它们仍属于短篇故事集的性质，而艺术水准又与同时代的话本和拟话本相差甚远，具体表现为中心不够突出，人物不够鲜明，刻画不够细致，语言不够流畅，等等。尽管如此，这批明公案小说集在古代小说的文体发展史上仍然具有重要地位。它们的出现，标志着公案小说作为一种

---

[1] 参见孙楷第《日本东京所见中国通俗小说书目》卷六，上杂出版社1953年版。

文体类型走向独立，而且对清代的公案小说影响甚大。

（三）清代的章回体长篇公案小说：公案小说的成熟和发展

《施公案》与《三侠五义》系列在清中后期侠义小说中具有压倒性的地位，而鲁迅、胡适等人也只重点讨论了《施公案》与《三侠五义》之类的侠义公案小说（或称公案侠义小说），一般人就以为清代的公案小说只有侠义公案小说。其实不然，以文体类型而论，清代有五种类型的公案小说。其中，短篇小说下属两种类型：其一是白话短篇公案小说集，如传记体公案小说集《鹿州公案》之类；其二是白话短篇公案小说，如石成金的《雨花香》《通天乐》与杜纲的《娱目醒心编》等。这两类作品主要成书于顺治、康熙年间，都是明代公案小说的余绪，而且影响不大，本文姑且从略。

章回体长篇公案小说下属三种类型：一是公案和侠义相结合的小说，如《施公案》和《三侠五义》等；二是公案与历史相结合的小说，如《万花楼演义》《海公大红袍全传》和《海公小红袍全传》等；三是纯公案小说。纯公案小说又包含两种形式：其一专叙一人，如《于公案》《刘公案》《李公案》等；其二专叙一案，如《清风闸》《九命奇冤》等。其中，前两种是公案和其他题材的交叉，后者则并不夹杂公案以外的其他题材。下面就分类介绍这三种章回体长篇公案小说。

1. 公案侠义小说

清代的公案侠义小说主要有《施公案》《彭公案》和《三侠五义》等。它们的出现，既代表了公案小说的最高成就，也标志着章回体长篇公案小说的成熟。

《施公案》是最早产生的一部公案侠义小说，鲁迅说它是

"侠义小说的先导",一般学者也认为该书是公案小说与侠义小说合流的标志[1]。《施公案》大大丰富和发展了传统公案小说的艺术技巧,这主要表现如下:

第一,在题材上,《施公案》继承了传统公案小说以清官断理刑事和民事案件为主的特点,又新增了大量的侠义英雄与贪官污吏和各种犯罪集团之间的斗争。在作为正集的第九十七回之前,施公的对手主要是一些刑事和民事罪犯,这部分还主要属于传统公案小说的内容。到了后面的各种续集中,当施公依靠他身边的那一帮"侠义"之士,逐个围歼与官府对抗的大小犯罪集团时,就以侠义小说的成分居多了。这些侠义的内容继承和发展了以《水浒传》为中心的英雄传奇的艺术成就。似《施公案》这种前后题材和重心的明显变化在清代公案侠义小说中具有普遍意义。

第二,《施公案》作为我国第一部业已成熟的章回体长篇公案小说,还为公案侠义小说奠定了文体规范。跟以往的公案小说相比,该书对于案件的叙述技巧大大地跨进了一步。如果说明代的《百家公案》《龙图公案》等作品的结构方式类似于单线串连的散珠碎玉,那么,《施公案》可以说已发展成为多线交织的复合结构。小说主要使用了案中套案、多案齐头并进和一案连亘数

---

[1] 但也有人持反对意见。陈平原先生认为:"侠义小说与公案小说双方从没有真正独立,焉能谈得上合流"?(参见陈平原《千古文人侠客梦——武侠小说类型研究》,人民文学出版社1992年版,第45页)。他的意见也有道理。的确,唐传奇中有《谢小娥传》《冯燕传》等侠义与公案相结合的作品,而宋元话本《宋四公大闹禁魂张》,也在侠义中夹杂着公案的成分。但如果从长篇小说的角度来看,说《施公案》等书是公案小说与侠义小说的合流,应该是可以成立的。

回等方式把一个个零散的案件串连起来。以上三种叙述手法的综合运用,极大地增强了断案故事之间的连续性。这些方法发展了明公案小说集的成果,又为后世的长篇公案小说开创了新路径,在公案小说发展史上具有重要意义。

稍晚出的《三侠五义》代表了公案侠义小说艺术的最高成就。第一,在人物形象方面取得了重要进展。该书几乎汇集了以往流传最广的包公故事,如狸猫换太子、陈州粜米、乌盆鸣冤、灰阑断子、范仲禹婚变等等。这些故事不仅情节曲折生动,内涵也十分丰富。《三侠五义》将这些短篇故事串连为长篇,包拯刚正不阿、公正严明的形象更为饱满。其他人物亦各自具特色。都刻画英勇的侠士,写展昭突出英武,描白玉堂强调任性,叙艾虎则侧重于勇敢。第二,《三侠五义》的结构更加完整统一。它不仅参照了《施公案》串连断案故事的经验,而且借鉴《水浒传》了组合叙事单元的技巧,对线性结构(如前半众英雄的单传)与网状结构(如后半平襄阳王事件)的交替运用极为成功。第三,《三侠五义》的语言更富于世俗生活气息。该书使用了明快、生动而口语化的语言,具有鲁迅所言"粗豪脱略"的风格(《中国小说史略》),特别吻合侠客和清官的角色。总之,该书已经达到公案小说艺术成就的最高峰。它不仅在普通民众间有广泛影响,一批士大夫也对它评价甚高。

2. 公案与历史演义相结合的小说

《万花楼演义》及其续书《五虎平西演义》《五虎平南演义》,都是公案与历史演义(特别是忠奸斗争)相结合的小说。《万花楼演义》主要写由狄青和包拯等人组成的忠臣与由庞洪等人组成的奸党之间的斗争。该书的结构特征主要表现在如下四个方面：第一，武将狄青是主角，清官包公乃其次角；第二，忠奸斗争贯穿整部小说的全过程，而且斗争相当激烈；第三，朝廷的忠奸斗争往往又牵连宫闱争宠与立储的斗争；第四，奸臣（或其亲属）还参与密谋造反，为他最终的身败名裂埋下了引线。这些特点深刻地影响了后来的忠奸斗争小说。《五虎平西演义》《五虎平南演义》基本继承了《万花楼演义》的结构特征，但它们把公案与忠奸斗争放到与外族战争的背景中来表现，发展了公案与忠奸斗争相结合的历史演义小说的新模式。

出现在嘉庆年间的《海公大红袍全传》和道光年间的《海公小红袍全传》也是反映公案与忠奸斗争相结合的小说。《海公大红袍全传》《海公小红袍全传》分别写海瑞与严嵩、张居正之间的忠奸斗争，同时穿插了宫闱固宠立储斗争以及与外族的军事斗争，与《万花楼演义》在内容和结构方面颇为相似。但与《万花楼演义》不同的是，它们的主角正是清官海瑞本人，只是他的主要身份是忠臣，而非清官。

冷时俊先生把《海公大红袍全传》称为"历史公案小说"[1]，这说明他考虑到了该书在题材上与其他公案小说有明显区别，甚至与公案侠义小说也有本质差异。确实，忠奸斗争本身就是历史演义的一大内容，《海公大红袍全传》的文体风格也近于历史演义。因此，本书基本认同这一名称。

3．纯公案小说

（1）专叙一人的公案小说

以某位清官断案故事为中心的长篇小说，主要作品有《于公

---

[1] 参见冷时俊的《海公大红袍全传·前言》，上海古籍出版社1993年版。

案》《刘公案》《李公案》等。这类小说显著的特点是：清官是全书的主角；断案是小说的基本内容，并不夹杂侠义、忠奸斗争或者战争等题材，或者即使写到其他题材，也不能掩盖断案的核心地位；也很少有侠义英雄出现。这也是专叙一人的公案小说与公案侠义小说和历史公案小说的最重要区别。

专叙一人的公案小说在形式上主要还是受了《施公案》等书的影响。这类小说叙述公案故事的技巧，诸如案中套案、一案绵亘数回、数案齐头并进等方法，跟《施公案》集等公案侠义小说并没有什么不同。虽然没有侠义英雄相助，这类小说也常写清官私访，并以此推动情节，展示人物性格，只是大大降低了私访的冒险性质而已。这些都说明专叙一人的公案小说公案侠义小说在结构、方法上同大于异，两者其实一脉相承。

专叙一人的公案小说的叙事方法和文体形式也与《施公案》等公案侠义小说有颇多相近之处。这主要表现为：两者之间的案件多雷同现象，而连接各个案件的方法也大致相同。结构模式也基本一致，一般分为前后两部分：前面单纯写断案故事；后半从清官由地方官升任京官开始，故事就超出了一般刑事、民事案件的范畴，而清官与贪官污吏及朝廷官员之间的忠奸斗争或者与地方恶霸和山林匪徒之间的正邪之争就占据了主要地位。小说越到后来，随着每一案件的篇幅增长，叙事的密度减缓。但由于是纯粹的公案小说，跟《施公案》等侠义小说不同，专叙一人的公案小说在后半部仍然描述了一些刑事和民事案件。

总的说来，公案侠义小说与专叙一人的长篇公案小说，主要的区别在于题材和人物中有无侠客，而在艺术特点或结构模式方面并无本质区别。

(2)专叙一案的公案小说

专叙一案的公案小说主要有《警富新书》《清风闸》《九命奇冤》等。

《清风闸》的故事本于宋话本《三现身》及冯梦龙改编的白话短篇小说《三现身包龙图断冤》。在改编成《清风闸》之后，其内容被大大拉长，成为一部长达四卷三十二回的长篇小说。其情节更为曲折，细节更为生动，某些人物形象也相当丰满。同时，该书更广阔地反映了人情世态，从而扩展了公案题材的认识和审美价值。

比《清风闸》稍早的公案小说《警富新书》，已把一个案件敷衍为洋洋数万言的中篇小说。晚清的吴研人又把《警富新书》改编为成熟的长篇公案小说，题名为《九命奇冤》，影响更大。在思想内容上，《九命奇冤》深刻地揭露了社会司法的腐败和黑暗，揭示了一群贪官的性格及心理。这种思想倾向与晚清的"小说革命"同声相应，而吴研人本人就是谴责小说的代表作家之一。

《九命奇冤》在艺术上也有很多值得称道之处。该书采用了倒叙手法，先从石室谋死七尸八命开始，再写凌、梁两家结仇的经过。然后又按顺序讲述梁天来状告凌贵兴的经过。这反映出公案小说借鉴晚清翻译侦探小说的趋势。受到翻译侦探小说的影响，晚清小说尤其重视叙事方法，《九命奇冤》也因此一度被视为晚清小说艺术革新的标志性成果。

综上，除了专叙一案的公案小说另有其艺术渊源以外，公案与侠义和历史题材相结合的小说、专叙一人的公案小说都有很密切的亲缘关系。宋元明和清代前期的公案小说不仅为它们提供了故事、情节、人物的原型,而且在文体模式上也为它们作了准备。在结构上,《水浒传》是它们的远祖。另外,需要特别指出的是,民间说书为清代所有长篇公案小说的形成与发展作出了巨大贡献。宋代的说书,促成了公案小说题材的独立,而清代的说书,又促成了章回体长篇公案小说的成熟。清代从隆庆之际到光绪末年,各种清官故事就先以说书的形式流传,再被人们从说书改编成章回体长篇小说,后又从小说改编成各种戏曲演出。说书对长篇公案小说的文体形式具有重要影响,具体表现为:在结构上,几乎所有的长篇公案小说都采用说书体,回首用诗词开篇,正文中夹杂唱词和赞语。在情节上,它们的篇幅都很长,一般在百回以上;情节惊险离奇,并按照演说的时段分出章回;几个相连的章回集中叙述一个故事段,每到高潮处结尾。在语言上,清代公案小说多用口语、方言和说书套话,不仅通俗易懂,而且活泼酣畅,在古代白话小说中具有显著地位。在叙事上,叙述人讲述故事、臧否人物,在文中起到很大的作用。通过对这种亲缘关系的考察,就可以很好地解释这些清代章回体长篇公案小说在文体方面所体现的共同特点。

总体而言,中国古代"公案小说"尽管在文体独立的道路上不断地变化发展,但它主要还是作为一种题材分类而存在的概念,还没有形成一个成熟而规范的文体范式。白话短篇公案小说集还不能从"说话"和话本中分离出来。根据题材和文体相统一的标准,明公案小说集确可看作一种独立的小说类型,但它们兼有法家书和小说的双重属性,其性质还属于风貌不太统一的短篇小说集。在清代,由于成就较高的与侠义或忠奸斗争相结合的公案小说都偏离清官中心,而纯公案小说又成绩有限,都没有资格代表章回体长篇公案小说的艺术规范。总之，无论哪一类型的公案小说，在艺术上都既不够成熟，也不够典型。这使得公案小说这一文体在古代文学中的地位比较尴尬。

但是，公案小说仍然具有重要的研究价值。我们不应忽视公案小说在文学史上的重要地位和影响。公案小说品种丰富，具有广阔的读者市场。此外，公案小说和公案戏还是传统清官文化的重要载体，对于研究中国文化具有重要的意义。近年来公案小说的研究趋热，正说明其价值逐渐受到人们的重视。我们相信，这种趋势还将得到进一步的发展。

从公案到侦探：对近代小说过渡形态的考察[1]

本文主要探讨古代"公案小说"对清末民初侦探小说翻译和创作的影响。

西方侦探小说和中国古代公案小说并为中国近代侦探小说的两大渊源。笔者认为，中国侦探小说的翻译和创作如何在借鉴西方侦探小说与传统公案小说的基础上成熟和完善起来，是一个十分重要的问题。因为其间蕴涵了古代文学向现代文学转换及其与中西方文学关系等重大课题，具有相当重要的学术价值。

中国古代没有侦探小说[2]，只有描写官员断案的公案小说。侦探小说与公案小说有本质的区别，主要表现在：侦探小说主要写侦探，公案小说主要写清官；侦探小说宣扬科学、民主和法治精神，而公案小说宣扬纲常伦理，歌颂皇帝和清官；侦探小说是现代小说，其结构、标点和语言都具有现代语体的特征，公案小说则常用带说书体的长篇章回体形式。但侦探小说与公案小说也

---

[1] 原文发表于《华中师范大学学报》2008年第2期。收入本书时有改动。
[2] 参见周桂笙：侦探小说"为吾国所绝乏，不能不让彼独步"。语出自定一《小说丛话》，载《新小说》第十三号，清光绪三十一年（1905）四月。

有诸多一致之处。例如,二者都以案例为中心,以惩治罪犯和张扬正义为主要内容,都写了作案与破案的过程,而且在破案过程中一般都会运用调查和推理。因侦探小说与公案小说具有本质的区别,所以属于不同的时代、不同的类型;又因二者具有很多共同特性,彼此间便具有相互借鉴与吸收的条件。

学术界普遍认为中国侦探小说是模仿和移植西方侦探小说的结晶,这话从侦探小说的发生上来讲当然正确。但有人因此彻底否认中国公案小说对侦探小说的影响[1],这就很值得研究。我们当然不能排除西方小说对中国侦探小说的根本性影响以及某些西化侦探小说的存在[2],但不可忽视的是,确有一批翻译和创作的侦探小说对传统的公案小说有所借鉴,在它们的身上流动着中国传统文学的血脉。而有的学者虽然承认公案小说对侦探小说的影响,却没有展开细致的讨论,致使这种影响关系始终显得模糊而黯淡。总之,这个问题确有讨论的必要。

一、公案小说对翻译侦探小说的影响

清末民初的侦探小说极其兴盛,这首先反映在侦探小说的翻译上。据阿英估计,"当时译家,与侦探小说不发生关系的,到后来简直可以说是没有。如果说当时翻译小说有千种,翻译侦探

---

[1] 如有人认为:事实上,中国侦探小说直接来源于外国文学的影响,从传统文学的公案小说里是无论如何也"发展"不出来的。参见刘为民《论白话侦探小说的新文学性质》,《南京大学学报》1997年第2期,第74页。
[2] 如《两头蛇》(《月月小说》清光绪三十四年即1908年第十期)实际上是由柯南·道尔的《斑点带子案》改写而成,《窃书》(《新小说丛》第一期,清光绪三十四年即1908,署"星如作")与爱伦·坡的小说《窃信案》如出一辙。再如《女侦探》《失珠》《汽车盗》《侦探误》等都是对西方侦探小说的学步之作。

要占五百部以上"〔1〕。而读者对侦探小说的反应也极强烈。梁启超形容说，"为中国有报以来所未有，举国趋之，如饮狂泉"〔2〕。翻译侦探小说不仅数量多，而且范围广，当时文坛对英、法、美、日、俄等国的侦探小说名家都普遍有所译介。尤其引人注目的是，翻译侦探小说发展的速度极快，几乎与西方侦探小说的创作同步，有时甚至比当时中国与西方文化的中转站日本还超前〔3〕。

翻译侦探小说的迅速发展对公案小说的冲击很大。笔者在考察清末民初案例小说的出版状况时看到〔4〕，在1900年以前，基本上属于公案小说一统天下的时期。当时流行的作品主要是《三侠五义》系列、《彭公案》系列、《永庆升平》系列。而翻译侦探小说才刚刚起步。1896年7月，汪康年在上海主办《时务报》，在第一册刊登了张坤德译的《英国包探访喀迭医生案》，可说是中国最早翻译的侦探小说。其后，《时务报》又连载了另外三个福尔摩斯系列探案故事。1899年，索隐书局出版了包括以上四个故事的单行本，题作《新译包探案》，与林纾翻译的《巴黎茶花女遗事》编在同一本书中出版，在当时影响极大。

---

〔1〕 阿英《晚清小说史》，作家出版社1955年版，第186页。
〔2〕 梁启超《〈清议报〉一百册祝辞并论报馆之责任及本馆之经历·第四·〈清议报〉之性质》，《饮冰室合集》第一册（文集之六），中华书局1989年影印本。
〔3〕 参见［日］中村忠行《清末侦探小说史稿》，《清末小说研究》第2—4期（1978—1980年），日本清末小说研究会出版；以及郭延礼《近代翻译侦探小说述略》，《外国文学研究》1996年第3期，第81页。
〔4〕 本文在广泛阅读原文的基础上，还参考了芮和师、范伯群等人编《鸳鸯蝴蝶派文学资料》（上、下），福建人民出版社1984年版；樽本照雄《新编增补清末民初小说目录》，齐鲁书社2002年版；陈大康《中国近代小说编年》，华东师范大学出版社2002年版；等等。

而到了1900—1903年，已是公案小说与侦探小说并肩发展的时期。公案小说虽然仍有发展，但势头已受到抑制。重要的公案小说作品均出现在1903年，包括：储仁逊抄写和整理小说十五种，其中有《于公案》《毛公案》《刘公案》三种公案小说；上海书局出版的《绣像施公案全传》至于"十续"，多达五百二十八回；耕石书局也出版了《武则天四大奇案》；《永庆升平》系列也发行了多种新版。在侦探小说方面，柯南·道尔的福尔摩斯探案故事仍然大受欢迎，而其他出自法、日等国的侦探小说也开始被翻译进来，且从事此业的人员也日见增多。重要作品有：1901年，《泰西说部丛书》之一出版，内收黄鼎、张在新译《毒蛇案》等八个福尔摩斯探案故事。1902年，文明书局出版《续译华生包探案》，内收"警察学生"译《亲父囚女案》等八个福尔摩斯探案故事。1903年，《绣像小说》连载《华生包探案》，含《孀妇匿女案》等六案；商务印书馆出版《补译华生包探案》，内收《哥利亚斯考得船案》等六个福尔摩斯探案故事；《新小说》第八号起连载法国鲍福著《毒蛇圈》，署"周桂笙译、吴沃尧评"；商务印书馆翻译出版了日本柴四郎著《夺嫡奇冤》；广智书局刊行了日本黑岩泪香的《离魂病》，署"披发生"译。由陈景韩翻译、中书局出版的《侦探谭》第一、第二册，收入了英、日、法等国众多作家的作品。

到1904年以后，公案小说已经趋于式微，仅刊刻以下数种：1909年，江左书林出版了《七续彭公案》，文汇书局出版了《八续彭公案》。两书均署"浊物撰、盲道人加评"，均为二十四回石印本。1910年，政新书局出版《陆公案》二册二十八回，天恨生（即黄汉杰）著。而侦探小说则发展甚快，不仅译介的作品逐年增多，被译介的作家范围更广，而从事翻译的人员也更多。当时重要侦探小说作品有：美国乐林司朗治著的《毒美人》(《东方杂志》第一期至第七期连载)和《黄金血》(商务印书馆译印)，爱伦·坡的《玉虫缘》(周作人译，小说林社)；英国麦孟德的《一封信》上、下册(吴步云译，小说林社)，屠哀尔士的《案中案》(商务印书馆译印)；法国培福台兰拿的《双指印》(佚名译，《东方杂志》第二年第一至五期连载)。同时，侦探小说合集的翻译也大量涌现。从1904年到1906年，小说林社第六次再版《福尔摩斯再生案》第一至十三册；1905年，小说林社出版了《马丁休脱侦探案》第一、二、三册，[英]玛利孙著，奚若译；1906年，商务印书馆翻译出版《华生包探案》。1907年，小说林社出版了《聂格卡脱侦探案》第一至十六册，[美]讫克著，华子才、延陵伯子等译；一新书局出版了《聂格卡脱侦探案》初编、续编，顾明卿、顾鹏举译；商务印书馆译印了狄克多那文的《多那文包探案》。此外，《月月小说》杂志也连载了一些侦探小说系列作品，如白髭拜的《巴黎五大奇案》，仙友译；法国纪善的《高龙侦探案》，周桂笙译；哈华德的《海谟侦探案》，杨心一译等。

民国以后，公案小说不仅难见新作，旧作的刊行也很少。而侦探小说则高潮迭起。在"五四"前夕的1918年，中华书局刊行了美国爱伦·坡的《杜宾侦探案》，常觉、觉谜、天虚我生译，并在继福尔摩斯热之后掀起了爱伦·坡热。在"五四"之后的1925年，大东书局出版了《亚森罗苹全案》，又引起了亚森罗苹热。

民国时期侦探小说翻译家的队伍迅速壮大，活跃的翻译家有周桂笙、陈冷血、周瘦鹃、程小青、华子才、杨心一、奚若、陈蝶仙等人。他们中有的是前辈，有的是新手。仅后来被称为我国"侦探小说泰斗"的程小青，翻译的侦探小说就有多种：1916年，应中华书局之约，他和周瘦鹃等人合译《福尔摩斯探案全集》；1926年重译《福尔摩斯探案集》为白话标点本；1928年译成《世界名家侦探小说集》。沦陷时期，程小青又翻译了美国范达痕的《斐洛凡士探案全集》、英国杞德烈斯的《圣徒奇案》、美国艾勒里·奎恩的《希腊棺材》等世界优秀侦探小说。

在被翻译和引进的过程中，这些数量庞大的侦探小说必然会受到中国固有的文化传统和文学传统的影响。表面上看，翻译西洋文学只需要按照原文的内容和形式照搬过来就行。这就只牵涉到西方小说影响中国小说的问题，而不会出现相反的情况。然而，实际情况却要复杂得多，因为"翻译是一种解释，解释的过程极富主观性，因为意义是一种动态生成物，是读者通过文本的中介在于作者的对话过程中生成的，是在主体间的相互作用中生成的"[1]。在这种情况下，要进行纯客观的翻译是根本无法想象的。

翻译小说需要用本民族的思想、语言和形式来表达，翻译侦探小说也就不能不打上中国文化和中国文学的印记。例如，在一些翻译侦探小说中，写书中人物动辄向"皇天后土"而不是"上帝"发誓；以《三国演义》中曹操那句著名的"宁我负人，毋人

---

[1] 吕俊《哲学的语言论转向对翻译研究的启示》，《上海外国语学院学报》2000年5期。

负我"来刻画残毒之人[1];形容年轻的异国女子,"貌颇奕丽,肤色雪白,柔腻如凝脂,双眸点漆",宛如中国古代淑女[2]。而这并非仅见的例子,而是当时译坛普遍存在的现象。

还有一些不太忠实的翻译,故意改写原文以适应本民族的思维习惯。如晚清著名的侦探小说翻译家周桂笙,在翻译法国作家鲍福的侦探小说《毒蛇圈》时,凭空加入了一大段描写女主人公妙儿思念父亲的话,以此彰显父慈子爱的儒家纲常伦理。这种大胆的增译非但没有受到批评,反而得到出版人吴趼人的支持和赞扬。吴趼人说:"后半部妙儿思念瑞福一段文字,为原著所无。窃以为上文写瑞福处处牵念女儿,如此之殷且挚,此处若不略写妙儿之思念父亲,则以慈孝两字相衡,未免似有缺点。且近时专主破坏秩序,讲家庭革命者,日见其众,此等伦常蟊贼,不可以不有以纠正之。特商于译者,插入此段。虽然,原著虽缺此点,而在妙儿当夜,吾知其断不缺此思想也。故虽杜撰,亦非蛇足。"[3]

在中国小说中,公案小说对侦探小说的影响最大最直接。为了便于中国读者的理解和接受,侦探小说的翻译家往往会直接借鉴公案小说的一些特征。在某些翻译侦探小说中,称法院为"公

---

[1] 参见[英]葛威廉原著、罗季芳译《三玻璃眼》第二章,载《月月小说》第一号,光绪三十二年(1906)九月望日发行。
[2] 程小青译《福而摩斯探案全集》,上海中华书局1916年版,第166页。
[3] [法]鲍福著、周桂笙译《毒蛇圈》,《新小说》第八号(光绪二十九年即1903年八月十五日)连载至二十四号。

堂"[1]，称案件为"公案"[2]，称侦探为"包探"[3]，等等，与中国公案小说完全相同。有少数翻译侦探小说在民族化方面走得更远，甚至沿用了中国章回小说的形式。如由美国解朋著、迪斋译述的《盗侦探》[4]就使用了章回体。该书中，每回都有两两对偶的回目，如第一回的回目是"怀凤怨酒楼成狭路　结新交马市共游观"。小说开头有一段议论强盗与侦探关系的文字，用以揭示主题，颇似话本之开篇。紧接着以"却说伦敦之隅有一酒肆，名二酉居"引起正文，结尾说"未知二人相见如何，下文再译"，皆近似于话本的套语。以下各回大致如此。该书中的人名也一律中国化，如罗梦、耿德文、邓成、娇娜等。要不是地名、环境、事件是外国的，人们会误以为该书是原创的中国章回小说。像《盗侦探》这类翻译侦探小说与中国传统的公案小说在叙事艺术上非常接近，它们之间的关系是很密切的。

清末民初的翻译侦探小说在其他艺术形式上也接近于当时流行的公案小说。在语言上，翻译侦探小说虽然号称通俗小说，但其实并不通俗，用的基本上都是不大遵照传统古文规范的文言文与梁启超"报章体"相结合而产生的"现代文言"[5]。有的翻

---

[1] 参见［英］葛威廉原著、罗季芳译《三玻璃眼》第八章，载《月月小说》第六号，光绪三十三年（1907）二月发行。
[2] 参见周桂笙译《海底沉珠》，载《月月小说》第十号，光绪三十三年（1907）十月发行。
[3] 当时上海人管租界巡捕叫包探或者包打听，参见周桂笙《上海侦探案》，载《月月小说》第七号，光绪三十三年（1907）三月发行。
[4] ［美］解朋著、迪斋译述《盗侦探》，《月月小说》第二号（光绪三十二年即1906十月望日发行）起连载。
[5] 参见瞿秋白《鬼门关以外的战争》，《瞿秋白文集》第二卷，人民文学出版社1985年版，第625页。

译侦探小说几乎不断句、不分段,这种形式不仅跟同时期的公案小说相似,也跟当时流行的"新小说"大体相近。

在晚清,像《盗侦探》那样大体因袭公案小说文体模式的翻译侦探小说还算少见,但借鉴了部分公案小说因素的翻译侦探小说则很普遍。无论哪种情况,都使得当时的翻译侦探小说吸收了一些中国旧体小说的消极和糟粕的成分,如观念的陈腐、情节的僵化、语言的生硬等等。这对于西方侦探小说在思想和艺术等方面的长处而言,简直是一种倒退。从长远的角度来看,这种做法既不利于外国文学的引进和交流,也不利于现代小说的成长。

但是,我们也应该看到,在翻译过程中借鉴传统公案小说的做法对于清末民初侦探小说的发展仍然具有重要的积极意义。一方面,晚清翻译小说借鉴传统公案小说的技巧和方法,为其后侦探小说的民族化积累了某些经验。在民族化道路中,中国侦探小说从晚清生硬学步于西方侦探小说或古代公案小说,到民国以后积极把西方侦探小说融入中国本土,是一个渐进的发展过程,而晚清翻译侦探小说就是它的起点。另一方面,翻译家借鉴公案小说的技巧来翻译侦探小说,最大的好处是能使译者与读者不用太多地调整自己固有的知识结构和审美趣味,从而为很快接受这种新的小说类型奠定了基础。这对于迅速地培育庞大的侦探小说读者群体,从而激发起当时的侦探小说热具有非常重要的现实意义。

二、公案小说对侦探小说创作的影响

1901年,剑铓《梦里侦探》的发表,标志着国人自著侦探小说的开始。到1904年以后,侦探小说的创作有所发展,每年都有多部（篇）小说问世，且保持着良好的增长势头。主要作品有：1905年，《广益丛报》第六十五号刊载《歇洛克来游上海第一案》，冷血（陈景韩）戏作；《江苏白话报》第一期刊《身外身》与《美人脂》，挽澜作。1906年，广智书局出版《中国侦探案》，吴趼人著。1907年，出现了"吉"（周桂笙）的《上海侦探案》（《月月小说》第七号）；吕侠的《中国女侦探》（商务印书馆）。1908年，出版发行有"傲骨"的《砒石案》和《雅片案》（小说林社），"马江剑客""天民"的《失珠》（《月月小说》连载），"蝶儿"（或云胡适）的《新侦探谭》（《竞业旬报》第二十二期）等。1909年，出版有"东亭华明村"的《浔学失物记》（《十日小说》第七期）；胡石庵的《明珠血》（中西报馆）。1910年，有佚名的《钻石案》与《碧玉环》（《小说月报》），"顽石"（周作人）的《侦窃》（《绍兴公报》六月二十日）。1911年，有"怅庵"的《狱卒泪》和陆仁灼的《汽车盗》（均见《小说月报》第一期）；"息观"的《一纸报》（改良小说社）；"煮梦生"的《滑稽侦探》（改良小说社），等等。

到了民国七八年以后，中国的侦探小说创作逐渐走向成熟和高潮。陆续出现了程小青的《霍桑探案集》、俞天愤的《中国侦探案》、陆澹庵的《李飞探案》、张碧梧的《宋梧奇探案》、赵苕狂的《胡闲探案》、朱瘦的《杨芷芳探案》、柳村任的《梁培云探案》、孙了红的《东方侠案鲁平》和何朴斋、俞慕古的《东方鲁平案》[1]。其中，尤以程小青和孙了红的成就最高。此后，侦探小说受到读者的普遍欢迎。当时众多的小说期刊也往往设置侦

---

[1] 参见程小青《侦探小说的多方面》，原载《霍桑探案》第二集，上海文华美术图书公司1933年版。

探小说专栏（如《快活周刊》就曾出过侦探特刊），而专门的侦探小说杂志《侦探世界》《大侦探》也应运而生。创作侦探小说的作家一时有数十人之多。至此，中国侦探小说成果斐然，已经发展成为世界侦探小说的重要组成部分。

与翻译侦探小说相比，国人创作的侦探小说与公案小说的关系更为密切，同时也更为复杂。具体而言，晚清有两种类型的侦探小说创作明显受到公案小说的影响：

第一类是拿传统公案小说冒充侦探小说。

在清末民初，侦探小说刚刚兴起，人们对它的认识还是模糊的。有的作者拿传统公案小说来权充侦探小说，固然是对侦探小说的性质把握不准的表现，而有的作者改窜西方侦探小说而冒充己作，在当时也寻常，人皆不以伪作视之。这两种"创作"在侦探小说观念上截然不同，但在方法上却暗中相通，其差异仅在于取法的对象有所差别而已。

1906年，吴趼人编集的《中国侦探案》就属于把公案小说简单改写而成的侦探小说。吴趼人编辑这部侦探小说，实出于公私两方面的考虑：一则打算抢占市场以谋利。这也很符合他作为撰稿人和出版家的立场。在他看来，"翻译侦探案"虽然充塞坊间，却仍供不应求，是个很好的商机。二则也可以借以抒发他本人的爱国热情，表明他作为新小说家的立场。他对于外国侦探小说的泛滥很不服气，于是"不得不急辑"《中国侦探案》，不仅欲与外国小说一比高低："谁谓我国无侦探耶？"[1]而且还可以让读者仔细掂量掂量："外人可崇拜耶？祖国可崇拜耶？"[2]

---

[1] 吴趼人《中国侦探案·凡例》，广智书局1906年版。
[2] 吴趼人《中国侦探案·弁言》，广智书局1906年版。

吴趼人的发扬国光的动机虽然可取，但目的却似难如愿。在《中国侦探案》中，有三十四则破案故事，皆来自于野史笔记。该书在内容上，突出作案、判案的过程，重点在于如何惩罚罪犯，而不在于侦缉破案，和侦探小说有明显区别；在形式上，又保留了章回小说的形式及说书人的口吻，并安排了微服私访这样的情节。这些情况都与中国传统公案小说如出一辙。书中有些案子的确是通过清官们的调查和推理而破案，但有些却"不尽为侦探所破"。因此，该书与其说是侦探小说，还不如说是公案小说更合适。

和吴趼人私交很好的周桂笙，对侦探小说的认识就跟他大相径庭。周桂笙认为吴趼人的《中国侦探案》根本不能算是侦探小说。他说：

> 还有我们《月月小说》社里的总撰述、南海吴趼人先生，从前曾经搜集了古今奇案数十种，重加撰述，汇成一册，题曰《中国侦探案》。这就是吾中国侦探案有记事专书的滥觞。以前不过散见诸家笔记之中。其间案情，诚有极奇极怪，可惊可愕，不亚于外国侦探小说者。但是其中有许多不能与外国侦探相提并论的。所以只可名之为判案断案，不能名之为侦探案。虽间有一二案，确曾私行察访，然后查明白的。但此种私行察访，亦不过实心办事的人，偶一为之，并非其人以侦探为职业的。所以说中外不同，就是这个道理。[1]

---

[1] 周桂笙《上海侦探案·引》，原载《月月小说》，光绪三十三年（1907）三月望日发行。

周桂笙除了把《中国侦探案》说成是"中国侦探案有记事专书的滥觞"不符合事实之外,他对于外国侦探小说和中国公案小说的区分确乎很有见地。但要说他的创作就是另外一回事了。周桂笙本人创作的《上海侦探案》(《月月小说》第七号,1907年)也不是成熟的侦探小说,其书揭露糊涂侦探的破案和昏庸官僚的审案,更多带着谴责小说加公案小说的意味。

但吴趼人并不孤立。甚至在20世纪中期,现代侦探小说基本成熟之后,文坛上仍然有类似《中国侦探案》这样的"侦探"小说。例如,在沈莲侬所著《中国侦探案全集》[1]中,《野人客》写流亡苗寨的汉族陈姓男子,在苗民的共同协助下杀死贪官;《硃砂手》写隐居的武林高手打死凭借武艺欺压良善的奸僧。这两个短篇中都没有侦探出现,根本不能算是侦探小说。它们在本质上更接近于公案小说,因为《野人客》中有贪官害死陈姓男子全家的冤案,而《硃砂手》写奸僧以前做强盗时曾犯案如山。无独有偶,同年,胡适在《三侠五义序》中把包龙图喻为"中国的歇洛克·福尔摩斯"。虽然他并没有具体说明两人在哪些地方相似,但这至少说明在胡适心目中,中国古代公案小说中的第一清官包公和当时西方侦探小说中首屈一指的侦探福尔摩斯显然具有一定的可比性。那么,公案小说与侦探小说的可比性也就成了题中应有之义。可见,这类例子确能反映出当时人们把公案小说等同于侦探小说的观念。

吴趼人的《中国侦探案》表征了中国公案小说与西方侦探小说的第一次正面交锋。虽然从传统公案小说中发掘侦探小说资源

---

[1] 沈莲侬《中国侦探案全集》,世界书局1926年版。

的做法有值得商榷之处，但他毕竟为侦探小说的民族化积累了经验教训，也为后来侦探小说的成熟提供了多方面的借镜。

到1933年，程小青把以疑案为中心，以侦探为主角，凭借理智的活动和科学的技术而获得真相的作品，定义为侦探小说。因此，他把我国传统的文言小说和白话小说中的公案小说统统排斥在侦探小说之外，说：

> 在我国的故籍里面，如唐宋以来的笔记小说等，固然也有不少记述奇狱异闻的作品，可是就体裁性质方面说，决不能算做侦探小说。他如流行通俗的《施公案》《彭公案》和《龙图公案》等，虽已粗具侦探小说的雏形，但它的内容不合科学原理，结果往往侈述武侠和掺杂神怪，这当然也不能算是纯粹的侦探小说。[1]

程小青对侦探小说的认识就更加科学和合理。当然，这有时代的进步和他本人的成功创作经验作为保障。

第二类是嵌入公案小说成分的侦探小说。

比较而言，吕侠的《中国女侦探》[2]在晚清算是写得较好的一部侦探小说。书中包含三个中短篇，即《血帕》《白玉环》和《枯井石》。各篇都把情节的重点放在调查与推理上面，特别善于利用第一人称"我"进行叙述，最后又由侦探来解释真相等等，颇得西方侦探小说之壶奥。《中国女侦探》尤其重视推理。如在

---

[1] 程小青《侦探小说的多方面》，载《霍桑探案》第二集，上海文华美术图书公司1933年版。
[2] 吕侠《中国女侦探》，商务印书馆1906年版。

《血帕》里，叙祥符县街上，吴飞保开了家"长寿室"烟馆。一日，吴飞保的两个女儿自缢身亡。该县县令，也就是该故事的叙述人李薇园之父，前往验尸，发现二女显系自杀。一般清官会就此结案，而李县令却立志充当侦探，非要察出二女自杀的原因。小说写了李县令的四次重要调查与推理。第一次，根据二女与邻居米有才之母有来往，李县令推测二女与米有才有奸情，因米母死，米有才回乡，二女殉情而死。第二次，李县令后来发现二女臂上有血点，推测二女曾写下血书，否定了殉情之说。第三次，李县令探得吴飞保曾与一青年发生口角、斗殴，又知道其女并非亲生，便推测吴有卖女之谋。第四次，李县令见盗匪卜老狼杀死对手刘老三，李县令推测吴飞保先拟卖女与刘老三，又转卖卜老狼，最终导致二女不愿辱身事盗而自杀。后来，李县令果然在二女临终时所穿的衣服上找到血书，得到真相，与推理基本相符。总之，该书在形式上已经基本掌握了西方侦探小说的要领，只是叙事与推理的技巧还不够圆熟，显得生硬而牵强。

《血帕》也是《中国女侦探》中与传统公案小说联系最密的作品。首先，担任调查与推理任务的是前清命官及其手下巡捕，而不是一般侦探小说中的现代侦探。他们本质上就是公案小说中的清官廉吏。作者的初衷正在于此。小说借叙事人李薇园小姐之口宣称："是直居堂皇而为侦探者也，岂西方之歇洛克所可方哉？"这就明确宣扬中国清官实胜于西方侦探。这种想法在当时以模仿和借鉴西方侦探小说为时尚的作品中，显得很有个性。其次，《血帕》还运用了传统公案小说常见的通过审问破案的方式。小说隐含了一个案中之案，讲米有才之母利用吴飞保的两个女儿思念亲生父母的心理，胡乱找一位妇人冒充其母，以诈骗财物。

从公案到侦探：对近代小说过渡形态的考察

后该妇病死，二女不疑有假，亦殉"母"而死。李县令在侦探过程中并没有察觉这个隐藏案件，而是在审问米有才时被供认出来的。这种靠审讯破案的方法在传统的公案小说中十分普遍，亦被《中国女侦探》的作者视为侦探小说的法宝。

我们还可以再举出一些侦探小说中杂糅公案小说成分的例子。例如，《古钱案》中有冤魂托梦和告状的情节，而《浴室窃毛案》也靠案犯投案自首才得以破案。跟公案小说与侠义小说的结合一样，侦探小说也有与侠义小说相结合而成侦探侠义小说，如《金沟盗侠》展示了一个为民谋利的盗匪型侦探，《两头蛇》歌颂了一个侠客型侦探。

从公案小说改写而来的侦探小说，在本质上仍然属于公案小说；而在侦探小说中杂糅某些传统公案小说成分的作品，则基本属于侦探小说。在早期的侦探小说中，前者还比较少见，但后者却大量存在。总的来看，这两类借鉴公案小说的作品都不是成熟的侦探小说，都是对于侦探小说认识模糊和经验不足的产物。在文体风格上，这些"侦探小说"往往带有"混类与过度"的性质〔1〕。更有甚者，它们对传统公案小说的发掘有时也不免消极，甚至只借鉴了后者的糟粕而非精华。

然而，我们应该看到，晚清作家或自觉或不自觉地从传统的公案小说中寻找侦探小说的因素，都可视为在探索侦探小说的民族化道路方面所做的艰难而可贵的尝试。早期这种借鉴公案小说的侦探小说固然还不够成熟，但也在很大程度上为此后侦探小说的民族化奠定了基础。此外，我们还可看到，清末民初的作家们

---

〔1〕 苗怀明《从公案到侦探》，《明清小说研究》2001年第2期，第56页。

在创作侦探小说方面表现出了强烈的爱国热情与浓厚的民族意识。

清末民初侦探小说的翻译和创作是中国文学史上的重要环节,我们研究公案小说与侦探小说,是无论如何也不应该跳过这一页的。陈平原说:"离开这一代人(指晚清——引者注)的努力,'五四'作家的成功就很容易被误解为只是欧美文学的移植。"[1]拿这个说法用在清末民初的侦探小说上面,同样很贴切。我们如果忽视传统公案小说对侦探小说的影响,割裂二者之间的联系,也同样面临着把侦探小说看成是单纯出自于模仿和移植西方侦探小说的危险。

清末民初侦探小说的翻译和创作是中国侦探小说的起点和基础。后来在侦探小说的理论和创作上并有建树、被誉为"中国侦探小说宗匠"的程小青,并没有截然割裂现代侦探小说与古代公案小说的关系,他也认为古代公案小说"粗具侦探小说的雏形"[2]。正是通过借鉴传统公案小说和移植西方侦探小说的两手,中国侦探小说开始了民族化和现代化的历程,并为以后的侦探小说开拓了道路。尽管在某些时候,早期侦探小说的翻译和创作只是为后来的侦探小说提供了失败的教训和反面的借鉴,其价值也不容忽视。

---

[1] 陈平原《中国小说叙事模式的转变》,北京大学出版社 2003 年版,第 30—31 页。

[2] 程小青《侦探小说的多方面》,载《霍桑探案》第二集,上海文华美术图书公司 1933 年版。

中国侦探小说之父陈景韩[1]

本文主要探讨中国最早的一批侦探小说作品,陈景韩的两篇"歇洛克"来华系列案。

光绪三十年(1904)十一月十二日,陈景韩在《时报》上发表了《歇洛克来游上海第一案》,后来又推出了《唛啡案》(又名《歇洛克来华第三案》)[2]。它们是中国本土最早的福尔摩斯小说,亦是中国文学史上最早出现的侦探小说之一,奠定了陈景韩作为侦探小说之父的历史地位。这两篇小说同时表明,陈景韩是短篇侦探小说的奠基者、滑稽侦探小说的开创者、国民性批判的先驱者。然而,学术界迄今尚无专文或专章讨论陈景韩的侦探小说,这是很令人遗憾的。

一、短篇侦探小说的奠基者

陈景韩(1878—1965)又名陈冷,笔名冷、冷血、不冷、华生、无名、新中国之废物等,江苏松江县(今上海松江区)人,

---

[1] 本文载黄霖主编《云间文学研究》,上海古籍出版社2009年版;收入本书时有改动。
[2] 陈景韩《唛啡案》,又名《歇洛克来华第三案》,《时报》光绪三十二年(1906)十一月十五日。

清季秀才。光绪二十六年（1900）进武昌武备学堂。因参加革命会党，被清政府通缉，乃转赴日本暂避。他于光绪二十八年（1902）回国，先后与友人创办《大陆报》《新新小说》，逐渐成长为一位著名的报人、作家。从1904年起，他长期担任与《申报》《新闻报》鼎足而三的《时报》主笔，在当时发表了不少思想新颖的小说。胡适回忆自己十四岁时的阅读经历说："《时报》出世以后每日登载'冷'或'笑'译著的小说，有时每日有两种冷血先生的白话小说，在当时译界中确要算很好的译笔。他有时自己也做一两篇短篇小说，如《福尔摩斯来华侦探案》等，也是中国人做新体短篇小说最早的一段历史。"〔1〕

陈景韩非常重视侦探小说的翻译和创作。他是较早从事侦探小说翻译的晚清文学家之一。光绪二十九年（1903）底他在时中书局出版了《侦探谭》第一册和第二册，次年又由开明书店出版了《侦探谭》第三册和第四册。他在《时报》上发表了一系列侦探小说译作，其中长篇小说包括：光绪三十年（1904）起连载的"多情之侦探"《伯爵与美人》和《火里罪人》，光绪三十二年（1906）起连载的《飞花城主》，光绪三十三年（1907）起连载的《侦探之侦探》（一名《土里罪人》），光绪三十四年（1908）起连载的《地中怪贼》和《决斗》（一名《金里罪人》）；短篇小说包括：光绪三十一年（1905）一月三十日至二月十日是的《血痕记》（又名《福尔摩斯再生记之最末案》），宣统元年（1909）四月十五、十六日的《侦探》和九月十九至二十六日刊登的《科学侦探》。他还于光绪三十年（1904）在《新新小说》第三号和

---

〔1〕 胡适《胡适文存（第2集）·十七年的回顾》，见《胡适文集》，北京大学出版社1998年版，第314页。

四号译载日本中篇侦探小说《忏悔录》；光绪三十四年（1908）在《月月小说》上发表了《女侦探》《爆裂弹》和《俄国皇帝》，宣统元年（1909）在《小说时报》第一期发表《俄国之侦探术》。此外，他翻译的单行本还有光绪三十二年（1906）上海时报馆出版的《莫爱双丽传》等。陈景韩的翻译水平深受时人推重。不仅胡适赞他"在当时译界中确要算很好的译笔"，包天笑赞美其语言"简洁隽冷，令人意远"[1]，周作人视"冷血体"为当时翻译界最为流行的风格之一，堪与梁启超的"新民体"比肩，甚至直接影响到鲁迅《哀尘》的翻译风格[2]。而侦探小说译作乃是"冷血体"的大宗[3]，连他"最热心"[4]翻译的虚无党小说也屈居其次。

陈景韩是中国本土侦探小说的奠基者。上引胡适所言陈景韩的《福尔摩斯来华侦探案》共有两个短篇，包括《歇洛克来游上海第一案》《吗啡案》，它们是中国文学史上最早的侦探小说之一。在陈景韩的自著短篇小说中，也以侦探小说数量最多。除了这两篇福尔摩斯故事外，他另有《军装》《名片》《三五少年》《某客栈》《某业》等五个短篇，均标"侦探小说"。胡适说陈景韩最早的两篇侦探小说"是中国人做新体短篇小说最早的一段历史"，视之为早期短篇小说的开创者。本来，中国短篇小说的发

---

[1] 包天笑《钏影楼回忆录》，山西古籍出版社、山西教育出版社1999年版，第406页。

[2] 陈梦熊《关于鲁迅译述〈哀尘〉、〈造人术〉的考说》所引周作人致陈梦熊的信，载《〈鲁迅全集〉中的人和事》，上海社会科学院出版社2004年版，第2页。

[3] 参见李志梅《报人作家陈景韩及其小说研究》，华东师范大学博士论文2005年，第89页、103页。

[4] 阿英《小说四谈·翻译史话》，上海古籍出版社1985年版，第238页。

展与侦探小说渊源颇深。短篇小说的翻译就是从侦探小说开始的[1]。如1896年《时务报》发表的《滑震笔记》，可说是最早输入中国的短篇小说。上述陈景韩翻译的侦探小说中，也以短篇小说为主。而短篇小说的创作又从侦探小说开始。陈景韩本人就是短篇侦探小说的奠基者之一。

一般人认为，现代短篇小说从《月月小说》发端，到"五四"后兴盛。然而，这种新体小说早在鸦片战争之后至戊戌变法期间即见萌芽，如王韬、韩邦庆、俞樾、邹弢就创作了若干短篇，但因数量极少，并未引起人们的注意。在晚清，参与短篇小说创作的作家猛增，如李伯元、吴趼人、欧阳钜源、曾朴、梁启超、苏曼殊、周桂笙、陈冷血、包天笑、周瘦鹃、刘铁冷、李涵秋、胡寄尘等都曾发表过短篇小说。陈景韩虽然不是写作短篇小说的第一人，也不是唯一的一个，但他却是晚清主要从事短篇小说写作的一位名家。据统计，他一生创作短篇小说三十六种[2]，其中从1904到1911年多达三十二种。除了《歇洛克来游上海第一案》和《呜啡案》之外，他的《刀余生传》《马贼》《路毙》《千里马》《催醒术》等作品，亦在思想观念和叙事方式上取得不少创新，标志着"中国文学的现代化进程早在19世纪与20世纪之交就开始了"[3]。

陈景韩的《歇洛克来游上海第一案》在当时很受欢迎，不仅让胡适在十几年后仍然记忆深刻，而且"即使是以现在的眼光

---

[1] 参见余姒珉《晚清短篇小说研究》，台湾大学硕士论文2002年，第8页。
[2] 参见李志梅《报人作家陈景韩及其小说研究》附录二《陈景韩自著短篇小说目录》，华东师范大学博士论文2005年，第164—165页。
[3] 范伯群《〈催醒术〉：1909年发表的"狂人日记"——兼谈"名报人"陈景韩在早期启蒙时段的文学成就》，《江苏大学学报》2004年第5期。

看,也仍然不失为一篇出色的短篇小说"[1]。受此类作品的影响,《时报》"小说栏"从1905年初已形成礼拜日刊载短篇小说的惯例。后来包天笑又与他交替作"第二案""第三案""第四案",题目前都标有"短篇"或"短篇小说"的字样。陈景韩、包天笑创作的四篇短篇侦探小说在当时引起轰动,成为各报转载的焦点,以至于包天笑在《歇洛克来华第四案》时郑重申明:"不准转载!"就其影响而言,我们说正是这批中国本土化的歇洛克系列案推动了短篇小说的发展,亦不为过。然而,在胡适之后,学术界不仅极少进一步梳理这类作品在近现代文学中的地位和影响,反而对它们的评价越来越低,乃至完全忽略或否定。这说明我们的相关研究很可能步入了某些误区之中。

二、滑稽侦探小说的开创者

"侦探小说之父"陈景韩对侦探小说的开创性贡献,主要是引领了一条经翻译到创作、由模仿到本土化的特殊路径,并从中展示了他的个人风格。1916年,陈景韩在追述中国侦探小说创作十余年来的发展史时说:"福尔摩斯者,理想侦探之名也。然而中国则先有福尔摩斯之名,而后有侦探。"[2]此话意味深长,它表明中国侦探和侦探小说是从模仿外国起步的,也恰如其分地总结了陈景韩自己的创作经历。

陈景韩本人就是通过模仿福尔摩斯故事而创作侦探小说的始作俑者。他在《歇洛克来游上海第一案》的前面加了按语,谈及

---

[1] 李志梅《报人作家陈景韩及其小说研究》,华东师范大学博士论文2005年,第121页。
[2] 陈景韩《福尔摩斯侦探案全集·序》,中华书局1916年版。

自己读过的"歇洛克包探事",包括:《时务报》的《滑震笔记》共五个福尔摩斯故事(1896年)、启文社《泰西说部丛书之一》所收七个福尔摩斯故事(1901年)、文明书局的《续译华生包探案》所收七个福尔摩斯故事(1902年)、商务印书馆的《补华生包探案》所收六个福尔摩斯故事(1903年)、新民丛报馆的《歇洛克再生第一案》(1904年)、《歇洛克再生第二案》(1904年)等。这些作品反映出此前福尔摩斯故事在中国翻译出版及流传的大致情况,也是陈景韩的主要阅读及模仿对象。陈景韩大约非常喜爱福尔摩斯,甚至可能有一种"福尔摩斯情结"。据包天笑回忆,1904年左右,上海穿西装的人还很少,大家拖一条辫子,全《时报》馆只有陈冷一人剪了辫子,穿了西装。包天笑曾见他"口衔烟斗,脚踏在书桌上,作静默构思状",便问他:"是从福尔摩斯那里学来的吗?"[1]这说明陈景韩在言行举止中常常模仿福尔摩斯,身穿西装、口衔烟斗、静默构思都是福尔摩斯的习惯性特征。

中国本无真正意义上的侦探,要发展侦探小说就成了无源之水、无根之木。早期的侦探小说作家便采取了不同的路径。在《歇洛克来游上海第一案》中,陈景韩选取了一个特殊的模仿方式,即用横向移植的方法,直接把英国大侦探歇洛克·福尔摩斯请到中国来办案。这篇写歇洛克中国行的第一案,模仿柯南·道尔福尔摩斯案的痕迹甚浓。小说开头写"歇洛克抵上海之明日,时近上午十二点钟,正仰坐安乐椅上,口衔雪茄烟,与滑震谈上海异事,忽闻叩门声'得得'。歇洛克即呼之入室。……"福尔

---

[1] 包天笑《钏影楼回忆录》,山西古籍出版社、山西教育出版社1999年版,第523—525页。

摩斯常借在房间里与华生闲话来打发闲暇，这是柯南·道尔原作开头的常套，也预示着即将有来客打破这种宁静。"口衔雪茄烟"正是福尔摩斯的标志性动作之一。

柯南·道尔的福尔摩斯能通过短暂观察准确地推测出陌生人的身份特征，陈景韩笔下的歇洛克也同样有杰出的判断力。在仔细观察来访的"华客"后：

> 歇洛克问华客曰："我观汝两目，垢尚未去，汝起床距来此时，必尚未及一点钟，是否？"华客曰："是！"又曰："汝眼皮尚下坠，昨夜汝睡必未醒是否？"华客曰："是！"又曰："汝右手大、二两指乌黑，色尚新；汝齿焦灼，吐气有鸦片味，汝未来之前，必先吸鸦片烟，是否？"华客曰："是！"又曰："汝指头有坚肉，汝必好骨牌。汝昨夜未睡，亦必为赌骨牌故，是否？"华客曰："是！"又曰："汝眉之下、目之上，皮赤，多红筋，两瞳常茫视，汝昨夜必近女色，且已受毒，是否？"华客曰："是！"歇洛克语毕，华客尚倾听。歇洛克因又问曰："我所问汝者，尽是欤？"华客曰："尽是！"

福尔摩斯以善于推理著称，他在很多场合都曾对来客或雇主的身份作过一针见血的推测。在《歇洛克来游上海第一案》中，"歇洛克"准确推测出来访的"华客"一日来的举动，仍然沿袭了"福尔摩斯"聪明机智的一面。陈景韩不仅模仿了福尔摩斯推测来客的具体内容，甚至模仿了他的对话方式乃至语气。这些模仿的内容同时也赋予了《歇洛克来游上海第一案》侦探小说的特性。无论如何,歇洛克来华系列首先是写侦探题材的小说,而且是侦探的典型和样板福尔摩斯。

然而,陈景韩对柯南·道尔的模仿是不彻底的。以人物形象而言,陈景韩笔下的歇洛克虽然机警,却从一个从未失手的名探变成了处处碰壁的包探,且情绪沮丧,与冷峻、孤傲、意志坚强的正版福尔摩斯迥然有别。以文体而言,《歇洛克来游上海第一案》只是借鉴了柯南·道尔原著的开篇而已,除了模仿推断来客身份的情节外,柯南·道尔行将渐次展开的对案件发生以及福尔摩斯探案过程的叙述,完全被陈景韩略去。总之,陈景韩的歇洛克来华"第一案"没有离奇的案件,也没有吸引人的悬念,更没有曲折的情节,因而不是经典的侦探小说。

陈景韩的《吗啡案》(《歇洛克来华第三案》)对柯南·道尔原作的模仿同样不彻底。小说写歇洛克想食用少量吗啡来提神,谁知一连寻了三个药店,店主均言不卖吗啡。这让他颇为疑惑,设想当地是否禁卖吗啡呢?这勉强算是模仿福尔摩斯推理的例子。当歇洛克到得第四店,店主人虽说无吗啡,却塞给他一包黑色小药丸。他将这些药丸带回家进行化学测试,发现其主要成分就是吗啡。这可算是模仿福尔摩斯科学实验的例子。但除此而外,《吗啡案》与柯南·道尔的福尔摩斯案相距甚远。实际上,"吗啡案"重在揭示药店是否卖吗啡,并非严格意义上的刑事或民事案件。还有,该案之谜底不由歇洛克本人而由他的"华仆"来揭开。华仆告诉歇洛克,中国禁止鸦片,人们就拿吗啡作戒烟药;由于吗啡亦被禁止,人们就将它揉成药丸出售。他听了华仆所揭真相,反而更糊涂了,说:"鸦片,药也,而华人吸之则成瘾而为毒。吗啡,毒也,彼华人用之,又揉丸而成药。药欤?毒欤？且颠倒而莫能知矣。"在经历来华的又一次"失败"后，歇洛克表示："从此后我不敢再问华人事矣！"《吗啡案》中易于失败和沮丧的歇洛克形象，与其说模仿了柯南·道尔的福尔摩斯，毋宁说沿袭了《歇洛克来游上海第一案》中的歇洛克。总之，当面对中国的当事人和中国的案件、中国的法律、中国的文化时，这位"国产"的"歇洛克"也就不能成其为"福尔摩斯"了。

不彻底的模仿还造成了侦探小说文体上的变异。为何会出现这种不彻底的模仿呢？其主要原因是陈景韩把模仿变成了谑仿。他在按语中申明，柯南·道尔的福尔摩斯侦探案，"读之大有趣味，大可发人心思，自是大家文字"；而自己的创作"特游戏耳，借题目耳"，与真正的福尔摩斯案"无涉"。王德威曾谈及晚清新小说家普遍喜欢谑拟古代经典和改写外国文学，并表现出一些"谑仿"的共同特点，说："'谑仿'是模仿的一种低等形式，它夸张、扭曲对象，尤其重要的是，它简化被仿真的对象。"[1]正是基于同样的趣味，陈景韩把侦探小说变形而为滑稽小说。

在晚清，滑稽小说是中西文学融合的产物。滑稽小说本是中国传统的文言小说类型之一，从三国时邯郸淳著《笑林》，到明冯梦龙的《笑府》、清廖东的《笑林广记》，种数不下数十种。司马迁在《史记·滑稽列传》中讲俳优"常以谈笑讽谏"，点明滑稽小说"谈笑"和"讽谏"兼备的特点。到了近代，各类旨在"以诙谐之笔，写游戏之文"[2]的游戏报蜂起，各种报刊也热衷

---

[1] 王德威《被压抑的现代性——晚清小说新论》，北京大学出版社2005年版，第51页。
[2] 李伯元《〈游戏报〉重印本告白》，载魏绍昌《李伯元研究资料》，上海古籍出版1980年版，第450页。

于登载滑稽小说,而一般小说专刊皆设有"滑稽小说"专栏,并吸引吴趼人、陈景韩等名家纷纷参与创作,滑稽遂成为晚清小说的一大类型。另一方面,《游戏报》自称"命名仿自泰西"[1],明确承认与西方滑稽小说有密切的渊源。其时塞万提斯的《堂·吉诃德》、斯威夫特的《格列佛游记》、巴尔扎克的《人间喜剧》、狄更斯的《尼古拉斯·尼克尔贝》正被作为"西洋笑话"传入中国,为晚清滑稽小说的发展推波助澜。

作为"游戏"之笔,《歇洛克来游上海第一案》续写华客模仿歇洛克的语气反探歇洛克:

> 华客问云:"我知汝是人,然否?"歇洛克笑应云:"然!"又云:"我知汝非我中国人,然否?"歇洛克又笑应云:"然!"又云:"汝有头、有体、有四肢,然否?"歇洛克又应云:"然!"又云:"汝口必言,目必视,耳必听,手必动,足必行,必食,必饮,必起,必卧,必呼吸,然否?"歇洛克又应云:"然!"华客至此忽不语。歇洛克问何不语?华客云:"我所问汝者,尽然欤?"歇洛克曰"尽然!"曰:"然则我所探之事已毕,复尽然!"

这里,华客逼真的模仿,和对歇洛克的戏谑,充满了滑稽的幽默感。总体而言,《歇洛克来游上海第一案》滑稽的成分浓于侦探,可命为滑稽侦探小说。

陈景韩杂糅滑稽与游记的成分入侦探小说中,是滑稽侦探小

---

[1] 李伯元《论〈游戏报〉之本意》,《游戏报》第六十三号,光绪二十三年(1897)七月二十八日。

说的开创者。他后来创作的短篇侦探小说也是与滑稽的结合体。《吗啡案》写神探歇洛克来华后，弄不明白为何中国人把鸦片当食品、把吗啡当药品，颇有点冷幽默的味道。他写的《军装》《名片》《三五少年》《某客栈》《某业》等五个短篇，虽标为侦探小说，但它们均意在讽刺中国侦探的无能和猥琐，也不注重案例本身，因而命之为滑稽侦探小说更为恰当。

  在陈景韩的影响下，滑稽侦探发展成为清末民初侦探小说的一个重要类型。包天笑的《歇洛克初到上海第二案》（《时报》光绪三十三年一月十日）和《藏枪案》（《歇洛克来华第四案》，《时报》光绪三十四年十二月十二日），分别模仿《歇洛克来游上海第一案》《吗啡案》，皆通过歇洛克来华探案的失败经历，来讽刺当时一些中国人的生活腐化与精神空虚。1915和1916年，刘半农把他写福尔摩斯来华探案的系列小说《福尔摩斯大失败》直接标为"滑稽小说"。

  同时，歇洛克来游华案系列小说亦可视为游记小说。传统文学中的游记，本是描摹山水名胜、抒发作者情怀的散文。《儒林外史》始大规模引游记入小说，如第十四回写马二先生游西湖就是一段优美的游记散文。游记小说在晚清风行开来，出现了不少以游记名篇的小说，如《老残游记》《上海游骖录》等。刘鹗自评《老残游记》第三回曰："第二卷前半，可当《大明湖记》读；此卷前半，可当《济南名泉记》读。"《老残游记》明显继承了《儒林外史》的文体模式。而更多的小说虽无游记之名，却行游记之实，如《二十年目睹之怪现状》《文明小史》《邻女语》等，但其重点不叙山水，而述见闻。总的看来，晚清游记小说偏重于旁观者的见证，而非主角的经历[1]。《歇洛克来游上海第一案》正是这种文学语境的产物，它主要也不写游历，而是表现歇洛克作为一个"他者"，来中国的所见所感。而作为西方现代法律标志的福尔摩斯之特殊视角，更显得意韵深长。

当然，所谓滑稽，陈景韩所重的是语言而非故事；所谓游记，陈景韩所重的是形式而非内容。以此而言，《歇洛克来游上海第一案》等与传统笔记小说关系甚密。"笔记"实出于对侦探小说的一种误读。《时务报》最早翻译的五个福尔摩斯案，又被称为《歇洛克·呵尔唔斯笔记》或《滑震笔记》，其后还有不少书社把福尔摩斯案称为"华生笔记"。虽说此笔记非彼笔记，但晚清人却有意无意不作区分。如上文所述，陈景韩就把《时务报》的五个福尔摩斯案称为"《滑震笔记》"，因而就不知不觉地把侦探小说混同为笔记小说而进行创作。这说明在侦探小说传入之初，文艺界对它的认识还不够清晰和准确，这时，可以把它写成滑稽、游记、笔记等，或者这些体裁的结合。这也让人感受到，一方面，晚清人接受新知的过程总是伴随着与旧学的纠缠；另一方面，传统文学对于刚刚传入的外国小说具有非常强大的裹挟力量，并在新知的刺激下迸发了强大的生命力，而晚清作家亦在中西文学交融中获得了从纯粹模仿到自主创新的广阔空间。

三、国民性批判的先驱者

由于晚清小说家大致认同以小说"改良群治"和"新民"的政治要求，普遍重观念甚于重艺术。陈景韩也有这个特点。

---

[1] 参见陈平原《中国小说叙事模式的转变》，北京大学出版社2003年版，第185—192页。

汤哲声说，"陈冷是一位报纸政论家，而不是优秀的小说家，和其他通俗小说作家像比较起来，他的小说概念演绎的痕迹很强"[1]。如果不囿于一端，"概念演绎的痕迹很强"未必"不是优秀的小说家"，而这个特点正有利于我们分析陈景韩小说的思想倾向。

晚清讽刺与滑稽小说多把批判的矛头对准官场与时弊，而陈景韩显然更为关注国民性弱点。他于1904年在其主编的《新新小说》第一卷中融合中外的无政府主义、虚无党革命及平均主义等内涵，别立一种"侠客主义"[2]，所作的系列侠客小说就蕴含着以侠客精神改造国民劣性的追求。他于1909年在《小说时报》创刊号上发表的《催醒术》，明显具有"催醒"沉睡的国民之意[3]。陈景韩创作的滑稽侦探小说歇洛克来华系列，则侧重于借用西方现代侦探之眼目，来照出中国国民性弱点，以引起疗救的注意。这里陈景韩对现代性、国民性问题的关注，是其充满个性色彩的政治观的一个重要侧面，值得我们特别地加以重视。

在《歇洛克来游上海第一案》中，作为西方现代法律标志的福尔摩斯，完全可以等同为现代性的同义语。歇洛克成功探明来访者"华客"一日来无非吸鸦片、赌骨牌、近女色的情况，但华

---

[1] 汤哲声《〈时评〉催人醒，冷血心肠热——陈冷血评传》，参见范伯群主编《演述江湖帮会秘史的说书人——姚鹓雏（附郑逸梅、陈冷血、范烟桥、姚鹓雏、朱鹤雏评传及代表作）》，南京出版社1994年版。
[2] 《〈新新小说〉特白》，《新新小说》第三号，光绪三十二年（1904）。
[3] 参见范伯群《〈催醒术〉：1909年发表的"狂人日记"——兼谈"名报人"陈景韩在早期启蒙时段的文学成就》，《江苏大学学报》2004年第5期。

客觉得他这点本事根本不值一提,反将他奚落一番,而后扬长而去,丢下"歇洛克瞠目不知所对",独自品味来华后之首次失败。小说的主题在文后"冷血曰"的评论中揭示出来,"以歇洛克呼尔俄斯之能而穷于上海",意谓福尔摩斯来中国后,虽其维护法律与公正之初心未改,而其精明机智则无所用之,在现实中只能处处碰壁。陈景韩塑造了一个被嘲弄和讽刺的歇洛克,瓦解了柯南·道尔笔下福尔摩斯的崇高形象。但如果深究其旨,我们会看到,歇洛克之失败象征着西方文明在上海(中国)水土不服,预示了晚清输入现代性的尴尬局面。因此,陈景韩对歇洛克的讥讽,并不严重贬损其人格魅力,而是强化了对当下中国法制与文化状况的质疑。而在这质疑的背后,恰恰包含着以西方现代性来印证中国问题的正面诉求,具体归结为如何造就一个让福尔摩斯在中国也能大展神威的社会环境。

陈景韩在表面上借华客来讽刺歇洛克,其深层动机却旨在暴露那位华客的人性弱点。华客模仿歇洛克之推理,倒推歇洛克是外国人、有头脑四肢、能视听言语和饮食呼吸等"人生寻常事",来反证歇洛克对他一日间行事的推测亦"何足奇",勾勒出他浅薄无聊与狂妄自大的心态。在这里,华客对歇洛克的戏弄,是一种假聪明对真智者的戏弄,落后者对于高尚者的戏弄,总之,是蒙昧者对现代性的戏弄。在这里,崇高者被嘲笑,丑陋者反倒自鸣得意,强烈反映出价值体系的颠倒,充满了晚清小说中习见的颓废气息。陈景韩对歇洛克明抑实扬,对华客则明扬实抑,当两人双双成为话柄,就达成了对讽刺的讽刺。如此看来,陈景韩这篇滑稽讽刺小说洋溢着独特的思想和艺术魅力。

在歇洛克这位现代西方的"旁观者"眼里,上海这座城市无疑充溢着"伪现代"的浮华情调。《歇洛克来游上海第一案》中那位华客把自己成日打牌、玩女人、吸鸦片,说成"我上海人寻常事",渲染出当时终日"醉生梦死"[1]的一般上海青年的典型样本。行文至此,才显出这篇小说真正意图之所在。陈景韩的《吗啡案》描述瘾君子们沉迷于鸦片和吗啡,精神何其昏昧与堕落。他们把鸦片这种药品当食品,拿吗啡这种毒品作药品,既自欺又欺人。这都涉及对国民性弱点的揭露和批判。陈景韩一向对时人因吸毒而影响身体及国力一事深表忧虑:"天天拿着身体去吸那自害的东西,如何能强?"[2]通过《歇洛克来游上海第一案》和《吗啡案》,陈景韩借福尔摩斯现代文明之慧眼,让前现代中国人的愚妄衰败之气一一现形,此乃是福尔摩斯中国化的核心价值之所在。

总之,陈景韩对中国现代性建设的贡献,不仅反映在政治层面,亦反映在文学层面。他的滑稽侦探小说歇洛克来华案,不仅被包天笑模仿,也为"五四"作家刘半农所继承,并启发了现代通俗文学大家、中国侦探小说宗匠程小青自创福尔摩斯的"伪作"《龙虎斗》[3];而他的滑稽讽刺风格对鲁迅的《故事新编》等作品亦产生了重要影响。我们研究陈景韩的侦探小说,不仅能揭示他颇具前瞻性的文学思想,亦可多角度多层次地了解晚清文学的思想艺术价值。这对于发掘从晚清到"五四"文学中诸多被掩盖的环节具有重要的推进作用。

---

[1] 参见包天笑《歇洛克初到上海第二案》,文末针对华客辈的评语。
[2] 陈景韩《新西游记》,《时报》光绪三十二年(1904)三月初四日。
[3] 李欧梵《福尔摩斯在中国》,《当代作家评论》2004年第2期。

包天笑与福尔摩斯来游上海系列案：
早期侦探小说的思想文化质素

本文主要探讨中国最早的一批侦探小说作品，即包天笑呼应陈景韩的两篇"歇洛克"来华系列案。

中国与西方的侦探小说有着不同的发生方式。1916年，陈景韩在追述中国侦探小说创作十余年来的发展史时说："福尔摩斯者，理想侦探之名也。然而中国则先有福尔摩斯之名，而后有侦探。"[1]这就是说，中国社会本没有侦探，是在译介了西方侦探小说之后，才慢慢培育出侦探这一职业形象的。正因如此，中国最早的侦探小说不得不经历对西方的模仿与移植。20世纪初，陈景韩和包天笑创作的四篇歇洛克来华案，叙歇洛克·福尔摩斯来上海探案，是我国最早移植西方侦探小说的尝试。这四篇歇洛克来华案，不仅是中国最早的一批侦探小说，还代表了"中国人做新体短篇小说最早的一段历史"[2]，在我国侦探小说的发生史上具有重要意义。此前笔者已有专文探讨陈景韩的两篇歇洛克来华

---

[1] 陈景韩《福尔摩斯侦探案全集·序》，中华书局1916年版。
[2] 胡适《胡适文存（第二集）·十七年的回顾》，见《胡适文集》，北京大学出版社1998年版，第314页。

案[1],本文即专门探究包天笑的两篇歇洛克来华案。

一、包天笑创作福尔摩斯案缘起

包天笑(1876—1973)原名包清柱,更名公毅,号朗孙,生于苏州,逝于香港。包天笑是晚清民国时期非常活跃的报人作家。他于1901年步入新闻界,创办了《励学译编》《苏州白话报》等刊物,积极宣扬维新思想。他在《励学译编》发表了首部翻译小说《迦因小传》,并因此一炮走红。自1906年起,他长期担任《时报》主笔,后又参与主编多种小说专刊,诸如鸳鸯蝴蝶派的第一份刊物《小说时报》、第一份文学季刊《小说大观》、第一份白话文学杂志《小说画报》等。在晚清民国时期,包天笑在新闻界、小说翻译界与小说创作界都取得了突出成就,被誉为"通俗文学之王"。

包天笑一进入文坛就积极投入"新小说"建设。包天笑的翻译小说数量庞大,当以教育小说《馨儿流浪记》、社会小说《六号室》、言情小说《迦因小传》《空谷兰》《梅花落》影响最大。此外,他还很重视科学小说的译介,视之为"输入文明思想之最佳捷径"[2]。其自著小说则以短篇《一缕麻》、长篇《上海春秋》为代表。在包天笑的翻译和创作中,侦探小说虽非主流,却也相当重要,其影响不可小觑。他翻译的侦探小说包括《一粒

---

[1] 参见拙文《中国侦探小说之父陈景韩》,收入黄霖主编《云间文学研究》,上海古籍出版社2009年版,第294—306页。今收入本书。
[2] 陈景韩《吗啡案》,又名《歇洛克来华第三案》,发表于《时报》,光绪三十二年(1906)十一月十五日。

砂》[1]、《红雪记》[2]、《覆车》[3]、《红灯谈屑》[4]等。他自著的侦探小说，在两篇"歇洛克来华案"之外，还有《短剑》[5]、《指纹》[6]、《八一三》[7]、《冤》[8]等。

在1906年进入《时报》馆之前，包天笑就天天阅读《时报》[9]。当看到陈景韩的《歇洛克来游上海第一案》（以下简称《第一案》），他大感兴趣，便着手模拟，很快便在光绪三十一年（1905）一月九日的《时报》上发表了《歇洛克初到上海第二案》（以下简称《第二案》）。他在《第二案》前的小序中说：

> 前阅《时报》，有冷血所著《歇洛克初到上海第一案》，用笔峭冷，耐人寻味。意冷血先生必有第二案出现，为小说界所欢迎也。乃翘盼至今，依然为金玉之秘。鄙人不揣冒昧，戏为续貂。脱冷血有第三案来，则又阅《时报》者所

---

[1]《一粒砂》，见《小说时报》第一年第四号，清宣统二年（1910）三月初一日，署"笑"。
[2]《红雪记》，见《小说时报》第二十三号，1914年9月1日，署包天笑、毕倚虹。
[3]《覆车》，见《小说大观》第三集，1915年11月，署包天笑、张毅汉同译。
[4]《红灯谈屑》，见《小说大观》第十一集——十四集，1917年9月30日起，署［英国］科南达利原著，其礽、天笑同译。
[5]《短剑》，见《时报》1912年11月30日，署"笑"。
[6]《指纹》，见《时报》1913年1月3日——1月23日。
[7]《八一三》，见《中华小说界》第1年第2期至第11期，1914年2月1日起连载，署徐卓呆、包天笑。
[8]《冤》，见《中华小说界》第一年第八期，1914年8月1日，署"天笑"。
[9] 包天笑后来回忆说云："我在没有入《时报》馆之前，便喜欢阅《时报》，差不多从《时报》出版第一天起，一直到进《时报》馆为止，我没有一天间断过。我是《时报》忠实的读者，所以后来我也就服务于《时报》。"参见包天笑《我与新闻界》，《万象》第四年第三期，1944年9月1日。

包天笑与福尔摩斯来游上海系列案：早期侦探小说的思想文化素质

望也。

包天笑称，因盼不来陈景韩本人的续作，只好自己"戏为续貂"。他借发表《第二案》之机，在文末隔空喊话，盼望"冷血有第三案来"。作为回应，陈景韩后来发表了《吗啡案》（又称《歇洛克来华第三案》）[1]。随后，包天笑又续著《藏枪案》（又称《歇洛克来华第四案》），发表于光绪三十三年（1907）十二月十二日的《时报》上。自此，四篇福尔摩斯来华案系列小说全部出齐。

在这四篇歇洛克案的创作过程中，包天笑和陈景韩之间始终保持着良好的互动关系。如果说陈景韩是这四篇歇洛克案的始作俑者，包天笑就是它们的重要推手。陈景韩作《歇洛克来游上海第一案》，更像是偶尔为之的戏笔。我们可以设想，如果没有包天笑的参与和推动，很可能就没有后三篇歇洛克来华案的出现。在陈、包两人的互动过程中，包天笑对侦探小说的感觉更为敏锐，对侦探小说的创作也更为积极。

陈景韩自叙其《第一案》为"游戏"之作。其实"游戏"一词，还可以指其创作方式。陈、包两人间的这种互动交流，在无意之中开启了鸳鸯蝴蝶派合作及轮作小说之风气。陈景韩、包天笑因轮作歇洛克来华系列案取得成功，进而在《时报》上实验"悬赏文""有奖猜测"，扩大了"游戏小说"的影响。后来的现代通俗小说家往往喜欢在刊物上连载合撰小说，催生了诸如集锦小说、悬赏小说等"游戏小说"类型。如1933年，由澹庵、大

---

[1] 陈景韩《吗啡案》，又名《歇洛克来华第三案》，《时报》光绪三十二年（1906）十一月十五日。

可、济群、茗狂、瞻庐、独鹤、芙孙、律西、卓呆、寄尘轮流合撰的集锦小说《江南大盗》，即由"第一人先写一段或一章，用'点将'的方法，在结束的句子里嵌入另一作者的名字，指定由他续写。第二人再点第三人，如此下去，以致完稿"[1]。古代有集锦诗词，现代始有集锦小说，而包天笑和陈景韩可谓是集锦小说的开创者。

二、突出了短篇侦探小说的"兴味"

陈景韩、包天笑创作的四篇歇洛克来华案既是我国侦探小说的开山之作，也是我国早期短篇小说的代表作，对于探寻我国侦探小说乃至短篇小说的生成过程具有积极意义。

包天笑的《第二案》从人物、背景到情节都明显借鉴了柯南·道尔的侦探小说。但其直接的模仿对象则是陈景韩的《第一案》，人物、情节也紧密相承。《第二案》叙"华客"一走，歇洛克（后一般译作福尔摩斯）就和滑震（后一般译作华生）议论，均表示不相信上海青年尽皆"华客"那样的"醉生梦死"之辈，尤希望从"负箧东游"的"青年志士"中看到理想的中国人。话音未落，即有一位留日归沪时仅两月的青年登门拜访。他身穿时尚的西装，戴着金边眼镜，口衔雪茄，打扮非常洋派，俨然就是一个"新青年"。像陈景韩笔下的"华客"一样，他也慕名来访歇洛克，请这位神探"姑就日来鄙人所行事，一试先生神技"。歇洛克最为一个神探，果然不负所望，很快探明：

---

[1] 集锦小说《江南大盗》题注，参见魏绍昌《鸳鸯蝴蝶派文学资料》（下），福建人民出版社1994年版，第569页。

> 我见君履制甚新而底已敝，知君必多行路故。君衣袖多蜡泪，又多皱纹，知君必昨失睡今假寐故。又见君手掌有墨痕，是墨沈未干而揉碎故。君来，频视囊中表，则必与友人约，恐愆期故。

小说至此，确有福尔摩斯案原作风味。如叙福尔摩斯闲坐家中，与华生谈论，遇客来访，并很快探明来客身份与行事。这些笔墨都承续了柯南·道尔原作的常套。

但跟陈景韩的《第一案》一样，《第二案》也不叙探案故事，对柯南·道尔福尔摩斯案的模仿也是很不彻底的。在后半部分，包天笑模仿陈景韩的《第一案》，以"游戏"之笔借题发挥，使其作品流为滑稽。小说叙歇洛克敏锐地观察到那位留日归国青年多行路、常失睡，又掌有墨痕，便推断他事务繁忙，应是个革命党人，"君殆欲有所运动，以为祖国益"。他当然判断失误。最后，"真相"不是由歇洛克来揭穿，而是由那位留学归国学生亲自告白：

> 我归自东京，见世事益不可为，我已灰心，我惟于醇酒妇人中求生活。我来上海垂两月，我日必至张园，夜必兜圈子，不觉履之敝，而使子瞩目。我昨夜睡甚迟者，以与友人雀战故。我和清一色，喜极跃起，烛仆于衣袖间，故又不觉蜡泪点点沾我袖。我掌中确有墨痕，顷在一品香，拟招某校书侑觞，已书票局，继而易之。想墨沈未干，遂染指焉。至来时频视时表者，则在烟榻上朦胧睡去，醒时急起，恐误我意中人某某之密约耳。

277

原来那位留日归国青年不过整日忙于"醇酒妇人"而已!他还嘲笑歇洛克说:"我向谓先生神于探案,今知实不逮上海书寓中一侍儿。侍儿之侦我辈索缠头资也,百不失一。"最后,歇洛克也不得不自嘲其"失败"。跟陈景韩的《第一案》一样,此《第二案》亦侧重于展示人物事件的滑稽与荒唐,同样可以命为滑稽侦探小说。

在四篇歇洛克来华案中,包天笑的《藏枪案》最具有侦探小说特点,其中的歇洛克也最为接近柯南·道尔笔下的福尔摩斯。小说开头叙匪徒开枪击毙上海包探,是名副其实的刑事案件。歇洛克在案发当晚,就已得知其情,保持了福尔摩斯的高度警觉。他当即发誓要侦破此案,一来助沪上包探抓捕匪党,一来洗刷来华探案屡败之耻,体现了福尔摩斯的好胜心。次日,他听到下榻宾馆的邻室中有客人旁若无人地高谈阔论,述及"某家藏枪数十枝""某家藏枪数十枝,咸精绝"等语,便把众藏枪家的姓氏住址一一记录下来,逐步展开调查,使用了福尔摩斯常用的侦探手法。他还因"租界地面有私藏枪械如许之多者,殊足为妨害治安虑",保持了福尔摩斯那样高度的社会责任感。《藏枪案》在结尾写道:"歇洛克乃废然返于滑震曰:'滑震,君记之!此又我来华探案失败之一也。'"该篇小说伪装成"滑震笔记",模拟了福尔摩斯案原著的叙事手法。总体而言,包天笑虽然主要模拟陈景韩的《吗啡案》,但也很注意从细节上体味和揣摩西方侦探小说。

跟陈景韩的《吗啡案》一样,《藏枪案》仍以滑稽成分为主。其后半主要写歇洛克对某藏枪家的调查活动。他从早到晚三次前往某藏枪者家,均见其主人在家闷睡。至夜幕方见"一貂冠狐裘之老者",携带枪具前往某校书家赴宴。他先往警察局,请求与警察协同前往探查。再尾随至校书家,则见那"老者"正僵卧吸鸦片。歇洛克当面质询其人是否"藏枪数十,咸精绝",得到"老者"承认。当歇洛克进一步追问道:"然则制自何厂?来自何国?克鲁卜耶?毛瑟耶?"主人则瞠目曰:"我枪皆制自名手,有象牙者、有犀角者、有玳瑁而翡翠者、有金相而玉质者。"此时歇洛克与"老者"均感疑惑,待歇洛克探出囊中披斯托尔手枪,"老者"挥动手中鸦片烟枪,彼此方恍然大悟。该篇小说也不描述歇洛克如何破案,而是力揭所谓"枪"乃鸦片烟枪,颇具黑色幽默效果。

包天笑这两篇短篇歇洛克案,在滑稽之外,尚有社会小说乃至黑幕小说成分。它们具有一个根本特点,那就是用写实的方法,暴露社会黑暗与人性弱点。包天笑后来翻译了不少西方社会小说,但他早期的社会小说经验更多地源于以吴趼人为代表的谴责小说一脉。他曾在《钏影楼回忆录》中回忆道:"我在月月小说社,认识了吴沃尧,他写《二十年目睹之怪现状》,我曾请教过他。他给了我一本簿子,其中贴满了报纸上所载的新闻故事,也有笔录友朋所说的,他说这都是材料,把它贯穿起来就成了。"后来他也在《小说林》上登"天笑启事",征集"近三年来遗闻轶事",作为其社会小说"《碧血幕》之材料"。当然,吴趼人对于包天笑创作社会小说的影响当不止于材料一项[1]。后来,包天笑专门创作了一些滑稽小说、黑幕小说,而这两个歇洛克案在其创作生涯中也具有开创性意义。

包天笑的《第二案》叙留日归国青年自白其鞋底磨损、衣袖

---

[1] 参见"天笑启事",《小说林》第七期,光绪三十三年(1907)六月,第八、九、十二各期目录后均载其文。

蜡泪、指尖墨痕原因,与《藏枪案》中叙歇洛克与藏枪"老者"的对答,在滑稽中不乏生动幽默之趣。从小说创作艺术而言,陈景韩更重思想观念的传输,包天笑则极力提倡"兴味"。其"兴味论"具有浓厚的传统小说背景及内涵。他幼年喜欢传统戏曲小说,读过《西厢记》《三国演义》《聊斋志异》《阅微草堂笔记》《浮生六记》等书,培养了浓厚的文学兴趣。包天笑少年丧父,为了给寡居的母亲消愁破闷,便常讲小说故事给母亲听。那些通俗生动的故事深受识字不多的母亲的喜爱,也使他本人领会到了小说的特殊"兴味"。对"兴味"的偏赏与提倡贯穿着包天笑一生的文学活动。这两篇福尔摩斯来华案表明,包天笑早在明确提倡"兴味"之前,已开始将"兴味"贯注于创作之中。

陈景韩和包天笑的福尔摩斯来华案,其主要价值即在于它们标志着中国近代短篇小说的发端。陈平原曾言:"正是在域外短篇小说的刺激和启迪下,中国作家开始致力于短篇小说的创作。继吴趼人1906—1907年连续创作12篇短篇小说后,民初又出现苏曼殊、程善之、林纾、包天笑、周瘦鹃等一批以短篇小说名家者。其作品留心借鉴西洋短篇小说结构技巧,为长期停滞的中国短篇小说输入了新鲜血液,打开了一条生路;也为'五四'以后中国现代短篇小说的进一步发展,准备了一批热心的作者和读者。"[1]但如果我们把诸如这四篇福尔摩斯来华案也考虑在内,陈平原先生的论述还可得到进一步的修正和完善。其主要内容有二:首先,这四篇福尔摩斯来华案固然深受域外短篇小说的启迪,但也遗传了民族小说的基因;其次,陈景韩与包天笑等人在

---

[1] 陈平原《中国现代小说的起点——清末民初小说研究》,北京大学出版社2005年版,第154页。

1904、1905年之际即已开展短篇小说小说,并非在"民初"才开始,也早于吴趼人在1906—1907年连续创作"12篇短篇小说"。

三、现代性批判的深入

戊戌变法失败后,维新派领袖梁启超亡命日本,创办了《清议报》《新民丛报》,继续鼓吹变法维新,宣扬资产阶级思想,成为时下"舆论界骄子"。包天笑虽是秀才出身的旧式文人,但他在登上文坛之始就积极融入了当时引介西学、倡导启蒙的思想浪潮。他办《励学译编》旨在"采东西政治格致诸学,创译本以饷天下"〔1〕,办《苏州白话报》则因认识到"欲开民智,非用白话不可"〔2〕。他早年模拟陈景韩而创作这两篇歇洛克来华案,正处于同样的背景之下。包天笑延续了陈氏对现代性、国民性问题的关注,同时又体现了个人的思考。如果说陈景韩更注重于一般民众的精神麻木,那么,包天笑则多聚焦于精英阶层的腐朽堕落。

陈景韩的《第一案》叙"华客"的日常生活无非吸鸦片、赌骨牌、近女色,揭示了上海旧式青年的堕落。而包天笑的《第二案》则揭露出留日归国的"青年志士"很快堕落于"醇酒妇人"之中。在表面上看来万象趋新、中西合璧的近代上海,学成归来的留学生本应是中流砥柱,现代文明的表率。但他们也终日沉迷于逛妓馆、打麻将,其行事与旧式青年如出一辙。在他们身上,

---

〔1〕 包天笑《励学译社缘起》,《励学译编》第一册,光绪二十七年(1901)二月十五日。
〔2〕 包天笑《我与杂志界》上卷,《杂志》第十四卷第五期,1945年2月10日。

所谓"新"的只是衣着打扮，其精神之腐败比旧式青年有过之而无不及。包天笑通过当时上海新青年生活腐化、精神空虚的事实，把矛头指向了"现代性"与城市文明之负面，从而深化了对现代性、国民性问题的认识。时人多以"现代性"的有无来判断思想价值的高低，包天笑的认识则出乎其上，敏感地涉及了"现代性"的负面。

陈景韩的《吗啡案》叙歇洛克探明中国人多有吸食吗啡的嗜好，而包天笑的《藏枪案》则叙歇洛克查出"缙绅华族"崇尚吸食鸦片的风气。在《藏枪案》中，歇洛克在调查一个匪帮杀警案时，发现某"缙绅"之家的主人总在大白天昏睡，夜晚则"携带枪支"去某校书家消遣，大喜过望，以为抓住了匪党线索。歇洛克尾随而至校书家，发现其人所携竟是"鸦片烟枪"。在小说结尾，歇洛克问他的嫌疑人为何藏有那么多烟枪：

> 主人大笑曰："先生乌知者！我家有妻妾若干，人人各备一枪，已有若干枪。我子若干人，又若干枪。我女若干人，又若干枪。我子妇若干人，又若干枪。数十枝枪犹至少之数。"

那位藏枪家"主人"不料大名鼎鼎的歇洛克竟如此无知，便敦敦相告："今日中国之所谓缙绅华族者大率如此。"小说用滑稽的笔墨，沉痛地揭示了当时中国"缙绅华族"腐朽糜烂的生活状况。

精英阶层本应是社会的栋梁，但在包天笑看来，当时上海的新旧精英阶层都无力担当自己的历史使命。留学的新青年一旦回国就走向腐朽堕落，而传统的"缙绅华族"也早已腐朽不堪。由

包天笑与福尔摩斯来游上海系列案：早期侦探小说的思想文化素质

此折射出上海新旧文明衰败的一面。包天笑格外关注现代文明之弊，在这种视角之下，上海这座新旧融合的大都市便成为其经典案例。他在20世纪20年代创作社会小说《上海春秋》，以"新眼光"来透视都市文明，感到大上海"表面上极繁华之大观"，而"暗里实为罪恶之渊薮"[1]，深入剖析了畸形的现代城市文明。这两篇包天笑早年创作的歇洛克案表明，包天笑对现代文明的批判和反思，可以追溯到他进入文坛之始。

在西方，歇洛克·福尔摩斯是宪法的有力维护者，现代性的象征。彼时包天笑让歇洛克来华探案，不仅是侦探这类现代小说的移植，也是现代性的移植。但在清末，法律制度、社会文明、人性觉醒一切未备，无论对于侦探小说还是现代性而言，都缺乏适合的土壤。正因为受到当时主客观条件的限制，这"移植"的命运必然是失败。因此，"失败"成了歇洛克在华探案活动的唯一结局，也是这批歇洛克来华案的共同主题。尽管如此，这批歇洛克来华案仍然具有重要的积极意义。国人对于同类的堕落，早已司空见惯，十分麻木，但借助西方侦探小说王国之王歇洛克·福尔摩斯之眼则有所不同。歇洛克来华探案具有特殊效应：一来更易照出中国社会与人性的病根，二来更易撼动国人麻木的灵魂。因此说，这批歇洛克来华案既是晚清现代性启蒙的成员，又是晚清现代性启蒙的见证人。

总之，陈景韩和包天笑这四篇小说歇洛克来华案，内容连贯，风格统一。它们具有一明一暗两个线索：在表面上，它们渲染歇洛克来华后，因不了解中国国情，处处碰壁，凡探案皆失

---

[1] "《上海春秋》广告"，《半月》第四卷第一号，上海大东书局1924年12月11日。

败；在实质上，它们均旨在借西方现代侦探福尔摩斯之眼，来观照中国国民性弱点。陈景韩的两篇作品讽刺当时的上海旧式青年成天吸毒、打牌、玩女人，生活腐化而精神空虚；包天笑的两篇作品则将批判对象定位在新旧精英阶层，无论留学青年还是缙绅华族皆吸毒成风，精神萎靡。受到晚清文化与制度的限制，这四篇歇洛克来华案均以失败结尾，具有强烈的现实意义。歇洛克的失败表征了早期输入现代性的失败，其根源正在于当时国民性的空虚和麻木。一般认为，国民性反思与现代性批判是"五四"新文化运动的中心主题，但很少人知道，其根源实出于晚清。当时陈景韩和包天笑利用小说反思国民性弱点和现代性弊端，于中体现了先知先觉的现代启蒙意识。这四个短篇歇洛克来华案，揭开了晚清作家思想进步之一角，其丰厚的内蕴则有待于我们深入发掘。

吴趼人与清末侦探小说的民族化

本文主要探讨吴趼人自著的侦探小说《中国侦探案》,及其所接橥的"恢复旧道德"这一中国文学近代化之路。

1896年,《时务报》刊登柯南·道尔的译作《英包探勘盗密约案》,标志着中国侦探小说正式起步。此后,侦探小说从翻译、模仿、改造到自创,在清末民初小说中取得了数量第一的惊人成就。不仅"当时译家,与侦探小说不发生关系的,到后来简直可以说是没有"[1],作家也多染指侦探小说。1906年,晚清小说代表作家之一的吴趼人,在大力创作社会(谴责)、历史、写情等题材的小说之后,又向侦探小说进军,推出了由广智书局出版的短篇小说集《中国侦探案》。虽然该书所写多为"断案"而非"探案",或许作为侦探小说尚"无足称"[2],然而它借鉴了刚刚输入的外国侦探小说的理论观念与文体特点,被时人称作"中国侦探案有记事专书的滥觞"[3]。尤为重要的是,吴趼人借此揭示了一条立足于本民族的中西文学融合途径。在当时一边倒的崇

---

[1] 阿英《晚清小说史》,作家出版社1955年版,第186页。
[2] 郭延礼《西方文化与近代小说的变革》,《阴山学刊》1999年第3期。
[3] 周桂笙《上海侦探案·引》,原载《月月小说》,光绪三十三年(1907)三月望日发行。

拜外国侦探小说的声浪中,他转而力图从传统清官文化中"恢复旧道德"、从旧公案小说中追寻侦探小说之根,在理论和创作两方面开启了侦探小说民族化之路。

一、侦探小说民族化之理论探讨

在《中国侦探案》正文之前,吴趼人首先从理论上树起了侦探小说民族化的大旗。在《弁言》中,他开明宗义将矛头指向了"崇拜外人"的怪现状:

> 而自互市以来,吾盖有所见矣。所见惟何?曰:崇拜外人也。无知之氓、市井之辈,无论矣;乃至士君子亦如是。果为吾所短而彼所长者,无论矣;而于无所短长者亦如是,甚至舍吾之长,而崇拜其所短。此吾之不得不为之一恸者也。

在吴趼人看来,社会各阶层普遍崇拜外人,乃至于"崇拜其所短",已形成严峻的文化危机。而崇洋媚外与数典忘祖乃是一个问题的两个方面,以至于不少人视"外人之贱役为初圣,我国之前哲为迂腐","虽父师亦为赘疣"。这种民族文化虚无主义,对中国的现代社会与文化建设是十分有害的。

而在侦探小说领域,"崇拜外人"的现象尤显突出。吴趼人在《弁言》中说:

> 访诸一般读侦探案者,则曰:"侦探手段之敏捷也,思想之神奇也,科学之精进也,吾国之昏官、聩官、糊涂官,

所梦想不到者也。吾读之，聊以快吾心。"或又曰："吾国无侦探之学，无侦探之役，译此者正以输入文明。而吾国官吏，徒意气用事，刑讯是尚。语以侦探，彼且瞠目结舌，不解云何。彼辈既不解读此，岂吾辈亦彼辈若耶？"[1]

其实，不独一般人喜读外国侦探小说，当时侦探小说的翻译、创作和理论界亦普遍偏好外国侦探小说。被阿英誉为侦探小说"译作能手"的周桂笙，就对"能迭破奇案，诡秘神妙，不可思议"的外国侦探赞叹不已，指出因"偶有记载，传诵一时，侦探小说即缘之而起"；而吾国不仅"侦探之说，实未尝梦见"，"尤以侦探小说，为我国所绝乏，不能不让彼独步"[2]。另一著名小说理论家于定一也说，"吾喜读泰西小说，吾尤喜泰西之侦探小说，千变万化，骇人听闻，皆出人意外者"，"然吾甚惜中国罕有此种人、此种书"[3]。他们异口同声极力赞美外国侦探小说所蕴含的民主法制思想与引人入胜的艺术魅力，并否定中国有侦探小说存在。而在吴趼人看来，这些言论都是"崇拜外人"并贬抑自己的极端表现，他对此严厉斥责道："呜呼！公等之崇拜外人，至矣尽矣，蔑以加矣！"

与周桂笙等人相反，吴趼人清醒地认识到了外国侦探小说之"所短"。他在《弁言》中表述了两点理由：一是从内容上说，外国侦探小说与"吾国政教风俗绝不相关"；二是从艺术上看，"吾

---

[1] 吴趼人《中国侦探案·弁言》，上海广智书局1906年版。以下引文不注明出处者，均出自《中国侦探案》。
[2] 周桂笙《〈歇洛克复生侦探案〉弁言》，《新民丛报》第五十五号，光绪三十年（1904）。
[3] 定一《小说丛话》，《新小说》第十三号，光绪三十一年（1905）。

每读之,而每致疑焉,以其不能动吾之感情也"。总而言之,外国侦探小说缺乏民族化的内容和形式。因此,新小说家如欲借外国侦探小说来改良中国社会,他断言"未见其可也"。吴趼人潜含的意思是,传统的公案小说在民族化方面更为优越。因此,他一面极力反对崇拜外国侦探小说的文化虚无主义,一面亲自以公案小说为基础创作《中国侦探案》,用以唤醒同胞民族文化的自豪感。他希望读者读了他的书,多在心里掂量一下,究竟"外人可崇拜耶?祖国可崇拜耶?"

吴趼人在这里使用的"政教风俗"一词,贯通了他一贯倡导的"恢复旧道德"这一思想主题。1907年,吴趼人在《上海游骖录·识语》中明白宣称:

> 以仆之眼,观于今日之社会,诚岌岌可危,顾非急图恢复我固有之道德,不足以维持之,非徒言输入文明,即可以改良革新者也。[1]

"恢复旧道德"的主张可视为吴趼人小说理论和创作的总纲领。虽然他明确提出这个宣言的时间较晚,但很早就明确将其"道德"理念贯注于小说理论中。他一再申明,自己之所以重视小说创作,乃是为了便于国民道德教育:"吾人丁此道德沦亡之时会,亦思以挽此浇风乎?则当自小说始。"他宣称热衷于创办小说期刊的目的是"庶几借小说之趣味、之感情,为德育之一助云尔"。他因此最为重视"旌善惩恶之意实寓焉"的历史小说,曾"发大

---

〔1〕 吴趼人《〈上海游骖录〉识语》,《月月小说》第八号,光绪三十三年(1907)四月。

誓愿,将遍撰译历史小说,为教科之助"。而其他小说都是这种教育功能的补充:"历史小说而外,如社会小说、家庭小说,及科学、冒险等,或奇言之,或正言之,务使导之以入于道德范围之内。即艳情小说一种,亦必轨于正道,乃入选焉。"[1]与此同时,"道德"观念也几乎贯穿到吴趼人的所有创作中。他在1903年起刊行的代表作《二十年目睹之怪现状》集中批判了当时社会上的各种腐败现象,其核心问题便是道德的沦落;而于1905年开始连载的《新石头记》则揭示出未来文明世界乃是传统儒家道德与比西方更优越的现代科学的结晶,亦即"旧道德"的样板;他在1906年发表《恨海》时声称"虽是写情,犹未脱离道德范围"[2]。这均说明了"道德"乃是吴趼人小说理论与创作的主题和核心。

吴趼人还对"旧道德"的具体内容以及如何"恢复"之道作出了明确的表述:

> 吾国旧道德,本完全无缺,不过散见各书,有出于经者,有出于子者,未汇成专书,以供研究耳。诚能读破万卷,何求弗得?中古贱儒,附会圣经,著书立说,偏重臣子之节,而专制之毒愈结而愈深;挽(晚)近士者,偏重功利之学,道德一途,置焉而弗讲,遂渐沦丧。[3]

---

[1] 吴趼人《月月小说序》,《月月小说》第一年第一号,光绪三十二年(1906)。
[2] 吴趼人《说小说》,《月月小说》第八号,光绪三十三年(1907)四月。
[3] 参见吴趼人为周桂笙所译《自由结婚》所写的评语。《月月小说》第二年第二期,光绪三十四年(1908)。

在吴趼人看来,"旧道德"应以儒家"圣经"为核心,旁推诸子百家,总之不出传统的"政教风俗"(他有时又称之为"风俗礼教")的范围。至于怎样"恢复"呢?那就是广读这些圣贤书并将它们发扬光大、推陈出新。以此而言,所谓"恢复",其实质是在西方文明强势入侵、中国文明衰落的大背景下,对传统"旧道德"进行现代性的发掘和改造,借以重建中华文明的辉煌。因此,"恢复旧道德"在本质上是以古为新,指示了一条现代化途径。

"恢复旧道德"的思想有着更为广阔的思想文化背景。在晚清,盛行两种现代化策略:一是由严复等启蒙派西学人士主张的直接译介、输入西方学术思想,一是如章太炎等国粹派倡导的旧学复兴。吴趼人倡导"恢复旧道德",显然与后者同调。章太炎就说过类似的话:

> 春秋以上,学说未兴,汉武以后,定一尊于孔子,虽欲放言高论,犹必以无碍孔氏为宗。强相援引,妄为皮傅,愈调和愈失其本真,愈附会者愈违其解故。故中国之学,其失不在支离,而在汗漫。[1]

章氏讲"附会",吴趼人也说"附会";章氏讲"汗漫",他说"散见各书";章氏讲"孔子"之学,他也把儒家"圣经"视为"政教风俗"的核心。总而言之,吴趼人与章太炎对于国粹的观点十分相近。出于对传统文化的尊崇,他曾积极参加旨在"保存

---

〔1〕 章太炎《诸子学略说》,载汤志钧辑《章太炎政论选集》上册,中华书局1977年版,第285页。

"国粹"的国学保存会,并将此事在《新石头记》中揭示出来[1]。

吴趼人"恢复旧道德"与周桂笙"输入新文明"的对立,正是晚清旧学与新学,或者说中学与西学,这两种现代化思路的论争在小说领域的反映。吴、周两人在侦探小说领域展开了正面交锋。他们不仅因在理论上的分歧而导致对中外侦探(公案)小说褒贬互异,而且还各创了一部侦探小说来具体表明彼此不同的"道德"与"文明"观[2]。在这里,吴趼人通过《中国侦探案》,强调从传统法律文化中寻求有关"政教风俗"的"旧道德",在公案小说中发掘现代侦探小说的思想艺术渊源,正是坚持民族文化主体性的表现。他曾颇为认同《聊斋志异》的作者蒲松龄是"专讲民族主义者"的说法[3],这个特殊视角亦透露出他具有相当浓厚的民族主义情结。

二、以清官文化为核心

《中国侦探案》是吴趼人唯一的一部侦探小说,主要承载了他对于传统法律文化中的"旧道德"的理解。该书主要通过杂录一批清官明敏断案的故事,来集中展现中国"贤长官"们的聪明智慧。如有判官把被争夺的布匹判归叠布熟练的某甲,被誉为"明察"(《断布》);合肥孙大令密令一帮盗贼诬陷某个借钱不还的无赖为窝主,迫使后者不得不供认曾屡次向阿姊借钱的事实,

---

[1] 参见[美]韩南著、徐侠译《中国近代小说的兴起》,上海教育出版社2004年版,第193页。
[2] 有关周桂笙的侦探小说理论与创作情况,请参看杨绪容《周桂笙与近代侦探小说的本土化》,《文学评论》2009年9月第5期。
[3] 趼(吴趼人)《小说丛话》,《新小说》第十九号,光绪三十一年(1905)。

被赞为"神明"(《邻邑伸冤》)。作者认为,"与欧美之侦探相仿佛"尚属寻常,而更多中国清官们的智慧才能远在西方侦探家之上。如上则《邻邑伸冤》的末尾,作者借"野史氏"之口评论道:"如此案者,姊弟授受之间,绝无他人可为证见,言语则出此口,入彼耳。……吾不知彼西国之侦探名家,遇此等案,又将从何下手也?"又如《捏写案》,写南汇县棉花行主姚某状告王某欠价银一百零六元,有中证、代笔为证。当南汇代理知县陈子庄问及写券地点,姚某与中证、代笔三人各执一词,陈知县便乘机追问道:"券当有三分:一书于姚某家,一书于茶肆,一书于烟馆。为何这里只有一分?"于是三人伏罪。作者称赞陈知县"此寥寥数语,奸情毕露"之巧妙智慧,而假使"侦察家为之,又必张皇其事,探诸烟肆,探诸茶肆,行且探之于购纸之肆矣"。这样一来,西方侦探之细密勘查反而显得迂腐可笑。总的看来,《中国侦探案》似乎以那种既不实地调查也无逻辑推理、仅凭巧智办案的手段为最佳,这是典型的"中国式智慧"的体现。此类智者型清官形象多见于传统公案小说中,是中国清官文化的代表,明显与西方侦探大异其趣。

与此同时,清官所代表的道德精神也受到《中国侦探案》的美化。例如,长白忠若虚大令审明某子因无钱供父鸦片而被父控忤逆,他斥责其父曰:"吾即不惩汝之诳,亦当惩汝之吸鸦片。第对子而刑其父,吾不忍,即汝子亦必不忍,尤非政教。若即归,当善处父子之间,勉为良民也。"在此"异史氏"感叹道:"是非独明察,且善于感化者矣。"(《控忤逆·又一则》)这位审案官明显把教化放到了高于法律权威的地位,体现了传统社会礼法合一、礼高于法的法律观念。又写宁波许小欧大令与天一阁藏书楼主人邵某一道,乔装改扮去乡间调查出少女阿猫命案的真相,其后许大令却尽归功于邵某。"异史氏"评论道:"吾国贤长官,每自避明察,因之而湮没不彰者,岂少也哉?使尽得其遗闻,则《中国侦探案》之辑,恐终身而不能尽也。"(《慈溪冤女案》)这种实地调查方法确可通用于古代清官和现代侦探。吴趼人甚至认为,中国侦探小说不发达、乃至《中国侦探案》不够生动的原因,即在于清官们不愿居功。《中国侦探案》中的清官不仅是"教化"的执行者,更是道德的表率,从他们身上更多地体现出传统士大夫的身份特征,而与但求真相的西方侦探差异甚大。

总之,《中国侦探案》极力美化清官们神鉴般的明察、超人的智慧与崇高的品德,基本概括了传统清官文化的精髓。以此可知,吴趼人从传统文化中发掘的"旧道德",其核心乃是清官文化。不过,吴趼人在对清官们的过度美化中,不惜使用他从创作谴责小说开始就一贯习用的夸张笔调,不免带有某种牵强的意味。

在《中国侦探案》中,传统清官文化之"旧道德"与西方宪政文化之"新文明"适成鲜明的对照。在吴趼人眼里,西方"以侦探名家称者,徒于一人之形迹是求"(《东湖冤妇案》),其惯用的调查方法总不免拘泥之弊,即所谓"理性"亦不足为凭。在官员问明了中州一个寡居十年的贞妇在阴道内养守宫而无意间致死丈夫的荒诞故事之后,"异史氏"议论道:"吾不知科学昌明之国,其专门之侦探名家,设遇此奇案,其侦探术之所施,亦及此方寸否也?"(《守贞》)这就提出,那些惯于运用"科学"的西方侦探甚至比不上中国官员之巧思。像这样对西方文明极尽揶揄与嘲讽,亦是吴趼人一贯的笔调,后来在《新石头记》中表现得更为显著。就连作为侦探小说两大基石的理性和科学都遭到作者的质疑,这甚至会进而撼动西方侦探小说乃至侦探制度的基础。这说明在吴趼人的心目中,不仅中国清官胜过西方侦探,中国公案小说胜过西方侦探小说,中国的思想文化整体上也比西方更为优越。吴趼人不遗余力地鼓吹、夸张"旧道德"胜过"新文明",正体现了他鲜明的民族文化立场。

"恢复旧道德"实质上是一种以故为新的文化选择。在吴趼人对这些出自笔记或传闻的故事"重加撰述"的改编过程中,也寄寓了他对于如何"恢复旧道德"即促进清官文化现代化的见解。首先,受西方法律观念的影响,《中国侦探案》非常重视搜集证据,书中很多审案官员都被"侦探"化了。在州县官本人亲自微服私访之外,还有主审官员的父亲(《开棺》)、衙役(《货郎》)和仆人(《钟鬴》),乃至乡贤(《慈溪冤女案》)和案件的受害人(《假人命》《自行侦探》)等大量参与调查取证。他们的身份类似于公私侦探,其功绩堪可"与欧美之侦探相仿佛矣"。在推出这么庞大的"侦探"队伍后,难怪吴趼人会强烈质问道:"谁谓我国无侦探耶?"小说中占大多数的通过实证定谳的故事,有力地反击了中国皆"昏官、聩官、糊涂官"之说,并驳斥了"吾国官吏徒意气用事,刑讯是尚"的偏见。

其次是在更深层次的思想层面上,对清官文化的消极因素进行改造,使之符合现代法制观念。最为显著的例子是《犍为冤妇案》对迷信思想的处理。该案写某家小姑厌恶身为童养媳的嫂子,置毒欲酖之,不料被其母误食而死。小姑遂诬嫂杀姑,嫂受刑不过,诬服。判官姚公事先扬言"将使神讯之也",乃夜系小姑及嫂于城隍庙廊下,而自于神旁假寐。两夕,但听姑嫂互骂而已。至第三夕,公乃使人预伏于偶像之后,至夜半,推小姑使起,小姑大唶曰:"休矣,奴伏罪矣。"表面上看,这个故事渲染了城隍的神威,但实际上它并不是通过鬼神直接破案,而是利用犯罪嫌疑人畏惧神鬼报应的心理,迫使那位小姑说出真情。这已不是迷信,而是运用现代心理学的原理破案。

破除迷信乃是吴趼人小说的一大中心问题,反映出他以小说改良社会实践的一个侧面。他在《九命奇冤》与《电术奇谈》等多部作品中曾对迷信作过强烈的抨击。但在《中国侦探案》中,他却从一个新的视角来看待迷信问题。面对"我国迷信之习既深"的事实,《中国侦探案》并没有一般地反对迷信,而是强调对此加以科学利用。《犍为冤妇案》的"野史氏曰":

> 吾知喜读译本侦探案者,必曰:"中国人伎俩,止此而已。"不知神道设教,正所以补王法之所不及,惟视用之者之如何耳。苟利用之,何在而不神奇。惟不能利用之,所以成为腐败已。施遇山先生雪宿生之冤(《聊斋志异·胭脂案》),何以至今犹脍炙人口也。

事实上,吴趼人承认了"借鬼神之说以破案者"也有其合理性。他认为,传统清官文化中的神权意识可以成为法律的补充,关键取决于利用得当与否。这"利用"的实质即是进行现代性的改造。而这改造的关键,如前所述,就在于使之吻合被视为侦探小说两大基石的理性和科学。这里颇为吊诡的是,吴趼人一面嘲弄西方文明的理性和科学,一面却参照它们来改造"旧道德"中的消极因素,并丰富其现代性的内涵。如果我们联系到当时以章太炎为代表的国粹派"以新理言旧学"[1]的路数,对吴趼人的做法就很容易理解。吴趼人反对崇拜西方却又不盲目排斥西方,反而借鉴了西方的法制与科学观念、民主思想,正是坚持中国民族文化主体地位的表现。如果我们再联系到《新石头记》大力宣扬以传统文化为根基的中国未来世界的科学要大大优越于西方现代科学,吴趼人的意思就更清楚了。

总体而言,《中国侦探案》给人强烈印象的,并不是作者本人对"旧道德"有哪些深刻的理解,或者对于如何"恢复旧道德"提供了什么特别有效的方法,而是他对于民族文化的张扬,以及他自视为"道德导师"的高调的指导和训诫意味。他用"中国老少年"作为笔名,显得意味深长。后来在《新石头记》中,吴趼人再次用"老少年"的笔名,把自我定位为从《红楼梦》中复活、而对现实一无所知的新青年贾宝玉的导师,更清晰地表明了他自命为天下道德导师的抱负和自负。

三、以公案小说为主体

创作出版《中国侦探案》的重要意义还在于,吴趼人在文体上另辟蹊径,探索了与西方侦探小说不同的中国侦探小说的发展方向。他强调《中国侦探案》中的故事得之于"故老传闻"或"近人笔记";它基本使用文言,结尾还模仿《聊斋志异》之类文言小说以"异史氏曰"的方式作出评论;内容则多写中国古代、近代清官能吏断案,因此,该书大体上是一部文言短篇小说集。中国古代文言笔记体公案小说有着悠久的传统,它的渊源非常广

---

[1] 孙宝瑄《忘山庐日记》,上海古籍出版社1983年版,第566页。

泛：历代史料笔记、子部法家书以及上古神话、六朝志怪、唐宋元明清的传奇与轶事小说等，都有写官府断案的篇目或段落，如果我们把它们单独抽取出来，就可视为一篇文言公案小说。

《中国侦探案》共三十五个故事，其来源大致可分四类：其一，多数都没有注明确切来历，很可能是出自宋元明清的"故老传闻"，例如《断布》《强奸案》《开棺验尸》《晒银字》《烧猪作证》《三夫一妻》《邻邑伸冤》《蝎毒》《审树》等等，相关故事亦屡见于历代笔记、法家折狱书与明清白话公案小说中。其二，虽然注出来历，例如《打笆斗》说明乃其好友"林砺之为余言"，《左手杀人》和《烧猪作证》声称出自《洗冤录》，但这些故事也屡见于历代笔记、法家折狱书与明清白话公案小说等作品中，也当是转述而来。其三是确能指明真实出处者，如出自《三异笔谈》的《慈溪冤女案》和《犍为冤妇案》，另有《假人命》《盗尸案》则声明从"蓝公笔记，仅选录其二"，不过，尽管《三异笔谈》《鹿洲公案》的作者确曾将某案系于某公名下，然而这类书中也有一些故事出于辗转传抄，其记录未必完全真实可靠。其四是强调出自亲见亲闻者，如《东湖冤妇案》，吴趼人注明乃系"武汉听说传闻"。1903 年，吴趼人曾应聘到武汉主编《汉口日报》，于其间听到这个故事，也有可能。以上几类大体上可以概括《中国侦探案》故事的来路，基本上均可归入文言笔记体公案小说的范围[1]。

吴趼人本人也承认其书公案的成分比侦探更浓。他自我调侃道："谓此书为《中国侦探案》也可，谓此为《中国能吏传》也

---

[1] 当然，也不排除有极少数作品可能出自明清白话公案小说，而被吴趼人将文体统一为文言短篇。

亦无不可。"侦探小说的"译作能手"周桂笙对此亦有同感：

> 还有我们《月月小说》社里的总撰述、南海吴趼人先生，从前曾经搜集了古今奇案数十种，重加撰述，汇成一册，题曰《中国侦探案》。这就是吾中国侦探案有记事专书的滥觞。以前不过散见诸家笔记之中。其间案情，诚有极奇极怪，可惊可愕，不亚于外国侦探小说者。但是其中有许多不能与外国侦探相提并论的。所以只可名之为判案断案，不能名之为侦探案。虽间有一二案，确曾私行察访，然后查明白的。但此种私行察访，亦不过实心办事的人，偶一为之，并非其人以侦探为职业的。所以说中外不同，就是这个道理。[1]

周桂笙虽然承认吴趼人的《中国侦探案》是首部"中国侦探案集"，而且有不少奇特动人的故事，但它们仍是"判案断案"而非"侦探案"，该书是不能与"机警活泼"[2]的外国侦探小说"相提并论"的。

当然，吴趼人标举其书为"侦探小说"也自有其道理。实际上，《中国侦探案》吸收了不少西方侦探小说的成分，综合运用了一些侦探小说的技巧。首先，小说通过大量增加实地调查的情节，使清官及其亲随人员的破案"要皆不离乎侦探之手段"。作

---

[1] 周桂笙《上海侦探案·引》，原载《月月小说》第七号，光绪三十三年（1907）三月望日发行。
[2] 周桂笙《歇洛克复生侦探案弁言》，载《新民丛报》第五十五号，光绪三十年（1904）。

者在把清官改造成"侦探"的同时，也企图使公案小说转型而为侦探小说。其次，《中国侦探案》中有的篇目还以推理见长。如《假人命》一则，写蓝公刚由普宁县令兼摄潮阳令时，就有保正陈秩侯之妻前来控告邻居萧邦式等五人攒殴其夫致死，并弃尸野外。蓝公提萧邦式等五人至，不仅没有关押治罪，反而放他们去邻县找寻陈秩侯归案。这里，蓝公经过一番细密的推理，料定：陈秩侯并非被杀，显系逃亡而且逃得不远；萧邦式等不曾杀人弃尸；该案另有主使者。事后这些推测果然都被一一证实了，合邑皆誉蓝公为"神明"，野史氏也赞他"料事如见"，都是夸他善于推理。

再者，《中国侦探案》还特地在部分篇末设置了"结"的段落[1]，由侦探本人亲自揭示案件真相并解释破案依据，这明显借鉴了以福尔摩斯案为典型的西方侦探小说的文体特征。如上则《假人命》的最后一段写到：

或问公："何以料之如见也"公曰："是易易耳。吾治普宁，独严于保正。郑，保正也，岂无所闻？故闻吾来而逃也。保正逃官，未有不捕者，宁得逃而免？计惟报死而又碍于邻里，故藉一无名之尸为己尸，又故架词报案以实其死耳。"曰："何以能知其伪死也。"曰："验尸之顷，已洞见之矣。彼云死以十三日，验尸为二十一日，相距不及旬，而时在冬月，置尸又在山溪寒冷地，夫何朽之速而至于面目不全也？"曰："何以知有主使者？"曰："是则以其市井人或不能

---

[1] 刘半农《福尔摩斯侦探案全集序》，见［英］柯南·道尔原著，刘半农、周瘦鹃、程小青等译《福尔摩斯侦探案全集》，上海中华书局1916年印行。

此。姑试讯之耳。吾察此五人者，面目都良善，室家市业都于潮，故纵之使为我用，不犹愈于签差耶！"

书中另有《审树》一则的结尾，也由梅县令在破案后亲口说明一桩盗窃案真相及破案缘由。

此外，吴趼人还运用了被晚清作家和理论家视为侦探小说重要标志的倒叙手法[1]。在《开棺验尸》中，写某监生死，其妻送葬途中遇风吹衣衫。邑宰偶见其妻斩衰之内别有红裳，即命待殓。邑宰在装病不出十余日后，忽命验尸。他直接检视监生阳具，赫然"见一五六寸许之针，自溺管入"，于是传唤监生之中表某，并监生妻收系之。接着，作者再追叙道，原来在邑宰装病的十余日，其父"衣褰人衣，伪为卜者，蹀躞城野间"，已访出了监生致死真相。

总之，《中国侦探案》在叙事中注重调查与推理，结构上善用解"结"与倒叙等侦探小说的叙事技巧，使之明显带有侦探小说的某些特质。不独在作者眼里，即如时人周桂笙等看来，《中国侦探案》也可以算是侦探小说。可见，"晚清小说家中在技巧方面最富实验精神"[2]的吴趼人，对外国侦探小说的体式特征相当了解，确实认真研究并借鉴了外国侦探小说。当然，他笔下的

---

[1] 周桂笙介绍《毒蛇圈》"起笔处即就父女问答之辞，凭空落墨"的特点，见周桂笙《毒蛇圈·译者识语》，载《新小说》第八号，光绪二十九年(1903)。林琴南《〈歇洛克奇案开场〉序》里说，西洋小说"先言杀人者之败露，下卷始叙其由，令读者骇其前而必绎其后"，载林琴南译《歇洛克奇案开场》，商务印书馆1908年版。

[2] [美] 韩南著、徐侠译《中国近代小说的兴起》，上海教育出版社2004年版，第169—170页。

吴趼人与清末侦探小说的民族化

"侦探"们，尚脱不了清官廉吏的底子；书中虽使用了不少侦探技巧，却仍以公案小说成分为主体。但这与其说是吴趼人的败笔，毋宁说是他的刻意追求。他标举其书为"中国侦探案"，表明所要发掘的正是这种民族化的"侦探小说"。吴趼人从清官文化中发掘旧道德的现代性，与从公案小说中发掘旧文学的现代性，是相辅相成的，而《中国侦探案》即其典型样板。他以公案小说为主体，适当化用外国侦探小说的叙事技巧，将其自然地融入中国古代文言小说的体式中，让习惯了中国文言小说的读者浑然不觉其中的异质因素，从中清晰地揭示了一条恢复和改造旧文学并使之现代化的有效途径。

客观而论，吴趼人径直以公案小说为主体来改造侦探小说，且又明显受情节简单和篇幅短小的文言小说所限，他的《中国侦探案》显然不能算是成功之作。再者，吴趼人甚至没有对古代公案小说作过详细调查与精心选择，诸如对于古代成就最高的白话公案小说《龙图公案》与《三侠五义》等的遗漏就是很好的例子，而文笔的生动与描写的细腻又显然不及他所推崇的《聊斋志异》远甚。这些都暴露出他对公案小说所知有限，说明他对于旧文学传统的发掘工作难免有草率与急功近利之处。看得出，他说《中国侦探案》乃"急辑"成书，乃是实话。但相对于其艺术成功与否，吴趼人的文化选择显然更值得我们关注。

尽管《中国侦探案》是一部不太成熟的侦探小说，但这并不能掩盖它在文学史上的特殊价值。在清末，"西学东渐"势头正旺，新小说家对西方的过分崇拜导致了"以西例律我国小说"[1]的普遍现象。其显著的表现是，"晚清学者对西方的侦探小说推崇备至。而在这一称许下，古代公案小说就成了最受攻击的对象之一"[2]。而在如何发展中国文学的现代性方面，吴趼人主张转化传统，与主张接受新知的西学家走向了不同的道路。他对中国公案小说的偏爱，正体现了一个民族文化主义者的特识。在西方文明的内外胁迫之下，他出于对旧文学前途的忧虑，于是从"侦探"的新视角选择并改造了一批古老的案狱题材，尝试创造出思想上适合我国政教风俗、体式上衔接传统文学的中国式侦探小说，朝着侦探小说民族化的方向走出了第一步，为中国现代文学乃至现代文化的建设作出了重要贡献。

尽管《中国侦探案》在艺术上尚不够成功，但我们不能说吴趼人将公案小说改造为侦探小说就"此路不通"。1950年前后，荷兰汉学家高罗佩在翻译《狄公案》之后，又把它改造为侦探小说，并成功地获得了西方主流文化的认可。其《狄仁杰奇案》在翻译为中文之后，亦受到中国读者的认同。在更深入了解西方法律与中国文化、更密切融合公案小说与侦探小说的基础上，高罗佩终于将吴趼人开创的中国侦探小说民族化的道路走通了。高氏认为，虽没有先进的科学技术与现代社会制度支撑，"中土往时贤明县尹""访案之细，破案之神"，"却不亚于福尔摩斯也"[3]。其观点和思路都与吴趼人如出一辙，当然，《狄仁杰奇

---

[1] 定一《小说丛话》，《新小说》光绪三十一年（1905）。
[2] 刘勇强《一种小说观及小说史观的形成与影响》，《文学遗产》2003年第3期。
[3] ［荷兰］高罗佩《狄仁杰奇案·序言》，［新加坡］南洋出版社1953年版。

案》的思想艺术成就更高了。

　　这就有力地说明了，中国公案小说中那些脍炙人口、流传久远的故事，不仅是民族文化的精髓，也是足可与西洋文明分庭抗礼的世界文化遗产。如今，世界政治经济的发展促使各民族文化内部产生了重新认识自身传统的愿望，而文学本身的发展也对重新审视民族文学传统提出了新的挑战。当传统文化的"失语"现象越来越引起学术界的忧虑，必然会加剧中国现代文学重寻传统之根的紧迫性。在这种情况下，吴趼人对侦探小说民族化道路的探索，至今仍具有深刻的启示意义。

周桂笙与清末侦探小说的本土化[1]

本文主要探讨周桂笙自著的侦探小说《上海侦探案》，及其所接橥的"输入新文明"这一中国文学近代化之路。

在中国古代，并无"侦探小说"这一名目。至清末，"侦探小说"始从无到有，经译介到创作，似乎纯是西化的产物。其实不然。自1896年《时务报》首度引进亚瑟·柯南·道尔的《英包探勘盗密约案》以来，西方的侦探小说经由选择、翻译、模仿、改造到自创，在中西新旧的交融中不断地本土化。在这侦探小说本土化的过程中，周桂笙（1873—1936）的工作值得特加注目。他从1903年开始翻译法国作家鲍福的侦探小说《毒蛇圈》，到1907年自创《上海侦探案》，自觉将外国侦探小说的思想和艺术观念融进中国的谴责与公案等小说类型之中，探索了侦探小说本土化之路，为推动中国小说的现代转型做出了显著贡献。周桂笙提倡"输入新文明"，与提倡"恢复旧道德"的吴趼人在侦探小说创作领域展开了正面交锋。他从翻译侦探小说到本土化创作的探索，正是中国小说现代化必经中西新旧融合之路的一个试验。

---

[1] 原文发表于《文学评论》2009年第5期，收入本书时有改动。

一、中西侦探小说差异之理论认知

据说,"侦探小说"这个概念就是由周桂笙首先提出的[1]。他对西方1841年刚开始冒出的这类小说很感兴趣,不仅在译著方面一时用力最勤,亦在理论上作出了重要贡献。

周桂笙不像林纾那样不懂外语,不需靠转述他人口译而成书。他13岁就入上海广方言馆,后又进中法学堂,先后学习法文与英文,有较好的外语基础。他自1900年应《采风报》主编吴趼人之约,开始在"公余之暇,时有译述"。他首译阿拉伯文学名著《一千零一夜》,即获时人称赞:"此书开译之早,允推周子为先;而综观诸作,译笔之佳,亦推周子为首。"[2]之后,他就一发而不可收,广泛地翻译科幻、冒险、滑稽、言情、政治、教育等多种题材的小说,体式涉及长篇、中篇与短篇,语言用过文言与白话,文体旁及寓言、童话与民间故事。而在众多译事中,他对侦探小说情有独钟,除最早译《毒蛇圈》而一炮打响之外,还翻译过《歇洛克复生侦探案》《失女案》《双公使》《妒妇谋夫案》《八宝匣》《失舟得舟》《左右敌》《海底沉珠》《红痣案》《含冤花》,以及《福尔摩斯再生案集》中的《阿罗南空屋被刺案》《陆圣书院窃题案》《虚无党案》等,关涉到法国、英国、美国等多国的作家作品。这就无怪乎阿英在《晚清小说史》中称他是侦探小说的"译作能手"。实际上,他不但是当时侦探小说译与著的能手,而且在侦探小说理论探索上也一时独步文坛。

---

[1] 参见杨世骥《文苑谈往》,中华书局1945年版。
[2] 紫英《新庵谐译》,载《月月小说》第五号,光绪三十三年(1907)。

早在1904年，周桂笙在《歇洛克复生侦探案弁言》中就清醒地指出，中西小说"迥不相侔"，其中"尤以侦探小说为吾国所绝乏，不能不让彼独步"。对于西方何以能产生侦探与侦探小说，他从中西社会政治制度之不同入手，敏锐地道出了个中缘由：

> 泰西各国，最尊人权，涉讼者例得请人为辩护，故苟非证据确凿，不能妄入人罪。此侦探学之作用所由广也。而其人又皆深思好学之士，非徒以盗窃充捕役、无赖当公差者所可同日语。用能迭破奇案，诡秘神妙，不可思议。偶有记载，传诵一时，侦探小说即缘之而起。[1]

假如说这里还说得较为简略的话，他后来在《上海侦探案引》中就阐述得更为详明。他认为西方实行"三权鼎立""司法独立"之后，"行政的只管行政，司法的只管司法"，而其法律又"极尊重人权"："一个人犯了罪，还须由他自己好好儿的自愿供出来。没有定案的人犯，从来不许加刑的。"[2]这就导致审问案情极难："你若没有真凭实据，查出来对付他，你哪里想折服得他？"于是，不得不探索"另有一种不可思议的妙法盾乎其后，任你奇奇怪怪、千变万化的案情，任你能言善辩、千狡万刁的罪犯，他自有神出鬼没的手段，使得你抵赖不过，自愿直说出来"。这一妙

---

[1] 周桂笙《歇洛克复生侦探案弁言》，载《新民丛报》第五十五号，光绪三十年（1904）。
[2] 吉（周桂笙）《上海侦探案》，载《月月小说》第七号，光绪三十三年（1907）。以下引文不注明出处者，均出自此作。

法,就是依赖信用侦探。侦探于是乎产生,成了一种"专门的职业"。虽然当侦探的"未必皆是全才,但以普通而论,则大都总是大学堂的毕业生,于格致科学,必有几项专门。不怕烦劳固不必言,还要不贪功、不图利,肯热心公益,舍身社会"。总之,在周桂笙的心目中,侦探是西方科学、民主与法制的产物,侦探小说就是西方法律文明的载体。

而与此相反,中国长期处于封建专制社会之中,"大凡刑法不平,官吏贪污",皆缘于将司法隶属行政。"那些不肖的人,一做了官,便可擅作威福,任意欺侮百姓"。在这样的社会环境中,根本不可能有现代意义上的侦探,当然也就不会有侦探小说。但当时,有些人不明此理,往往将侦探小说与我国传统的公案小说混同起来,其中就包括他的好友吴趼人。就在周桂笙作《上海侦探案》前一年,吴趼人出版了《中国侦探案》单行本。这册《中国侦探案》搜集了中国古今奇案数十种,将其"重加撰述",权作"中国侦探案有记事专书的滥觞"。但这在周桂笙看来,它只是"断案"而不是"探案"。对此,他明白地辨析道:

> 《中国侦探案》……其间案情,诚有极奇极怪、可惊可愕,不亚于外国侦探小说者。但其中有许多不能与外国侦探相提并论的,所以只可名之为判案断案,不能名之为侦探案。虽间有一二案,确曾私行察访,然后查明白的,但此种私行察访,亦不过实心办事的人,偶一为之,并非其人以侦探为职业的,所以说中外不同,就是这个道理。

这里不但说明了中国古代没有侦探小说的缘由,而且辨明了侦探小说与公案小说的根本区别。

在此基础上，周桂笙进一步探讨了侦探小说的艺术特征。在《歇洛克复生侦探案弁言》开头，他即指出当时流行的新小说在体式上的不同特点：

> 泰西之以小说名家者，肩背相望，所出版亦月异而岁不同。其间若写情小说之绮腻风流，科学小说之发明真理，理想小说之寄托遥深，侦探小说之机警活泼，偶一披览，如入山阴道上，目不暇给。

"机警活泼"一语，虽然说得简略，但对侦探小说艺术风格的概括还是比较中肯的。下文他又专论柯南·道尔笔下的福尔摩斯"所破各案，往往令人惊骇错愕，目眩心悸"，这话正可作为"机警活泼"的按语。后来，周桂笙在翻译法国侦探小说《红痣案》时，又说："近世所传侦探小说，莫不由心所造。其善作文者，尤能匠心独运，广逞臆说，随意布局，引人入胜。大率机警灵敏，奇诡突兀，能使读者刿心怵目，骇魄荡魂，可惊可喜，可泣可歌，恍若亲历其境，而莫知其伪。"[1]以上引文的意思是一致的，主要揭示了侦探小说布局曲折、情节紧张、悬念吊诡、引人入胜的艺术特点。周桂笙对侦探小说结构、风格等文体特征的准确把握，代表了早期侦探小说研究的优秀成果。

虽说当时侦探小说刚刚传入，人们对它的认识尚不能深入，但周桂笙却着鞭在先，积极进行了学理层面的探讨，这是难能可

---

[1] 周桂笙《红痣案·原序》，见［法］纪善原著、周桂笙译述《红痣案》（高龙探案之一案），《月月小说》第十一号，光绪三十三年（1907）。

贵的。比如，他在翻译首部侦探小说《毒蛇圈》时，就敏锐地指出其叙事方式与中国传统的小说有所不同，并作出了理论阐述：

> 我国小说体裁，往往先将书中主人翁之姓氏来历叙述一番，然后详其事迹于后；或亦有用楔子、引子、词章、言论之属，以为之冠者。盖非如是则无下手处矣。陈陈相因，几于千篇一律，当为读者所共知。此篇为法国小说巨子鲍福所著，其起笔处即就父女问答之辞，凭空落墨，恍如奇峰突兀，从天外飞来；又如燃放花炮，火星乱起。然细察之，皆有条理，自非能手，不敢出此。虽然，此亦欧西小说家之常态耳！爱照译之，以介绍于吾国小说界中，幸弗以不健全讥之！〔1〕

周桂笙对西方叙事方式的推崇，直接冲击了"我国小说起笔多平铺，结笔多圆满"〔2〕这一陈旧模式，在中国近代小说史上产生了深远影响。就在周桂笙讲这番话之后数月，吴趼人发表其新著《九命奇冤》，用"凭空落墨"的对话开头〔3〕，就明显有摹仿《毒蛇圈》的痕迹。后来，不少清末民初小说家的创作，乃至新闻时论之作（如陈景韩、包天笑在《时报》上所撰时论），多用突兀起笔与悲剧结尾，不仅收到了较好的艺术效果，而且有力地

---

〔1〕 周桂笙《毒蛇圈·译者识语》，载《新小说》第八号，光绪二十九年（1903）。
〔2〕 周桂笙《电冠·赘语》，载《小说林》第八号，光绪三十四年（1908）。
〔3〕 ［法］鲍福著、周桂笙译《毒蛇圈》，发表在梁启超主编的《新小说》第八号至二十四号，吴趼人作了批点；《九命奇冤》即发表在同一杂志的第十二号至二十四号。

推动了中国小说叙事模式的现代转型[1]。

二、写中国本土侦探的"现状"

周桂笙在对西方侦探小说认真研读体味之后,深感到这类小说正是西方法制文明的生动体现。出于这个认识,输入西方文明就被他视为翻译和创作侦探小说的根本目的。他在谈到翻译侦探小说时说:

> 时彦每喜译侦探小说,……夫译书无论为正史、为小说,无非为输入文明起见。虽然,文明岂易输入哉?必使阅读能略被其影响而后可。[2]

他所谓"被其影响",含义应当很广,其中既包括对社会政治、法律制度产生直接影响,当时康有为企图用外国侦探小说来整治国家的"律例"[3],就是很典型的例子;也包括文学、文化等意识形态领域的借鉴引进,诸如在向西方学习的基础上创立本土的侦探小说。周桂笙从事侦探小说翻译,本来就明确抱着"以新思想、新学术源源输入,俾跻我国于强盛之域"[4]之目的,而如今尝试自著侦探小说,其用意也不外乎此。他在《上海侦探案引》

---

[1] 参见陈平原《中国小说叙事模式的转变》,北京大学出版社2003年版,第43—47页。

[2] 东莞方庆周译述、我佛山人衍义、知新室主人评定《电术奇谈》,载《新小说》第二年第五号,光绪三十一年(1905)。

[3] 康有为《日本书目志》,上海大同译书局1897年版。

[4] 周桂笙《译书交通公会试办简章·序》,载《月月小说》第一卷第一期,光绪三十二年(1906)。

中说:"在下作《上海侦探案》的意思,不和别的小说家一般见识。我并不要博公一笑,亦不想以笔墨见长,实实在在于改良我上海社会上有无穷的希望呢!"在此思想指导下,他一面将西方侦探小说作为"理想"的样板,加以参照;一面转而正视中国的现实,"描写几件实事,给大众们看了,或者可以把社会中腐败的地方一样一样的改良起来",以利于社会的进化。换言之,要使侦探小说有利于社会改良,就不能仅把西方作品稍加"编译"一番了事,而必须将"理想"的侦探与本土的"现状"相结合。这正是使侦探小说中国化的最关键一步。

从本土的现状出发,周桂笙首先致力于刻画中国"包探"与西方侦探之别。在他看来,西方侦探是有学问、有公德、遵守法制、勤于职守的专业人才。而中国向无侦探,虽有近代上海租界的"包探",却"无非是一班下流社会中人,在那里胡闹"。一般来说,每一处捕房都有一位"正身包探"。他们都是从捕快提拔而来,而正如俗话说得好,"捕快都是贼出身",人品先自有缺,而更为严峻的问题乃是制度缺陷。每位"正身包探"底下,常有四五个副手,叫"正身伙计",每个正身伙计下面,又有不少从小混混收编来的小伙计。这样的包探组织简直跟黑社会差不多。而那些不务正业的小伙计,其形象更是猥琐异常:

> 你但看见有歪戴着顶大顶大的大红丝结帽子,穿着元色摹本缎大襟长袖马褂,元色摹本缎或者元色绉纱马裤,薄底鞋子,不穿长袍,有时马褂上束着一条雪青绉纱腰带,手指上套着二三个金戒指,走起路来,昂着头,摇摇摆摆的,这就是包打听的伙计了。上海人背地里都叫他们做"包字头",

也是不敢直道的意思。那些乡下人见了此辈，口里虽不敢说出来，心里没有一个不指而目之，说这是"上海的大流氓"呢。

那些租界包探们的公事，不过"窃贼、赌徒二项为大宗，就是捉拿野鸡妓女的权利，还须与巡捕平分"。至如"开公司敛钱，坐慈善生意发财，贩卖路权、矿产、铜元，贩卖猪仔，贩米出洋，放火图赔之类"的真盗大盗，他们却是不想管也没能力管的。一旦真有案件发生，能破的破，不能破的也就不了了之。他们既不能维护社会治安，也不懂维护法律公正，却一味在老百姓面前横行霸道。《金戒指案》里的那个包探，"因为没有事情，就到四处去走走"，当他发现一个衣衫褴褛的小孩手中拿着金戒指的当票和买洋表剩下的银元时，觉得终于有了用武之地。于是：

> 拿了当票，收了银元，正言厉色的问那孩子道："你老实告诉我，这金戒指是哪里来的？"那孩子呐呐了半晌，才说道："是我拾得来的。"那包探听了，不禁大怒，伸手就是一掌，问道"你从哪里拾来的？"答道："马路上拾来的。"包探道："好，你且再去拾几个来！"随手又是一掌，打得那孩子霎时间昏天黑地，呱的一声哭了出来。

这类包探，丝毫不像西方侦探小说中的侦探那样，能尊重人权、具有现代法制观念和社会责任感，而表现得那样粗暴、蛮横与自以为是。这就从一个侧面画出了当时中国包探的真面目。

在中西侦探对照的基础上，周桂笙还特地比较了中西法官与司法制度的差异。在西方,行政与司法分立,"行政的只管行政,司法的只管司法,有罪的控到司法衙门里,按照着法律办去"。西方的理刑官员,"都要在法律学堂毕业的才可做得",然后步步递升,等到"有了经验,方可独当一面"。而在当时的中国,"一做了官,便可以擅威福,任意欺侮百姓"。官吏的铨选也没有一定的标准,"今天做道台,明天就可以做臬台的"。审讯时,官府普遍采用刑讯逼供,"天平架、夹棍、铁链之类",不胜枚举。《金戒指案》精细地描绘了当时租界官员审判一个无辜孩子的实况:

> 先由捕头把案情告明了问官,问官就把惊堂木一拍,说:"哼,好大胆的孩子!为什么别的不做,要去做贼?你现在这点点年纪,就这般放肆,大起来还当了得!这金戒指你到底从哪里窃来的?从实一一供来!要有半句虚言,本分府就不能饶你!"当时那位老爷说了这么一大套的官话,那孩子听了,一些也不懂,况且他没有到堂的时候,魂灵儿已经飞到半天云里了。……只得跪在地下,俯服了身子,动也不敢动。

于是,这小孩在没有人证物证的情况下,就被稀里糊涂地当作窃贼判了两年的刑,拖下去,关在一个木栅里。在这里,百姓毫无做人的尊严,审判也没有正当的程序,有的只是当权者的昏庸与专横。这就是当时中国专制制度下司法的真实写照。

周桂笙在这部小说的结尾处写到:"这就是中国侦探案的起点,上海侦探案的现状了。请诸公读过外国侦探案的,比较比较吧。"实际上,他就是在这种"比较"的思维下创作这篇小说的。一方面,他将被西方侦探小说"理想"化了的侦探及法制奉为传播科学、民主和法制的重要工具;另一方面则致力于对中国的包探、法官、司法乃至整个社会的"现状"进行写真式暴露。侦探,这个在西方小说家笔下,原本象征着正义和智慧,总是受到歌颂的形象,经他本土化改造之后,却变成一种丑恶、猥琐的反面角色,处于被批判的地位。

以《上海侦探案》为标志,侦探小说一旦在中国土地上,就从理想转为写实,从歌颂科学与文明转向暴露落后与蒙昧,完全变了道儿。这正如当时觚庵(俞明震)所指出的那样:

> 余谓著此等书,于西国侦探反对方面着笔,最足发人深省。何谓反对方面?如电报、邮政之不能尅期,租界裁判权之丧失,纳贿舞弊之差役,颟顸因循之官吏,皆足偾事于垂成,亏功于九仞。若不写其事之奏绩,而记其事之失败,失败理由,即原因于以上种种。如是则必有痛恨此积习,而思整顿挽回之者矣。其影响不将及于今之社会哉?[1]

"于反对方面着笔"这寥寥数字,准确地概括了侦探小说本土化的思想倾向与价值期待。如果说觚庵从理论上提出了"反对型侦探小说"的概念,那么周桂笙的《上海侦探案》就是"反对型侦探小说"的最初实验标本。

周桂笙之所以创造这样的"反对型侦探小说",倒不是自觉

---

[1] 觚庵(俞明震)《觚庵漫笔》,载《小说林》第七期,光绪三十三年(1907)。

地有意为之,而是面对当时中国那样的现实,他只能写出那样的"侦探",此乃势所必然。对此,他在《上海侦探案引》中说:

> 且说在下的当初也曾译述过几种外国的侦探小说,都是言简意赅的修洁文字。如今要作《上海侦探》小说,却一提起这枝败笔来,一时间胸中不知不觉的就有许多感情涌上来,以致絮絮滔滔,烦个不了。在下自己想想,也不知其所以然之故。要想写一段侦探案,总也写他不出来。其余案外的事情,却从腕底一直奔出来,令人收缩不住,只得由着他去。

这篇《引》与小说正文的精神是一致的,表明由于面对中国的现实,"一时间胸中不知不觉的就有许多感情涌上来",情不自禁地写出侦探"案外的事情",并最终造成对西方侦探小说标准的偏离。这也充分说明了,西方理想化的侦探与侦探小说,一旦移植到落后、腐败的中国土地上,必将自然而然地本土化为"反对型侦探小说"。

三、与传统的小说文体合流

阿英《晚清小说史》总结"侦探小说会在中国抬头并风靡"的原因,"是由于资本主义在中国的抬头,由于侦探小说,与中国公案和武侠小说,有许多脉搏互通的地方",且结果又"与谴责小说汇合起来,便有了后来'黑幕小说'的兴起"[1]。阿英注意到了中国侦探小说与传统的公案、武侠等小说类型血脉相

---

[1] 阿英《晚清小说史》,作家出版社1958年版,第186页。

连，又与后来兴起的黑幕小说大有关系。这实际上准确概括了本土化侦探小说与西方侦探小说文体之差异。周桂笙看到，也正由于中国侦探小说这种特异之处，导致当时不少人误将题材相近的公案小说当作侦探小说，认为："那包龙图的七十二件无头公案，不是侦探小说么？" 1906 年，吴趼人所作《中国侦探案》，题名虽用"侦探"名，却写"公案"之实。即使周桂笙改变了这种看法，其《上海侦探案》虽写了中国侦探之实，但仍然不脱浓厚的公案味。可以说，《金戒指案》有一半写侦探，一半写公案，两者几乎平分秋色。

而更值得注意的是，《金戒指案》不仅有较强的公案味，而且有更浓厚的谴责小说色彩。因为作者写侦探，写官吏，写社会，用的都是批判、揭露的笔调，因之说它是一篇谴责小说，也未尝不可。试看其中描写包探手下小伙计的一段：

> 有吃烟的，今天出去开了一盏灯，晚上回来，非但不必化一个钱，而且还可以捞一块两块钱到家里。你道怎样做法的？他们自有一个道理。原来这些人一天到晚，总有许多人来请托他们，这些人既然有事来求他，怎好不替他们惠个小东，一回张三惠过了，隔一回李四又来再惠，更番迭进，联续不断。那堂倌也从来不会推辞的。然而这还不过是他们的一点小出息呢。

在周桂笙笔下，包探及其伙计们乘公务之机骗吃骗喝，还大肆捞钱，与传统的贪官污吏并没有本质的不同。不仅如此，包探的法制观念也受到强烈的质疑和嘲讽：

> 在下记得从前在四马路万华楼,尝看见烟堂里面,高高悬着一块白漆牌子,上面一排横写着四个大字,叫做"奉公守法",以下一行一行的写着许多张三、李四、王五、赵六的名字,总有二十多个,这都是伙计的伙计了。因为这块牌子的主人,也是一个伙计,他的名字,仿佛是"小江西"三个字,此人听说后来亦犯了法、办了罪,已经不知去向的了。如今那万华楼也闭歇已久了,那"奉公守法"四个字,就早有许多人和他闹玩笑,替他改变过几次了,有改为"知法犯法"的,有改为"假公济私"的,亦有改为"不公不法"的,诸如此类,不一而足,其人的人格,也可想而知了。

侦探执法犯法,伙计们以权力谋私,不仅严重损伤了社会肌体,而且严重败坏了社会道德。周桂笙特别善于从人们司空见惯的社会场景中抽取一个个横断面,组合成种种令人难以置信的"怪现状",在幽默诙谐中寄寓了强烈的嘲讽愤慨之情,完全吻合当时盛行的谴责小说的意趣。鲁迅《中国小说史略》概括谴责小说的特点,是"揭发伏藏,显其弊恶,而于时政,严加纠弹,或更扩充,并及风俗",这也正是《上海侦探案》的特色。

周桂笙将侦探小说与谴责小说合流,固然有深刻的社会原因,也与他个人的志趣有关。在清末,涌动着一股强烈的社会批判思潮,不仅谴责小说风行一时,新闻时论中亦充斥着不满现实的声音。周桂笙也融入了这样一股社会批判潮流中,自觉地把翻译、创作活动与批判现实、改良社会联系起来。他曾自称,"吾润笔之所入,皆举以购欧美之书,将择其善者而译之,以饷吾国"，其选择之严，至于"千百中不得一焉"。而他之所谓"善者"，乃是有益于"吾国政教风俗"之作[1]。甚至他的笔记体短篇小说译作《新庵译屑》，也被看成是一部"牢骚溪刻，旨涉激亢""愤世勿良，冀有所补救"之作[2]。这充分说明，在时代空气的激励下，他有相当浓厚的社会批判意识。

周桂笙广泛借鉴谴责小说来创作侦探小说，也跟他与吴趼人交密大有关系。吴趼人以《二十年目睹之怪现状》一举成名，成为谴责小说的大家，也是"小说界革命"的一面旗帜。1900年，周桂笙应吴研人之邀，翻译《一千零一夜》，从此步入文坛。后来，他们两人分别担任《月月小说》的总撰述和总译述，成为私交很好的同事。据胡寄尘回忆说："趼人以《二十年目睹之怪现状》一书著，厥后主《月月小说》笔政，而名愈盛。《月月小说》为休宁汪君维甫创办，闻趼人名，敦聘主其事。当时任译述者为周君桂笙。三人朝夕相处，相知亦最深。"[3]吴趼人在周桂笙译作《毒蛇圈》第三回尾评中，亦云："译者与余最相得，偶作一文字，辄彼此商榷。"[4]后来，吴趼人在《新庵译屑序》中，又谈到他与周桂笙早年"日惟以商榷文字为事。厥后交愈益密，情愈益深，日惟以道义相勖勉，以知识相交换。商榷文字一事，转视为偶然之举矣"。吴、周两人从商榷"文字"始，到以

---

[1] 吴趼人《中国侦探案·弁言》，广智书局1906年版。
[2] 参见吴趼人《新庵译屑序》（原文发表于光绪三十四年）、任堇《新庵译屑序》，并载周桂笙《新庵译屑》卷首，古今图书局1914年版。
[3] 胡寄尘《我佛山人遗事》，载魏绍昌《吴趼人研究资料》，上海古籍出版社1980年版，第18页。
[4] 周桂笙译《毒蛇圈》、吴趼人第三回尾评，载《新小说》第八号，光绪二十九年1903年。

"知识、道义"交契,这就为谴责小说与侦探小说的之合流提供了主观上的机缘。吴趼人所作《中国侦探案》,虽然只是公案小说而非侦探小说,但它试图从中国古代清官那里寻找现代侦探的影子,以弥补上海包探之缺陷,并为中国现代法制和现代文学探路,实际上成了激发周桂笙创作《上海侦探案》的诱因。周桂笙亦能在吴趼人的启发下,借鉴谴责小说的技巧,从现实出发来摸索侦探小说的本土化途径。如周桂笙翻译侦探小说《毒蛇圈》,吴趼人即从谴责小说的立场予以评点。《毒蛇圈》第六回,瑞福请求两位警察捉住那个杀人弃尸并嫁祸于己的男人以明冤,而其中一个年长的警察兵颇为不屑,"格外摆出那一幅警察的架子来"。吴趼人于此眉批曰:"警察兵有架子可摆,无怪年来中国到处设警察,即到处受骚扰矣。尤无怪上海居民望巡捕如鬼神矣!"这完全是一种谴责小说家的眼光。在吴趼人眼里,"桂笙虚怀若谷,相交达十年,片言只字,必出以相质证"[1]。这种交流方式正好给吴趼人影响周桂笙的译事提供了便利。在《毒蛇圈》第九回尾评中,吴趼人交代了其中"妙儿思念瑞福一段文字,为原著所无",就是他"特商于译者,插入此段"的。由此可知,周桂笙翻译与创作侦探小说,深受谴责小说家吴趼人的影响,并与谴责等小说体式合流,具有鲜明的本土特色。

晚清侦探小说与公案、谴责等小说文体的合流,还秉承了古代案狱小说与世情小说、讽刺小说等文类混合的因素。一方面,古代的案狱小说,并不单纯写探案与断案,而是掺杂了大量刑事民事案件,也有不少威胁国家稳定大局的政治案件。其中,因私

---

[1] 吴趼人《新庵译屑序》,原文发表于光绪三十四年(1908),再刊于周桂笙《新庵译屑》,古今图书局1914年版。

情而惊动官府的叫私情公案,因分家不平而引起诉讼的叫析产公案,因谋财而害命的叫盗杀公案等等,不一而足。总之在"公案"的类名下,似乎能囊括古代绝大多数的小说题材。另一方面,世情小说、志怪小说、讽刺小说中,也存在着大量揭露官场和司法界罪恶的描写,如《金瓶梅》《红楼梦》《聊斋志异》《儒林外史》中就有不少判案故事。在清末,侦探小说与公案、谴责等小说文体的合流,除了催生像《上海侦探案》这样的在侦探中掺入谴责与公案体式的作品外,还有不少在公案和谴责小说中掺入侦探成分的作品。如《九命奇冤》被不少人看成是"侦探小说";《二十年目睹之怪现状》在批语中点出九死一生"竟类是个侦探",而第三十三回则"直可当侦探案读";《老残游记》在自评中自诩为"揭清官之恶"之始作俑者,同时也将老残视为中国的"福尔摩斯"。总之,中国本土化的侦探小说乃是古今新旧多种小说文体合流的产物,它不仅接受了外国小说的影响,更接受了多种传统小说体式的滋养。

周桂笙从热衷于翻译侦探小说到自创《上海侦探案》,在主观上一直希望用西方现代法制观念来指导中国的司法建设、用"理想"的西方侦探小说来规范中国的侦探小说,因而不可避免地带有当时新学人物普遍持有的"西方中心"之文化偏见。但他致力于将"输入新文明"植根于中国的现实,并充分吸收传统文学的养料,不仅朝着中国侦探小说的本土化走出了关键的一步,还为探索中西新旧融合之新文学道路作出了巨大贡献。他创作的《上海侦探案》,现在看来还比较粗糙与幼稚,作为侦探小说尚

周桂笙与清末侦探小说的本土化

"无足称"[1],但平心而论,它比此前的侦探小说更富有自主性与本土化的特点[2],是一篇名副其实的开风气之作。后来,侦探小说在中国本土化的道路上不断进步,产生了诸如《霍桑探案》之类颇有影响的作品。程小青创造的"东方的福尔摩斯"大致继承了中国传统的文人士子(包括清官)作为"国之栋梁"的性格特征,同时又极力渲染霍桑与柯南·道尔笔下的福尔摩斯的相似性,暗含着对中国侦探的失望和谴责。直到1925年,有人还在呼吁"做我国的侦探小说须要吻合本地风光,万不可全用欧化的举动以炫新奇",不能"窃人皮毛"以致"弄得不中不西,非驴非马"[3],这就更加使人感到周桂笙《上海侦探案》的可贵了。

---

[1] 郭延礼《西方文化与近代小说的变革》,《阴山学刊》1999年第3期。
[2] 例如,冷血(陈景韩)很早就从事侦探小说的翻译与创作。他从1903年起翻译出版了侦探小说集《侦探谭》,并于1905年在《广益丛报》第六十五号刊载《歇洛克来游上海第一案》,首开了侦探小说翻译家自创侦探小说的风气,这篇作品戏拟的成分很浓。
[3] 朱我《侦探小说小谭》,载《半月》第四卷第四号,1925年1月24日。

晚清侦探小说与现代法治想象[1]

一、"新小说"阵营的侦探小说

中国近代侦探小说的兴起与梁启超渊源颇深。1896年7月,《时务报》在上海创刊,梁启超任主笔。该刊在第一册刊登了张坤德译的《英国包探访喀迭医生奇案》,可说是中国最早翻译的侦探小说。其后,《时务报》相继连载了四个歇洛克·呵尔唔斯笔记(即福尔摩斯系列探案故事),分别是:第六册和第七册的《英包探勘盗密约案》,第十一至十二册的《记伛者复仇事》,第二十四册的《继父诳女破案》,以及第二十七至三十册的《呵尔唔斯缉案被戕》。《时务报》既是维新派最为重要的舆论阵地,又是孕育维新派文学理论的温床。《时务报》作为综合性期刊,率先刊登侦探小说,并且较为系统地译介当时在西方文坛上影响最大的福尔摩斯探案故事,对推动侦探小说在中国的传播起了巨大的推动作用,在整个晚清文学史上具有重要意义。

1902年,《新小说》在横滨创刊,梁启超在创刊号上发表

---

[1] 原文收入《中国文学研究》第十三辑,中国文联出版社2009年版。收入本书时有改动。

《论小说与群治之关系》，极力强调小说与改良社会、促进新民之关系，宣称"小说为文学之最上乘"。《新小说》首先开设侦探小说专栏，立志"博采西国最新最奇"之侦探小说而译之[1]。该刊登载的长篇侦探小说有：从第一号起连载的《离魂病》，第六号起连载的《宜春苑》，第八号起连载的《毒蛇圈》。此外，还有第五号的短篇侦探小说《毒药案》。《新小说》登载的侦探小说，不仅所占比例高，而且来源范围广，涉及多个主要西方国家。应该说，正是通过《新小说》，在文体渊源与思想倾向等方面确立了侦探小说的"新小说"血统。

《新小说》在小说专刊中起了一个导夫先路的作用。其后，各大杂志竞相仿效，热衷登载侦探小说，一步步把侦探小说引向繁荣。《绣像小说》《小说林》《新新小说》《月月小说》等晚清小说专刊尤其显著。

1903年，商务印书馆主办《绣像小说》，在继《时务报》之后，重点推进了福尔摩斯探案故事的翻译工作。该刊从第四号起连载《华生包探案》系列故事，分别是：第四至第五号的《哥利亚司考得船案》，第六号的《银光马被盗案》，第七号的《孀妇匿女案》，第八号的《墨斯格力夫礼典案》，第九号的《书记被骗案》，第十号的《旅居病夫案》。此外，还有第二十一号、二十二号连载的《俄国包探案》，第六十号至第六十二号连载的《新译三疑案》（包括《伊兰案》《雪驹案》《跛翁案》）。由于《华生包探案》是名著，《俄国包探案》和《三疑案》也都有较高的艺术水准，《绣像小说》大大促进了侦探小说在中国的影响和传播。

---

[1] "新小说报社"《中国惟一之文学报新小说》，《新民丛报》第十四号卷首，光绪二十八年（1902）七月十五日。

1907年创刊的《小说林》也非常重视侦探小说。该刊各期设有侦探小说专栏，主要连载如《黑蛇奇谈》《第一百三十案》这样的长篇侦探小说译作。

相较而言，在晚清四大小说专刊中，于1906年创刊的《月月小说》最为重视侦探小说。所载翻译侦探小说数量惊人，各期不仅在"侦探小说"专栏中刊登了《三玻璃眼》《盗侦探》这样的长篇连载体，还在"短篇小说"专栏中刊登了《威林笔记》《巴黎五大奇案》《海谟侦探案》《高龙侦探案》《复朗克侦探案》等作品。此外，该刊还选登了《上海侦探案》《失珠》《猴刺客》等由国人自作的侦探小说。

侦探小说的发生、发展几乎都依托于晚清报纸杂志，这就颇耐人寻味。梁启超通过《新小说》杂志，倡导"小说界革命"，号召小说要积极承担开通民智、改良社会的责任，以配合维新立宪的政治要求。《绣像小说》《月月小说》《小说林》都是在梁氏主办的《新小说》影响下出现的小说专刊，它们均自视为《新小说》的追随者和继承人，因此都属于晚清"新小说"的重要成员，都是"小说界革命"的产物。

二、晚清翻译侦探小说描绘的现代法治想象

上文我们从社会背景与文学渊源上探讨了侦探小说的现代性血统，这里再进一步从思想内容方面分析其现代性内涵。正是由于担负着"改良群治"与"新民"的重大使命，晚清"新小说"表现出传统小说所不具备的新特点。如果说传统小说可理解为对现实生活的反映，而晚清小说则更注重对未来现代社会的想象和构造。晚清"新小说"的主要类型，包括政治小说、理想小说、

历史小说、社会小说、侦探小说、言情小说、军事小说、财经小说、冒险小说、科幻小说、侠义小说,等等。它们分别对应着关于现代社会的政治、经济、军事制度和文化的现代性想象。其中,也许是因为数量最为庞大而被一些人视为"新小说"标志性成果的侦探小说,便主要担负着对未来法治社会的现代性想象。

侦探小说原本就是西方现代社会尤其是现代城市文明的产物,它依托于完善的社会制度、健全的法律意识、先进的科学技术与崇尚理性的精神。正是这些西方侦探小说的精神内涵,扣动了正积极致力于维新立宪的晚清新小说家的心弦。周桂笙说:"泰西各国,最尊人权。涉讼者例得请人为辩护,故苟非证据确凿,不能妄入人罪。此侦探学之作用所由广也。"[1]其人其话便是明证。晚清翻译家纷纷热衷于从西方侦探小说中汲取现代法律制度和精神文化资源,用于在制度和观念层面构筑现代中国的法治想象。

具体而言,晚清侦探小说所体现的现代性法治思想主要体现在以下几个方面:

(一)宣传西方法律观念和法律制度

范伯群说:"侦探小说宣扬的是一种法治,而不是人治;要求的是科学史证,而不是主观臆断。"[2]这段话深刻揭示了侦探小说的本质。从"法治"层面而言,晚清翻译侦探小说鲜明而集中地展示了西方法律制度及观念。

---

[1] 周桂笙《歇洛克复生侦探案·弁言》,《新民丛报》第五十五号《小说》,光绪三十年(1904)十月,第1页。
[2] 范伯群主编《中国近现代通俗文学史》(上卷),江苏教育出版社1999年版,第771页。

有些晚清翻译侦探小说致力于发明西方审判制度的优越性。《三玻璃眼》写范勃雷杀妻蒲爱梅，反捏造证据，嫁祸于情敌黑特生。黑特生被作为杀人嫌疑犯入狱受审。小说透露，由于法制完善，在审理过程中，黑特生并没有遭受到在中国旧监狱中习见的严刑峻法的折磨。文中插入译者评论说：

> 英国公堂，素称平正。裁判员不偏听原告，亦不左袒被告。不论情节轻重，必由下议员，大公至正，查有实据，云为信谳。[1]

翻译家表彰英国法庭中审判员的客观、公正态度，暗指中国司法"有罪推定"等惯例之不当。

侦探小说还广泛涉及西方司法制度的其他方面。例如，《蜂针螫》[2]写"我"的同僚和至交彭任忽然暴亡，验尸官发现彭任的心脏中有衰酸，乃是一种化学毒质。这时，翻译者发表议论说："按英国无论城市乡镇，均设验尸官。君民上下，不论何人，死后必经验尸官验过，方得入殓。非专为谋杀等案而设。"[3]这是介绍西方严格的验尸制度。

《第一百十三案》[4]第八章写侦探刘谷，通过外地警察局协

---

[1]［英］葛咸廉原著、罗季芳译《三玻璃眼》，《月月小说》第六号，光绪三十三年（1907年）一月，第56页。

[2]［英］麦希著、支那蜞中仙译《蜂针螫》，《新新小说》第三年第十号，光绪三十二年（1906）第十号发行。

[3]［英］麦希著、支那蜞中仙译《蜂针螫》第三章《验尸》，第6页。

[4]［法］加宝耳奥原著、女士陈鸿璧译《第一百十三案》，《小说林》第一期，光绪三十三年（1907）发行。写傅安德银行被窃案。

查嫌疑对象的身份。觉我赘语曰:"此非个人能力,乃是'地方自治制完密'之故。"(《小说林》第七期)这里特别强调了西方的司法自治及联合执法制度。

制度而外,法制观念也受到重视。翻译侦探小说也很关注法官的道德素质。《第一百十三案》写傅安德银行被窃三十五万法郎,银行书记员毕柏鲁因疑被捕。小说称赞该案法官巴卓理"最严明",借书中人物之口说:

> 卓理者,学富才精,非独审诘严明,且秉性刚直,正大无私,无矜怜之偏,无苛刻之弊。其所或缺者,则判断虽公,恒迟迟不捷耳。巴最富耐心,尝费数年之久,而考察一案。……故凡疑难之案,及须细查不能速结者,皆交伊办理。[1]

这就指出,法官深厚的专业素养和道德素质乃是司法公正的前提和保障。

为立宪做准备和宣传,正是晚清侦探小说盛行的一大动因。在客观上,侦探小说多方展示了西方司法制度和法律观念的优越性,蕴含着丰富的现代性法治思想。而在主观上,侦探小说的翻译家对于介绍西方司法制度和观念的确怀着浓厚的兴趣,每当涉及该项内容,不惜亲自跳出来,不断地加以揭示和赞扬。这就明白暴露了晚清变法派通过侦探小说引进西方法律制度及观念的真正用意。《紫绒冠》的译者希望该作"或于我国法律政治之改良,

---

[1] [法]加宝耳奥原著、女士陈鸿璧译《第一百十三案》第三章,第48页。

不无小补云尔"[1],"觉我"在翻译《第一百十三案》过程中忧虑中国"今日司法独立,为政府未决之问题"[2],都不免怀抱同一块垒。

(二)传播科学精神

1929年,程小青在总结侦探小说的社会功用时说:"我们若是承认艺术的功利主义,那么,侦探小说又多了条重要价值。因为其他小说大抵含情的素质,侦探小说除了'情'的元素以外,却含有'智'的意味。换一句说,侦探小说的质料,侧重于科学化的,可以扩展人们的理智,培养人们的观察,又可增进人们的社会经验……人们多读了侦探小说,在观察推理方面,往往使人感受一种'潜移默化'的影响,而有所增进。"[3]把侦探小说看成"科学教科书",代表了相关领域翻译、创作及理论批评的主流意见。

翻译侦探小说广泛地描绘了现代西方社会的生活场景,其中融入了不少科学文化元素。在柯南·道尔的小说中,大侦探福尔摩斯住在伦敦繁华的街道,喜欢每天阅读新闻报纸,且往往从中发现案件的痕迹。他出远门一般乘现代交通工具,主要是火车和轮船。在必要时,他还使用电报、显微镜等先进技术设备来破案,并借助化学分析等科学手段。其他西方小说的侦探形象也大致如此。这就从现代生活的典型环境层面生动地揭示了侦探小说

---

[1] [英]许复古原著、兰言口译、巢人笔述《紫绒冠》,《新新小说》第三年第十号,光绪三十三年(1907)三月,第2页。
[2] [法国]加宝耳奥原著、女士陈鸿璧译《第一百十三案》第三章,第81—82页。
[3] 程小青《谈侦探小说》,芮和师、范伯群等编《鸳鸯蝴蝶派文学资料》,福建人民出版社1984年版,第65页。

与现代科学技术的密切联系。

晚清翻译侦探小说中的侦探一般都痴爱科学。在福尔摩斯系列探案故事中，福尔摩斯对与破案有关的各种学问无不究心。有的作品告诉我们说呵尔唔斯（福尔摩斯）"耽化学"，当滑震（华生）到呵尔唔斯家，"见呵半睡，脊躯蜷卧椅间，案列瓶及缶罐等，锶水味触鼻"[1]。还有作品说他爱好"考验生物化学"[2]，闲暇时常做解剖、化学实验。在《墨斯格力夫礼典案》中，福尔摩斯对华生介绍自己成长经历，说：

> 仆幼年喜执包探业。每勘一案，成败虽不能操券，而思想因有进步。阅历既增，事遂易决。余初至伦敦时，居孟特革街，闲居无事，研究实学，以期将来之用。[3]

这里所谓"实学"，指与破案相关的生物、化学、解剖等现代科学。福尔摩斯把"研究实学"与积累"阅历"看作破案成功的两大秘诀，可见他对科学知识的重视程度。

不可否认，侦探形象都对科学技术怀着极大的热忱，侦探小说也都建立在科学技术的基石之上。因此，为什么说侦探小说对于谋求国富民强、渴望现代科学技术并企图改良社会的晚清人具有特别的吸引力，这就不难理解了。

---

[1] [英] 柯南·道尔原著、张坤德译《继父诳女破案》，《时务报》第二十六册，光绪三十三年（1907）三月，第16页B面。

[2] [英] 柯南·道尔原著、佚名译《华生包探案·哥利亚司考得船案》，《绣像小说》第四号，光绪二十九年（1903）闰五月，第3页A面。

[3] [英] 柯南·道尔原著、佚名译《华生包探案·墨斯格力夫礼典案》，《绣像小说》第八号，光绪二十九年（1903）年七月，第1页B面。

(三）宣扬理性主义

科学之外，理性亦是侦探小说的两大精神内核。侦探小说往往融巧妙的故事、严密的结构和精密的推理为一体，很符合崇尚理性的现代西方思想文化传统。由于逻辑推理往往是侦探小说中最扣人心弦的部分，故侦探小说亦称"推理小说"。

"逻辑"与"实证"乃侦探小说之两翼。在几乎所有探案故事中，除实地调查之外，逻辑推理成为解决疑案的主要工具。福尔摩斯本人即被描述为高超的逻辑家，传奇英雄式的智者。他展示了很多完美推理的经典案例。如在《继父诳女破案》中，写滑震（华生）正与呵尔唔斯（福尔摩斯）清淡时，年轻的迈雷色实小姐来访。呵一见就问："汝眼光甚短，汝排铅板甚费力耶？"那位小姐惊悸万分，怀疑有人把她的言行预报给呵尔唔斯。呵笑着宽慰她说："若无疑。我所习业，在知人密事耳。学此技有年，他人所不能知者，我必揣摩得之。"[1]他随后对滑震说，从迈雷色实小姐袖端有细纹两缕，知她是排铅工人；复见其鼻端有眼镜的夹形，故知其近视；从她足穿两靴花色不同，且靴钮没有系全，知她来时匆忙。这个例子表明，福尔摩斯确有非凡的推理能力。

在《哥利亚司考得船案》的开头，写福尔摩斯初见同学维多亚·屈费尔的父亲时，从屈父在棍子中安装利器一事推测他总担心遭遇不测，从其耳朵平厚看出他幼年曾习拳，从其手上皮肤粗糙的纹路知道他曾经做过矿工。福尔摩斯问话不多，而屈父所涉

---

[1] ［英］柯南·道尔原著、张坤德译《继父诳女破案》，《时务报》第二十四册，光绪三十三年（1907）三月，第 17 页 B 面。

案件的主要经历都被他点到了。这种层层推理、由表及里的工夫，确实令人叹服。屈父随即感慨地说："余思包探访案，无异弄儿掌上。一闻人言，即能深知其事之底蕴，尔真能知天下之事者也！"[1]的确，推理的巧妙运用使侦探小说总是闪烁着理性的光辉，洋溢着理性的魅力。

在侦探小说中，理性总被作者刻意推崇，甚至出现了极端化的倾向。这主要表现为，侦探成为理性的象征是不容置疑的，而他们作为人的自然情感欲望则受到轻贱。小说中的侦探都不喜欢世俗生活，一般都不结婚，甚至不苟言笑，也不大流露喜怒之情。对此，只能有一种解释：即对于侦探们十分严谨的生活和极其理性的思维来说，一切感性都是格格不入的，它只会使推理的效果受到质疑。因此，突出理性与排斥感性就成了侦探小说面对理性问题的两极。西方小说家和中国翻译家都倾向于把感情视为人的负面素质，有其进步性，也有其局限性。在我们今人看来，感情也是一个人的正常表现，侦探小说割裂理性与人情有其肤浅的一面。

理性是西方现代性的核心理念之一。晚清人在现代西方哲学和现代科学技术的影响和刺激下，开始提出"理性"问题；直到"五四"时期，理性成为公开标举的大旗。而体现了理性至上创作原则的晚清侦探小说，与中国理性启蒙的发展过程基本同步，乃是一个有趣的现象。

（四）展示了侦探的"新民"特征

在侦探小说的现代性方面，还有一个值得注意的问题，就是

---

[1] [英] 柯南·道尔原著、佚名译《哥利亚司考得船案》，《绣像小说》第四号，光绪二十九年（1903）闰五月，第2页A面。

侦探形象多方面吻合了晚清改良派孜孜以求的"新民"特性。小说中的侦探们均依靠某种职业谋生,具有出众的才能和强烈的社会责任感,是新型的现代公民。

侦探小说的表现对象以职业侦探为主。翻译侦探小说中,有名的公职侦探主要有:英国的海漠(参见《海谟侦探案》,《月月小说》)、邓成(参见《盗侦探》,《月月小说》),美国的赛孙(参见《离魂病》,《新小说》),法国的刘谷(参见《第一百十三案》,《小说林》)、克鲁德(参见《巴黎五大奇案》,《月月小说》)、高龙(参见《高龙侦探案》,《月月小说》),俄国的梅嘉谐(参见《俄国包探案》,《绣像小说》),日本的清水(参见《忏悔录》,《新新小说》)等等。如此众多的侦探形象,点缀了侦探小说璀璨的星空,而福尔摩斯就是其中最明亮的一颗。福尔摩斯自称:"仆奔走四方,挟智慧以为生活。"他形容这种谋生的方法是"学识自负"[1],言语间颇感自豪。在其他非职业侦探者中,有报社记者、医生、律师、雕塑师等,也都是各有一技之长的新型公民。

侦探们都具有超人的智慧才能。在《俄国包探案》中的大侦探梅嘉谐,破案胆大心细,不仅善于巧妙化装,还能"一张口里,说出好几国的话来"。小说中插入译者评论说:"须知欧美各国的包探,有一种鬼神莫测的本领,能够做成种种的假脸,要男就男,要女就女,要老就老,要少就少,要装何等样人,就像何等样人,与真的一般无二。"又说:"仁是什么学问,包探都要知道。说到文,就能晓得天文地理,格致化学;说到武,就会到处

---

[1] [英]柯南·道尔原著、佚名译《华生包探案·墨斯格力夫礼典案》,第2页A面。

飞檐走壁、舞剑擎枪。"[1]

这种巧妙化装和能文能武的本事,几乎是所有侦探的共同特征。例如,《第一百十三案》中的侦探刘谷,在警吏眼里:"盖无人敢自谓识其庐山真面也。今日如是,明日又如彼,时为黑人,时为白人,时为一翩翩少年,有时则为龙钟老叟。"[2]而嫌疑犯毕柏鲁看刘谷,"观此人研究事物时,如何用心,既得之后,如何决断,役人如何爽快,举动如何敏捷,无事不足令人惊羡者。"[3]

西方侦探小说中侦探的个人能力和性格魅力颇受中国读者的赞赏。定一说:"吾喜读泰西小说,吾尤喜泰西之侦探小说。千变万化,骇人听闻,皆出人意外者。且侦探之资格,亦颇难造成名。有作侦探之学问,有作侦探之性质,有作侦探之能力,三者具,始完全,缺一不可也。故泰西人靡不重视之。俄国侦探最著名于世界。然吾甚惜中国罕有此种人、此种书。"[4]

无论公职侦探还是私家侦探,都很重视作为公民的责任,多怀着维护社会公正的强烈愿望。《盗侦探》写私家侦探邓成,自认是"众人之公仆"。他与罗梦素不相识,见其蒙冤,便激于"义愤",而主动参与破案[5]。即使一些临时客串的侦探也很注意自觉维护社会公正。《三玻璃眼》写报社主笔包内孝,因为好

---

[1] 佚名著译《俄国包探案》,《绣像小说》第二十二号,光绪三十年(1904)十一月初一,第9页A面。
[2] [法]加宝耳奥原著、女士陈鸿璧译《第一百十三案》第四章,第70页。
[3] [法]加宝耳奥原著、女士陈鸿璧译《第一百十三案》第五章,第126页。
[4] 定一《小说丛话》,《新小说》第十三号《小说丛话》,光绪三十一年(1905)元月,第11页。
[5] [美]解朋原著、迪斋译述《盗侦探》第四回,《月月小说》第十号,光绪三十三年(1907)十月。

友黑特生被诬杀妻,就决心暂做侦探,承担究出真相、为友洗冤的责任。他说:

> 此案与我毫无所系,实以心悲黑特生之被诬而来。诚恐侦探辈查或未确,害即随之。光阴可贵,苟不早为之计,则黑特生将来一至臬司署定罪,纵力足援之,亦已徒嗟无及。以故不惮辛劳,兢兢以脱彼牢笼,为我应尽之责任。[1]

在这方面最典型的人物还是福尔摩斯。在《呵尔唔斯缉案被戕》中,写福尔摩斯发现了名为某学院院长、实为黑社会首领的莫立亚堆的劣迹。他下定决心,无论付出多大代价,都要使莫某受到法律的制裁。面对莫某的生命威胁,福尔摩斯不时自勉说:"我果能为地方除去一害,即置我死地,亦所甘心。"最后,福尔摩斯只身与狡猾的奸贼搏斗,两人相持滚下山涧激流,同归于尽[2]。福尔摩斯为了维护正义,不惜牺牲自己的生命,不仅是高度社会责任感的体现,也是侦探形象的优秀品质的体现。

总之,翻译侦探小说宣扬西方的司法独立制度和尊重人权、注重实证的法律观念,提倡侦探的科学精神和理性主义,赞赏侦探和法官的刚直公正的人格,深刻地体现了晚清现代法治想象的本质和核心。

现代法治想象乃是晚清侦探小说的核心价值,也是其繁荣的

---

[1] [英]葛威廉著、罗季芳译《三玻璃眼》第十五章,《月月小说》第十一号,光绪三十三年(1907)十一月,第53页。
[2] [英]柯南·道尔原著、张坤德译《呵尔唔斯缉案被戕》,《时务报》第二十八册,光绪三十三年(1907)四月,第17页B面。

根本动力。在晚清,不论是作者还是读者,普遍充满了对通过翻译侦探小说认识西方法律的自觉意识。觉我曾统计说:

> 小说销数之类别……即小说林之书计之,记侦探者最佳,约十之七八;记艳情者次之,约十之五六;记社会态度、记滑稽事实者又次之,约十之三四;而专写军事、冒险、科学、立志诸书为最下,十仅得一二也。夫侦探诸书,恒于法律有密切关系。我国民公民之资格未完备,法律之思想未普及,其乐于观侦探各书也。[1]

这就是说,不仅翻译家、作家,连普通读者也倾向于从侦探小说中寻求现代法律思想资源。这样一来,我们就可以很好地理解晚清人为何多喜欢在侦探小说翻译和创作中连篇累牍地谈法律观念和法律制度。如果不是从传播法律意识的角度来考虑,这种对于侦探小说中的法律条文的特殊嗜好是颇让人难以理解的。

在今天看来,尽管这些现代法治想象存在不少不足和缺陷,但它真切地折射出清末民初的社会背景与法制愿望,就连这个西方视角本身也符合晚清现代性的基本立场。

三、侦探小说非鸳鸯蝴蝶派

长期以来,鸳鸯蝴蝶派一般被视为内容消闲、语言通俗、形式传统的清末及民国通俗小说的通名。学术界也长期把侦探小说看作是鸳鸯蝴蝶派的支流,这在一大批论著中都有所反映。但这

---

[1] 觉我《余之小说观》,《小说林》第九期《论说》第七—八页,光绪三十四(1908)年正月。

种意见颇多含混与矛盾之处，需要重新审视。

首先，从文体渊源来看，清末民初的侦探小说与鸳鸯蝴蝶小说相差甚远。侦探小说的产生要早于鸳鸯蝴蝶派小说。侦探小说是从1896年就开始从欧美翻译引进的晚清"新小说"；而被称为"鸳鸯蝴蝶派小说的祖师"的徐枕亚的《玉梨魂》，1912年才问世，乃属于民国"旧小说"的范围。

1918年4月19日，周作人在北大演讲，开始用"鸳鸯蝴蝶体"称徐枕亚的《玉梨魂》。30年代初，鲁迅对回顾该派文学说，"这时新的才子＋佳人小说便又流行起来，但佳人已是良家女子了，和才子相悦相恋，分拆不开，柳荫花下，像一对蝴蝶，一双鸳鸯一样……"[1]总之，"五四"新文学家眼中的"鸳鸯蝴蝶派"，均指民国初年产生的描写才子佳人的言情小说，尤其偏重于肉麻而无病呻吟的哀情。哀情小说由中国明清的才子佳人小说、清代狭邪小说蜕变而来。

写侦探破案的小说，其中确多涉及情色的题材，但与宣扬爱情的鸳鸯蝴蝶派大异其趣。同样，"鸳鸯蝴蝶派"也不能涵盖政治、历史、黑幕等所有的通俗文学类型，甚至连晚清吴趼人旨在"发挥旧道德"的写情小说，民国言情小说中反映现代社会意识、具有现代个性人格的作品都难以归并其中。

其次，从思想倾向上看，清末民初的侦探小说并非"消闲"小说。作为该派代表性刊物《礼拜六》公开宣称的"消闲"，成为鸳鸯蝴蝶派的显著标志。而如上文所述，晚清侦探小说传播西方司法观念，宣扬西方司法制度，鼓吹中国的司法改革，已然涉

---

[1] 鲁迅《二心集·上海文艺之一瞥》，《鲁迅全集》卷四，人民文学出版社1981年版，第291—292页。

及了中国现代性建设的主要和主导方面。以其鲜明的现代性特征，侦探小说适应了维新变法派的政治需要，当然不是作为消遣物被引进中国的。在这个意义上说，侦探小说不应该被看作是鸳鸯蝴蝶派小说。

当今仍有不少学者把侦探小说看成是以娱乐休闲为主的通俗小说，这其实是一个极大的误会。在西方天生具有一定娱乐消遣功能的侦探小说，被译介到中国之后，随着现代性意识被主观强化而"变味"成为启蒙读物。这充分证明，在特定的历史时期，时代思潮对文学活动具有巨大的裹挟与改造力量。在这种情况下，侦探小说的娱乐性就很难得到认同。虽然在民国以后，侦探小说的娱乐性也有着被不断强化的趋势，但是，诸如侦探小说宗匠程小青等人，仍然把宣扬法治和科学作为侦探小说的核心价值来追求。因此，也不能把民国侦探小说简单等同于消闲小说。

再次，从性质上看，清末民初的侦探小说很难简单归入"通俗"小说。说晚清新小说通俗，仅就语言而言是不错的，其思想却一点儿也不通俗。晚清政治小说对"新中国"的构想，科学小说对科学的呼唤，侦探小说对现代法治的想象，均继承了传统文学"言志"与"载道"的理论传统。小说之为高雅或通俗，关键不在于语言的通俗与否。我们不能因为晚清新小说思想的雅穿上了语言的俗这件外衣，就一律归为通俗小说。反观《玉梨魂》这样典型的鸳鸯蝴蝶派小说，使用传统的骈文，在语言上并不通俗。学术界对相关问题其实早有思考，例如，范伯群就主张"将梁启超直至赵树理划入纯文学作家群体中去"[1]。这样，梁启超的政

---

[1] 参见范伯群主编《中国近现代通俗文学史·绪论》，江苏教育出版社1999年版。

治小说应该算纯文学无疑,那么由他主导的其他新小说是否也应该划入纯文学呢?笔者认为,清末民初的侦探小说似乎更应该归入严肃的纯文学系统。

退一步说,即使被归入通俗小说,也要看到侦探小说蕴含着丰富的现代性思想。即使因为使用白话而把侦探小说等晚清以来的"新小说"视为通俗文学,但拿通俗小说宣传和组织群众与拿它作为消遣绝不是一回事。就其与改良国民性和改造社会的关系来说,晚清通俗文学本身就是现代性的产物。在这里,笔者强调对清末民初"通俗"小说有重新认识的必要。

清末民初的"通俗文学"一头系着传统,一头迈向未来,范伯群称之为"继承改良派",跟纯文学"借鉴革新派"相对[1]。这无论在对通俗文学的思想还是文体认识上,都前进了一大步,其实质在于认识到通俗文学传统中同样蕴含着丰富的现代思想文化资源。但范氏仍然使用"鸳鸯蝴蝶——礼拜六派"之名,显得美中不足。同时,这种做法还遗留下新问题。范伯群氏主编的《中国近现代文学史》仍把侦探小说归入通俗小说,但难道侦探小说不该属于"借鉴革新派",而只能从属于通俗小说"继承改良派"阵营吗?这在一方面从客观上表现出为侦探小说定位的难度,另一方面也从主观上说明我们尚没有在现代文学中给予通俗文学一个相应的地位和评价。实事求是地说,清末民初的通俗小说或者传统旧派小说同样是"新小说",同样有很多符合现代性的思想价值。在近现代小说研究领域,我们强调,应该打破高雅与通俗、严肃与消闲、纯与杂等理论观念的二元对立,为侦探小

---

[1] 参见范伯群主编《中国近现代通俗文学史·绪论》。

说重新定位。

重新为侦探小说"正名"和定位至关重要。长期以来,侦探小说头戴的"鸳鸯蝴蝶派"或通俗小说的名称,具有与生俱来的贬义。从"五四"新文学家开始,主流学者在提及该派时不免流露出不屑一顾的贬抑态度。觉得它通俗、陈旧、保守,代表着一个落后的文学传统。这种偏见如果长期不能打破,势必贬抑侦探小说的价值和意义,从而极大地限制了侦探小说研究工作的发展。

小 结

本编专门探讨公案小说与侦探小说,而以清末侦探小说为核心。在晚清这个"三千年未有之大变局"时代,自明清以来盛行的公案小说,和自1896年开始翻译引进的西式侦探小说,相继成为数量最大、最受欢迎的小说类型。本编即主要通过对题材、文体、内容、意义、概念的清理,探讨侦探小说是如何在传统公案小说与西方侦探小说的双重影响下发生与发展的。

本编重新清理了公案小说概念和范围,对于中国古代小说研究或亦不无裨益。在中国古代通俗小说家族之中,从艺术造诣而言,历史小说、英雄传奇、神魔小说、世情小说的成就更大;但从数量和社会影响而言,公案小说丝毫也不逊色。

清末侦探小说是梁启超"小说界革命"的产物,属于"新小说"阵营,亦被视为开启民智的主体力量。从思想性而言,晚清翻译侦探小说提倡科学和理性、民主和平等精神,宣传西方司法制度和法律观念,蕴含了丰富的现代性思想。从文学性而言,侦探小说的中国化是本编的主要着力点。陈景韩和包天笑各自创作了两篇歇洛克·福尔摩斯来华案,标着着"中国人做新体短篇小说最早的一段历史",他们通过西方侦探代表福尔摩斯的独特视角来审视中国人性的萎靡,拉开了中国文学现代人性批判的大

小 结

幕。新小说代表作家周桂笙与吴趼人曾有过"输入新文明"与"恢复旧道德"的现代化道路之争,且各借侦探小说创作展开了接受新知与转化旧学的具体试验。这些理论和创作是中国近代文学的重要一页,对于中国文学的现代转型意义重大,值得我们的特别重视。

到民国时期,侦探小说逐渐发展壮大,并从西方侦探小说中独立出来,出现了一批以程小青为代表的中国侦探小说优秀作家。但本书对于程小青及其后的侦探小说创作未能深入。其原因,一方面因其时代已入于民国,一方面因笔者近年专注于戏曲研究而无暇顾及于此。这对本人来说,亦是一大遗憾,希望有机会可以弥补。

主要参考文献

一、经史子著作

〔战国〕孟子著、〔东汉〕赵岐注、〔北宋〕孙奭疏《孟子注疏》,中华书局1957年影印十三经注疏本。

〔战国〕孟子著、杨伯峻译注《孟子译注》,中华书局2005年版。

〔东汉〕桓谭著、〔清〕孙冯翼辑《新论》,中华书局1991年影印聚珍版。

〔西晋〕陈寿编撰《三国志》,中华书局2011年版。

〔西晋〕杜预《春秋左氏经传集解》,中华书局1980年版,《十三经注疏》本。

〔南朝·宋〕范晔编撰《后汉书》,中华书局1965年版。

〔唐〕刘知幾撰、〔清〕浦起龙释《史通通释》,民国间中华书局影印聚珍版。

〔北宋〕宋祁、欧阳修等撰《新唐书》,中华书局1975年版。

〔北宋〕司马光编撰《资治通鉴》,上海古籍出版社1997年版。

〔南宋〕朱熹《资治通鉴纲目》,国家图书馆出版社2013年版。

〔元〕陶宗仪《辍耕录》，中华书局 2004 年版。

〔明〕沈德符《万历野获编》，清道光年间钱塘姚祖恩扶荔山房刻本。

〔清〕张廷玉等撰《明史》，中华书局 1974 年版。

〔清〕谷应泰撰《明史记事本末》，中华书局 1959 年版。

〔清〕章学诚著、叶瑛校注《文史通义》，中华书局 1985 年版，

〔清〕纪昀等撰《四库全书总目提要》，中华书局 1997 年版。

二、文学原著

〔南朝·梁〕萧统等编选《文选》，中华书局 1997 年出版。

〔清〕严可均辑《全晋文》，商务印书馆 1999 年版。

〔南宋〕真德秀《文章正宗》，《文渊阁四库全书》本。

〔元〕罗烨《醉翁谈录》，古典文学出版社 1957 年版。

〔元〕王实甫著、王季思校注《西厢记》，上海古籍出版社 1978 年版。

〔明〕王守仁著、吴光等校《王阳明全集》，上海古籍出版社 1992 年版。

〔明〕李贽《李贽文集》，社会科学文献出版社 2000 年版。

〔明〕罗贯中《三国志通俗演义》，人民文学出版社 1975 年影印明嘉靖壬午本。

〔明〕罗贯中《三国志通俗演义史传》，西班牙爱斯高里亚尔静院所藏明嘉靖二十七年刊本，日本关西大学出版部 1998 年版及上海古籍出版社 2009 年影印本。

〔明〕施耐庵《水浒传》，人民文学出版社 1998 年版。

〔明〕无名氏编、朱一玄校点《明成化说唱词话丛刊》，中州古籍出版社1997年版。

〔明〕安遇时编辑《百家公案》，上海古籍出版社1990年影印日本蓬佐文库藏万历二十二年与畊堂刊本，古本小说集成本。

〔明〕兰陵笑笑生著《金瓶梅词话》，1933年北京"古佚小说刊行会"影印本。

〔明〕兰陵笑笑生著、无名氏（一说李渔）校订评点《新刻绣像批评金瓶梅》，1988年北京大学出版社影印本。

〔明〕无名氏著、刘文忠校点《梼杌闲评》，人民文学出版社1983年版。

〔明〕凌濛初《二刻拍案惊奇》，上海古籍出版社1983年版。

〔清〕曹雪芹、高鹗《红楼梦》，乾隆五十六年（1791）活字印本（程甲本）。

〔清〕曹雪芹、高鹗《新镌全部绣像红楼梦》，东观阁木刻本，1977年台湾广文书局影印本。

〔清〕曹雪芹《红楼梦》抄本，上海图书馆藏本。

〔英〕葛威廉原著、罗季芳翻译《三玻璃眼》，《月月小说》第一号，光绪三十二年（1906）十一月起连载。

〔美〕解朋著、迪斋译述《盗侦探》，《月月小说》第二号，光绪三十二年（1906）十月望日发行起连载。

吴趼人《九命奇冤》，《新小说》第十号，光绪三十年（1904）十月二十五日至二十四日连载。

东莞方庆周译述、我佛山人衍义、知新室主义评定《电术奇谈》，载《新小说》第二年第五号，光绪三十一年（1905）。

吴趼人《中国侦探案》，广智书局1906年版。

周桂笙《上海侦探案》，原载《月月小说》第七号，光绪三十三年（1907）三月望日发行。

周桂笙译《海底沉珠》，载《月月小说》第十号，光绪三十三年（1907）十月发行。

周桂笙《新庵译屑》，古今图书局1914年版。

［法］鲍福著、周桂笙译《毒蛇圈》，《新小说》第八号，光绪二十九年（1903）八月十五日至二十四日连载。

陈景韩《歇洛克来游上海第一案》，《时报》光绪三十年（1904）十一月十二日。

陈景韩《吗啡案》，又名《歇洛克来华第三案》，《时报》光绪三十二年（1906）十一月十五号。

陈景韩《新西游记》，《时报》光绪三十二年（1904）三月初四日。

包天笑《歇洛克初到上海第二案》，《时报》光绪三十一年（1905）一月九日、一月十五号。

包天笑《藏枪案》（又称《歇洛克来华第四案》），《时报》光绪三十三年（1907年）十二月十二日。

［英］柯南·道尔原著、佚名译《华生包探案·哥利亚司考得船案》，《绣像小说》第四号，光绪二十九年（1903）年闰五月。

［英］柯南·道尔原著、佚名译《华生包探案·墨斯格力夫礼典案》，《绣像小说》第八号，光绪二十九年（1903）年七月。

［英］柯南·道尔原著、张坤德译《继父诳女破案》，《时务报》光绪三十三年（1907）三月。

［英］柯南·道尔原著、张坤德译《呵尔唔斯缉案被戕》，

《时务报》光绪三十三年（1907）四月。

吕侠《中国女侦探》，商务印书馆1906年版。

［法］加宝耳奥原著、女士陈鸿璧译《第一百十三案》，《小说林》第一期起连载，光绪三十三年（1907）。

［英］柯南·道尔原著，刘半农、周瘦鹃、程小青等译《福尔摩斯侦探案全集》，上海中华书局1916年版。

沈莲侬《中国侦探案全集》，世界书局1926年版。

［荷兰］高罗佩《狄仁杰奇案》，［新加坡］南洋出版社1953年版。

三、研究专著

〔清〕钱谦益《列朝诗集小传》，上海古籍出版社1983年版。

〔清〕王国维《宋元戏曲史疏证》，复旦大学出版社2004年版。

康有为《日本书目志》，上海大同译书局1897年版。

章太炎《诸子学略说》，载汤志钧辑《章太炎政论选集》上册，中华书局1977年版。

梁启超《饮冰室合集》，中华书局1989年影印本。

鲁迅《小说史大略》，陕西人民出版社1981年版。

鲁迅《鲁迅全集》，人民文学出版社1981年版。

胡适《胡适文集》，北京大学出版社1998年版。

孙楷第《日本东京所见中国通俗小说书目》，上杂出版社1953年版。

阿英《晚清小说史》，作家出版社1955年版。

阿英《小说四谈》，上海古籍出版社1985年版。

包天笑《钏影楼回忆录》，山西古籍出版社、山西教育出版社 1999 年版。

魏绍昌《李伯元研究资料》，上海古籍出版 1980 年版。

王重民《中国善本书提要》，上海古籍出版社 1983 年版。

刘世德编《中国古代小说研究——台湾、香港论文选辑》，上海古籍出版社 1983 年版。

徐扶明《红楼梦与戏曲比较研究》，上海古籍出版社 1984 年版。

芮和师、范伯群等编《鸳鸯蝴蝶派文学资料》（上、下），福建人民出版社 1984 年版。

徐朔方编校、沈亨寿等翻译《〈金瓶梅〉西方论文集》，上海古籍出版社 1987 年版。

中国金瓶梅学会编《金瓶梅研究》（第一辑），江苏古籍出版社 1990 年版。

黄岩柏《中国公案小说史》，辽宁人民出版社 1991 年版。

周钧韬《金瓶梅素材来源》，中州古籍出版社 1991 年版。

周钧韬《周钧韬〈金瓶梅〉研究文集》，吉林人民出版社 2010 年版。

陈平原《千古文人侠客梦——武侠小说类型研究》，人民文学出版社 1992 年版。

范伯群主编《演述江湖帮会秘史的说书人——姚哀民（附郑逸梅、陈冷血、范烟桥、姚鹤雏、朱鹤雏评传及代表作)》，南京出版社 1994 年版。

［英］魏安《三国演义版本考》，上海古籍出版社 1996 年版。

孟犁野《公案小说艺术发展史》，警官教育出版社 1996 年版。

曹亦冰《侠义公案小说史》，浙江古籍出版社 1998 年版。

［日本］中川谕《〈三国演义〉版本の演变》，［日本］汲古书院 1998 年版。

范伯群主编《中国近现代通俗文学史》，江苏教育出版社 1999 年版。

黄霖等编选《中国历代小说论著选》（修订本），江西人民出版社 2000 年版。

［日］樽本照雄《新编增补清末民初小说目录》，齐鲁书社 2002 年版。

［日］樽本照雄《清末小说研究集稿》，齐鲁书社 2006 年版。

陈大康《中国近代小说编年》，华东师大出版社 2002 年版。

余姒珉《晚清短篇小说研究》，台湾"中央"大学硕士论文 2002 年。

朱一玄等编《三国演义资料汇编》，南开大学出版社 2003 年版。

陈平原《中国小说叙事模式的转变》，北京大学出版社 2003 年版。

陈平原《中国现代小说的起点——清末民初小说研究》，北京大学出版社 2005 年。

［美］韩南著、徐侠译《中国近代小说的兴起》，上海教育出版社 2004 年版。

［美］韩南《韩南中国小说论集》，北京大学出版社 2008 年版。

陈梦熊《〈鲁迅全集〉中的人和事》，上海社会科学院出版社 2004 年版。

杨绪容《〈百家公案〉研究》，上海古籍出版社 2005 年版。

苗怀明《中国古代公案小说史论》，南京大学出版社 2005 年版。

王德威《被压抑的现代性——晚清小说新论》，北京大学出版社 2005 年版。

李志梅《报人作家陈景韩及其小说研究》，华东师范大学博士论文 2005 年。

俞为民、孙蓉蓉编《历代曲话汇编·唐宋元编》，黄山书社 2006 年版。

俞为民、孙蓉蓉编《历代曲话汇编·明代编》，黄山书社 2009 年版。

四、研究论文

李伯元《论〈游戏报〉之本意》，《游戏报》第六十三号，光绪二十三年（1897）七月二十八日。

包天笑《励学译社缘起》，《励学译编》第一册，光绪二十七年（1901）二月十五日。

包天笑《我与杂志界》上卷，《杂志》第十四卷第五期，1945 年 2 月 10 日。

周桂笙《〈歇洛克复生侦探案〉弁言》，《新民丛报》第五十五号，光绪三十年（1904）。

定一《小说丛话》，载《新小说》第十三号，光绪三十一年（1905）四月。

吴趼人《月月小说序》，《月月小说》第一年第一号，光绪三十二年（1906）。

觚庵（俞明震）《觚庵漫笔》，载《小说林》第七期，光绪三十三年（1907）。

朱㦬《侦探小说小谭》，载《半月》第四卷第四号，1925 年 1 月 24 日。

程小青《侦探小说的多方面》，载《霍桑探案》第二集，上海文华美术图书公司 1933 年版。

瞿秋白《鬼门关以外的战争》，《瞿秋白文集》第二卷，人民文学出版社 1985 年版。

杨世骥《文苑谈往》，中华书局 1945 年。

[日] 中村忠行《清末侦探小说史稿》，《清末小说研究》2—4 期（1978—1980 年），日本清末小说研究会出版。

方彦寿《明代刻书家熊宗立述考》，《文献》1987 年第 1 期。

周兆新《〈三国演义〉与〈十七史详节〉的关系》，《文学遗产》1987 年第 5 期。

鲁德才《明代各诸司公案短篇小说集的性格形态》，文载《'93 中国古代小说国际研讨会论文集》，开明出版社 1996 年版。

郭延礼《近代翻译侦探小说述略》，《外国文学研究》1996 年第 3 期。

郭延礼《西方文化与近代小说的变革》，《阴山学刊》1999 年第 3 期。

刘为民《论白话侦探小说的新文学性质》，《南京大学学报》1997 年第 2 期。

吴承学《唐代判文文体及源流研究》，《文学遗产》1999 年第 6 期。

洪哲雄、纪德君《明清小说家的"演义"观与创作实践》，

《文史哲》1999 年第 1 期。

邹自振《汤显祖与〈红楼梦〉》,《福州大学学报》2000 年第 3 期。

吕俊《哲学的语言论转向对翻译研究的启示》,《上海外国语学院学报》2000 年 5 期。

张宗伟《前嘉靖本时代〈三国演义〉版本探考》,《文献》2001 年第 1 期。

陈维昭《论历史演义的文体定位》,《明清小说研究》2001 年第 1 期。

苗怀明《从公案到侦探》,《明清小说研究》2001 年第 2 期。

谭帆《演义考》,《文学遗产》2002 年第 2 期。

刘勇强《一种小说观及小说史观的形成与影响》,《文学遗产》2003 年第 3 期。

曹立波《"东观阁原本"与程刻本的关系考辨》,《文学遗产》2003 年第 3 期。

沈伯俊《〈三国志〉与〈三国演义〉关系三论》,《福州大学学报》2003 年第 3 期。

徐大军《〈金瓶梅词话〉中有关〈西厢记〉杂剧资料析论》,《中国典籍与文化》2003 年第 3 期。

梅节《〈新刻金瓶梅词话〉后出考》,《燕京学报》2003 年新 15 期。

李欧梵《福尔摩斯在中国》,《当代作家评论》2004 年第 2 期。

范伯群《〈催醒术〉:1909 年发表的"狂人日记"——兼谈"名报人"陈景韩在早期启蒙时段的文学成就》,《江苏大学学报》2004 年第 5 期。

蒋星煜《〈西厢记〉在〈金瓶梅〉书中之反映》,《中华文史论丛》2005 年第 80 期。

伏涤修《〈金瓶梅词话〉对〈西厢记〉的援引与接受》,《古籍整理研究学刊》2008 年第 6 期。

王潞伟、张颖《从〈红楼梦〉中演剧考证》,《曹雪芹研究》2014 年第 3 期。

陈国军《〈清谈万选〉版本、出版时间、编者及来源新论》,《文学与文化》2016 年第 1 期。

后 记

　　读书写作多了，虽说内心越来越澄澈透亮，习性却转向瘦硬，口头表达越显迟疑。借该书出版之际，正好说一些平日不曾说出的话。此刻，我最想说的就是感谢。
　　当然要感谢我的家人们。事有成败顺逆，人有喜怒哀乐，亲人的陪伴自然是人间最好的礼物。
　　无数尊敬的师长曾给予我最严格的教育。我从小学到博士、博士后，有的老师帮我选定研究方向，有的老师帮我改定稚嫩的文字，有的老师授其课而传其教，有的尊长虽未谋面却口诵其书而心有戚戚焉。记得在图书馆找不到需要的书急得团团转，身旁白发教授一句"那书已经散佚并无流传"，让我既敬佩又惶恐。
　　无数的同学朋友曾给予我帮助爱护。有同学被央勉到我家商讨论文到夜深，有同学告诉我招聘信息，有同学帮我投递简历，有不少同仁为我的论文、著作、教学奔忙，还有一群常常交流工作与生活的闺中蜜友。还应感谢我所有的学生，很多情况下，不是我在教育他们，而是他们在成全我、完善我。
　　还有素不相识的朋友。许多年前，我拖着行李来上海考博，公交55路的司机和同车乘客们热心帮我指路。夜幕中，我从55路公交下车，一位中年大哥领我步行穿过数条小巷，进驻招待所。老上海人的亲切、热情，人与人之间朴实的信任与关怀，至今想来，是多么自然，又是多么珍贵！或许，我们潜心研究传统文化，初衷即在于此。有时候，真想问问那位引路大哥您好么？而他转身步入人海再难觅其迹。

生活仍将继续，感动无时不在。借古诗而言曰："洛阳朋友如相问，一片冰心在玉壶。"

是为记。

杨绪容
2017年3月6日

图书在版编目(CIP)数据

明清小说的生成与衍化/杨绪容著. —上海：复旦大学出版社，2017.12(2018.11 重印)
ISBN 978-7-309-13236-6

Ⅰ.明… Ⅱ.杨… Ⅲ.古典小说-小说研究-中国-明清时代 Ⅳ.I207.41

中国版本图书馆 CIP 数据核字(2017)第 214854 号

明清小说的生成与衍化
杨绪容 著
责任编辑/杜怡顺

复旦大学出版社有限公司出版发行
上海市国权路 579 号 邮编：200433
网址：fupnet@fudanpress.com http://www.fudanpress.com
门市零售：86-21-65642857 团体订购：86-21-65118853
外埠邮购：86-21-65109143 出版部电话：86-21-65642845
崇明裕安印刷厂

开本 890×1240 1/32 印张 11.375 字数 242 千
2018 年 11 月第 1 版第 2 次印刷

ISBN 978-7-309-13236-6/I·1066
定价：30.00 元

如有印装质量问题，请向复旦大学出版社有限公司出版部调换。
版权所有 侵权必究